人的生命是有限的，可是，为人民服务是无限的，我要把有限的生命，投入到无限的为人民服务之中去。

一滴水只有放进大海里才永远不会干涸，一个人只有当他把自己和集体事业融合在一起的时候才能最有力量。

一朵鲜花打扮不出美丽的春天，一个人先进总是单枪匹马，众人先进才能移山填海。

我愿永远做一颗永不生锈的螺丝钉。

成德之道

管 斌 | 著

中国青年出版社

青春啊，永远是美好的，可是真正的青春，只属于这些永远力争上游的人，永远忘我劳动的人，永远谦虚的人。

不经风雨，长不成大树；不受百炼，难以成钢。

热情，像熊熊的火焰，是一切的原动力！有了伟大的热情，才有伟大的行动！

力量从团结来，智慧从劳动来，行动从思想来，荣誉从集体来。

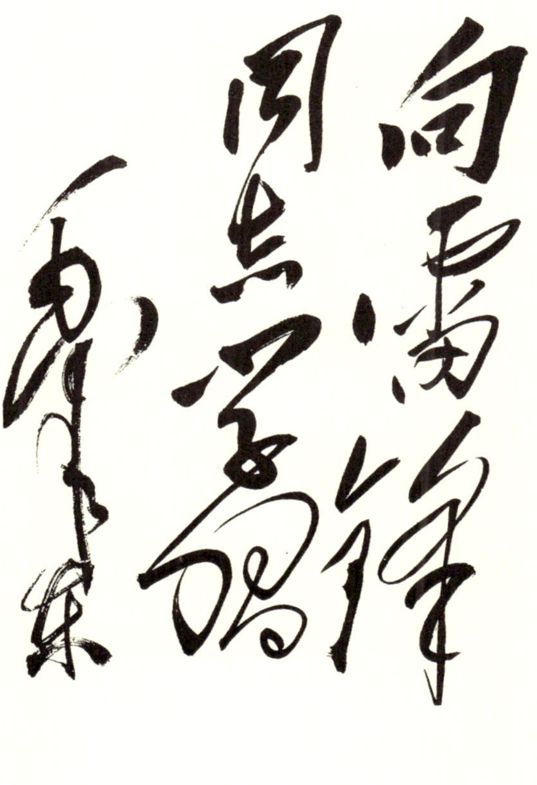

向雷锋同志学习　毛泽东题

雷锋塑像。张珂摄影

雷锋和孩子们在一起。张珂摄影

碑刻《 学习雷锋好榜样 》。张珂摄影

刘成德在人民大会堂参加座谈会时留影

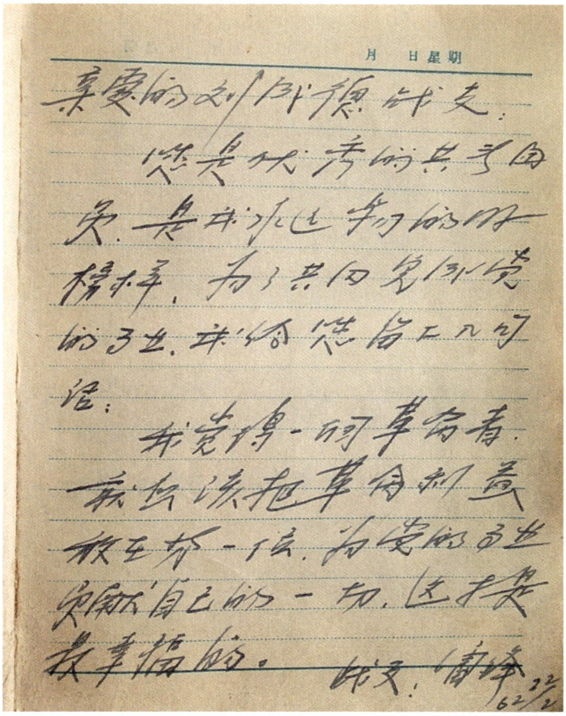
月　日星期

亲爱的刘成德战友：

您是优秀的共青团员，是我永远学习的好榜样，为了共同完成党的事业，我给您留下几句话：

我觉得一个革命者，就应该把革命利益放在第一位，为党的事业贡献自己的一切，这才是最幸福的。

战友：雷锋

22/2
62

雷锋给刘成德的赠言：“亲爱的刘成德战友：您是优秀的共青团员，是我永远学习的好榜样，为了共同完成党的事业，我给您留下几句话：我觉得一个革命者，就应该把革命利益放在第一位，为党的事业贡献自己的一切，这才是最幸福的。战友雷锋 1962.2.22”

1961 年，刘成德荣立二等功的奖状。常德宝摄影

1962 年，刘成德被沈阳军区评为“五好战士”。常德宝摄影

1964 年，刘成德在国营七五四矿获得“社会主义建设积极分子”荣誉称号

1965 年，刘成德在国营七五四矿获得“五好职工”称号

1978 年，刘成德在长清农机厂获得“先进生产者”称号

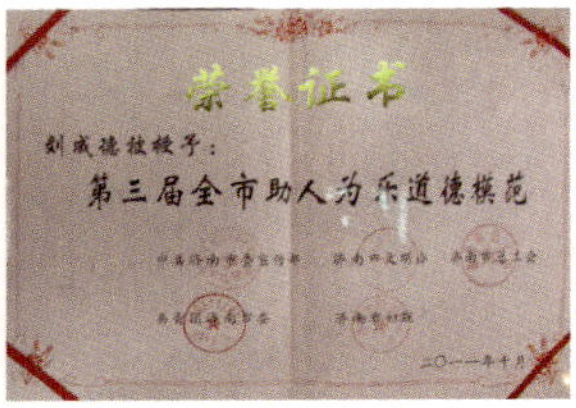

2011 年，刘成德被评为济南市“助人为乐道德模范”。常德宝摄影

刘成德（前排右二）与他海上救下的 14 名战友合影

刘成德在长清“成德慈善基金”启动仪式上展示全国道德模范提名奖证书和山东省道德模范荣誉证书。马光仁摄影

刘成德的“五好战士”证书及各种奖章。常德宝摄影

刘成德家客厅。 常德宝摄影

全国人大代表，阳光大姐董事长、总经理卓长立看望刘成德，并向他取经。

卓长立带领员工看望刘成德后在雷锋广场留影纪念：要让“阳光大姐”们把雷锋精神带进千家万户，让雷锋有家。

“阳光大姐”把雷锋精神带进千家万户，把党的温暖送到千家万户。

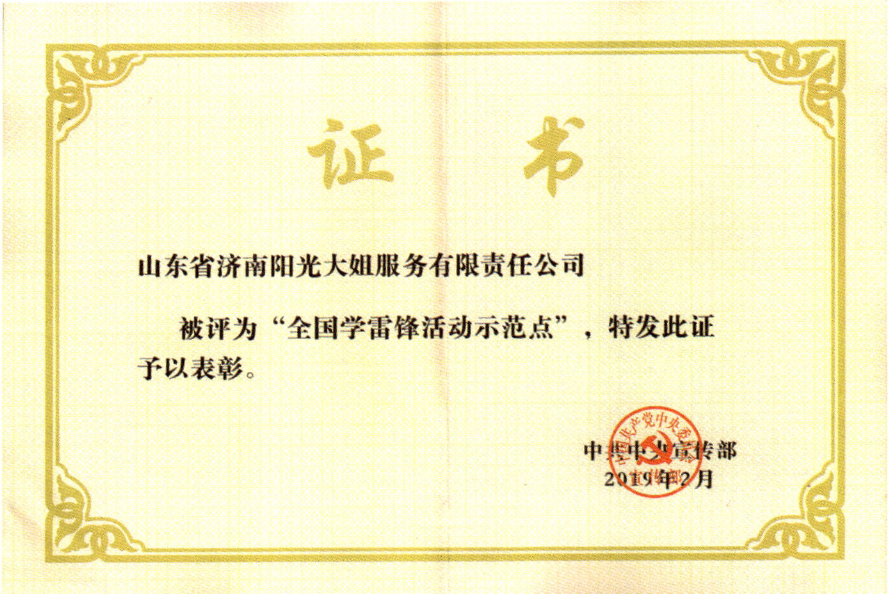

证书

山东省济南阳光大姐服务有限责任公司

被评为“全国学雷锋活动示范点”，特发此证予以表彰。

中共中央宣传部

2019年2月

2019 年 2 月，“阳光大姐”被中宣部评为“全国学雷锋活动示范点”。

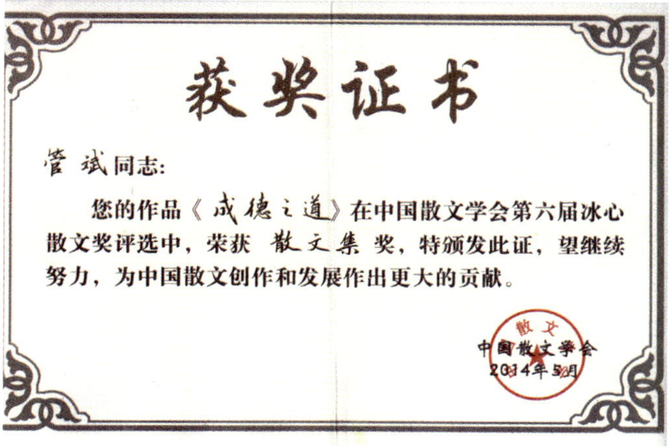

获奖证书

管斌同志：

您的作品《成德之道》在中国散文学会第六届冰心散文奖评选中，荣获 散文集 奖，特颁发此证，望继续努力，为中国散文创作和发展作出更大的贡献。

中国散文学会
2014年5月

本书获第六届冰心散文奖

获奖证书

中国青年出版社：

你单位出版的《成德之道》荣获第五届中华优秀出版物奖图书奖。

特颁此证书。

中国出版协会
二〇一五年二月

本书获第五届中华优秀出版物奖图书奖

本书作者管斌多次到刘成德家里进行采访。常德宝摄影

与雷锋同行 与阳光共舞

管斌

泰山极顶，寒冷中，游客远眺东方，热望日出。

森林中，一缕霞光闪来，鸟儿欢快地飞起，羽翼上映着朝霞。

小溪边飘来清香，那鲜丽的花儿朝着阳光展开芳姿。

山村的墙角，老人们围坐一起，聊着家常，享受着暖暖的冬阳。

峭壁上，那枝条弯曲着斜探而出，为着向阳而生。

多情的诗人，对太阳总是那么青睐——

白居易诗中，太阳是那么绚丽："日出江花红胜火，春来江水绿如蓝。"

"接天莲叶无穷碧，映日荷花别样红"，杨万里的"映日荷花"是那么动人！

"白日依山尽，黄河入海流"，在王之涣的眼里，落日与黄河的组合，是那么壮美。

王维的阳光却那么空灵、那么有镜头感："空山不见人，但闻人语响。返景入深林，复照青苔上。"

在里尔克那里，日出是那么盛大："你是未来，盛大的日出染红，永恒那一望无垠的平原。"

在我们毛主席的笔下："它是立于高山之巅远看东方已见光芒四射喷薄欲出的一轮朝日"，朝日是那么气势磅礴！

在雷锋战友刘成德看来："太阳得天天升起，学雷锋得天天坚持！"

刘成德走在阳光里，抱着成箱的肥皂，往困难人家送着。接过肥皂的人，脸上感激的笑容里透着阳光。

刘成德老人哪来的肥皂？是济南阳光大姐服务有限责任公司送来的，他老人家转手就送出去了。

阳光大姐的董事长、总经理卓长立带领着大姐们，来到刘成德家里，听老人讲雷锋的故事，帮着老人擦桌子、抹板凳、扫院子。欢快的大姐们，还一起唱响一支歌给老人听——"学习雷锋好榜样，忠于革命忠于党……"

农家小院中嘹亮的歌声响起，阳光洒满了小院。

阳光大姐是一个充满阳光的企业。

2013年11月，在山东考察的习近平总书记27日下午来到济南市外来务工人员综合服务中心，一群从事家政服务的"阳光大姐"围上来向总书记问好，总书记对她们说，家政服务大有可为，要坚持诚信为本，提高职业化水平，做到与人方便，自己方便。

2018年3月8日，习总书记到十三届全国人大一次会议山东代表团参加审议，卓长立代表是发言人之一。第二天，各大报一版头条刊登消息时，配发了新华社记者拍摄的总书记与卓长立握手的照片。

阳光大姐，阳光照耀！

如果把改革开放四十年取得的伟大成就，比喻为参天大树，阳光大姐就是这棵大树上饱满的果实之一。正是因为生逢其时，阳光大姐才从无到有、从小到大，在阳光中不断成长！

这个企业起步时很不起眼，但一开始就有了阳光的初心。

当初，面对大批下岗女工，济南市妇联伸出温暖的手，用女人温柔的肩膀，扛起点燃希望的责任。她们创办家政服务公司，取名阳光大姐——就是要“让党的阳光照亮妇女就业创业之路，把党的温暖送进千家万户”。

2001 年 10 月，在 10 多平方米的经营场所，阳光大姐开张了。

一路前行，一路成长。阳光大姐承担全国家政服务标准化技术委员会秘书处工作，先后制定企业标准 1100 项、国家标准 7 项、地方标准 9 项，为整个家政行业确立了“服务准则”。

阳光大姐大力实施“家政人才培养工程”，累计培训 31 万人，安置就业 202 万人次，服务家庭 195 万户。

阳光大姐，把雷锋精神融入到企业文化。在这里，可看到笑得阳光般灿烂的雷锋头像；在这里，可看到四处张贴的雷锋名言。

——世界上最光荣的事——劳动。

世界上最体面的人——劳动者。

——热情像熊熊的火焰，是一切的原动力！

有了伟大的热情，才有伟大的行动！

……

在这里，每天来上班，一踏进大楼，听到的就是播放的昂扬向上的《学习雷锋好榜样》。

2014 年 3 月 4 日，习总书记给“郭明义爱心团队”回信时表示：雷锋精神，人人可学；奉献爱心，处处可为。

阳光大姐把学雷锋与工作结合起来，从爱岗敬业做起，从助人为乐做起。

阳光大姐的 5 万多名服务员中 80% 以上来自农村，其中大多数生活还很困难。“对待同志要像春天般的温暖，对待工作要像夏天一样的火热”，卓长立常用雷锋的这两句名言与大家交流，她盼望着大家火热地工作，盼望企业像个大家庭，相互之间都能感受到春天般的温暖。

对此，记者在多次的采访中，有深切的感受。

在一次阳光大姐道德模范表彰大会上，江在萍获奖后说：“我下岗后，想给母亲买个蛋糕，过个生日，连 50 块钱都拿不出来，是阳光大姐给了我温暖，给了我依托，给了我尊严……”她激动得泪流满面，话讲不下去了。

记者联系好江在萍，想采访她。她正在用户家工作。

记者走进济南济微路的一个小区，才出生13天的琪琪，用纯净的眼神看人。江在萍说：“琪琪非常可爱，生下来就会吃手。”记者幽默地说：“琪琪不同凡响，生下13天就成了中央党报记者关注的新闻人物。”大家笑起来。

琪琪的妈妈是山东中医药大学的老师，她说：“阳光大姐的月嫂得提前半年以上预订，我8月份订月嫂，已经订不上了，托了个熟人才订上的。”

江在萍告诉记者：“琪琪是12月6日夜里11点零5分生，我7号一早就来到这里。”

她细心地照看孩子，精心地烹制饭菜，诚心地体贴产妇。“阳光照到的地方，就有大姐的服务；大姐服务的地方，必有阳光的温暖。”——江在萍用她的身心体现着阳光理念。

江在萍小心地切开西红柿，仔细地填进肉泥，做出来又香又带点酸味，琪琪的妈妈吃得开胃。

琪琪的姥姥说：“一开始我还不愿意找月嫂，有我，还有婆婆，都能照看孩子，还再花钱干什么！后来一接触，还是觉着雇月嫂好，对小孩照顾得好，饭菜做得也可口。”

江在萍看上去比实际年龄显年轻。她说：“好多朋友见了我，都说我年轻。有的用户多年不见了，一见面就说我的孩子都五六岁了，您还没变样！我做月嫂，天天与宝宝在一起，特别快活，看着孩子天天在变化特别有成就感。”

一个人在工作中找到了快乐，整天生活在幸福中，能不年轻嘛！

江在萍是济南塑料一厂的下岗职工，2001年10月随着阳光大姐的创办她开始了新的人生，做起了月嫂，成长为母婴生活护理首席技师和家政专业指导师，她深深体会到这份工作的神圣。

她自己的女儿生了孩子，她本该在家照看宝宝，可她觉着阳光大姐需要她。当每月都举办的月嫂联席会召开的时候，江在萍走来了，卓长立惊奇地问：“你怎么来了？”卓总知道江在萍的女儿还在月子里。江在萍一句话没说，眼泪掉个不停。她离不开阳光大姐，她同阳光大姐一路走来，已深深地融为一体。

阳光大姐就是这样，如果每位员工是一缕阳光的话，阳光大姐则把缕缕阳光集束为灿烂阳光。对企业的深度认同，把大家紧密团结起来，共同地发光发热。

在阳光大姐，人人都会唱《学习雷锋好榜样》——

“学习雷锋好榜样，

艰苦朴素永不忘，

愿做革命的螺丝钉，

集体主义思想放光芒……”

在阳光大姐，员工虽然都是单兵作战，走进家庭，但她们把自己当做“太阳鸟”，阳光大姐这个企业是她们共同归宿的“太阳树”。在这里真的是“集体主义思想放光芒”！

就像天上的星星数不清，阳光大姐催人泪下的故事数不清。在这里，员工把人生最动人的故事一幕幕展开。就是退休了，不在一线搞家政了，她们也把这里当做家。她们为什么如此眷恋阳光大姐？因为这里使她们的灵魂之花在阳光中绽放，这里是她们的精神家园！

2014年3月11日，习总书记出席十二届全国人大二次会议解放军代表团全体会议，亲切接见部分基层代表，他对某工兵团“雷锋连”指导员谢正谊说：“雷锋精神是永恒的，是社会主义核心价值观的生动体现。”

阳光大姐把学雷锋作为践行社会主义核心价值观的重要抓手，从小事做起，从身边做起，“积小善为大善，善莫大焉”！

雷锋精神，净化着阳光大姐的心灵世界！

雷锋精神，提升着阳光大姐的精神境界！

中国已有2亿多老人，养老是个大问题！阳光大姐演绎了一个又一个照顾老人的感人肺腑的故事。

让我们一起感受罗丽亚的故事。

罗丽亚走进一个家庭，照顾两个老人。老人有4个孩子，都在国外工作，孩子们只好找二十四小时服务的家政工。

勤快的罗丽亚，里里外外地忙着，总想把老人照顾得周到。

有一天，她听两位老人关着门，在房间里说悄悄话：“小罗真不错，能吃苦，有眼色……”

听到夸奖，罗丽亚心里甜甜的，眼中酸酸的。她从吉林投奔同学，来到济南，卖菜、打火烧、开快餐……什么都没干成功，收获的是一把把辛酸泪。现在干家政，客户这么满意地称赞，自己没白付出。这么想着，不觉两行热泪流下。

罗丽亚接着往下听："唉，只是，只是……活又不多，那工资可不少！饭量吧，还那么大，咱老俩口加起来都吃不过她……"

罗丽亚从困境中挣扎走来，脆弱而又敏感的心，仿佛突然被锥子扎了一下，她浑身一颤，腿一软，差点倒下。

第二天，早早地，她就出去了，她给老人说家里有事。她走到一个小山上，弯曲的小道，满山的松树，一群喜鹊欢叫着，仿佛嘲讽她的孤独和无助。她哭了，破碎的泪水敲打在他乡坚硬的石头上。她从小缺母爱，她原想着，好好干，当个闺女，伺候二老，赢得疼爱。可是……她觉着自己想天真了！

一阵风吹来，松风过后，松树还是那么挺拔。

"愿你做暴风雨中的松柏，不愿你做温室中的幼苗。"

她想起了卓总，想起了阳光大姐的楼上张贴的雷锋名言，想起了卓总常要求大家多背《雷锋日记》，想起了卓总常讲的雷锋故事……

山上的树，壮；山上的树，旺。山石这么多，树怎么就长这么大？

"不经风雨，长不成大树；不受百炼，难以成钢。"平时背的《雷锋日记》这时在脑海里映出来。"百炼"，老人也没当我面说什么，背后议论一下，这"一炼"就受不了！卓总常说："干家政，得修忍辱！"这忍辱的功夫修出来，可不就得"百炼"。

雷锋在鞍钢的时候，1958年，生活困难，常见的是玉米窝头，少有的是大米饭。同去的老乡从小吃惯了米饭，咽不下窝头，雷锋就吃窝头，把米饭省出来，给别人吃。他也是南方人啊，他十八岁的小伙，正需要饭量，正需要营养，可雷锋总是想着别人……

罗丽亚心想，以后少吃，一个妇女，少吃点，苗条，多好！

太阳已经挂到西山的树梢，成群的麻雀，叽叽喳喳，飞着，向着归宿。有只麻雀掉队了，着急地叫着，拼命振翅，飞入群里。小小的麻雀，都知道团队。我的背后有阳光大姐，有强大的队伍，这里有爱，有温暖的力量，卓总知道我外有欠款，成万地借给我钱，连个借条都不要……

沿着只她一人的山间小道往回走着，从小喜欢唱歌的罗丽亚，放声歌唱：“学习雷锋好榜样……”

一只已经上宿的鸟，受到惊吓，飞到另一棵树上，用诧异的眼神看着罗丽亚：“这人怎么了？！”

罗丽亚回到老人家里，更用心地干着。她尽量少吃，多少次夜里醒来，是因为——饿醒！

她真是苦，大妈查出老年痴呆症，大爷查出晚期胰腺癌，一个在家里，一个住医院，罗丽亚两边跑。

罗丽亚急慌着去医院，给大爷送饭，脚步匆匆。忽觉天旋地转，一头栽倒，120急救，医院检查——严重贫血症。她对谁也没吭声，照样热情地照顾着二老。细心的大爷却说：“小罗，你瘦了……”

一天，大爷用断断续续的声音，吃力地说：“谢谢你细心地照顾我……小罗，我快该走了……”他手颤颤抖抖，慢慢掀了下枕头，找出一个信封，递给罗丽亚，“4个儿子，没一个在身边，存折你保管吧，你大妈还离不了你……”

信任最是动人心！罗丽亚一转脸，掉出泪来。

大爷走后，大妈与罗丽亚相依为命。“有你陪我，真好！”大妈拉着小罗的手说，“你当我闺女吧，孩子……”罗丽亚顿时感到一种母爱的暖流，涌遍全身。她两眼湿润了。

那年开春，大妈说过了五一去趟北京天安门，可能看不到下一个春天了。

罗丽亚却提前订了3月4日的票，晚上与大妈到了北京。3月5日，她用轮椅推着大妈，对着天安门城楼，对着国旗拍了照。然后她和大妈来到天安门西边——这里是人民大会堂东门外广场，离得近点，尽可能离人民大会堂近点。上午9点，她面向西，静静地对着人民大会堂，罗丽亚知道全国人代会召开，她好像听到了《国歌》声，她好像看到卓总在听总理作《政府工作报告》……

罗丽亚和罗丽亚们就是这样，阳光大姐就是这样！

阳光大姐一路走来，把阳光洒满一路，把阳光洒满千家万户，送人玫瑰，手留余香，送人阳光，自己也阳光，阳光大姐就是这么阳光灿烂！

进入2019年，阳光大姐更进一步加大雷锋精神的弘扬。

她们在济阳崔寨的集家政培训、研发创新、信息化、家政创业孵化为一体的“家政服务集聚示范区”，在大楼里建雷锋和刘成德事迹展览馆。

在市区的阳光大姐大厦，她们腾出最好的楼层，以雷锋和刘成德事迹为主，打造红色教育基地。

她们启动了“雷锋伴我行，阳光进万家”行动，引导家政服务员成为雷锋式服务员，戴上雷锋像章，走进千家万户，让雷锋进家，让雷锋有家！

她们在想，家政服务员成为活雷锋了，客户用得多么放心，带着雷锋的阳光进家，将会给家家户户增加多少温暖，雷锋的阳光又将会照耀着多少学雷锋的种子发芽。如此循环,如此生生不已,“把雷锋精神广播在祖国大地上”!

阳光大姐常到全国学习雷锋的好榜样刘成德老人的家，她们知道，这个家，是雷锋之家，刘成德的儿子刘安成为学雷锋标兵，刘成德的孙女刘蕊成为大学生学雷锋模范，雷锋精神在这个家中代代相传。阳光大姐盼望着通过她们的雷锋式服务员走入家庭，就像“千树万树梨花开”似的，带动千家万户学雷锋。当每一个家庭都是雷锋之家了，文明之光就普照天下！

“如果你是一滴水，你是否滋润了一寸土地？如果你是一线阳光，你是否照亮了一分黑暗……”

这是雷锋十八岁时写的日记，这是诗一般的语言。

十八岁的阳光大姐呢？

2019，阳光大姐十八岁！

十八岁的青春年华，十八岁的亮丽灿烂，十八岁的朝气蓬勃，十八岁的金色梦想，十八岁的勇往直前！

2019，阳光大姐十八岁！

愿用十八岁的笑脸，与客户同行；愿用十八岁的火热，与时代同步！

2019，阳光大姐十八岁！

十八岁的阳光大姐，愿与雷锋同在，愿与阳光同在！

十八岁的阳光大姐，愿家家阳光，愿户户明媚！

十八岁的阳光大姐，愿阳光洒到天下人的心中！

再版的话

“刘成德老人参军时，在怒海狂涛中救下14个战友，参加了1962年的沈阳军区共青团代表大会。短短几天，他和同为代表的雷锋促膝交谈，相互砥砺，雷锋赠言称他为‘永远学习的好榜样’。转业后，他把雷锋的赠言放在箱底，把学习雷锋刻在心里。一次相遇，一生坚守。五十余年来，刘成德坚持学雷锋，成了全国学习雷锋的好榜样。”刘成德是雷锋战友、全国道德模范提名奖获得者。2013年3月，春意盎然，管斌谈起《成德之道》，谈起雷锋、刘成德们，激情四射，虔诚至极，大有道之所在，虽千万人吾往矣的气度。毋庸讳言，这些年来，我国经济社会快速发展，取得了世界为之瞩目的成就，但现实生活中，“道德的滑坡”、“精神的缺钙”、“思想的困扰”，的确引人忧思。

长篇纪实作品《成德之道》以惊人的力量引起了人们的关注、热议。2012年10月1日，《领导科学报》用前所未有的28个版一次性推出；2013年2月27日起，《济南日报》分9次以整版或半版连载；2013年3月2日，《经济日报》以空前之举用4个彩版隆重推出《成德之道》，中宣部“新闻阅评”予以高度评价，2013年5月，《新华文摘》第10期全文转载该文。

2013年9月底，管斌来出版社交流最后的定稿，在这半年，他又进行了大量的补充采访，走访了许许多多相关的人，对文稿也进行了全面的调整。白天，我们在房子里交流、讨论，夜晚，他消化、吸取意见，伏案修改……足足5天。管斌是一个很好的倾听者和实干家，这也许和他的职业有关系。他从善如流，所有的建议，无论对与否，他很少去争论，而是随时掏出一张纸、一支笔，“记录在案”。他消化、吸收或摒弃，再次拿出来的文字，往往能让人喜出望外。

山东省一位领导看了稿件后有感而发：“《成德之道》，一气呵读之后，深受震撼！历史，文化，诗书，哲理，自然，人类，巨匠，布衣皆在其中；天地，乾坤，上下，阳阴，古今，西东，大小，静动浑然一体。此题材极难写，特别是在躁之社会。能以此体例及语言风格面世，已属凤麟。此书，校德行，校世风，长知识，开眼界，启心智，壮民族。受益自有人在，功德自在人中。”

2013年底，《成德之道》正式出版了。50年前，1963年3月2日，《中国青年》杂志刊出毛泽东主席“向雷锋同志学习”这一历史性题词，从而引发的持续五十多年的学雷锋春潮，一直澎湃不已。正如中宣部“新闻评阅”点评所言：“雷锋精神是一面永不褪色、永放光芒的旗帜，一系列‘最美人物’的涌现，正强势续演着‘雷锋的故事’。”历史、现实和未来，似乎有着某种神圣而神秘的关联，这是一种传承与弘扬，一种担当和使命。

2014年1月11日，山东沂蒙文化研究会为作品举办了研讨会。紧接着，2月26日，经济日报社、中国青年出版社、济南市委宣传部、长清区委宣传部等在北京联合举办出版座谈会。专家们热议此书，认为作品为践行社会主义核心价值观鼓与呼，为实现中国梦呐喊，为道德提供博大的正能量，适得其时。《人民日报》、《光明日报》、《经济日报》、《中国青年报》、《大众日报》、《济南日报》和山东卫视、人民网、新华网、党建网等数十家媒体报道了此书。短短时间，数十篇书评刊登于各类报刊。

《经济日报》刊登的《真正的“道德文章”》指出：《成德之道》是第一部把践行社会主义核心价值观与中华文化结合起来的文学作品。作品用文学的笔法，讲清楚了中华优秀传统文化的历史渊源、发展脉络、基本走向，用优美的语言讲清楚了中华文化的独特创造、价值理念、鲜明特色。作品挖掘和阐发了中华优秀传统文化讲仁爱、重民本、守诚信、崇正义、尚和合、求大同的时代价值，表明了中华优秀传统文化是涵养社会主义核心价值观的重要源泉。这样的作品，让人读来能够增强文化自信和价值观自信。

散文家红孩评价说："《成德之道》这部作品，通篇透着散文的风采、散文的神韵、散文的味道，是用散文笔法写成的报告文学，所以，这也是一部散文佳作！"

青年评论家李朝全评论说："《成德之道》最突出的一个特点是作者带着深切情感的抒发与思考、遐想与感叹。他在列举诸多道德模范、英雄事迹的同时，更对雷锋精神和道德人生进行了不止息的追问、剖析与阐述。全书以情之所至、随意泼洒的笔触，畅述了作者深入的思索，因此具有思辨性特征。作品资料详实，内容丰富，信息量极大。作者在文体和形式方面也进行了自己的探索，试图打通散文随笔与非虚构纪实文学之间的文体界限，行文带有鲜明的散文化特征。"

评论家孟斌在《一部释放强大正能量的好书》一文中评价："物质的富有，科学的发达，这并不完全是时代进步的标志，对传统美德的继承发扬，才是一个社会前进的强大内在动力。作者正是基于这种思考，去挖掘刘成德先进事迹的思想根源，从伦理的层面，从道德的制高点上，去诠释民族的灵魂，去铸造中国的脊梁。刘成德有许多闪光点，如爱国、爱家、爱集体、爱他人，这些平凡小事，作者正是把这些闪光点像串珠子一样串了起来，才纺织出一道亮丽的风景。""读《成德之道》，感悟成德人格，体味人生真谛，敬老慈幼，善良正直，团结互助，尊师重教，诚信待人，作者笔下的刘成德形象，像一曲激扬亢奋的民族大合唱，会激励和影响着一代又一代中国人去不懈奋斗。"

张国伟教授在《净化心灵的启示录》一文中认为：这是一部弘扬正能量的书，有着不容忽视的教育价值；这是一部激荡当代主旋律的书，有着鲜明的时代价值；这是一部熔铸古今的书，具有厚重的文化价值；这还是一部有利于促进和谐社会建设的书，一部以浓墨重彩描绘"中国梦"的书。通过阅读，每一个人都会受到一次崇高精神的洗礼，每一个人都会在其中找到属于自己的精神坐标。

山东财经大学于洪良教授认为："管斌以澎湃的激情、自信的笔锋、放胆的创造，凭借诗的情感、诗的精神气质、诗的语言，精心打磨着《成德之道》。作者仰观俯察，旁征博引，努力借鉴小说、诗歌、散文、报告文学、寓言等各类文体之长，不拘一格，围绕着可读性、围绕着感染力来下深功夫，将多种表现手法揉为一体，字字生风，句句灵动，开创了刻画先锋模范公众人物，彰显主流价值取向的新天地，引人入胜、发人深省、催人向上、促人向善。"

诗人郭宗忠在《中国建材报》撰文说："管斌不辞辛苦地深入采访，真切理解了"走转改"的意义，思路在"走"中调整，主题在"转"中深化，文章在"改"中生色，才成就了这部文化传承深厚和时代精神鲜明的大书。阅读这样的作品，对每一个人来说，都是一次精神洗礼。""《成德之道》可以从头看，可以从尾看，可以从头至尾看，可以随便翻着看，随时让人感动，随处令人惊叹。那诗的意象、诗的节奏、诗的韵味，令人拍案叫绝，《成德之道》其实就是震撼的长诗！"

读者的反馈也让人欣喜。在一次宣传活动后，一个读者给作者发来这样的电子邮件："几次读到感人之处，都忍不住热泪盈眶。昨天下班后在办公室读完全书，如饮甘泉，心情畅快。北京的晚上仍行人匆匆，徐徐的风正吹去一天的燥热，我大步走在回家路上，情不自禁地唱起'学习雷锋好榜样'，感觉甚好。感谢您写了这样一部书，让我密集地、真切地感受到这个社会的温度，并对前路充满信心。我也相信有成千上万像我一样的青年，渴望感受到雷锋们、刘成德们令人感动、让人鼓舞、催人奋进的正能量。"在网络上，许多读者纷纷点赞从中感受到的道德自信、文化自信。

有这样一个真实的故事，全国冰心散文奖获得者曼娘得到一本《成德之道》。作为母亲给孩子选书总是很挑剔的，她自己先读完，然后推荐给上高中的女儿读。孩子受启发写了一篇作文，结果被选为全市的优秀作文。曼娘说，这部书既可当作孩子的道德读本，为孩子成长打好道德底色，又可以当做写作教材，提高作文水平。于是她就一下买了 20 本，送给"闺蜜"们，让她们推荐给孩子看。曼娘深有感触地说："《成德之道》特别适合要参加高考的高中生读！"

一位纪委的朋友看了书后说："无论是'老虎'还是'苍蝇'，犯罪的内容各有不同，但有一点却是一样的——都在道德上出了问题。重莫如国，栋莫如德。为官之道，更是‘成德之道’。”

山东省部分机关、企业、学校把该书作为党的群众路线教育实践活动的重要读本，作为学习雷锋、建设“四德”的必读书。济南市长清区区委、区政府作出向刘成德学习的决定，组成巡讲团赴机关、企业、学校、社区巡回宣讲。济南公交集团、济锅集团、山东青年政治学院、济钢中学等掀起了“走雷锋之路，行成德之道”的学习热潮；天津大学、山东财经大学等高校将该书列为师生重点读本；中国浦东干部学院、中国井冈山干部学院等将该书作为重点读物推荐给学员。

“走雷锋之路，行成德之道”的主题，得到社会各界的广泛关注和接受。有的单位用作活动的主题，有的作为讲话的题目。

济南珍珠泉宾馆组织了“成德之道——学习刘成德，弘扬雷锋精神”的主题演讲比赛。一位员工卢昌盛说：“宾馆服务工作琐碎繁杂，但员工与客人之间，同事与同事之间，一个微笑，一句问候，温暖的是大家的心。一个标准的迎宾礼、一次引领、一道可口的菜品、一次规范的服务操作、一句礼貌的道别，体现的是宾馆的文化和职业规范。……持之以恒地做对做好这些小事，就会塑造出一个人、一个单位、一个国家的道与德！”真切的感受、朴素的语言、新一代人的视角，感人至深。燕京理工学院团委发出“走雷锋之路，行成德之道”的倡议书。福州鼓楼区政府网2014年3月29日发布消息，金牛社区道德讲堂以“行成德之道”为主题，由社区工作人员周华介绍了雷锋战友刘成德传承善举50年的事迹，朴实的语言，平凡而至真的故事打动着在场的每一位听众。

《成德之道》出版后，为了宣传雷锋、宣传刘成德，作者在工作之余不辞辛劳，到机关、学校、企业做讲座。2014年3月5日，为大力弘扬雷锋精神，全面深化拓展学雷锋活动，山东青年政治学院首期“山青讲坛”邀请他为广大师生做报告。2014年3月21日，济钢中学邀请管斌在“雷锋月”做了“走雷锋之路，行成德之道”的讲座，勉励同学们做以德为先，德才兼备的优秀学生。2014年3月25日，济南市中区工商局在推进群众路线教育实践活动中，邀请管斌做了题为《践行核心价值观，释放道德正能量》专题讲座。他围绕着中华传统文化与核心价值观的关系，将历史与现实相结合，告诉党员干部，党的群众路线教育不仅仅是党的建设的需要、工作的需要，也是个人修身的需要。管斌在井冈山干部学院进修期间，在紧张的学习之余学院专门安排他进行了一堂特殊的道德讲座，那些来自五湖四海，各行各业的学员，都是各自领域的领导和精英，他们无不被深深打动，深受震撼。

“行为世范，潜移默化。为少年法，青年法，老年法，代代相续；树真之标，善之标，美之标，久久为功。承古文明之化育，受新时代之滋润。卓著宝典，传日月光明日记；弘发妙旨，阐天地道德宣言。大善大德，大公大正，精神高地，无量雷锋！”这是管斌在《成德之道》一书中唱给雷锋的赞歌。他不仅在“歌德”，他也在立德，实实在在践行雷锋精神，身体力行学雷锋。他用稿费，在淄博离管仲纪念馆不远的齐陵小学设立管仲奖学金；他在济南长期资助一些困难学生。《成德之道》出版后，他给小学、中学、大学、沂蒙老区捐书，积极传播道德正能量；获奖后，他把全部奖金捐献给长清区成德慈善基金。著名散文家王巨才赠言管斌：“道德文章”；著名诗人石英为管斌题写：“管子门下，文武兼能。”

《成德之道》出版后，陆续获得了第五届中华优秀出版物奖图书奖、第六届全国冰心散文奖、济南市第十届精神文明建设“文艺精品工程”优秀作品奖等。

编者

目 录

引言

九九归一 天下归德

2013年3月5日——

这一天，宇宙的无限诗篇，因循着永恒的平仄，用星球加着标点；

这一天，地球的公转，为虚空的无边画卷，勾一丝细线；

这一天，太阳听到海鸥的私语：一粒黄沙，知道大海的全部心愿；

这一天，五星红旗，照样升起在神州大地；

这一天，道和德相互礼赞——善需要鼓舞，爱需要循环；

这一天，对于不少人来说，是正常而普通的一天。然而，这又是非同寻常的一天。50年前的今天，毛泽东同志题写的“向雷锋同志学习”公开发表，犹如一声春雷，响彻神州大地。从此，学雷锋的滚滚春潮，50年一直澎湃。

无量雷锋！无数雷锋们，使无边的雷锋精神，放着无尽的光芒，照亮了中国的精神天空，并在世界文明的长河中也闪耀着光亮。

历史往往有些巧合。1962年2月22日，雷锋给战友刘成德赠言——“您是我永远学习的好榜样”。一年后的同一天，1963年2月22日，毛泽东同志题写“向雷锋同志学习”。

2003年2月21日，北京，《中国青年》杂志举办座谈会，纪念毛泽东为雷锋同志题词40周年。人们知道，每年的3月5日都是学习雷锋纪念日，《中国青年》杂志为何提前？

1963年初，新华社、《人民日报》、《解放军报》、《中国青年报》

等对雷锋进行了大力宣传。在这个大势中，作为半月刊的《中国青年》如何发挥作用？为此，他们准备5、6期合刊，并有了一个大胆的创意——请毛主席为雷锋题词。青年人敢想敢干，他们给毛主席写了一封这样的信：“现在全国已掀起一个向雷锋同志学习的热潮，我们《中国青年》拟出一期学习雷锋的专号，向全国人民推荐这个先进典型，教育青年一代在社会主义时期更好地锻炼成长，恳请您老人家为雷锋题词。”

1963年2月15日，给毛泽东的信送到中南海。紧接着，《中国青年》杂志社电话催问，主席办公室答复说毛主席已看过来信。没过几天，他们又电话催问，欣悉：“主席已决定为你们题词。”编辑部的同志紧接着请主席办公室的同志转告主席：“学习雷锋专辑准备3月2日出版，付印时间2月26日，请主席最好能在2月25日前题好。”

他们步步紧催，甚至有点“逼”的味道。但日理万机的毛泽东还是提前书写了题词。

对此，毛泽东秘书林克晚年回忆道：

> 2月22日，毛主席睡醒以后，值班警卫员打电话告诉我，主席让我去一下。我带着事先选好的文件，随机将新文件放到他床头的长桌上。他示意我坐下，我便在他床前一张藤桌旁的椅子上坐下来。这时，毛主席从他身体左半边床的书堆上拿起了一张信纸递给我，我一看，只见他已在纸上用毛笔书写了“向雷锋同志学习”七个潇洒飘逸的行草字……这时，他吸了一口香烟，从容地带着询问的目光问道：“你看行吗？”我爽快地回答说：“写得很好，而且非常概括。”……毛主席谈完之后，我便回到我的办公室，打电话给《中国青年》杂志编辑部，告诉他们，毛主席的题词已经写好了，请他们到中南海西门来取。应当特别指出，毛主席在题词之前，就阅读了报纸上有关雷锋的报道，了解雷锋的事迹。他曾对当时的军委秘书长罗瑞卿说过：雷锋值得学习。

1963年3月2日，《中国青年》首先发表了毛泽东“向雷锋同志学习”这一历史性的题词。3月5日，《人民日报》、《解放军报》、《光明日报》、《中国青年报》等都在头版显著位置刊登了题词。3月6日，《解放军报》独家发表了在京的国家领导人刘少奇、周恩来、朱德和邓小平的题词……

我们在为雷锋成为中国精神的高标自豪的时候，应该记住1963年2月22日这个日子；我们在为雷锋成为世界精神的财富骄傲的时候，应该记住《中国青年》的这一创举。

天地果然善周正，时间真是巧安排。2012年的3月1日上午，我第一次走进刘成德占3分来地的农家小院，第一次见到了这位“全国学雷锋的好榜样”；2013年的3月1日上午，我陪同他漫步在天安门广场，老人家到雷锋当年照过相的地方留了个影。他不仅这一次踏着雷锋的足迹，作为雷锋的战友，他50年一直踏着雷锋的足迹砥砺前行。他随手拎着一个绿色的软布手提袋，这种袋子一两块钱一个，袋子里装着他最珍贵的东西——雷锋为他题词的本子。刘成德这次应邀来京，是参加3月1日下午在人民大会堂召开的纪念毛泽东等老一辈革命家为雷锋同志题词50周年座谈会。他是山东唯一的英模代表。

在代表入住的民族饭店，我们正遇上来报到参会的“当代雷锋”郭明义——我和他是第二次见面了。我介绍郭明义、刘成德两人相识。两位代表都是从沈阳军区走出来的老兵，两代人，两位“活雷锋”！他们热情握手，交流着学雷锋的经验。谈到兴处，郭明义提笔写下：“雷锋叔叔来了，春天也来了！”

3月1日下午3点，中央精神文明建设指导委员会（中央文明委）在人民大会堂召开纪念毛泽东等老一辈革命家为雷锋同志题词50周年座谈会。据新华社报道，中共中央政治局常委、中央文明委主任刘云山出席会议并讲话，强调雷锋精神是一面永不褪色的旗帜，是一座永放光芒的灯塔，是我们的宝贵财富。他指出，要继续深化拓展学雷锋活动，大力弘扬雷锋精神，引导和激励人们胸怀理想、脚踏实地，为全面推进中国特色社会主

刘成德与郭明义合影

义事业、实现中华民族伟大复兴的“中国梦”而奋斗。

激励中国人奋勇前行的“中国梦”，内涵丰富，其中必然有着崇高的道德色彩。中华民族的伟大复兴，必然需要道德复兴。十八大强调“要坚持依法治国和以德治国相结合”。道德的强音在中华大地回荡。

50 年来，我国发生了巨变，而雷锋这座道德的丰碑，一直矗立在几代中国人的心中。充满永恒魅力的雷锋精神，一直温暖着我们的心灵，一直高尚着我们的道德。

走雷锋之路，行成德之道。第四届全国道德模范提名奖获得者、76 岁的刘成德忙了起来，作报告、陪参观、接受采访……

“别累着！”我关心地说，“老人家多保重！”

“您使劲掰掰我的手腕——不动摇吧？您再用劲敲敲我的拳头——硬吧，跟石头一样！”老人乐呵呵地笑着说，“为学雷锋，俺还想再活 20 年！”他充满信念的自信，充满身体的自信，充满力量的自信。

刘成德犹如一棵树，50 年，一圈又一圈，圆成着学雷锋的年轮，坚持出道德的风景，又生发在无际的全国学雷锋常青林中，见证着无穷的雷锋绿……绿染神州，春满乾坤！

让我们一起走近刘成德，探索他的“成德之道”，让我们一起体味雷锋、刘成德们共筑的“成德之道”，让我们一起仰观俯察，感受人与自然和谐的“成德之道”！何以如此论德说道？因为道德出现了问题。有人说“道德缺失”，有人说“道德滑坡”，有人说“道德困境”，有人说“道德沦丧”……

英国有位著名的历史学家说过：任何历史的发展都是在受到挑战和作出应战中实现的。当今世界，一个非常突出的特点，就像一摸鼻子就感到非常突出一样——那就是挑战，不容回避的挑战。我国辉煌的成就光耀世界，但挑战无疑也已经半夜敲门。经济上的挑战、军事上的挑战、道德上的挑战……挑战无处不在。以道德为例，说全国道德有点小小的、像长了个粉刺样的毛病，这是太不及；说中华民族到了最缺德的时候，这是太过了。说道德面临挑战，这是比较合适的。

挑战与机遇并存，这是我们常说的话。不要无视挑战，不要只是牢骚，

“牢骚太盛防肠断”，我们需要应战，需要积极地应战，这样，机遇就像自来水，拧开就流。

当对道德的不满有点“听取蛙声一片”的时候，其实，道德也在“稻花香里说丰年”。

直指人心，道德为本；九九归一，天下归德。作为一名经济日报记者，我用了近两年时间，踏入道德领域，在全国乃至国外“走转改”的时候，受到无数的感动，受到无数的震撼，受到无数的鼓舞，受到无数的洗礼。我切实感受到“七步之内，必有芳草”。是的，芳草就在你我他身边！

第一章

如燕衔泥　积善成德

泰山挺起民族的脊梁，是中华精神写在天空的诗。

每年，燕子抢着时效，为春发布着通稿。

匆匆，

燕子用随身携带的剪刀，

裁朝霞，出彩报，

春的消息上了头条。

灵燕还管着发行，

忙着为东岳发了特快专递。

那一年，十八盘上，一位青年，一会儿帮扶吃力的老人，一会儿帮人抱抱小孩，一会儿替泰山挑夫担上一阵……在盘道的分行上，他踏着向善向上的脚步，凝炼出道德的诗句。

泰山顶上，济济有众，咸待日出。他，置心高处，超然物外，把浮云万里一眼看开。极顶的早上，寒气袭人，他脱下外套，给一位冻得发抖的游客穿上。他坚忍着寒冷，脸上却洋溢着快乐。他不是雷锋，却有着《雷锋日记》中所写的相同的感受——北风刺骨，雷锋取下自己的手套，送给那位老太太："一路上，我的手虽冻得像针扎一样，心中却有一种说不出的愉快。"太阳露出了笑脸，他犹如泰山顶上一青松，挺拔着一身慈爱的朝霞。

——这是年轻的刘成德。

泰山上，偶有不注意的游客随手扔下矿泉水瓶或盛食物的塑料袋，他便捡拾起来，做得那么泰然自若。一个粗心的游客，把钱包丢了，没有钱买下山的缆车票，急得团团转。他掏出200元，济人之困。太阳走向西边的山头，晚霞照亮了他的脸庞。路边的纪念品小摊上，摆着刻有“好人平安”、“泰山石敢当”等字样的石头。他走得有些累了，坐下歇息，霞光为他镀了“金身”，远远望去，俨然一尊“泰山石”。燕子绕着他盈盈地飞着，轻轻地叫着，像是在示意：能给您帮点忙吗？他拜托：燕子，您受受累，飞到雷锋的肩头，捎个信——俺想他了，忒想他！

——这是年过七旬的刘成德。他数十年如一日，不计名利，不问收获，日行善事，集小善终成大善。

他是哪里的人呢？

泰山脚下有个长清区，长清区有个归德镇，归德镇有个刘成德。

他是怎样的人呢？

他是雷锋的战友，雷锋曾亲笔赠言刘成德——“是我永远学习的好榜样”。

刘成德从部队转业到工厂，从工厂回归农村，变化的是岁月，变化的是舞台，变化的是身份，不变的是一心一意一辈子学习雷锋，薪火相传五十载。他引吭高歌，续唱出响亮的“雷锋之歌”；他信受奉行，延展着不尽的“雷锋之路”。

达·芬奇说：“谁播种道德，谁就收获荣誉。”2011年，他被济南市评为道德模范。

我去泰山脚下的万德镇写刘成德的故事。峰回路转，车进了山套。这里叫灵岩，位于泰山西北麓。明代文学家王世贞游后赞叹：“游泰山而不至灵岩，不成游也。”车过通灵桥，转上一个陡坡，就到檀园，清清静静，我个人开了个房间，静悄悄地写着稿子。

两棵400多年的丁香开了，一棵粉红，一棵洁白，浓香盈园。千年的青檀萌动出满树卵形绿叶，红的、紫的、白的牡丹花开富贵，花儿正盛的连翘满枝金黄，榆树上满挂着串串榆钱，声声鸟语，婉转动听。

灵岩所在地叫万德。大地具足万德，所以“土能生万物，地能发千祥”！花开得不增不减，鸟叫得不生不灭，泉流得不垢不净，万德具足的大地，很满意春天的工作。

远取诸物法蛛网，近取诸身织文章。我要在这里“网”出雷锋的战友刘成德，“网”出雷锋，还“网”什么呢？古往今来多少事，一只网虫网春秋。到底“网”什么呢？网那生天生地之前的本然，一切本然了，一切也就自自然然！

每个人心中都有张网，关键看网什么。网了一腔自私，心灵都变得幽暗；网了一片阳光，灵魂都变得亮丽。

刘成德心中没有那么多网，他的过去、现在、未来只有一张网——雷锋网。这张网能放无量光，而光源就是道德。苏霍姆林斯基说：“道德是照亮全面发展的一切方面的光源。”

雷锋网网络天下。我在采访雷锋的战友乔安山时，他讲了一个动人的故事：有一次，他在武汉做报告过了点，气喘吁吁地跑上飞机时，恼怒的眼神纷纷向他投来。“这是乔安山同志，雷锋战友。”机长解释说，“耽误大家的行程了，老人家给武汉大学做雷锋事迹报告误了机。”立时，乘客全体起立，向他致意，热烈的掌声在客舱响起。这是鼓给雷锋的掌声！乔安山讲到这里，掉下了眼泪。

刘成德与雷锋有深厚的情谊，他常说雷锋长了个娃娃脸，他活泼可爱的样子总在眼前。

1962 年 2 月，东北依然是天寒地冻，而沈阳军区首届团代会却洋溢着融融的春意。开会之余，大家三五成群到雷锋住处与他交流。雷锋总是很客气、很谦和地与代表交谈。从入住的军区招待所到开会的地方有三四里路，千余名代表每天步行到会场。路上，总有代表利用这个机会与雷锋交谈。年轻人火热的心，温暖了这条 10 多天走来走去的青春之路。

这是沈阳军区的“群英会”，雷锋利用开会的一切间隙，博采众长。刘成德说：“雷锋是一个很善于学习的人 。雷凯与雷锋的故事，就是团代会上的佳话。”

雷凯也是团代会的代表，他是神枪手，百发百中，是沈阳军区军事训练的标兵，两人在会上相识。雷锋常找他学习射击技术。雷凯也很喜欢雷锋，很乐意教他。枪把如何依托，如何瞄准，如何勾机，雷凯讲得很细。中午休息、晚饭后，他俩常在一块切磋。雷锋说：“我要学成神枪手，到前线杀敌，保卫祖国！”代表们就说他们是亲哥俩，两人乐呵呵地听着，不作分辩。

刘成德是一个勤快的人，天还不亮，他就悄悄地起来，想把外边的地打扫一下，可他发现走廊和厕所都已打扫得干干净净。这时，从楼道的另一头，雷锋脚步轻轻地走来，笑着与他打招呼：“刘班长，您起得这么早！”

早起的代表不少，但他们发现早已有“先行者”，把楼上楼下到处收拾得干干净净、整整洁洁。踊跃争先的代表们一个比一个起得早，大家都想为别人做点事，可往往还是会被更早的人抢先做完。后来有代表发现雷锋每天不到 4 点就起床为大家服务，于是不少代表干脆头天晚上提前把扫帚藏起来，第二天早上 3 点多就起床抢活干。军区领导得知了情况，怕影响代表们休息，强行下令：代表必须按时作息，不准早起！当年团代会上的一个个画面，亲切如发生在昨日，在刘成德眼前闪现。

那时生活困难，部队很难吃到海鲜。一天，雷锋与刘成德帮着服务员给代表端完菜，坐在同一个桌上吃饭。桌上有上的鲅鱼，有上的大虾。刘成德至今还记得，他用手比量着对我说：“那大虾都拃巴长。有鲅鱼的地方容易有大虾。什么季节出什么鱼，什么海域出什么鱼，都是有数的。比如到 6 月就有刀鱼。”

招待所的负责人对正在吃饭的代表说：“炮七师为团代会‘献礼’，送来了海鲜产品，给代表们改善下生活。他们的打渔队常年在海上，打渔非常辛苦。打渔队的刘成德班长，是位英雄，参加了我们的团代会。”热烈的掌声为炮七师的打渔队响起来。刘成德起立，向大家行军礼。

刘成德说，当时雷锋一边吃着鲅鱼，一边连连称赞：“鲅鱼好吃，鲅

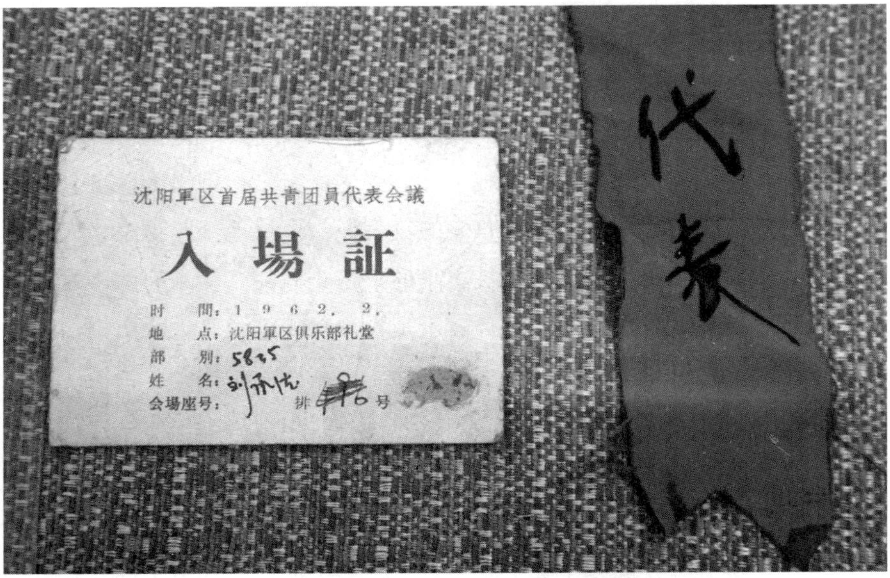

1962 年，刘成德就是带着这张入场证，与雷锋共同出席沈阳军区首届团代会，两人第二次相见。常德宝摄影

鱼好吃。刘班长，说不定我吃的这鱼，就是你们班打的！”2013年大年初一，我是在刘成德家过的。他家桌上的雷锋像前，摆着菜，有一盘就是炖鲅鱼。刘成德说：“雷锋喜欢吃鲅鱼。”这是他专门去买的鱼，亲自炖的。

1962年8月15日，雷锋同志牺牲。1963年3月5日，毛泽东的题词“向雷锋同志学习”发表。1963年5月22日至31日，沈阳军区第二届团代会召开，从招待所到会场，走在同一条道路上，还是三四里路，那么熟悉的环境，那么多熟悉的面孔，却少了雷锋的微笑。每次从这里走过，所有代表就会一路高唱着“学习雷锋好榜样，忠于革命忠于党……”雄壮的歌声响彻天宇，感动的泪水洒满脸庞。

那些年
那些人
是
万马奔腾
是
万紫千红
那是激情燃烧的岁月
那是热血沸腾的群体
那些年、那些人
犹如激荡的诗句
经过了火红年代的锤炼

我们感受了那个时代，理解了那个时代，就会明白：热火朝天，争先恐后，这不单是些形容词，而是那个时代的最真实的写照。

刘成德在沈阳军区首届团代会上的事迹报告，感动了很多人，不少代表找他在纪念册上写段话，他的笔记本上也留下了好些代表的赠言。

董存瑞生前所在班班长常恩举作为特邀代表参加了团代会，他给刘成德题写赠言，表示要“争取新的光荣”！

常恩举在辽沈战役和平津战役中各荣立大功一次。1950年入朝作战，

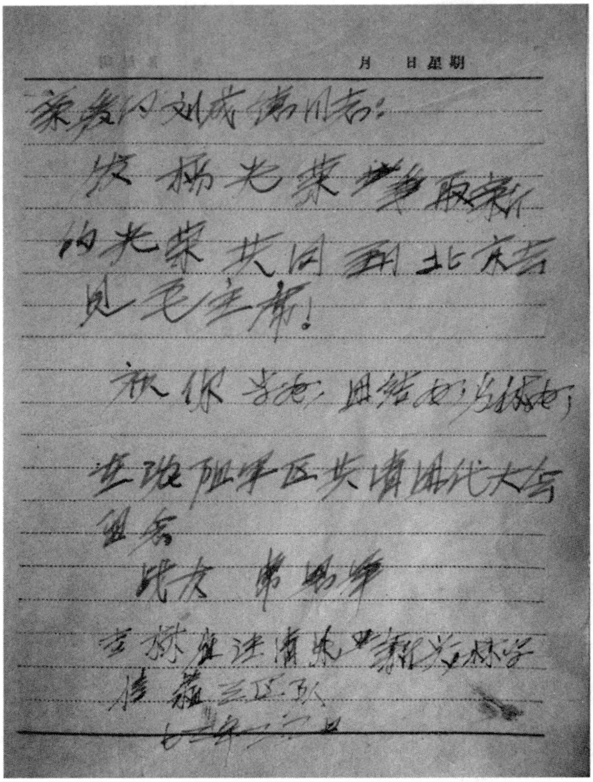

月　日星期

亲爱的刘成德同志：

发扬光荣争取新的光荣 共同到北京去见毛主席！

祝你学习、团结好、进步好；

在沈阳军区共青团代大会留念

战友 常恩举

三区队

董存瑞生前所在班班长常恩举写给刘成德的赠言

多次再立战功。1950 年 10 月，他出席全国英模代表大会，被授予“全国战斗英雄”称号，受到毛泽东主席的接见。1951 年，他荣获朝鲜民主共和国颁发的二级国旗勋章。

1962 年 2 月 23 日，参加团代会的廖初江给刘成德题写赠言：

亲爱的战友刘成德同志：

让我们今后互相帮助，共同努力，为保卫祖国贡献我们的最大力量！

战友廖初江

廖初江是全国闻名的学习毛主席著作标兵，有“学毛著第一人”之称，他任学习毛主席著作的标兵连指导员时，雷锋曾去取经。

刘成德 1957 年参军，入伍以来年年被沈阳军区授予“五好战士”，又荣立过二等功，早已是全军区知名的先进人物。1962 年，他与雷锋都作为特约代表参加沈阳军区首届共青团代表大会，都受了表彰，奖品是《毛泽东选集》、《星火燎原》丛书和一支钢笔。他俩像天上的星星，你照耀我，我照耀你，都用自己的心相印着，都愿意把自己的经验介绍给对方，都愿意汲取对方的长处，以做得更好。

雷锋是个真诚的人，真诚得像春光一样，没有一点虚假。他一生多次在日记中表示向英模学习，而他亲自题写的有的是“榜样”，有的是“好榜样”，有的是“永远学习”，《雷锋全集》中统计共有 7 人。而把“好榜样”、“永远学习”的要素集中起来的，明确赠言“是我永远学习的好榜样”的，只有两人，一个是刘成德，一个是文淑珍。

1962 年 2 月 26 日，雷锋给文淑珍赠言：“文淑珍同志：你是党的优秀儿女，是毛泽东时（代）的英雄，是我永远学习的好榜样。让我们更高地举起毛泽东思想的红旗，为人类的解放事业——共产主义而共同奋斗吧。”文淑珍以民兵共青团员身份出席沈阳军区首届共青团代表大会，她邀请雷锋到照相馆照了一张 9 人合影，并请雷锋为她写下这段赠言。

文淑珍，中华奇女子，我国第一位远洋捕鱼女船长。当时，“打鱼姑娘”文淑珍的名字可谓家喻户晓。她先后被评为全国、省、市劳动模范和全国三八红旗手。她们的“三八号”渔船，多次被评为全国、省、市先进集体。她在海上捕鱼7年半，后来到机关工作，先后任长海县副县长、中共大连市委四至五届常委、市妇联主任、市人大常委会专职委员。

我采访她时赞叹：“天下渔家傲，海上花木兰。大浪何曾惧，乘风绽嫣然！”

她老人家仍然那么爽快：“都过去了，过去了！我们赶上了那个时代。”

文淑珍多次受到毛泽东主席、周恩来总理接见。她谈到1959年参加国庆观礼时，如在眼前。当时在天安门观礼台，她站在第二排。毛主席走过来，主动和大家握手。文淑珍这个20岁的女孩，怯生生地把手伸了出去：“主席好！”在海上迎战11级大风，她牢握着舵，不曾掉泪，此时她握着毛主席的手泪流满面……

1939年4月，文淑珍出生在大连长海县獐子岛的渔民世家。2岁时，父亲出海遇难；8岁时，母亲得霍乱去世。她与雷锋一样，都有孤儿的遭遇。后来雷锋在给文淑珍的信中写道：“过去，我和您一样，是个穷光蛋。从小就失去父母，只得到处流浪。现在我们成了国家的主人，过上了好生活，这一切，都是党和毛主席带来的啊！党的恩情比海深，我们永远不能忘……”了解了这些，我们更能了解文淑珍握到毛主席的手时的热泪盈眶。

经时代的阳光照耀，受社会的雨露滋润，长到19岁，文淑珍提出一个令人目瞪口呆的想法：“我要出海打鱼，男人能做的事，我们女人也能做。”这是1958年，她和另3位姑娘联合请缨，提出了一个让人始料未及的要求。在这里，捕鱼，世世代代，演绎着男人与海的故事。一石激起千重浪。可她执着：“女同志也要为社会主义建设做贡献！”

组织研究决定，批准文淑珍等4个女孩上船。英雄不论男女，巾帼不让须眉。

一出手，石破天惊！一带头，移风易俗！

影响，需要实力。她们的打渔佳绩，让人看到新的天光海色。1959年3月，獐子岛公社决定打造一艘“三八号”，公社买来一台40马力的机帆船，供20多名女渔人使用，文淑珍成了中国第一艘女渔船的船长。

海上捕鱼，毕竟不同于闺房绣花。大海千变万化，很会出其不意。1961年春季，文淑珍率船在山东捕鱼，忽然，“大风起兮云飞扬”，渔船还未能收港，狂风刮到11级，速令下锚先停航。20多米高的恶海向“三八号”怒吼，牢固的桅杆被打断了，坚韧的锚缆随时也可能断裂。

女人与海在较量。

“同志们，阵脚一乱，只有死；沉着应战，才能生。我们要活着回去！”这里没有一个男人。文淑珍动员全体船员齐心协力，保船保命。这里是女子世界。天下最柔弱者女人，而女人天生是老子的学生，最能以柔弱胜刚强。此时大海正刚强。海浪，恶狠狠，一次打断了绑锚的绳子，不算完；海浪，凶残残，二次打断了绑锚的绳子，不死心；海浪，毒辣辣，三次打断了绑锚的绳子，不罢休。坚毅的文淑珍，亲自掌舵，率领着女子团队，一次次打退大海凶猛的进攻。柔弱的女人与暴烈的大海在较量。

……

这次大风大浪，大连有10多名打渔的船员葬身海底。

疯狂了一天一夜，大海疲惫了，喘着无可奈何的粗气。

“三八号”安全收港，女船员死里逃生。当她们上岸时，听到的是为打鱼姑娘海上失踪而伤悲的哭泣声。这时，女船员们忽然想起了那时忘记的哭泣，抱头痛哭……

一次次遭遇困难，一次次经受磨砺。她们明白：困难用强硬攻而不克时，就用温柔的鲜花和甜美的果实，为坚守者献上礼赞！

文淑珍率对船出海生产10天，捕鱼6万余斤，创出新高；

文淑珍率对船赴指定海域，仅一天就捕获对虾15000余斤，创造了对虾捕捞的高产纪录；

“三八号”连续创造每年提前完成生产任务的成绩。

1964年国庆节，周恩来总理在人民大会堂宴会大厅招待来自全国各条战线的建设社会主义积极分子。当文淑珍自我介绍到“我是打鱼的，大连的”

时，周总理打断了她的话：“我认识你，你是来自海岛的小姑娘！”

我问文淑珍：“总理是怎么记住您的？”

“我曾随中国劳动妇女代表团出访阿尔巴尼亚。”文淑珍说，“代表团成员名单都是由周总理逐一圈定的，周总理就记下了我这个‘打鱼的姑娘’。”

周恩来总理陪同外宾到大连，文淑珍被安排到大连棒棰岛宾馆参加活动。在晚宴上，文淑珍站起来给周总理敬酒：“总理，您随意！”她这样体贴地说，是关心总理的身体。可周总理却一饮而尽：“打鱼的姑娘给我敬酒，我一定全喝。” 这令文淑珍非常感动。

我们把话题扯到 1962 年 2 月的沈阳军区召开首届共青团代表会议。代表们都是会议召开之前就报到了，在住的招待所里，她注意到了一个身穿褪色军装，个子不高的小战士，天一亮就起来，扫地、擦地板，早上晚上还提着暖水瓶给大家往房间送开水，吃饭时给代表们送饭端菜，跑前忙后，腿脚麻利，微笑服务。她觉着部队里的这个“勤务员”真勤快，服务态度真好。可开大会那天，这名“勤务员”和她一起坐在主席台上，两人还先后作了报告。原来这名小战士就是雷锋。文淑珍说：“我们整天在海上，消息闭塞，当时真的不太知道雷锋。”

开会时，正赶上元宵节。文淑珍说：“雷锋很细心，他帮代表们盛完元宵后，走过来问：‘您吃过元宵没有？’我实话实说：‘没有。’接着，雷锋就坐我旁边，把自己碗里的元宵都给了我：‘海岛上没有，您多吃点。’雷锋会关心人。”

文淑珍在团代会上报告的事迹，深深感动了雷锋。会议之后，在 3 月 18 日写给文淑珍的信中，雷锋表示：“您懂的道理比我多，做的工作比我好，创造的成绩比我突出，对党的贡献比我大，您的进步比我快……总之，您的一切都比我好。因此，有机会您多加帮助和指导。”

文淑珍的报告还深深感动了刘成德。50 多年过去了，刘成德聊起来仍是记忆犹新。当年广阔的海面就那“三八号”全是女子，是海上一道亮丽的风景线。她们的机帆船是浅蓝色的，部队的船是灰色的，经常在一个海域捕鱼。刘成德说："我早就知道女船长文淑珍，只是没交流过。到了开团代会时才认识。"

刘成德、文淑珍，虽然一个是部队的战士，一个是地方的民兵，但都从事海上捕鱼，有很多共同的体会，有很多共同的语言。他们交流了很多。文淑珍听了刘成德的事迹报告，也是非常感动。她从小在海岛长大，又多年在海上打拼，深知那样有雾的夜晚，深知那样的狂风恶浪，一个人跳到水中，游那么远去救人，太危险了，随时都会要命。"遇到10级风，就跟开了锅的水，海就不是海了。"文淑珍比画着说，"这样风浪中的一艘机帆船就像一片小树叶，随时有倾覆的危险。这时候一个人在海浪里，就像一根头发丝了……"

文淑珍觉得刘成德的事迹太感人了，他太值得学习了。一直感动着的文淑珍，在2月26日，雷锋给她题赠言的这一天，就在纪念本上为刘成德写了赠言，虽然她家庭困难，从小上学少，文化不高，虽然她手中的钢笔使用起来，远远没有她驾船自如，但她认真地写着，发自内心地写着，即便是有错别字，即便是句子不那么通畅，但我们完全可以读出她的感动——

刘成德同志、战友：

你是一个优秀的共青团员，你是共产主义精神，舍己救人，不故（顾）自己的性命救别人，是至（值）得我们团代表学习的榜样。你的工作也是我们响（向）你学习的。

我们在不同的工作岗位，共同努力，希望你在你的现有的基础上，更要好好工作，听党的话，在三面红旗照耀下奋勇前进。

文淑珍

2月26日

刘成德一直在箱子的底层珍藏着有雷锋、文淑珍等赠言的笔记本，文淑珍一直在书柜的高处保存着有雷锋等赠言的纪念本。

这些赠言，分明是一颗颗滚烫的心，是一团团燃烧的火，是一道道闪

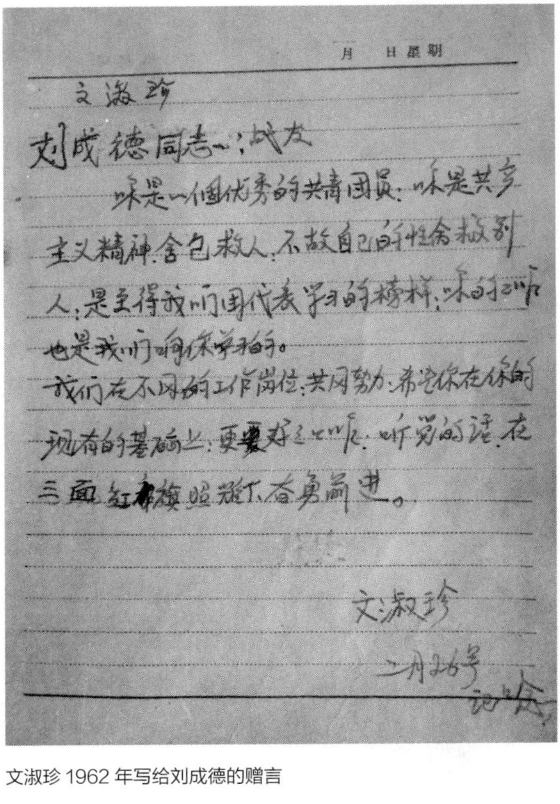

月 日星期

文淑珍

刘成德同志——：战友

你是一个优秀的共青团员：你是共产主义精神，舍己救人，不顾自己的性命救别人：是值得我们团代表学习的榜样：你的[illegible]也是我们向你学习的。

我们在不同的工作岗位：共同努力，希望你在你的现有的基础上：更要好好工作，听党的话，在三面红旗照耀下奋勇前进。

文淑珍

二月26号

记念

文淑珍 1962 年写给刘成德的赠言

耀的电，是一声声振奋的雷，是透着那个年代特有芬芳的花朵！

沈阳军区首届团代会从1962年2月19日到27日召开，从提前报到到散会，刘成德与雷锋，10多天相处，同为20多岁的青年，他们在一起交流，无话不谈，可谓推心置腹。刘成德向雷锋讨教，不放过点滴时间，那一声声“雷班长”喊得热乎；雷锋向刘成德取经，不错过一切机会，那一声声“刘班长”叫得亲切。

与雷锋在一起，刘成德看到，他待人那么热情，那么仔细，那么周到。至诚，则心细；真心，则虑周。

雷锋、刘成德成为知音，他们掏心掏肺，相互启发，相互激励，都竭尽全能给力对方。

雷锋捧着刘成德粗糙的手，翻过来，正过去，一会手心，一会手背，仔细地看着。刘成德的一双大手，手指粗粗的，手背上的肉厚厚实实的，在海上冻出的冻疮，青一块，紫一块，还没有好，手上硬硬的膙子，一处一处的。雷锋连连感慨：“您在海上太苦了，太苦了！”憨厚的刘成德言语不多，嘿嘿笑两声，低下头看看自己的手，好像觉着手这样很正常，轻声说着：“习惯了，习惯了。”

刘成德的个子比雷锋高出十五六公分，长期在海上劳动，磨砺得一身壮实，面庞晒得黑红。海风雕出了一脸的忠厚，岁月塑出了一脸的老实，是那典型的看上一眼就给人信任、给人踏实之感的长相。

刘成德所在的沈阳军区3329部队，驻扎在大连市甘井子区。炮七师的兵，因部队所需，在海上打渔。雷锋很向往海。刘成德讲了好些海上的故事。两条打渔船都是机帆船，刘成德所在的船是2号船，他是班长，共有14个战友。打渔这工作是很辛苦的，刘成德很体贴大家。他这山东汉子，工作起来，那拼劲就像大浪一个接着一个持续地扑打着礁石，关心起人来却像月光洒向船上，温馨、细腻。他体现出了海样深的战友谊，手足情。

刘成德看到炊事员吴晓集有些“消极”，就找他谈心，知道是因家中特别困难，老母亲又有病，就安慰他：“别愁，要愁就跟海样，看不到底了！”说着，他打开点窗子，清爽的海风随之吹进，“别闷着，吹吹风吧！”

刘成德悄悄给吴晓集老家寄去20元。那时刘成德仅是个班长，工资也不高 ，而且当时自家也很困难。他与雷锋一样啊，总是为人着想。吴晓集老家来信，说收到钱了，救了家里的急。他没有寄钱，一想这事肯定是刘成德做的。质朴的吴晓集攥住刘成德的手："刘班长，您看，您看……我那天心里犯愁，走了神，饭烧得有点糊了……"话不知怎么说好，眼里却分明有些湿润了。

洪大洋是1960年的兵，是湖北人，家里穷得要命，打渔累得要死，这让他很有情绪，更让他不满的是不得志。他怀着报效祖国的理想参军，却一天到晚在这打渔,跟渔民有什么区别？当的是炮兵,却连个炮影也没见着。他觉着一心向往建功立业的梦想破灭了，每次渔船一离开港口驶进大海，就有强烈的掉进苦海的感觉，禁不住地感叹："唉，咱这是苦海无边啊！"他整天愁眉不展，仿佛这一海的水成了他满肚子的苦水。他怎么也不理解刘成德的"以苦为乐"："刘成德是傻干、傻乐，人家在陆地上的还有个娱乐活动，这黑白在海上，他是'渔乐'、'愚乐'，干一天下来，累得腿都拉不动，怎么就能乐得起来呢，真是个山东傻小子！"

刘成德是个好脾气，别人说难听的，他就像没听见一样，不去争吵。他自己给洪大洋家里寄去20元，又打报告给他申请了40元救济款。这让洪大洋感受到这个团队的温暖，感受到部队的温暖。

国家困难时期，部队也困难，为了缓解供给紧张，炮七师1959年成立了打渔队。刘成德给洪大洋做思想工作："革命工作分工不同，干什么都一样。咱多打点鱼，战士改善点生活，身体健康，保家卫国，咱这也是为国家做贡献！"

洪大洋逐渐地转变过来，他负责船边的网线，拉网、下网，坏了就及时补网，从没出过问题，后来成为"五好战士"，年年受表彰。

大海波涛涌动不息，刘成德对战友关怀不已。战友换下的脏衣服，他抽空就帮着洗。后来战士需要洗的衣服如果一时来不及洗，就都自己藏起来，不让刘成德看到。在刘成德的眼里，每位战友都是海，他与海共澎湃，他与海同欢乐。

济危救困，刘成德在所不辞。关键时候，他总挺身而出。初冬时节的一天，他在港口忽然见到一个 10 多岁的孩子掉到海里。大浪连大船都掀得摇摇晃晃，卷走一个小孩，真是十万分容易。他迅猛奔跑，没顾上脱衣服，一跃就跳到海里。冰冷的海水像万针刺人，凉气透骨，疼痛钻心。他顾不了这些，孩子危急，他用粗壮的胳膊猛烈划水，急急游进。眼看孩子就要没命了，他一个猛子扎下，把孩子托起。海风吹，海浪涌，湿透的衣服裹着身子，游起来很费力。孩子的衣服浸透了水，身子沉沉的，刘成德一个胳膊抱着他，一个胳膊使劲地划，双脚竭力地蹬，争分夺秒地往岸边游着……

他救人一命，却像什么都没发生一样，悄悄地回到部队，没有人知道他海中救人的事。后来，孩子的父母找到部队，送感谢的锦旗，刘成德的英雄之举才被部队知道。

部队驻地附近有位姓董的老太太，没儿没女，一个人过日子，孤苦伶仃。刘成德抽空就去帮助她。看到她门口有点空地，就买了棵洋槐树栽上。

她家大门口往东不远有口井，附近有条从西向东流的小水沟，屋后有块小菜地。刘成德帮她扫扫院子，擦擦桌椅，买菜，购粮，还给董大娘零花钱……就像儿子孝敬母亲一样。

董大娘病了，他就陪着去医院看病，买回中药，帮着煎好，端到床前，伺候老人吃药；并做好饭菜，递到老人跟前。

每次，他都从井里一桶桶提水，把水缸灌满。老人接过水桶，心疼地说："快歇歇！"她看着如镜的水面，上面映着她的笑脸，也映着刘成德青春的灿烂，映着蓝天白云——好一幅军民一家亲的画面。

屋后的小菜地里，洒下了刘成德的汗水。刨地、种菜、施肥、浇水，他很勤快地干着。

刘成德方脸盘，大眼睛，鼻子稳健、周正，眉毛稍有上扬，一头浓密的黑发。常年在海上，风吹日晒，皮肤有点粗，脸色有点黑，但这都掩不住他的英健之气。打渔拉缆绳，磨得两手都是厚厚的茧子，给董大娘砍木柴，有些不用斧子，立起巴掌一"劈"，咔嚓，粗粗的树枝就砸断了。

春天，刘成德栽的洋槐树开花了。一簇簇洁白的花，飘散着浓香，门前院里溢满了春光。洋槐花好看、好闻、好吃，把花儿和到面里，就能烙槐花饼。董大娘有了刘成德的帮助，心中四季如春，一年到头飘着洋槐花香。这树旺着呢，枝叶繁茂。

孤寡的老人，原来常叹晚景凄楚。年轻的战士，在她门前，栽上一棵洋槐树。大娘啊，不再孤独。翠绿的枝叶沙沙，仿佛家常絮语；洁白的花儿串串，好像军民共舞。蝶常来，鸟常住，一树春光，胜却浮尘无数。大娘啊，常念叨：“俺知足，俺知足！”岁月里深厚了一片鱼水情，天地间茂盛了一棵幸福树！

当兵7年，7年照顾。临转业了，刘成德来告别。正是洋槐花开的时节，看了看长高的洋槐树，用双手拃了拃长粗了的洋槐树，把屋里院里收拾了个遍。“您多保重，有困难就给我写信。”那时钱少，刘成德省吃俭用，把攒的30元钱留给老人。董大娘泪流满面，颤巍巍的双手，端过一杯茶：“小刘，你7年从未在这吃过饭，喝杯大娘的茶吧……”

第二天，8点多钟，董大娘赶过来送行。“孩子，拿上，这是大娘烙的槐花饼……”车开了，董大娘流着泪，摆着手。车开得好远了，董大娘还站那，摆手，摆手……

刘成德在部队唱响了他人生最响亮的“青春之歌”。1961年11月，他在海上奋不顾身，救了14个战友，荣立沈阳军区二等功，成为英雄。他在炮七师19团、20团、21团作巡回报告，每到一处都受到热烈欢迎。黑板报上写着“向刘成德学习、向刘成德致敬！”一走进会议室，战友们全体起立，用雷鸣般的掌声欢迎他。甘井子区的学生也邀请刘成德去作报告。

刘成德做人像海一样深厚，
刘成德做人像山一样实在。

“您是我永远学习的好榜样”，
雷锋——
对那山那海，
敬佩，感动，

心中涌动泉水一泓。

对待同志要像春天般的温暖——刘成德一生都在牢记着、践行着雷锋的话。1964 年春天，刘成德转业到位于辽宁锦州的国营 754 矿。他白天下矿井，搞地质勘探；下班后，帮助生病的同事买药、打饭、洗衣服；临到休班，本该好好休息一下，可谁有急难事，他总主动替工友的班。

当地有户人家，男主人叫王志，儿子残疾，老两口身体不好，缺人照顾。刘成德有空就去照顾，就像进了自己的家，能干的活都干。刘成德在船上时，见炊事员忙不过来，就经常帮着做饭，锻炼出了烹饪手艺，现在又派上用场，帮王志老人炒菜。他往锅里倒上油，热到冒烟，把切好的长条豆腐倒进锅里，白白的豆腐，煎得泛黄，再添进红辣椒，炒出山东风味的辣椒豆腐。老两口最爱吃他做的饭菜，又辣又香，很开胃，脸上冒汗，眼里闪出幸福之光。

由于刘成德伺候得好，两位老人的身体逐渐好起来，常出来遛弯，逢人就夸成德好。

郅顺义 1947 年参加中国人民解放军。1948 年在隆化战斗中任突击组长，掩护董存瑞舍身炸掉碉堡，后率突击组炸毁敌人最后一道铁丝网和围墙，歼敌 140 余人，立两次大功。1949 年 8 月被授予战斗英雄称号，1950 年出席了全国战斗英雄代表会议。雷锋在日记中写过战斗英雄郅顺义，很佩服，决心向他学习。刘成德对郅顺义同样崇拜。1964 年，工厂派遣刘成德与工友王爱民、刘信耀去湖南学习，路过首都时，他们遇到了在北京开会的郅顺义。

见到老英雄，刘成德很是激动，郅顺义见到刘成德也非常高兴。刘成德说：“您是战斗英雄，我心目中的榜样，我要永远向您学习！”

郅顺义说：“您也是一位英雄，我在报纸上看到过您的事迹，您救了 14 名战友，雷锋都称您是他永远学习的好榜样，我要向您学习。”4 人到一家照相馆留下了一张珍贵的合影。

在锦州工作 9 年后，刘成德调回济南长清农机修造厂。同车间的一个王姓工友，妻子残疾，父母年老多病，孩子又多，家庭十分困难，有时连

刘成德（前排左一）与郅顺义（前排中）、王爱民（前排右一）、刘信耀（后排）合影

饭都吃不饱。刘成德知道后，义不容辞，尽力相助。

平时他自己多喝点汤汤水水，那汤里飘着一两片菜叶，伴着倒映的蓝天白云。挤出点饭票他就给工友打饭。每次发工资，他都拿出一些钱救济这位工友。虽然他自己家里的日子也苦得捉襟见肘，但他对别人的困难仍是牵肠挂肚。他还从家里给这名工友带点粮食，拿些旧衣服，总之是想方设法，帮他渡过难关。

当时农机厂的厂长孟庆家说：“好人刘成德，是我们厂的一宝啊！”

在采访中，刘成德的工友张仇花向我讲了一个感人的故事。

“奋不顾身，上学时学这个词，光是知道意思，没有体验。刘成德救了我一命，使我真正明白了什么是奋不顾身。”说起刘成德舍身相救的往事，张仇花仍是心有余悸。

有一天，生产队送来一个装汽油的大桶，让焊接车间修理。那时，张仇花年轻，缺乏经验，她在大油桶上直接用焊条焊接缺口，干得满腔热情。

不料，随着温度升高，汽油被点燃。刘成德发现了险情，知道汽油桶马上就要爆炸，但他置生死于度外，毫不犹豫，一个箭步跨过去，猛力推开张仇花。紧随着就是一声巨响，汽油桶爆炸了。张仇花化险为夷，脸都吓得煞白。大家也吓坏了：“太危险了，成德差点丧命啊！”

腿部受伤的刘成德，拍拍身上的土，淡淡地笑着说：“我没么。不推她一把，仇花就麻烦了。” 刘成德就是这样一个人，什么事在他看来都是自己“应该的”，都是平常之举。

“我永远忘不了那一天，忘不了那天！”张仇花一再感慨，至今回忆起来，脸上还露惊悸之色，“想来，真是后怕。”

刘成德退休后回到老家薛庄村。这位和蔼可亲的老人，见人未曾开口先微笑，他的眼神，和善、慈祥，春之花似的，给人以惬意；他的言语，柔软、和雅，春之声似的，给人以温馨。与他在一起，总觉得沐浴在春光里。

同村的万家红老人说：“成德心热。倒霉的时候，心里冰凉，他说上两句，就跟冬天裹上小棉袄，暖和和的！”人过日子，谁没个烦心，他常以爱语安慰大家。

刘成德一家人好说话，邻居百舍干活缺什么家什，都喜欢到他家借。他总是热情地说："用么拿么，俺家的，就是您家的！"镢啦、锨啦、水桶啦、镰刀啦……就跟用自家的一样，随便借。有时候别人不小心把家什用坏了，他也不在意，很随和地说："坏了就坏了，旧的不去新的不来。"

这就是刘成德——诚心时有，"明月松间照"；笑口常开，"清泉石上流"。

喷雾器，他本来准备背上到地里打农药，街坊来借，他先让人用。这家使，那家用，有一次，一个邻居借去喷药，用坏了，挺不好意思的。他却说："没什么，耽误您事了吧，早换个新的就好了。"他没让人赔，自己去买了新的，而且买了两个，他说，谁借了用的时候方便。他常对孩子们说："广结善缘，与人方便，自己方便。"

刘成德，乐善好施，早得善方便，随处结祥云。街坊有时急等着用钱，找他借，他总帮上一把："上山打虎易，开口求人难。谁没个难处！人家张开嘴了，得叫人合上。"

作为转业军人，他一直保持着出早操的习惯，一则锻炼身体，自得其乐，二则与兄弟爷们同乐。村里的广场上，他喊着号，"一二一"、"一二三四"……迈着军人的步伐，有跟着迈步的，有哈哈笑的，欢乐溢满了广场。他示范着，讲解怎样甩开胳膊、怎样迈开腿，怎样收腹、挺胸、昂首——这个种起地来就是地道农民的刘成德，出起操来就是地道的军人气派。76岁的老人了，腰板还是挺直的。"立正——"一声口令，正开着玩笑的老人们立时一本正经起来，刘成德讲着立正要领。早晨的阳光，洒到父老乡亲的脸上，光线仿佛变成快活的花，在大家的眉眼间开了。

阳光是可以给别人的，成德不缺阳光——"脉管里注满了阳光"，明快，温馨，循环着力量，传递着信念，持续着热望。纯——没夹杂阴影，真——不挂碍障缘。道成不斉，德全不危。脉管里何以阳光欢畅？天上有个月亮，心中有个太阳！

是阳光就要照耀，刘成德的德光广为闪耀。

一年春天，下午，刘成德的老伴王玉芹在自家的地头上等他，等着，等着——这人上哪去了？刘成德老两口和儿媳妇一块出了家门，要到自家地里种土豆，半路上就不见了刘成德。

他干什么去了？

——给烈属高桂英老太太买的牛奶送去了？

——村里花坛中的花木修剪过了？

——邻家的孩子要本《雷锋日记》给人家了？

——村头那堆垃圾推走了？

……

又干什么去了？刘成德总是善于发现，他发现了“新情况”，投入到“新的战斗”中——

刘成德看到本村的刘宝山正和儿子在为土豆覆膜。这活得俩人在薄膜两边分别按着塑料薄膜，另外一个人在中间铲土覆盖，否则，风一刮就全乱了。刘宝山爷儿俩又要按着薄膜，又要铲土覆盖，跑前跑后，忙活不过来。刘成德见状就赶过去帮忙。

刘宝山爷儿俩按住薄膜，刘成德拿起铁锨铲土回填。刘宝山爷儿俩的腿都蹲麻了，让刘成德歇一会。刘成德笑着说：“没事的，我有劲呢！”

他帮刘宝山家2亩多地覆了膜，再赶到自家地里，快黑天了。老伴心疼他，催着他回家歇息。

刘成德，就像春天的阳光，总是大方地照耀着，给人以热情，给人以温暖。

薛庄村的孟庆泉，他的妻子患有痴呆症，13岁的傻女儿瘸着腿，也是残疾人，还有80多岁的老母。这一家4口，靠他一人支撑，他恨不得把一天变成两天，多干点活，再多干点活，就像山里的树，挺拔起来，让那藤啊萝的，有个依附，翘拉起活的盼头。

2008年春上，那天孟庆泉已经干了很多活，又找了点活，想急着去干了，挣点钱，给老娘买点好吃的。他骑上车子，速度很快，可还想快——家里一直穷，娘拉扯大俺不易，那么大把年纪了，没捞着享福。他更快了，咚的一声巨响，车子撞在桥栏杆上。事后孟庆泉拣了条命，却瘫痪了，躺在床上，生活不能自理了。他眼直直地看着屋顶，好像觉着墙倒了，梁断了，家里的天塌了。他心中一直绿着、撑着的树，倒了。天无绝人之路，可他觉着自家的路绝了，还能活吗？还活吗？苦恼的孟庆泉绝望了，在他的宇宙里，没了亮光，“老弱病残”，样样俱全，他天昏地暗了。

刘成德来了，他走进孟家，送来1000元。

“您日子也不宽裕，这叫您……”孟庆泉流着泪感叹，“哎，俺这还是家吗？俺这是哪辈子的孽啊？人活的还有味吗？人来这世上干嘛？”

听着孟庆泉的声声哀叹，刘成德想起了《雷锋日记》中的话：“我能帮助别人克服一点困难，是幸福的。”便安慰道：“谁没个难？过去就好了。有俺家吃的，就有您家过的。您别愁，人活，得有个心劲！”

那时刘成德每月退休金也就六七百块，日子也是紧巴巴的。可孟庆泉瘫了后，他就时常送点钱来，有时候100，有时候200，尽力而为。平时，豆腐啦、鸡蛋啦、粉皮啦、油面什么的，他也常买了送去。

二月二，龙抬头。当地有吃炒豆子的风俗。那天刘成德送去了炒豆子，帮着孟庆泉洗了脸，梳了头，一边把他的头扶起来，一边说：“咱也得龙抬头。”

孟庆泉笑了，笑得很开心。病床前，刘成德一头汗，他给孟庆泉擦洗干净，换上衣服，又端着碗，耐心地，一口一口地喂着他吃饭。天暖和了，刘成德推开窗子，阳光洒到了孟庆泉的床上，照得他干枯的眼睛，亮了起来。

孟庆泉感动着，久卧病榻，常在缠缚，恒得帮助，他明白了以前不懂的道理：人不能光活在自己心里，得活在别人心里。他用枯瘦的、连饭碗都端不起的双手，拉着刘成德的手说：“俺要好了，也像您样学雷锋……”

孟庆泉的老母亲今年85岁了，刘成德给老人家买了身衣服，穿上正合身。“成德，您是个菩萨啊！”家中别无长物，老人没别的法子感恩，她深深地弯下苦撑了多少人生苦难、饱经了多少人世沧桑的腰，流着老泪给刘成德磕头，“这个家，要没您，怎过啊……”

孟庆泉的媳妇痴呆，遇到本村人不知道打个招呼，更不明白笑脸相迎。但刘成德走来，她总是笑着，笑着，无声地笑着，婴儿般地笑着，这笑里没有一点虚假，没有一丝企图，没有一尘染污，那么干净，那么单纯，那么美丽，仿佛行走在无边荒漠巧遇的一泓清泉，仿佛黑暗无明中少有的一缕光亮，仿佛远方飘来的久违的一曲妙音……

一真一切真，一真则妙。灵岩有至真感化“石头点头”的神话传说，薛庄有至善催化痴呆微笑的真人真事。

这无声的笑，是至诚感通，通化出的报恩的芬芳吗？

5 个多寒暑，刘成德常怀大慈心，殷勤照顾孟家。久不行走，长卧病床，孟庆泉的腿干细了，他出事前栽下的小树，他再也没握过的树，两掐多粗了。但刘成德植在他心中的希望树，他常用心灵去触摸。孟庆泉是知恩的，他在苦难中感受了春天般的温暖。

刘成德帮人耐心、细致、持久，他在无数助人的小事中体现的不仅是他的大爱，还有他的浩然正气。他帮助刘其祥、刘其英哥俩，就是很好的例子。

刘其祥，58 岁，刘其英 47 岁。兄弟俩都是单身，都不认得钱，卖了东西不知道该得多少钱，脑子都天生的有点不好使。10 年前，父亲刘维法去世了，他俩的生活面临问题。这时，刘成德走进了他们的世界。

逢初一、初六归德集，逢初二、初七国庄集，刘成德赶集就叫上刘其祥或者刘其英，说买什么，买多少，刘成德就帮着算账，帮着付钱。

为了帮着他俩理财，同村的刘其星记账，刘成德保管存折。刘其星说：“他哥俩都不识数，不能眼看着不管啊！”刘其星受刘成德影响，也成为村里的热心人，做了不少善事。我说：“您这是做好事。”他说：“不是做好事，都是应该做的平常事。”

刘成德的媳妇王玉芹一直是个热心人。刘维法两口子都在世的时候，王玉芹就帮着他们家拆拆洗洗。刘其祥的妈从年轻就不会干针线活，大人孩子穿的盖的，就都是王玉芹忙活。刘其祥、刘其英哥俩盖了一冬的被子，熏人的味道老远就能闻到，王玉芹不嫌弃，拆了，洗了，晒了，一年又一年。衣服开缝了，褂子掉扣了，王玉芹带上针、线、顶针，就去缝，一次又一次。王玉芹的帮助，不计其数啊！

平时，刘成德有空就到刘其祥家转转，看看有什么需要帮的。有一天，刘成德刚走进刘家小院，就闻到味不对，他一直有着军人的敏感，急忙跑过去，闻到满屋已是浓浓的煤气味，而弟兄俩都在屋里毫无察觉。“关煤气阀了吧？”“关了，有点呲呲……”刘成德把手伸到阀前，确有漏气的感觉，赶紧把刘其英喊到院子外边换换气，又赶快叫刘其祥把煤气罐抱到电瓶三轮车的车斗上，赶忙运到归德镇煤气站去修理。刘成德顺手抓了块湿毛巾，把煤气阀缠了缠，坐在后斗里扶着煤气罐，催着刘其祥快点骑。

煤气阀很快就修好了，听了情况后，煤气站的工作人员都很感后怕:“亏了刘成德去得及时，否则后果不堪设想。不仅他们哥俩会煤气中毒，要是有火星，屋里会失火，煤气罐会爆炸……”大家觉着这哥俩是捡了两条命。

2013 年开春以来，少雨，天旱，小麦正是拔节的时候，摇着细细的绿色小胳膊，渴啊，渴啊，急得“柳叶眉”都蹙了起来。刘其祥、刘其英哥俩有一亩多小麦，要浇地却不知水表跑多少数。刘成德就喊上刘其祥，到了麦田，放开水，为生机注入力量。时而看看水浇到哪里了，时而查看水是否溢出了田埂……刘成德忙了 3 个多小时，两手泥水，一脸汗水。他看了看水表，算了算，得花 27 块钱，就用纸包上钱，装到刘其祥的衣兜里，捏紧兜口，叮嘱说：“小心点，别掉出来，把钱给咱村里收电费的。”

四川雅安地震，村委会组织捐款，群众每人 2 元，党员每人 30 元。全村人都积极踊跃地到村办公院捐款。刘其祥来了，他家两口人，本来捐 4 元就行，他却要捐 10 元。工作人员以为他算错账了，不能欺负不识数的啊，他伸出 4 个手指头，一个一个地掰着，耐心地说：“您捐 4 元就够了。”刘其祥一脸真诚地说：“我学雷锋。”工作人员很受感动，连不识数的都知道学雷锋，识数的要不学雷锋，那是真不“识数”了。

我采访刘其祥，想启发他讲点感人的故事，他总是憨笑，讲不出来，但他却说出了一句话：“成德对俺挺认真！”“认真”——我先是觉着他可能不会用合适的词，继而一想，这词用得震撼——“认真”，现在多么需要认真！如果只允许人类认一个字，那么就认“真”吧。天下不认得“真”的时候，就是认得世界上所有的文字，也只能是“认”了！

刘其英干活从不会耍滑偷懒，有多大劲使多大劲，村里的包工头招小工什么的都愿意要他，分给他的活要么是和灰，要么是推砖，都是脏活累活。他不知挑拣，叫干么就干么，脸上满是汗水了，就顺势用褂袖子擦一下。褂子的后边洇得湿湿的，第二天再来上工时，后背上的汗碱满满的、白白的，比谁的都大。有个包工头却还少给他钱，都是一个村的，别人不愿得罪人，不吭声。刘成德知道后找了去，不吵不闹，只是平和地说："其英不大通透，可干活出大力，跟着工头刘四干，开给他 50 块，您怎少 10 块？都是庄里庄乡的，给他加上吧，要不叫他跟刘四干去了。""不好意思，您看您看，忙晕头了。"包工头用手拍拍自己的脑袋："俺给他加上。"刘成德德高威自重，就这么话语不紧不慢、声音不大不小，就替刘其英维了权。

刘其祥在一个保温材料厂打工，推土弄炭的，又脏又累，一天干下来，那是真正的灰头土脸。可干了半年，工厂没给他钱，别人都是按月给钱的。刘成德和刘其星一起，叫上刘其祥，骑着自行车，找到厂里，为他讨薪。找到工厂负责人，刘成德没有剑拔弩张，而是动之以情，晓之以理："其祥这情况，您是知道的，人家岁数也不小了，干活不易，挣点钱，弄碗饭吃，讲好的价，一天 50 块，给了吧，半年多了！"

人得有慈悲心啊！慈悲如地，正义若天。刘成德本身就是力量，他不用怒目，就是金刚。

这一带的人都认得刘成德。区里在号召学习他，电视里经常播。刘成德在屋里与企业负责人沟通时，外边就有人小声议论："干活的缺心眼，厂里缺德，要是网上挂出《雷锋战友刘成德为农民工讨薪》，这企业就麻烦了！"

没用多说，企业表态抓紧给。很快，刘其祥领到了打工钱。

刘维法临终都合不上眼，他担心自己咽了这口气，连个菜都不会买的两个儿子怎么办？如今，有了刘成德、刘其星等薛庄村父老乡亲的照顾，兄弟俩日子就过得去，他可以含笑九泉了。

刘成德仗义执言要求给刘其英加钱，主持正义挺身为刘其祥讨薪……我们看到的是侠者风范。从刘成德的侠气，想到了大侠雷锋，想到了这是中华民族几千年的崇侠尚义美德的时代版演绎。今年春天，一部名叫《热血雷锋侠》的微电影风靡网络，据不完全统计，点击率达到660万次，加上“雷锋侠”第一部，“雷锋侠”品牌网络总点击量超过1200万次。

刘成德没什么别的爱好，累了，拿个小马扎，坐廊檐下，听听燕子叫，看看燕子飞，独妙真常，自得其乐。

过去，

现在，

未来，

燕子，

归去来兮，

信义如山。

天地无私，常与善人；燕子无私，常居善地。燕子愿意到善良之家、吉瑞之处居住安家，所以历来就有燕来祥之说。刘成德原来的老宅子堂屋的屋顶，南面、北面都是斜面，东西排着一根根檩条，北面的檩条上一窝燕，南面的檩条上一窝燕，小头探出，南北友好相望，雌雄亲切交流。燕子登堂入室，欢喜归依，在刘家一门深入，长时熏修，十多年不另投门子。他现在住的这房是平顶的，屋内筑巢不便，檐下来了一窝，有五六年了。人在屋檐下，不得不低头，不敢乱抬头；燕在屋檐下，自得来低头，自如去抬头。因为燕子无我相，没有抬头低头之分别，一切都是自然而然。

南来的燕子，

轻翼携着正念正信正行，

找到了北，

寻到来时的旧路，

觅到至爱的归宿，

求到渴乐的净土！

这燕子得大自在，示黑白，现阴阳，演太极，出则一道真善美，入则一窝戒定慧。

刘成德从燕子那里悟到不少东西，不仅人能乐于助人，燕也能乐于助燕。那年，燕子刚来，动工垒窝，平时就是两只燕子忙，下过雨后，地上泥多，很多燕子飞来了，纷纷衔泥，开展共建活动，抢抓时机，赶筑燕巢。刘成德感慨：“燕子都能互相帮助，何况人呢！”

燕子，下了雨知道帮工；人，下了雨呢？2006年6月5日晚上，一位90多岁的老大娘迷失在薛庄的夜雨里，找不到回家的路。

“您是哪个庄的？”刘成德温润如春雨。

“边庄的，俺是边庄的，俺儿子姓边。”

刘成德回家推出三轮车，老两口把迷路老人抱到车斗里。刘成德在前抓着车把小心地推着，王玉芹在后扶着老人小心地护着。

道路泥泞，艰难前行。一进边庄，就听到着急的找娘声。

“见到俺娘了吗？大叔！”“三大娘，看到俺娘了吗？”儿子在村里到处打问着。

“唉，丢娘了，丢什么不好啊，丢了娘！”边景泉垂头丧气。

“娘——您在哪里？”

春雨无言。

“娘——您在哪里啊？”

春雨无言。

“娘——您到底在哪里啊？”

春雨无言。

终于，刘成德两口送回了老人。什么最幸福？最珍贵的丢失了，又找到了。此刻，谁是最幸福的人？丢娘的儿子——“娘丢失了，又找到了！”把“最幸福”送来的人呢？刘成德两口最最幸福！

春天为大地做好事，刘成德为人做好事。人家对他不太亲近，刘成德还善待吗？“春风大雅能容物”，他不分别、不执着，能帮人处即帮人。有一位同村的人，在外面也见了点世面，小日子也过得不错，高扬着贡高我慢的头，从不把刘成德放眼里。给他打招呼，基本不理；偶尔理一次，也是浓浓的鼻音，“嗯”一声。这一切在刘成德心里都是像一阵风吹过，再遇上还是和颜爱语。

那人的孩子办喜事，也没通知刘成德。按说，就那人的待人态度，刘成德可以装作不知道，但他还是按当地风俗去随份子。随份子，10 元的，20 元的，30 元的，都有，刘成德却随喜 100 元。那人一下子明白了刘成德的胸怀，大生惭愧。从此以后，见了刘成德，老远就打招呼：“大叔，您老人家好！”过年去拜年：“大叔，过年好，好人一顺百顺！”。

“善者，吾善之；不善者，吾亦善之，德善。信者，吾信之；不信者，吾亦信之，德信。” 这就是刘成德。

同村人有个有急难事的，向刘成德借钱，他千方百计，急人所急，帮着解决。一次，同村一个人事后再也不说还钱的事了，像是什么都没发生过，刘成德也像是什么都没发生过。后来那人又遇难事了，又来借钱，刘成德还帮着解决，帮完就完。帮了人，刘成德没记性，从不计回报。

有一家子人，过去欺负刘成德父母老实，点了他家柴火垛，还拔了他家一亩多地的地瓜秧。这在农村算是世仇了。刘成德不记仇，他说：“记那仇干嘛？饿了不顶饭吃，冷了不当衣穿。心里疙疙瘩瘩，活得不舒坦。仇还是忘了好，冤家宜解不宜结。”

这家的孩子结婚，刘成德用红纸包上 100 元，喜气洋洋送过去，洋洋喜气走回来。以情感人，以诚动人。“大小，多少，报怨以德”。

“大而化之之谓圣”，刘成德善于化解，自化化他。

春风、春雨、春花、春燕……领略了春天，更能读懂刘成德。春日，我走出檀园小院，走进大山，欣赏着、感悟着春光。天道、地道、人道，成德之道。春中有我，我中有春，天地人一而已。只有天泰、地宁、人和，才有真正的大吉大利！

树，一山的树，奋发向上，积极地“高怀见物理”，努力地“和气得天真”。这些树啊，是地竖起的一个个接收塔，倾听天泄给她的天机；花，一山的花，心花怒放，是天“聚成一撮精神”，献给地的烂漫殷勤。

天地相互关爱，相互帮助，循和谐化生之道，绘自然达美之圆；人怎么可以不顺天应地，友好互助，友好互度，法和谐酬善之道，画万有向善之圆？

如何圆，蜘蛛在示范呢。蜘蛛本色好圆满，喜子生来乐循环。论是说非你随便，经天纬地我自然。时光正好，蜘蛛正忙，它们驾着“圆通”号的纺车，忙着到处送“喜丝”。

蜘蛛，别名喜子，古人视其为吉兆之虫，所以有“甘鹊噪而行人至，蜘蛛集而百事喜”的传说。竹子和喜子常见于传统中国画里，竹有“爆竹”之意，和“报”谐音，暗喻“报喜”。民俗中见蜘蛛自空而降，视为吉兆，画家画蜘蛛沿网下坠，表示喜从天降、瑞气盈门。

道心弥天地，圆丝纶虚空。蜘蛛天生会画圆，一圈又一圈，圆圆融融，圆出网来，所以也叫网虫。

社会秩序的维系和正常健康的运行，离不开由无数人结成的爱网。蜘蛛织网，一丝一线，多而不乱，是因为它知道往哪里牵线。善恶一线牵，您不往这牵，就往那牵。刘成德做那么多善事，是他一直知道自己活着干什么！人，有时候忘记了自己该干什么！

刘成德“一辈子做好事”，集成的灿烂，印证了爱迪生的一句话：“如果所有人都能真正做力所能及的事情，结果会使我们自己震惊。”

刘成德，犹如土地一片，不起眼处，生发希望；犹如春风一缕，不知觉时，带来温暖；犹如灯烛一盏，不经意中，开启光明；犹如云彩一块，不张扬内，尽洒甘露；犹如明月一轮，不声响里，普照清辉。

刘成德的心中，总闪亮着雷锋。雷锋活泼，众人爱敬，他光莹如镜，湛然香洁。开拖拉机，驾推土机，当汽车兵，雷锋辗转“工、农、兵”，总在最基层，经常和泥巴、坷垃，油污、摇把打交道，却能诗意地工作、生活，他写小说、写散文，办板报、说快板，做了30首诗，仅高小毕业的雷锋，竟能出神入化。明了这些，就会晓得雷锋的微笑何以永远青春而灿烂，就会了然何以亲近雷锋总有春风徐来的温馨。

雷锋好写诗，他不是一个专业诗人，但他的诗有丰厚的生活基础，抒发着真实的生活情感，荡漾着明快的生活情调。请看他1959年写的《荒山荡绿波》：

一群小伙笑呵呵，
背起锄头上山坡，
只听一声锄头响，
笑看荒山荡绿波。

那“一声锄头响，荒山荡绿波”，何等的浪漫，何等的自豪！

唱支山歌给党听，
我把党来比母亲；
母亲只生了我的身，
党的光辉照我心。
旧社会鞭子抽我身，
母亲只会泪淋淋；
共产党号召我闹革命，
夺过鞭子抽敌人。

经典歌曲《唱支山歌给党听》传遍大江南北，唱响长城内外。但如果没有雷锋的摘抄，未必能如此广为传唱。在无数的颂歌中，雷锋发现了这一首，那时他才 20 岁。原作者姚篠舟撰文指出，这首诗能成为歌词，有雷锋的功劳，雷锋在摘抄时做了点石成金的修改。原诗中的“母亲只能生我身”被改为“母亲只生了我的身”，另一句“党号召我闹革命”被改为“共产党号召我闹革命”。同时，雷锋将原诗歌颂“大跃进”的一段文字删除了。姚筱舟写成的诗共 3 段，除现在流传的前两段外，后面还有 4 句：“母亲给我一颗心，暴风雨中一孤萍；亿万红心跟着党，乘风破浪齐跃进。”雷锋删除了为“大跃进”歌功颂德的内容，那时他才 20 岁，在“大跃进”时代多么难能可贵！这一删一改，不仅主题更鲜明，而且更具有音乐的张力，更适宜谱曲。

同样，乔安山心里也一直装着雷锋。他曾经很长时间像是从世界上消失了似的，努力想退出人们的视线，努力想让人们忘记，默默地承受着雷锋意外牺牲的痛苦，默默地像无量雷锋一样，做着无量的好事。

乔安山 1941 年 5 月 15 日生于辽宁辽阳的一户贫苦家庭。他与雷锋 1959 年在鞍钢是工友，1960 年一同参军成为战友，两人是知心的好朋友。1997 年，以乔安山为原型的电影《离开雷锋的日子》感动了无数观众，他平静的生活也被打破。他大力宣讲雷锋精神，到过 29 个省市自治区，每年 7 个多月在外，做 100 多场报告，累计已做过 2000 多场。其间，他曾累倒在报告现场，曾拔了吊瓶就去作报告……乔安山比雷锋小 1 岁，他在与时间赛跑，多讲一场雷锋就多一次雷锋精神的传播。

他孙女乔婷娇也参了军，被选为沈阳军区雷锋纪念馆讲解员。2009 年 12 月 18 日，雷锋诞辰 69 周年那天，乔安山冒着大雪把孙女送到雷锋生前所在团。在雷锋塑像前，乔安山泪流满面，他鞠了 3 个躬，深情地抚摸着雷锋塑像，说："班长，今天是您的生日，我把咱孙女小娇娇送来了。我也是 68 岁的人了，老担心有一天走不动，不能再讲您的事迹。现在，后继有人，孙女来接我的班了，我死也瞑目……"

为践行雷锋精神不惜一切，乔安山如此，郭明义也是如此。郭明义，被授予"当代雷锋"称号，20 年来义务献血 6 万多毫升，可以供 75 名危重患者用以抢救生命。为什么他能一坚持就是 20 多年呢？郭明义对我说："雷锋的道路就是我的人生选择，雷锋的境界就是我的精神追求。"郭明义开了微博，从 2011 年 3 月至今，粉丝人数 1000 多万，这是微博世界的一道奇特而靓丽的风景，其释放的正能量是巨大无比的。

然而，我们这个时代，确实变得色彩丰富起来，让人眼花缭乱，一方面有那么多的感天动地的道德风景，一方面是这么不少的丢人现眼的道德悲歌。于是，复杂这个词成为常用词。有的学者用"道德困境"来描绘当下道德的处境。

探讨当前道德的问题，"小悦悦事件"成为不能轻松翻过的一页。小悦悦，本名王悦；民族，汉；性别，女；国籍，中国；出生地，山东；出生日期，2009 年 6 月 8 日；去世日期，2011 年 10 月 21 日。

2011 年 10 月 13 日下午 5 时 30 分，广东佛山南海黄岐广佛五金城，走在巷子里的小悦悦突然被一辆面包车碾轧，随后又被一小货柜车碾过。

附近的新华劳保经营部，安装了视频监控，录下了全过程：

一个男子，上身穿白衣，下身着深色裤，张望了一下，从小孩脚边走了过去。这是第一个人。

一个骑摩托车的男子，仅是瞅了一眼小孩，便拐弯绕过去。这是第二个人。

第三个也是男的，看了看小孩，躲开了。

第四个还是男的，开着三轮车，两次通过，好像小孩不足以引起他的重视。

第五个仍是男的，第六个同样是男人，第七个依然是男人，都没有抱起小悦悦！

第八个是女人，看后拉紧了领着的穿黄衣的小女孩，继续前进。

第九个……第十八个，十八个成人一一通过。

第十九个，是一位拾荒的阿姨陈贤妹，她慌忙把小悦悦抱到路边，急忙找到孩子的妈妈。

十九啊——施救啊，陈贤妹，一个拾荒的阿姨！

小悦悦在医院抢救时，她的母亲含泪说：“现在我最希望的是女儿好起来，喊我一声‘妈妈’。”

小悦悦最终没能好起来，这个本不该离去的生命，在 10 月 21 日零时 32 分离世。她是死于车祸，却强烈地让人感到她死于冷漠。

仅仅两岁的小悦悦，体重是轻的，成人轻轻地一抱就起来，但却有 18 个人视而不见。这事让人在心里觉着那么沉重，仿佛冷冷的冰山般的沉重。

我们确需道德的底线了！中华民族自古充满了仁爱， 可我们走到今天这是怎么了？我们的大豆转基因了，难道道德也会转基因？无知可怕，麻木比无知更可怕。无知可以有知，麻木想变为不麻不木，救治起来却费劲。

“小悦悦事件”引起了中外关注。我们官方的发言人说：“在电视上看到佛山小悦悦事件的视频，总共播了8分钟，我看的时候恨不得跳进荧屏去唤醒那些麻木的路人。小悦悦事件真是有损中国人的形象。”

日本、美国、德国等国家的媒体纷纷关注此事，予以报道并展开讨论。日本不少知名媒体以“小悦悦事件”为案例，探讨、分析中国社会的道德问题。朝日电视台用了两分钟的时间来关注、解析这一事件。美国一些电视台还就此事推出专题片，抨击这种见死不救的行为。

不少人在疑问，质问：中国人怎么了？中国不是号称道德之国吗？中国不是号称礼仪之邦吗？“小悦悦事件”，照见灵魂深处！可悲的是，甚至扶起摔倒了的老人，这最基本、最基本的道德，都成了问题。人们怕被赖上，怕做好事担风险。扶危济困，我们这个民族千万年传承的善行，却在今天遭遇尴尬。这是怎么了？

“博爱之都”南京，2006年11月20日早晨，一位老太在公交站台等83路车。人多，拥挤，老人跌倒。小伙彭宇见状，赶忙扶起，老太频致谢意。小伙好事做到底，送老太到医院。忽然，峰回路转，老太反咬一口——他是“肇事者”。老太骨折，8级伤残。把小伙告到法院，索赔13万多元。法院判决彭宇给付受害人损失的40%，共45876.6元。彭宇不服此判决……

此事一出，舆论哗然。“彭宇案”广为人知，有的人要伸手扶跌倒的老人时，心中顾虑：我别成了“彭宇”！

天津出了“彭宇案”翻版。2009年10月21日，王老太爬马路中间的护栏，摔倒在地。车主许云鹤急忙停车救助。王老太“倒打一耙”——告诉亲属，被车撞。把许云鹤告上法庭。法院判赔108606元，许云鹤不服再上诉……

2011年8月28日下午，汉口合作路与鄱阳街交会路口，一婆婆摔倒，一电动车车主上前扶起老人。后婆婆指认是他撞倒……

但愿这只是道德的“微恙”。“微恙”也需切实救治，“不治将恐深”。

2011年9月21日上午，石家庄市，一位骑三轮车的大妈被一名骑电动车的女子撞倒，左臂骨折。38岁的邓方明毫不犹豫地扶起老人，一直等着老人的儿子赶来后才离开。 邓明刚上公交车，一位老大妈悄悄走过来，小声地说：“你还是年轻啊，我好心提醒你，以后别管这样的闲事，免得被人赖上！”邓方明反问了句：“如果倒在地上的人是你，怎么办？”

我们党、我们国家积累了很多道德建设的好经验，我们有很多中国好人。除了释放好这些正能量，“他山之石，可以攻玉”——看看外国有什么办法。

资料显示，法国1994年修订的《法国刑法典》就有“怠于给予救助罪”：“任何人对处于危险中的他人，能够个人采取行动，或者能唤起救助行动，且对其本人或第三人均无危险，而故意放弃给予救助的，处5年监禁并扣50万法郎罚金。”美国某州法律规定：发现陌生人受伤时，如果不打相关电话，可能构成轻微疏忽罪。新加坡法律规定：如被救者赖人，经证实后，要向救助者道歉，且罚被救人款。这些措施使公民见义勇为时没有顾虑，有了底气。

我们的法律已经成功地为经济发展保驾护航，还需继续努力——为道德保驾护航，使“依法治国和以德治国相结合”真正落到实处。让好人茁壮在不吃亏、不吃气的肥沃土壤上！

法律的作用是巨大的。酒驾没入刑之前，相关部门围绕禁止酒驾做了大量工作，但收效甚微。而酒驾一入刑，立竿见影。据了解，自2011年5月1日酒驾入刑后的两年来，全国酒驾同比下降近40%，醉酒驾车造成的交通事故死亡人数同比大幅下降。一位保险公司的人士说，该公司车险这一块一直亏损，至多持平，酒驾入刑后的第一年就赢利了1个多亿。

有一天，坐在出租车上，闲聊，司机说：“很多事要像抓酒驾这样做，就好办了！”

当然，生活总是充满希望，道德随处都有闪亮。

山东济南，高考落榜后从沂蒙山区来济南的小伙子张鑫，奔波了近一个月也没找到工作，而带来的钱仅剩10多元。这一天，焦急的他骑着自行车到处看招聘信息，不料撞倒了家是济南的80多岁的马老太太。小伙子感觉惹下了大祸，急得直哭。没想到的是，老人的家人来了后，不仅没有责骂他，反倒安慰他："别哭了，先吃点东西吧，我们不会赖你的。"诊断显示，老人被撞成腰脊椎压迫性骨折。老人的儿子说，你要愿意的话，可以留下来照顾老太太，吃住在我们家；不愿意的话，现在就可以走了。张鑫深切地感受到这一家人的和善。在照顾老人治病后，他认下了这撞出来的慈祥的奶奶。马老太太治疗花了 3000 多元，一分没要张鑫的。老人儿子还帮小张找了份管吃、管住的工作，她的儿媳还鼓励才 19 岁的小张没事多复习一下功课，鼓励说明年你要考上大学，我们全家会帮你的。张鑫在学校里学得还不大明白的"对立统一"，他在生活中懂了：人有善心在，碰撞也能产生和谐。

2013 年 4 月 21 日，江苏省南通市红十字会，两双手在清点着一枚枚硬币。一双是女孩的手，纤细、白嫩、柔软、光鲜；一双是老人粗糙的手，青筋暴露，满手老茧。老人是磨刀匠吴锦泉，他来为四川芦山地震捐款。他把两年来磨刀积攒的硬币倒出来，摊了一片。老人无语地数着，硬币闪着金光、银光，发出叮当的震撼心灵的声响。一元硬币 1714 枚，五角硬币 503 枚，一角硬币 7 枚，共计 1966.2 元。慈善的事，他经常做。汶川、玉树地震，他都捐款。2008 年以来，老人累计捐款 23392.2 元。

这就是爱啊！

全国各地都有的志愿者服务就是爱的奉献，就是雷锋精神的体现。目前，我国注册青年志愿者人数已达 3390 多万人，建立各类志愿服务站（服务中心、服务基地）17.5 万个。

泉城义工是中宣部推出的典型，我到济南进行了采访。

济南，因泉群喷涌而成为闻名天下的泉城；泉城，因活跃着以爱为本的义工，而成为媒体聚焦、名播全国的典型。泉城义工用他们无数的大爱故事，鲜花般地绚丽着和谐济南。

2005 年 8 月，济南市文明办、共青团济南市委、济南时报组织发起了"泉城义工在行动"系列主题活动，泉城义工从此正式走进济南市民的视野。

泉城义工，义不容辞——义，不容辞！"有需要找义工，有时间做义工"已成为泉城市民家喻户晓的响亮口号。

在济南各类义工中，张业爱这义工那绝对是独具特色。

一个人，偶尔抓个小偷，不难；一个人，职业所系，多年抓小偷，也不难；一个人，见义勇为，义务擒贼，一擒10多年，就难乎其难，甚至有些不可思议。而这不可思议的事，张业爱却实实在在做到了，义务抓贼，常抓不懈。

张业爱坐在我面前，真不敢相信这就是大名鼎鼎的泉城女侠张业爱。她身高不足1米5、体重只有40多公斤，矮小瘦弱，看起来更需要别人的保护。然而，正是她，在艰难中演绎出勇斗邪恶的壮丽感人的人生故事。

张业爱因此获得了“山东省见义勇为十佳公民”“济南市文明市民标兵”“济南市十佳擒贼能手”等20多项荣誉称号，并成为全国宣传的典型。

业爱，爱业啊！

泉城义工以“展我所长、尽我所能、倾我热情、回报社会”的理念，吸引了越来越多的，不同年龄段、不同职业背景的人员参与其中，由最初的146人发展到目前已有注册义工10多万人，而且正以惊人的速度迅速膨胀着。

这就是爱啊！

由不尽的爱，我联想到大自然中的艾。艾是生命力旺盛的多年生草木，在平原地能见到，在山坡地能见到。仿佛——只要有适合的土壤，艾就能蓬勃。艾，常与野草混杂在一起，和而不同。它不是这里弯一枝，那里斜一枝，其茎直立，一出土就直直的，正正的，非正直不足以克邪毒。农历五月初五，是端午节，民谚说：“清明插柳，端午插艾。”古人认为此时节邪毒最盛。五月的艾，生机勃发，正气直冲，香味浓烈，避毒驱邪。插艾，也成为端午节的标志性符号。刘成德每逢端午节，除了在门边插上艾，总不忘在雷锋塑像旁，放个瓶子，插上散发着浓香的艾。

艾是中国人最早认识的药用植物之一。《孟子》说：“七年之病，求三年之艾。”《本草纲目》中记载：“服之则走三阴而逐一切寒湿，转肃杀之气为融和；灸之则透诸经而治百种病邪，起沉疴之人为康泰，其功亦大矣。”《本草正义》曰：“古人灸法，本无一症不可治，艾之大用，惟此最多。”专家研究证明，艾的茎叶中含有的丰富的芳香油，具有很强的消毒、灭菌、杀虫的作用。在屋里点上艾绒，以烟熏之，此消毒法，简便、有效。古人插艾是有科学道理的。

如今，城市在扩大、增多，占用土地是自然的，拔地而起的楼多了，拔地而生的艾少了。再加上有些人不是割艾或剪艾，而是连根拔起，艾就不能多年生了。

艾，需要珍惜；爱，需要呵护。

端午节，又称端阳节、午日节、艾节……艾节真应该成为爱国家爱民族爱生活的爱节！

艾，需要延展；爱，需要积攒。“生活中一切大的和好的东西全是由小的、不显眼的东西累积起来的。”不嫌弃小事，只要是善的，雷锋就去做，而且，把小事做到极致，犹如大山上，那最不起眼的小花，开到极致，就自有韵致。雷锋说：“高楼大厦都是一砖一石砌起来的，我们何不做这一砖一石呢？我所以天天都要做这些零碎事，就是为此。”

雷锋这样做了，刘成德这样做了。

最难者悟道，最易者缺德。一个心念不好，一句话不对，一个眼神不正，一个举动不妥，就损德了。而积德累善，点点滴滴都可为之。

2011 年 5 月 14 日，沈阳铁西区沈辽路一工地，楼下两个工人在装沙。6 楼，一位农民工在卸沙。上午 10 时 30 分左右，忽然，吊装设备出了故障，沙袋将卸沙的工人从窗户带出，就在坠下的瞬间，他对楼下的人高声疾呼：“都躲开！”……他，再也不能卸沙了。年仅 23 岁啊，走好！一声高喊，善在闪现！

在济南天桥区无影潭社区，有一位老人，举着扩音喇叭，戴着红袖章，每到学生上学、放学的时候，他就去学校周边巡逻，提醒孩子注意安全。他忘记了自己 84 岁的高龄，巡巡逻逻，吆吆喝喝，为孩子的交通安全尽力。他就是“济南市文明市民标兵”胡义德老人。他多次给青少年学生讲雷锋的故事，受教育的学生达到 13200 多人次。他这是在“义德”啊！如果这些小善都是自发的话，那么山东电力的“善小”则是自发和“群发”的结合。

他们的善连成网。

蜘蛛的网，美妙在天地间；天地的网美妙在人心中。

有形的网，无形的网，处处显示着无“网”而不胜。

道德的网，力量的网，时时演绎着无处而不在。

道德需要个人的内生力，需要党委、政府、企业、社会各界的推动力，这样内外“互联网”，就能更有效地释放正能量。国网山东省电力公司的“善小”就是企业推动力与个人内生力合力而为的典范，就是用心织出的动人的善网。

并网发电，并网发善，并行不悖，相得益善。山东电力善网相连，循环往复，把“善小”的个人网，所属单位的网，并入省公司的网，汇入“诚信、责任、创新、奉献”的“国网”。

并网发电要求电压相等、频率稳定、相位相同，并网发善没这么多条件，只要有善心善行，就可入网。

山东省电力公司的“善小”教育实践活动，发源于淄博供电公司。

淄博是“齐国故都”，有着浓浓的文化芬芳。2002 年，在道德建设上，一直注重从传统文化中吸取营养的淄博供电公司，集思广益着活动的名字。

天上的星星会说话，勿以光小而不闪；

地上的小草会说话，勿以绿小而不萌；

古代的名人会说话，勿以善小而不为。

于是，他们选取“善小”品名，激扬向上、向善。

“善小”活动开展不久，淄博供电公司张店供电部配电班值班室，电话传来十万火急的焦灼的求救声——“求求了，要出人命啊！快帮忙恢复供电吧……”

放下电话，李国成就急忙赶过去——虽然对方属于单位自备电，虽然不在直接服务范围内，但救人要紧！

他一进门就深深地被触动，病人的母亲正在不停地“捏皮球”，脸上满是汗水；病人脸憋得青紫，生命危险随时都在。

原来，18 岁的项琳璐患了“多发性肌炎”，这是一种少见的疾病，完全依靠呼吸机维持生命。一停电就得靠人工“捏皮球”，但“捏皮球”痰就多，病人脸已憋得青紫，随时可能丢性命。

紧急抢修，供电，很快恢复。患者家人一再感谢。

李国成想，再停电怎么办？人命关天啊！

把“善小”服务延伸到8小时以外，李国成等16名配电班的职工，自掏腰包凑了2000多元，买了材料，加班加点，为项琳璐架起另一条线路——被称为“生命专线”的电路。

这条线路，仿佛一条长藤，带着能量，带着希望，生长，生长，为着藤头上生命之花的绽放。

这条线路啊，是从远古扯来，传输着爱的火热，传输着善的温暖——中华民族的道德专线，从古至今一直相连。

确保供电就是保命，线路一直被爱心维护着。不仅如此，他们还时常看望项琳璐，捐款、捐物帮她。2010年项琳璐去世时，李国成们又送去一笔捐款。

“你们这些好心人帮助了8年多，给我们家庭带来了信心。”项琳璐的母亲掉着眼泪说，“这笔钱就放在‘善小’志愿者协会基金里吧。这些给孩子用的医疗设备，价值20多万元，都捐献给协会，以便帮助需要的人。”

如果为项琳璐架起的是有线“生命专线”，那么“善小”还有无线“生命之线”。

听，无线“生命之线”在隔空喊话——“好人啊，再救救命吧，我是8岁孩子的妈妈……”

患者是江苏苏州的，知道救命恩人在文登，就在文登的网站上求助。

好人吕明玉想再次援助。家人都反对，不是不高尚，是担心她的身体。“你上次捐献造血干细胞，身体受到伤害，到现在没康复，不到半年，你又要捐献，要有个三长两短咋办？”

那次捐献是2011年的4月12日。山东文登市供电公司员工吕明玉，从威海到济南，坐了一夜的火车，她来到山东省立医院。近5个小时的采集，血液在体外循环11000毫升，相当于全身的血液循环了3遍。采集的造血干细胞混悬液 110 毫升，快速送往苏州。

第二天就是吕明玉的生日，是她的生日，是她的境界提升到新高的精神生日，还是素不相识的患者的再生之日。这是吕明玉自己送给自己的最神圣、最高尚的生日礼物。

吕明玉是晕血的人。8 年前，她初次献血，血献到一半就晕倒了，从那就没再献血。善的力量，使鲜血流向远方；善的力量，使柔弱变为刚强。

吕明玉是一位善事做过不放在心上的人，捐献造血干细胞的事，仿佛一个浪涌过了复归平静，她觉着像日历一样，这一页翻过去了。

文登依山傍海，快放国庆长假了，平时忙于工作，假期陪着老公，带着孩子，看看壮阔的大海，看看刻有《道德经》的昆仑山……她想得美滋滋的，不由得哼起她最喜欢听的歌《爱如电》："……从天边到身边，岁月在后光明在前，你我之间只需用心相念……我用心，爱如电，就让这跳荡的血管，流动着我的暖……"

2013 年 9 月 29 日，她知道了那位患者免疫力突然下降，急待救命——需她捐献淋巴细胞。假期的如意算盘，一下子打乱了！

这是救命，要捐！歌声在她的心中响起："……我用心，爱如电，就让这跳荡的血管，流动着我的暖……"

上次捐献完，吕明玉的丈夫刘忠威扶着妻子，心疼地说："以后咱再也不献了！"这次刘忠威听妻子一说，立马瞪大了眼："上次你捐我没拦，这次你要是再捐，咱就离婚！"

她知道丈夫的疼爱，上次去济南，那么远，他一路上细心照顾，眼里满是担忧。她知道丈夫的苦心，上有老下有小，万一有个闪失，对家庭就是塌天的灾难。

可是，像海风吹来，那么强劲，阵阵都是生命的呼唤！

她一遍遍劝说着家人，嗓子沙哑了！她一声声恳求着家人，嘴上起泡了！

来自苏州的遥远的呼唤，坚定着她的心——我也是位妈妈，如果我不援救的话，她的孩子就没有妈妈了。

7 天长假，迈着沉重的脚步，快走到边缘。那里生命告急，这里苦求不应。

急得吕明玉流泪了。“我知道都是为我好。可我不捐献，那苏州妹子就失去生的希望。”又一次家庭会上，她那么执着地说着，那么恳切地说着，“救人救到底，我要不帮这个忙，会后悔一辈子！”

工作终于做通。单位安排车、安排人，与家人一起，护送吕明玉再上济南。

在山东省立医院，3 个半小时的采集，血液体外循环 8000 多毫升，提取了 64 毫升淋巴细胞混悬液。

吕明玉成为山东省首位、全国第 26 例两次捐献造血干细胞的志愿者。她是用自己的生命之源去浇灌别人的生命之树。

“……我用心，爱如电，就让这跳荡的血管，流动着我的暖……”远隔千里，姐妹从此血脉相汇；心香一瓣，生命因之枯木逢春。

那逢春的枝头，33 岁的生命 ，绿叶舞了，花朵唱了。她的一封感谢信和一条绸缎丝巾，由威海红十字会转给吕明玉。

“吕姐，我可以活下去了，我的孩子有妈妈了，她不会可怜孤单了。我的妈妈有女儿了，我可以陪她到老了。活着真好，身边的一草一木，连空气都是那么新鲜，感谢你给了我两次生命。”“今天你为了救我，又一次捐献了淋巴细胞。姐，你真是太伟大了。现在你就是我的亲姐姐了，我们已经有割不断的血脉相连了……”

4 页的信，字字饱含厚意，句句蕴藉恩情。吕明玉流下泪水……

那条丝巾，是一条连接苏鲁两地、蕴含真情实意的纽带，是一面飘扬天地之间、扬善弘德的彩旗。

丝巾上的红牡丹那么鲜艳，哦，吕明玉的精神面貌不正像牡丹一样美好，道德品质不正像牡丹一样高贵！

吕明玉被誉为“最美的中国人”！吕明玉先后获得了国家电网公司创先争优共产党员、山东省“富民兴鲁”劳动奖章、山东电力集团公司创先争优金牌个人等荣誉称号，威海市总工会、威海供电公司及文登市供电公司先后下发了向吕明玉学习的通知。

从古至今，中国人爱玉，以玉比德。吕明玉，明玉，其德如明净的玉——

这是名副其实了。

山东电力，总是给力，常常给予生命之力。如果吕明玉的血，是正常之血，非常之举，那么秦献珍则是非常之血，正常之行，她自己觉着就该这么做，再正常不过，但人们感到她是不同寻常、救厄应急。

民俗中喜子垂丝——喜从天降；现实中遇难有帮——喜出望外。电科院员工秦献珍就常给人生命的意外之喜。

她是 RH 阴型血，这种血型，因极其罕见，被称为“熊猫血”。

秦献珍，时刻准备着，手机一天 24 小时开机，就像一部生命连线，只要一接到需要用血的电话，她都义无反顾，用最快时间赶到，帮助一个个陌生人渡过难关。

秦献珍，献珍啊，献出被称为“非常稀有血型”的血，用自己的善举延续着珍贵的生命奇迹。又是一位名副其实。

2012 年，是她无偿献血的第 10 个年头，她累计捐了 6400 毫升“熊猫血”，她会继续献下去——社会友爱之网，永远需要奉献的情丝。

这样的情丝郭宏伟同样乐于奉献，他是正常之血，经常之为，被称为“献血达人”。

胖乎乎的郭宏伟，是聊城莘县供电公司计量中心主任，曾经股骨头坏死。去献血，他浓眉一扬，大眼一睁，从来不含糊。46 岁的人了，坚持 14 年献血 55 次，总量近 23800 毫升，相当于 6 个成年人体内的血量总和。他被卫生部、红十字会、解放军总后勤部两次授予“无偿献血金奖”。

历来是“大事做细，小事做精”的山东省电力公司，“善小”在所属的淄博供电公司一展示出来，马上认识到，“善小”体现了人性“向善”的本质，抓住了思想道德建设的关键，就及时在公司系统全面推广这一活动。早在 2005 年 10 月，“善小”就经国家工商总局注册，成为我国第一个由企业申报的教育类品牌。10 多年来，他们“善小常为、修身立德、爱岗敬业、奉献社会”的“善网”，越结越大，越织越美。

他们圆成了组织、机构、宣传、激励四位一体的保障机制之网：

——以各级党组织为主，制定活动实施细则和工作要求。

——以“善小”志愿者协会为主要形式，不断拓展活动范围和领域。

——实施“善小”工作重点宣传计划，充分利用各种媒体资源，大力加强宣传。

——把“善小”作为公司精神文明创建、党建工作责任制年度考核的重点内容，通过月度点评、季度检查等形式，对活动开展情况进行交流和督导。

有了机制之网的多彩，就有了“善小”的绚丽。

在这里，“只要是向善，再小的事都要努力去做”；

在这里，善待客户、善待社会等“十个善待”在善待，绿色、环保、助学等“六项行动”在行动；

在这里，“善小”金牌集体、金牌个人、季度之星、服务明星等在闪亮:

在这里，生动着“善小”常行、“善小”常新、“善小”常态的局面；

……

在这里，在这里，“善小”在这里。

“善小”在哪里?

“善小”在给疲惫者的一下搀扶里，“善小”在给寂寞者的一句问候里，“善小”在给无助者的一个鼓舞的眼神里……

“善小”在哪里?

“善小”在递上的一杯热茶里，“善小”在给予的一个微笑里，“善小”在耐心的回答里，“善小”在细心的体察里，“善小”在快捷的办妥里，“善小”在24小时服务的承诺里……

“善小”在哪里?

“善小”在安全的提醒里，“善小”在防暑的清凉里，“善小”在御寒的温馨里……

“善小”在哪里?

“善小”在小草的翠绿里，“善小”在小鸟的飞翔里，“善小”在小花的芬芳里，“善小”在院子的清洁里，“善小”在生态友德里……

“善小”在哪里?

“善小”在“中国好人”刘华腾的爱心里，“善小”在“电力超人”

李红新的突破里，“善小”在“贾化宁工作室”供电微博不微薄里……

……

“善小”在哪里?

在这里，在这里，“善小”在这里。

在这里，电网与善网同亮丽；在这里，电流与暖流共奔流！

在枣庄公司，青年女工邱丙霞，用爱的双手，捧着霞光，五彩缤纷了9个失亲孩子的心房。枣庄有“万亩榴园”，石榴咧开嘴笑了，像这些孩子笑得甜如蜜糖。枣庄有高耸入云的抱犊崮，邱丙霞善的坚“崮”，为孩子们撑起了幸福的天空。枣庄是煤城，像煤的燃烧，邱丙霞温暖了失亲孩子的家庭。她被赞誉为“代理妈妈”，在她的影响下，枣庄公司有370多名志愿者、32个集体，涌入慈善热流，资助孤贫儿童500多名。

在济宁公司，“韩志刚彩虹共产党员服务队”，这个以基层班组长命名的电力服务品牌，已成为济宁市家喻户晓的金字招牌。细心服务——“零差错”、亲情服务——“零距离”、主动服务——“零超时”，完美——他们一直在追求！地处孔孟之乡，济宁公司善于融传统“乐善”美德与时代风尚于一体。济宁的微山湖是北方最大淡水湖，20余万电力客户的交口称赞，仿佛满湖的荷香，给了济宁公司极大的鼓舞。

“我们工人有力量”，在山东电力检修公司，高森把职责之歌唱得分外响亮。和科学家一起，他站在了我国科技最高领奖台上。“架空线路清障检测机器人”荣获国家科技进步二等奖的无限荣光，是对他7年敬业之致的奖赏。迄今为止，他是第九位获此殊荣的一线工人。一次次小发明、小改革、小创造，积土成山，使他登上科技的高峰。

……

崇德向善，见贤思齐，百花齐放，千舸争流。“善小”，如此美不胜收，令人，常恨言语少，难表“善小”多。

山东电力，“善小”不断延伸，在在处处，皆有善网。

他们关注着农村，关注着最普通的老百姓。部分农村地区，“灯泡暗、风扇慢”,本来欢天喜地过大年,灯泡却忽明忽暗……关心群众要无微不至！

山东电力，从2013年4月起，公司省、市、县近千名领导干部带领技术人员，在齐鲁大地，5000多个村庄，留下深入的足迹。

逐个台区量负荷，走村串户听意见，在全省范围内开展“农村用电大调研”，掌握了全省农网的第一手资料。

干！

突破口——2500个电网最薄弱村。

干，干！

时间——抢在夏季用电高峰前投产，确保这些地区的村民清凉度夏、稳定生产。

120项应急工程，总耗资达4.5亿元，钱从哪里来？这是一大笔款项啊！

——从年度计划中调，从基建项目中挤，从管理成本中省，就是不能从群众腰包里掏，要把好事办到群众心坎上！

像聚光灯光亮那么强一样，电力的声音，那么掷地有声。

干，干，干！

——为群众的事再难也干！

千方百计筹集了4.4亿元资金，还差钱啊？

实施配网综合节能改造工程，降低输电线路损耗，节约电费近510万元，还差钱啊？省、市、县公司精简管理机构、缩减人员编制，降低会议招待标准，规范公车使用，压缩“三公”经费490万元。

1000万是怎么来的？是真诚来的，是“善小”来的！

钱往哪里用？

山东省电力公司贯彻落实党的群众路线教育实践活动凸显一大特色——把“改作风”省下来的钱全部用到了“惠民生”上！这一惠民，300万群众获益。

电力铁军逞英豪，为了大地的丰收，为了农民的微笑！

山东曹县农民张兴军在微笑。他心中的喜悦像菏泽的牡丹一样，那浓香是禁不住的。

“兴军，你年年外出，今年怎么还没南下打工去？”同村的人见了问。

“二大爷，俺要搞木材加工了，有事您就找我！”

曹县是林业大县，张兴军一直想搞木材加工，可过去老是“低电压”，他不敢有高目标——那项目对供电高不成，低还不就！

“这电网改造升级，不愁用电问题。咱也当个小老板，跟朋友合伙开个家具厂。”张兴军话语中透着得意。

电流载着他“创业梦”的小船，到达现实的彼岸。电网一改造，多少梦想成为现实，多少幸福指数升级！

“善小”，功德无量！

知“善小”，善哉！

行“善小”，善哉！！

知行“善小”，善哉善哉！！！

——善在，善哉……

繁华都市，华灯像满天的星星心花怒放，夜晚就网兜了灿烂；“善小”苍穹，星星像满城的华灯明眸善睐，天空就网兜了璀璨。

山外有山，网外有网，山东电力所属各单位，都在尽力网出自己的“善小”特色。在泰安公司，“善小·阳光”阳光明媚；在威海公司，“善小·海心”海心澎湃；在聊城公司，“善小·十为”，十为常为；烟台，八仙过海；青岛，各显神通；临沂，千岩竞秀；潍坊，万壑争流……

济南供电公司呢？济南泉水甲天下。济南市辖区内不计其数的天然泉多达733处，还有不计其数的山泉悄然涌流。

世界上有无数条河流，但泉水汇流成的著名河流只有一条，这就是济南的护城河；世界上有无数个湖泊，但泉水汇流成的著名湖泊只有一个，这就是济南的大明湖。济南是一座被泉水宠着的城市！

什么是泉？泉是大地的妙曲，是灵魂的玉液，是生命的流线。泉水，纵一滴，也甘甜；纵一点，也纯善。

友人问我：“知道济南有多少名泉吗？”

“七十二名泉。”我回答。

“错！是七十三名泉！”友人幽默，“还有一个名泉——‘善小·山泉’。”

我笑了，友人笑了，“善小·山泉”笑了！

在济南公司，“善小·山泉”，德厚流光，善丰溢彩，那么多个人、那么多集体，“善善”相“洇”，“善善”发光！

何以如此？循循善诱——“善小”的善，循循“善”诱！

一个人是“山泉”，一个群体是“山泉”，群体复群体是“山泉”，“山泉”复“山泉”的群体是济南公司。

你是谁？你就是“山泉”！那一双会说话的秀目，“哗啦啦”，明丽的两眼清泉。

你是谁？“她是俺长清的‘荷花仙子’，来过俺长清吧？好好看看那长清湖，知道吧？那水那个清啊，你问哪来的水，那可不是一般二般的水，是从泰山流来的，跑了一路子，还那么清，你说说，这荷花，那可真是出了清水的荷花！”你是长清人的骄傲，该笑了吧？

你在微笑，笑得像济南市市树垂柳般自然；你站在那里，标致出电力服务的一道风景，右手在内、左手在外，双手优雅地叠放在裙前；一头秀发黑黑的，半袖衬褂白白的；身后高悬的牌子上，印有国家电网徽标，印有“姬忠霞劳模工作室”字样。

你就是姬忠霞！我怎么觉着那么面熟？想起来了——有一次，我到雷锋战友刘成德家里采访，一进大门，哦，一面鲜红的大旗，把整个农家小院都闪亮了，那是“彩虹共产党员服务队”队旗。姬忠霞和同事们披的红色绶带上，闪耀着金黄色的字——“你用电，我用心”。他们把院子收拾利索，把家中的线路检查一遍，把坏了的灯泡换上，把接触不良的插头更新……他们围着刘成德，听老人讲雷锋的故事，听老人讲学雷锋的故事。姬忠霞说，老人家由当年雷锋学习的好榜样，成为全国学雷锋的好榜样，他那些数不清的好事多是些小事，可他有恒心，一做一辈子，我们正需要学习这种精神，“善小”常做，长期坚持，下足“常长”功夫！

刘成德是这样，“善小”是这样，看上去做的都是小事，但小事不小。

在这茫茫宇宙中，

如一粒微尘，

微尘中却尽含宇宙；

在这渺渺大海中，

如一滴水珠，

水珠却尽映阳光；

在这融融春光中，

如一朵小花，

小花中却尽知春来。

姬忠霞，你也是这样！一道彩虹，就像一首诗，可以吟唱得整个天空诗声回荡。

阳光、吉祥，那个日子到来了……你忘不了，那是2005年2月，长清公司成立95598客户服务班，你当了班长，领着5个姑娘。有人说“六朵金花”要扮靓“窗口”了。你心里那是泉水丁冬，泉水丁冬，泉水丁冬响……在激动中开始，在艰难中迈步。很多事情不像想的那么简单！

市民不熟悉热线，不认可热线，话务量小，热线成了冷线，仿佛无水的河床，干裂，冷漠，沉寂……就是有点电话，质疑者有之，斥责者有之，谩骂者有之……

你自己的焦急，姑娘们的压力，青春的价值和思索……你所准备的一切，你曾梦寐的一切，事与愿违，辛苦做了饭菜而客人没有来。路不会总是好走的路。

如何是好？听之任之？不了了之？你不会这么做，姑娘们不会这么做，需要努力才能解决的问题汗水少了不行。

就是干枯的河道，也有耐旱的绿草长出，岸边也有抗旱的绿树挺立——绿给人水的希望！你在困难的时候，想到了你走过来的路。你是1999年4月进入长清区供电公司，无论是在变电操作队，还是在调度所，组织上总在给予引导、给予激励，光荣地入党了……你这1978年生人的，公司又一次信任，让你挑起班长的担子——栽培的恩是前行的力，脚步不敢慢下来。

你组织班里人成立了“女子彩虹共产党员服务队”，每个公休日都去走村串巷地发材料、搞宣传。印制了几千份宣传材料，发啊，讲啊……“95598，

彩虹共产党员服务队宣誓。侯婷摄影

提到电力服务，雷锋的战友刘成德翘着大拇指，连声称赞（右二为长清供电公司的姬忠霞）

有事打电话”……你几乎跑遍了长清所有的村庄。

长清山多，山泉也多。清清的泉水流，甜甜的泉水流，滋润了草，滋润了花，滋润了树……那鸟怎么叫得那么悦耳，有泉水润着嗓子。

你就是“山泉”！

“您好！供电公司为您服务，请问有什么可以帮您？”你负担的话务量，从原来的平均每天10多个，增加到70多个，逢年过节或碰到恶劣天气时，一天最多接打电话近600个。8年来，你平均每年接打电话30000多个。

你的辛苦，老百姓知道！在归德镇归南村，支部书记吴兰昌说：“村民们都知道，有供电服务问题，找95598；难题解决不了，找小姬！”

山泉不仅流在山间，还流在人的心田。

你在微笑，笑得泉水般甘甜，你笑成长清“十大微笑之星”；你在微笑，笑得彩虹般优美，你笑成山东电力集团公司优秀员工、善小奉献金牌个人；你在微笑，笑得荷花般清香，笑成济南市劳动模范。

你得到8000元劳模奖金后，走进公司领导的办公室：“我的荣誉归功于公司，归功于‘善小·山泉’，这笔奖金，我想把它以公司的名义捐出去。”

长清公司经过研究，决定以姬忠霞的名字成立“爱心扶贫基金”。公司把你的捐款作为启动资金，设立专用账户，用于帮助重大疾病患者、贫困失学儿童和残疾孤寡老人。

长清万德镇房庄村是一个偏远的山村，是供电公司驻村帮扶点，他们在村委举办了扶贫基金启动仪式。

你该高兴了！任客户服务中心主任助理了，你将一如既往？你还是在微笑，泉水丁冬，泉水丁冬，泉水丁冬响，泉水会一直丁冬响……

姬忠霞、姬忠霞们如泉长流。

济南公司，“善小·山泉”泉水长流。

山东省电力公司，“善小”长流。

“善小”常为，积善成德；“善小”常为，明德惟馨；“善小”常为，善莫大焉！

“善小”不图回报，但善有善报。

张鹏是 26 岁小伙子，正在话务室值班，接到一个电话：“你们能帮我缴电费吗？”

“热线目前只负责故障报修、业务咨询等事务，还没有代缴电费的项目。”

这是 2002 年秋天的故事。

张鹏是淄博公司员工，当时“善小”活动已经开始，他电话虽然放下了，但那老人苍凉的声音在他心中回响。他下班后赶了过去。一位独居老太太，76 岁了，步履蹒跚。

从此，张鹏揽下了缴电费的事，一些杂活他也经常帮着干，买米、买菜……他想得周到。“俺真是有福，老了，有这么一个好孩子，一帮就是四五年！”深受感动的老太太，忙着给张鹏操持对象。

老人有心，女孩有意，还真就张罗成了。要结婚了，老太太送上 200 元礼金，张鹏推辞。“敢不要！这是给我儿媳妇的。”老人笑得那么开心。

这真是：“善小”为媒，喜结良缘！

天道酬善！山东电力，方方面面，全方位“善小”，实现了全方位的管理大突破，实现了全方位的企业大发展。“善小”常为，真正凝聚起了一股向善、向上的大力量，这样的企业能不卓越嘛！一个企业，有善网这样的大光明网，能不亮丽嘛！

在这里，突出的成就太多，举不胜举，就只说一点第一吧。

10 年来科技创新综合排名、获奖等级和数量均居国网系统各省公司首位。

率先建成功能完善的省市县一体化应急体系，成为全国供电最为平稳的省份之一。

公司建成国内规模最大的营销自动化平台，客户满意率 99.99%，荣获全国用户满意企业。

……

“善小”发端于企业，延伸到社会。仅在淄博市，“善小”就影响带动了 20 万市民投身到志愿行动中来。

“善小”荣获国家电网公司精神文明建设创新奖和推广奖，“善小”群体被授予山东省“助人为乐道德模范”，2012 年被评为全国优秀志愿服务组织。“善小”已经成为闪亮的道德品牌。

有的地方，不是乏善可陈，而是扬善虎头蛇尾；有的行业，不是缺善可说，而是促善昙花一现。而山东电力的可贵之处，恰恰在于恒信恒守，十年不怠，“善小”常为，常抓不懈！

“善小”是践行社会主义核心价值观的成功实践，“善小”是通往道德高地的宝贵经验！这样的经验值得在全国大力推广！

善善能用，恶恶能去，善行天下，善之又善！如果全中国都真正“善小”了，不就成了大善中国！如果全世界都彻底“善小”了，不就成了大善世界！

“善小”常做，可铸大爱；

“善小”常行，可致大成。

这正是——“‘善小’而效大”！

让我们都行动起来吧！

你纺出一丝，他纺出一线，让善网更加精到；

你尽上一心，他尽上一意，让善网更加精巧；

你织成一圈，他织成一周，让善网更加精妙。

莫失之善，莫嫌乎小，

木无毫末，哪有合抱。

“善小”的网，经纬着天道，

“善小”的网，弥纶着地道，

“善小”的网，范围着人道。

“善小”啊，“善小”，

善再小，小小小，

绿叶里有阳光观照。

持续“善小”，扩张善网，

遍世界尽善，网网照耀；

极致“善小”，周密善网，

全宇宙尽美，网网自豪！

第二章

如蛛结网　尽职尽责

刘成德是一条河，一条流淌着道德的长河，德泽四方。

在北京开完记者会，我马上乘高铁赶往济南。天已黑了，我驱车直奔长清区。区委宣传部新闻中心主任王新勇陪我再奔向归德镇，赶往薛庄村。车跑在乡村的路上，浓浓的夜色衬得车灯的光很强、很亮。到了村头，已是8点半，好些人家已经熄灯，这里的夜晚静悄悄。看着亮灯的人家，我们开始随机采访，“夜探活雷锋”。

玉禄超市的门开着，这个位于村头路边的小店，是薛庄人房玉禄、马光芝夫妇开的。问起刘成德，房玉禄用充满敬意的口气说：“哎呀，这是个大好人！他做的好事，忒多了，就像我这店里的商品，一下数不清，他的故事真是讲不完。”他的夫人在一旁附和：“是的，这个人真好！雷锋没走，雷锋就在俺村里。”

夜里9点，我们开车进了村。水泥路干干净净，路灯亮着。见一户人家开着门，我们走了进去。男主人叫孟庆祥，妻子叫赵金云。真是巧极了，这是孟庆泉弟弟的家。孟庆祥动情地讲了好些刘成德帮助哥哥家的故事，讲了好些刘成德给薛庄村做的好事。“他日子不宽裕。”孟庆祥实实在在地说，“没什么大收入，他就是愿帮人，愿做善事，菩萨心肠，真的！”

晚上9点半多了，离开孟家。我们还想再找户没关灯、没休息的人家聊聊。继续开车在村中行驶，迎面走来一位妇女，我们下车采访这位老人。

“大娘，怎么称呼您老人家？”

“万家红。”

“这么好的名字，大娘多大岁数了？”

“68。”

“您老上到什么学？”

“初中。”老人快人快语。

我说：“天冷，咱坐车里拉会呱，不怕把您拉跑吧？”

老人爽朗地笑了：“谁拉老太太？拉跑才好呢！”

这个村的人好。大黑天的，或登堂入室，或路上相遇，对陌生人总那么热情，没戒备心。万家红老人说：“俺这个村，打架斗殴的少，违法乱纪的少，庄里庄乡，左邻右舍，都挺和睦的。”

万家红老人知道我们的来意后，呼啦打开话匣子：“成德回村后做好事，虽不是什么大事，但好在不断地做。”好一个不断地做。人，心血来潮易，持之以恒难。

“这些年，成德发送报纸、照顾孤寡、清扫街道……”万家红抬头看了看天，连连说，“他的好人好事，跟星星样，多着啦！多着啦！”

夜空，半月，繁星，相映生辉。一个个小星星不起眼，光也是微小的，但无数的星星闪耀着，就汇成了明丽的星空。刘成德正是用一件又一件的小事，不起眼的事，用他 50 年的坚持，灿烂了自己人生的星空。

我在灵岩写稿间隙，漫步山上，别有感受：那么多花，竞相开放，仿佛天上的星星在闪烁。花，多为小小的山花，大多叫不上名字，数不清的颜色，说不尽的光泽，紫花紫光，红花红光，黄花黄光，白花白光，蓝花蓝光，青花青光，绿花绿光……诸微妙光，一一闪光，亮丽了春光。刘成德那些一件件的小事，如微微的春花，裂变出聚集效应，闪亮了人生的境界。

刘成德不论在哪个岗位，他都竭尽全力，爱岗敬业。年轻时，他就常听父亲说：“人千万别懒！劲攒不出来，力闲不出来。干活，人家锄一锨土，咱锄两锨，多下力，人勤地不懒！”他这一辈子，别管走到哪里，都牢记父亲的话，勤快，多出力！父亲还讲过远古时代部落联盟首领舜与济南的故事，说舜在历山下耕作，很勤劳，他是以德治天下。父亲说，人啊，就看德性，得有德啊！

雷锋在 1960 年 10 月 21 日的日记中写道：“对待工作要像夏天一样的火热。”雷锋这样做了，刘成德这样学了。夏天一热情洋溢，万物就激动不已 。生长的力量，奔放着，绿叶加班加点，涌动出不尽的碧波。

刘成德这棵树，不论挪到哪里，都水土适应，枝繁叶茂，硕果累累——

参军入伍。1960 年，沈阳军区政治部三等功；1960 年，解放军某部五好战士；1961 年，沈阳军区政治部二等功。

转业进企。1964 年，国营 754 矿社会主义建设积极分子；1965 年，国营 754 矿五好职工。

调回家乡，工作于济南市长清县农机修造厂。1973 年、1974 年、1975 年、1978 年、1982 年获得该厂先进工作者的称号。

退休回村。1994 年、1997 年获得薛庄村模范共产党员称号；连续两届荣获长清区道德模范；2011 年被济南市评为第三届全市助人为乐道德模范。

一个人，在一定时期亮丽都不容易，而刘成德呢？看看他的殊荣，他亮丽了一辈子。他如金子，放在哪里都闪光；他如常青树，在哪里都茂盛；他如蜘蛛，在哪里都尽“织”尽责！

雷锋在日记中写道：“热情，像熊熊的火焰，是一切的原动力！有了伟大的热情，才有伟大的行动！”无量雷锋，燃烧着无量热情，点燃着无量薪火！

当前，有人一看到好好工作、爱岗敬业之类的词，就感到是唱高调、教育人，甚至有点腻烦——又要叫提高觉悟了！其实这是误会！天道、地道无不昭示忠于职守，燕子、喜子、蜜蜂，花草、树木、泉水……都是多么尽心尽力。人尽职尽责，这是起码的人道。天地人是同道同理：尽职责！职责，这是天性！

全心全意守本分，一缕一丝尽天职。喜子，动起来，工作起来，全力以赴，聚精会神，披肝沥胆，倾情倾心，不惜一切，就像太阳把慈光普照着，把全部的热情释放着，一丝不苟，一毫不爽。

刘成德1957年底入伍，被分到沈阳军区炮七师警卫排。工作责任重大，要苦练本领。刘成德的吃苦精神凸显出来了。练步伐，走得腿都肿了，他还咬牙坚持。一有空，他就自己猛练，练那些一个新兵要会的基本功。原来是一个土头土脑的农村孩子，直练得举手投足，都透出军人的风采。

练扔手榴弹，他有劲，已经投得很远，但他还不满足，常常练得胳膊肿得老高，手指一触就疼得受不了。练单杠、双杠，洒脱自如地做着各种动作，胸上、胳膊上都练出了肌肉块。战友们开玩笑说："成德，可以进体育队了！"练拳击、打沙袋，速度快、力度大，拳打出去都可听到风声。练手劈砖头，随着一声喊，手落砖断。警卫排的战士们进行掰手腕比赛，刘成德常常名列前茅。谈到这些，刘成德笑着对我说："我有点笨劲。"

在村里刘成德有劲是出名的。比刘成德大3岁的刘成明对我说："我跟成德是从小光着腚一块长大的。成德，劲大，能拼命！"记得刚加入互助组的时候，村里三四十人，在9亩多的小麦地里拔麦子。那时不兴割麦，攥住下边，连根拔出，还得在地上、鞋上磕打磕打土，跟和泥脱坯推车子一样，都是农村数得着的累人活。刘成明第一名，到了地头，他直起身子来，刚拍了两下累得疼痛的腰，紧追不舍的刘成德就笑着赶了上来，第二名。那时刘成德才十六七岁。

刘成明与刘成德比赛抱石头的事，全村都知道。村中的庙里有块长条青石，人们喜欢坐上边纳凉。这石条，一二百斤重，他俩比赛看谁抱着走得远。刘成德往手上吐了口唾沫，摩了摩拳，擦了擦掌，深吸了一口气，弯下腰，嗨一声，抱起石条，在兄弟爷们的欢呼声中出了庙门，往东爬上人把高的崖头。"哎呀，了不得了，牛犊子有劲啊！"刘成德又走了五六米。"快来看啊，小牛搬山了！"前面有座石碾，刘成德围着碾转了一圈，回到原处，放下石条，长呼一口气，双手抱拳一举——"哈"！

刘成明抱起石条，憋得脸通红，走出庙，看了看崖头，望"崖"生畏，又抱着石条回来。这也很厉害，在这村里，能抱起石条，能走这么一段的也不多。

从此，刘成德在村里名声大振。

参军后，在警卫排里，刘成德有力下力，又出了名。白天，他在师部办公楼前站岗。1958年初，天还很冷，他穿着军衣，戴着毡绒，两个帽耳挓挲着，冲锋枪在胸前，左手抓弹夹，右手握枪托。那样子与我们熟悉的雷锋持枪站岗的姿势一样。刘成德笔挺地站着，仿佛一棵树挺拔着，厚实的嘴唇，宽实的鼻子，搭配出忠厚的风貌；腮帮的线型与下巴的弧线，自然地由方到圆，规矩出方圆；大眼睛圆睁着，闪着青春之光；额头平实、方正，显得端庄、平和。

师长王正国走来了，高高的个子，宽宽的肩头，腰板直直的，穿着黄色的呢子大衣，浓眉大眼，很有气象。在刘成德眼里，王师长很能代表炮七师的威风。刘成德提前一个稍息，待师长走到跟前，立正，敬礼，动作很是利索。师长微笑着回个礼。

师部的楼地势高，往南没什么遮挡，可看到大海，看到港口进进出出的船只，看到大连造船厂；往东是大连钢厂、化工厂；往西就是师里的家属院。宿舍院的第一排最东头是王正国师长家 。

到了晚上，警卫排的战士绕着家属院巡逻。那时讲阶级斗争，执勤时得高度警惕，每两个小时换一班岗。有一天晚上，刘成德正巡逻，看到有个人鬼鬼祟祟的，他喊了一声：“口令！”对方答不出来。他迅猛跑去，一把抓住那人。那人想挣脱，刘成德却像铁塔似的，稳稳不动：“老实点！”他用力一握，那人疼得嗷嗷的。刘成德把那人送到值班室处理。排里表扬刘成德执勤警惕性高，处置问题果断。

警卫排还负责办公楼上的清洁卫生，报纸、信件的分发等，繁琐忙人。刘成德干什么都很认真。擦擦桌子、抹抹玻璃、清清窗台、净净茶几、拖拖地面、洗洗茶杯、倒倒烟灰、冲冲厕所、发发报纸、分分信件、送送开水……他总是那么仔细，一丝不苟。

办公楼二楼往西拐第一个办公室是副师长的，第二个副政委的，第三个政委的，第四个也就是最里边的房间是师长的。这是个单面楼，东西走廊，北面没有房间。从一楼到三楼打扫完，二三十个房间，还有小礼堂，干起来不轻松。

刘成德干活实在，擦玻璃，用湿抹布擦了，再用干抹布擦，还不干净的，就用手揉搓着擦，直到擦得玻璃透亮。他的乳名叫小牛，临别时，重病的父亲躺在床上，叮嘱他："小牛，干好！"累了的时候，他想到父亲的话，就不敢懈怠。

刘成德的实干赢得了上下称赞，照片上了师里的光荣榜。1958 年就被沈阳军区评为"五好"战士。

这时的刘成德比新兵时更有了军人的气度，他的心中仿佛有条纯净的河，明亮的波光闪在眸子里，无私的龙，奉献的马，畅游在心河里，龙马精神欢腾着，气宇就透出了轩昂。

不久，刘成德却做出了人生的一个新抉择。1959 年至 1961 年是我国"三年自然灾害"时期，国家困难，部队生活也艰苦。为了自力更生，1959 年，炮七师要成立打渔队，人员从 19 团、20 团、21 团抽调。刘成德在师部消息灵通，成立打渔队的事，他知道得早。刘成德说，那时主要吃高粱米饭，一个星期吃一两回馒头，早上常吃的是玉米窝头。生活是需要改善了。

刘成德主动找到领导，提出要出海打渔。

那时刘成德就会背毛泽东主席的《为人民服务》，就学习中国人民解放军的楷模张思德的事迹。张思德参加过长征，历尽千辛万苦。在毛泽东主席身边当警卫员的时候，为解决中央机关冬季采暖问题，他服从组织安排，到安塞县烧木炭。正在炭窑内工作时，炭窑突然崩塌，他不幸牺牲。毛泽东主席参加了他的追悼会，发表了著名的演说《为人民服务》："我们的共产党和共产党所领导的八路军、新四军，是革命的队伍。我们这个队伍完全是为着解放人民的，是彻底地为人民的利益工作的……张思德同志是为人民利益而死的，他的死是比泰山还要重的。"从此，"为人民服务"这一光辉的口号同张思德的名字一起响彻了神州大地。

刘成德在想，张思德，思德，他思来了“为人民服务”的德；我叫刘成德，成德，我要成就“为人民服务”的德！“我要学习张思德！”刘成德在心中下定了决心，他把要到海上打渔的申请递到师后勤部。

刘成德去找直接管他们的管理科刘科长。科长舍不得放，就想动摇他：“在师部多好，你当战士的一天才两毛钱，一个月才6块钱，你在这里出个发，一天就补3毛钱，你上火车站给首长买火车票都算出发，都能补个3毛。这里风刮不着雨淋不着，到了海上大风大浪那是家常便饭，太苦了！”

刘成德说：“我能吃苦，我到海上一定干好，为部队争光。”

刘科长见刘成德毫不动摇，就说：“你真是个‘小牛’，那么犟！师长、政委都喜欢你，汇报完再说吧。”

他直接找到师领导，连磨加缠，如愿以偿。

部队这所大学校，海洋这所大学校，培养了刘成德，历练了刘成德，他于无字句处来体悟，来明理，来提升自己。

熙然的，微笑了，朝霞；怡然的，自得了，海风。满天的星星听到了船上的汽笛声，像听到熄灯号，熄灭了一天星光。夜，便如春风，吹散了寒冷一样，便如知音，拂去了寂寞一样，便如信仰的慧灯，照灭了彷徨一样——悄悄地走了。

海鸥的心，波澜不兴，风云不起，祥和，轻安，像满天霞光一样，它满怀希望。海鸥展翅，一个长长的滑翔，开始新的一天的精彩亮相。海鸥飞了，飞向自己的太阳，飞向心中的光明，飞向蓝色的憧憬！大自然不经意间创作的“海鸥之歌”，在海水的循环中，流布世界。

大海，给予了刘成德工作的“大海”和大海样的梦想；海鸥，示范了如何面对大海和在大海上歌唱。

刘成德，如同海水载着船，他承着希冀，工作着，奋斗着。海风鼓荡起他的豪情，他的每个细胞中仿佛都渗透了大海的力量。他不闲着，忙前，忙后，碌左，碌右，前后左右地忙碌着。从灵魂深处勤劳的人，眼前永远有活，如同舞鞋成全舞星的妙姿，如同战马展示豪杰的雄风，这船啊，成就他。他梦的花朵在这里结出一个个带有海的味道的果实。不久，他就学会了船上大大小小的活，谙熟了船的每一处纹理。

在上部队的船之前，战士们都要到地方水产公司随船学习 3 个多月。分在不同的船上，跟着不同的师傅学习。在海上成为开船能手、打渔好手，那是需要下苦功的。

刘成德用他的“牛劲”，刻苦地学着。船上各种工具很多，每一件工具的名字、用途，刘成德都背了下来，烂熟于心。这样用时就可信手拈来。刘成德学会了开船，抛锚，撒网，测量水深、流速、风向，使用指南针，掌握了海图使用原理，还熟谙鱼群的游动规律和重要产鱼区，特别是黄渤海一带区域主要经济鱼类的规律，他更是了然于胸。

天天是海，月月是船，年年是鱼，天天月月年年是辛劳的汗水。夏天，阳光那么热辣，把人晒得皮肤黑紫，头上、身上的汗，流之不尽，挥之不已，擦之不竭。冬天，海风带着撕裂的野蛮，刺透着人的肌肤，刘成德的手，青了，紫了，紫了，青了，每到冬天都得长冻疮，手就没有过好颜色，还裂了好些血口子，他用布包包，照样干。

来了大风大浪，整个船都剧烈颠簸，仿佛严重地痉挛起来。大家同舟共济，应对着一个又一个想得到和想不到。这些年轻的战士，热血沸腾，在大海上挥洒着人生的大画。刘成德和副班长甄福清与战友们在船上唱起《上甘岭》插曲《英雄颂》:“长风呼啸，大海翻腾，朝霞燃烧，山岳昂胸……”激昂的歌声，响彻在海天之间。

刘成德在拼命干着，两脚稳在船上，像锚抛到海里，功夫深了；鼓动起来的两肺，像扇动的海鸥劲翼，张弛在天地间。打渔的“小牛”，天天使着“牛劲”，已是蓬蓬勃勃的海上“小牛”。

那曾经有过情绪的洪大洋，无边的忧伤和无尽的烦郁，像雾海一样的迷茫，像阴天一样消沉。当他豁然开朗之后，顿感——海船，激荡着快乐的浪花；海鸥，飞舞着甜美的妙姿，再看海已不是苦海无边的海，再看天已不是怨天尤人的天，而是“凭鱼跃”的海，“任鸟飞”的天。他用分内分外的苦干，诠释着“五好战士”的内涵和外延。

要拉网了，大家提前换上“行头”，套上水衣，戴上水帽，穿上水靴，靴子是高筒的，高到膝盖。人人各就各位，开绞车绞钢丝绳的，手拽麻绳的……忙得不亦乐乎。手拉时，双手抓住那胳膊般粗的麻绳，得有多大劲使多大劲。鱼一倒出网，用锹，用铁钩子，忙分类，忙入箱，忙入仓，天热的时候，还得忙加冰块。网上、鱼上都有海水，干这些活，就是不换水衣的时候也要系上围裙。黏乎乎，腥乎乎，　冬天冷乎乎，夏天热乎乎，这些他们全然不在乎，他们是军人，在乎的是部队的需要，在乎的是多打鱼，在乎的是青春无悔。他们或蹲着挑鱼，或弯腰拣鱼，或忙着把船面冲干净，或忙着补网，或忙着防患未然——粗粗的麻绳，有磨坏的，就剁去一截，再把好多股绳交叉着编为一体，这样就很粗壮，就很结实，就能受力。绳子在船上很重要，系网的关乎捕获，拴锚的维系稳定。天天离不了绳子，刘成德从绳子上悟出了道理，他对战友说："一股绳子挺细，不耐拉，好多股拧成一股绳，就耐磨、耐力，就劲道了。一个人就单薄，好多人抱成团，就强大。咱得拧成一股绳，团结就是力量！"

他们脸都晒黑了，手都粗糙了，一个个的都像渔民了。但他们毕竟不同于一般的渔民，当国旗在船前高高的桅杆上升起的时候，他们立正，整齐地站着，目视着国旗，行军礼，一派庄严。当船靠了港，他们换上军装，上了岸，迈着军人的步伐，走出军人的容貌，进了城市，一行遵"三大纪律"，一动守"八项注意"，不忘"我是一个兵"！

这就是大海，这就是渔船，这就是军人。

刘成德成长为大副时，那天海鸥绕着船盘旋，为他高兴呢！海鸥最清楚他的忠于职守，最了解他的潜力，最知晓他的品行，最相信他的实力，最欣赏他的才干。船在海上前行的在在，随时在他心中的处处，在在处处，船成为他的依托，成为他心灵的港湾。他太投入了，投入得心中常常只有海，只有船。他为船忙，为部队忙。船一回来，他又忙，忙着准备粮食、淡水、油……船上的一切时时让他牵挂。

爱船，爱海。爱之海，载着刘成德的人生之舟，划着幸福的双桨，扬着理想的风帆，溅出闪光的工作浪花。他工作得激情澎湃，犹如诗人的汪洋恣肆。他的青春在海上闪亮，犹如花朵在春天绽放。

与船同和共谐，达到船人合一，也是要吃苦头的。刘成德在内陆长大，当时村里最大的水坑就是村西头的那个水湾了，长 30 多米，宽 20 多米。刚到海上，一开始他晕船，翻江倒海，把吃的、喝的东西，全吐得干干净净，仿佛要把五脏六腑都吐出来似的。慢慢地他才适应，不晕了。

大海就是大海，不会像济南的大明湖，不会像扬州的瘦西湖，不会像南京的玄武湖，不会像杭州的西子湖，那么平和，那么净雅。大海大，脾气也大。那怒啊，直怒得惊涛骇浪；那怒啊，直怒得风起云涌。风浪掀动得船时而船头高高翘起，时而船身左倾右斜。大大的海，大大的风，大大的浪，小小的船，小小的人，小小的旗。此时大海中的船，如风卷的一片残云。面对此情，该害怕了吧？该惊慌了吧？不，正如一句诗说的："让你的灵魂在百万宇宙面前保持冷静和自镇。"此时最需要冷静和镇定。

你看那海鸥，和风中潇洒着，恶浪中从容着，面对大海的变幻莫测，总是那么泰然自若。这是何等的造化啊！以苦为师，以难为师，以海鸥为师，不怨天，不烦海，不尤人，适者生存。处海久了，悟道深了，观海听涛，顺其自然。情不被海牵，心不随境转。在海上，渐渐明白了，最重要的是"降伏其心"，不能海潮汹，心潮涌，不能担风怕浪，要心平；渐渐地领悟了，"清静为天下正"，这一正，则不觉浪斜风歪了。

海风吹去他的浮华，海浪打去他的偏激，大海雕出他的圆融无碍，海鸥教给他乐观——风和日丽，快活；大风大浪，自在！雷锋说："不经风雨，长不成大树；不受百炼，难以成钢。迎着困难前进，这也是我们革命青年成长的必经之路。有理想有出息的青年人必定是乐于吃苦的人。"刘成德在大风大浪中成长起来了。

写到这里，我想起了雷锋的工友易秀珍老人给我讲的故事：1958 年，易秀珍从湖南来到鞍钢。她这南方姑娘一时适应不了东北的气候，也吃不惯高粱米饭、玉米面窝头，不知流了多少次泪。那时每月只有 4 斤细粮，每当食堂吃大米饭时，雷锋就舍不得吃，给她送去。她不让雷锋这样做。雷锋说："我吃什么都行，等你慢慢习惯了，我就不给你送了。"雷锋在生活上、思想上、工作上都给了易秀珍不少帮助。1959 年 8 月 26 日，在

雷锋工友易秀珍。孟祥江摄影

临去鞍钢弓长岭矿前，雷锋送给易秀珍一个笔记本作纪念，上面题写着："船，能够乘风破浪才能前进；人，能够克服困难才能生存。"这是雷锋的人生体验。易秀珍铭记在心，克服了一个又一个困难。

刘成德在海上打渔，经历了无数风浪，每克服一个困难，每完成一次任务，他就认为为党、为部队又干成一件事，不觉其苦，只感其乐，这是他的切实感受。

1号船、2号船，两艘机帆船为部队打渔。两船相距80来米，半速前进，拉网打渔。拉两个小时，开始收网，两船往一块收拢。把网弄到船上，倒出鱼，战士把鱼分类装箱——鲅鱼、刀鱼、黄花、红头鱼……很忙人，两个来小时，拾掇完这一网。1号船的战士——忙着收拾鱼，2号船——大家忙下网，两船交替，一天打2000多斤鱼。

3年多的海上生活，辛勤地为部队打渔，自然常打交道的就是渔网。下网，收网，刘成德都是高手了；渔网坏了，补网他也是巧匠。

他不由惊叹渔网的巧妙，那渔网是谁发明的呢？一个大智者，看着蜘蛛结网，一看就是一天，数经线，查纬线，自言自语，惊叹蛛网的巧妙、严密，若愚地看着，一天又一天。一个飞蛾，自投罗网。林中，大巧者，演绎着仿生学，一根根藤，一枝枝蔓，编了又拆，拆了又编，若拙地编织着，编织着能网住梦的寓言。有人笑话，痴；有人讽刺，呆。仿佛耳旁风，什么都不听。师蜘蛛，法自然，伏羲终于梦圆渔网，发明了"天下第一网"。

8000年，从伏羲到雷锋到刘成德，一脉相承！刘成德好好服役，天天向上——他以部队为家，以海为家，以船为家，一门心思扑在工作上。他出色的工作，赢得了表彰。连里、营里、团里、师里、军区里，给了他一个又一个荣誉。

刘成德干什么都追求干出道道来。有一次，我在他家采访，到了饭时，他亲自下厨，说让我尝尝炸鸡蛋。他把锅洗干净，又擦干，然后锅里倒上花生油，再加上少许酱油啦、味精啦、香油啦、盐啦，等到油热到火候，磕开鸡蛋，整个倒入，一周圈展开，环护住蛋黄，小火炸，待有点黄再慢慢翻个，炸另一面。老子有“治大国若烹小鲜”的无为而治，刘成德有烹鸡蛋若治大国的小心谨慎。炸鸡蛋盛到盘中，黄者金黄，白者嫩白，还没下口嘴里就流了口水。吃起来果然香酥可口。

还有一次采访，我们俩展开谈，他老伴王玉芹和小女儿刘霞把从地里拔来的野菜与肉弄成馅子，用小盆端到他面前让他验收。他低头闻了闻：“再加一点点盐就行了。”一闻味便知可否，这功夫也了得。等吃到水饺，确实感到那馅子的味道太好了！

如此本事哪里来的？刘成德在海上看到战友吴晓集一人做饭太忙，经常帮厨学会的吗？是帮助孤寡老人董大娘做饭练出的吗？

原来，1962年，随着生活的好转，炮七师解散了打渔队，人员从哪里抽调来的再回哪里去。已经是预备党员的刘成德，回到师部，安排到军官食堂当司务长。买菜、买粮、买油，他亲自去挑选；与厨师们一块把厨房收拾得干净利索；与大伙一起把餐厅整理得清洁明亮；看厨师忙不过来，炉前一站，下手就干；见窗口忙不迭，赶过去就帮着卖饭……他的“小牛”劲，在军官食堂使着。他与大家共同努力，让菜的味道好，让饭食花样多。那时，他们的炸鸡蛋就很叫好，师机关的愿意吃，沈阳军区来的领导吃了也说好。

刘成德就是这样，干一行，爱一行，专一行！

1962年，在军官食堂干的第一年，刘成德就被沈阳军区评为“五好”战士。1963年，师部办公楼一楼小礼堂，刘成德党员转正。刘成德，当兵7年，获奖9次……

临转业时，连长梁明对他说：“成德，您不管打渔，还是战友相处，还是军民关系，都很好！您在部队这7年，写下鲜红的一页。”

1964年，刘成德走出军营，走进矿山。英雄的战士刘成德，从此成为企业的劳动模范刘成德。

刘成德成为二机部754矿的职工。矿上安排他与另两名青年，3人到同属二机部的位于湖南的矿山学习。两个多月过来，他熟悉了放射、射线、巷道、物探、采样等一个个新概念，进入了一个新的天地。

刘成德在矿上干地质工作，沿着深深的、远远的巷道，走到工作面。

如果不开矿灯，那是真正的黑啊，黢黑黢黑，何止伸手不见五指，除了黑，什么也看不见。把矿灯戴到矿帽上，拧开，一灯驱黑暗，光明满洞天。深入黑暗的人，更能体会光明的美好。

物探的探出区域，划出红线，刘成德就在这红线范围，开槽取样，左手握钎，右手抡锤，锤起钎响，叮叮当当，尘土飞扬。选好矿石样，背到井上，化验室进行化验，看指标合乎不合乎国家标准，能不能开采。工作既脏累，又危险。有一次，矿井塌方，有个技术员被埋到底下，年轻的心脏，永远停止了跳动。

工作环境内有放射，伤害身体。但刘成德知道，国家需要这种有射线的矿石，是具有战略意义的资源。作为一名党员，只要党的工作需要，生命都可以献上。一个人，把生死都能置之度外了，身体的病痛、工作的苦累，又算得了什么！

日积月累，刘成德手上磨出了厚厚的茧子，虎口常震裂，流出血。钢钎尾被锤砸得亮亮的，仿佛戴着一个钢花帽。钎头磨钝了，再用新的。旧的经过烧打后再用。用过的钢钎没数，但钢钎对刘成德流下多少汗水有数。

刘成德这“小牛”又拼出了牛劲。“初生牛犊不怕虎”，困难就是老虎，不怕就能“伏虎”。他把自己的工作与国家联系起来，认识到它的重要价值。现实工作场景的黑洞洞，在他心里却别有洞天。

刘成德身上体现出的是一种中国精神。中国精神，不可或缺，有这种精神，就像长江水，不论多么曲折，总会奔向大海。人，没了精神，就如一潭死水，这样的水就如泄了气的皮球，一切的灵动都瘪了。

同宿舍的工友张俊提醒刘成德注意身体，看他那么拼命，心疼地说：“咱用的钢钎那么硬，都使钝了，磨短了。身子又不是钢打铁铸的，得护惜着点！”

刘成德只顾拼命，还是像在部队一样拼命。天下有道，脚下有路，不脚踏实地，不顽强拼搏，怎么行呢！

他在海里受寒落下的腰痛病，犯厉害了，就痛得在床上爬不起来。他咬着牙，战胜痛苦，坚持工作。

井下的矿石，特别刚强难化，性格是坚硬的，

井下的潮湿，认定潮湿不已，态度是坚硬的，

井下的灰尘，执意尘土飞扬，决心是坚硬的，

井下的阴暗，坚决不见阳光，脾气是坚硬的，

井下的刘成德，忠于职守，意志是坚硬的。

可刘成德的胸膜是脆弱的。他咳嗽，发烧，工友张俊强行把他送到医院，一查：急性胸膜炎。

组织上关心，让他到锦州疗养院调治，同时考虑到他的身体不适合再下井，帮助协调回老家工作。他们爱护这位年年都是先进的好职工。

刘成德回到故乡，走进长清农机修造厂。在长清农机修造厂，刘成德总是早上提前到厂里，看到油乎乎的抹布，他拾起来，有的被扔到很不易发现的暗暗的墙角，细心的他去拣出来，再耐心地把墙角擦干净。他做了好些不被人知道、做了也很不引人注意的工作。这叫记者想起灵岩的一个山谷，浓密的树遮着，阳光照不到的石上，不细看都看不出的小小石花，却不亢不卑、积极踊跃地开着。正如清代袁枚的诗中写的：“白日不到处，青春却自来。苔花如米小，也学牡丹开。”

刘成德的脑中，常闪现雷锋的节约箱。当年在部队，响应军区号召，学习节约标兵雷锋。勤俭节约，早已成为刘成德的习惯。业余时间，他常蹲在仓库的废料堆里，把别人用剩下的焊条分类拣出来，进行再利用。有些机身有了沙孔，被当成废品，弃置一旁，刘成德不舍弃，不抛弃，再焊接，再修补，废品又成合格品。他每个月利用休息时间能修补 200 多个，为工厂节约材料，增加产值达 1 万余元。

在企业里，他融入了职工这主人翁的队伍。在劳动中，他体会着雷锋在日记中写的话：“世界上最光荣的事——劳动。世界上最体面的人——劳动者。”

刘成德在长清农机修造厂勤快地劳动着。有一年，长清急需 70 台播种机，刘成德所在的车间接受了这项紧急任务——节气不等人，必须赶在播种季节前完成生产。他的军人作风，关键时候总能体现出来——不怕苦，不畏难，敢打，能拼。他带领车间职工，通宵作战，保质保量地提前完成

了这项艰巨的任务。

农民来修农机，常常是急等着用。为不耽误播种、收割、运输等，他加班加点，是经常的事。有一次，一台拖拉机的油箱坏了，农民兄弟着急，他放弃了星期天休息，加班来焊接。他知道拖拉机在农村发挥着重要作用，正是农忙时节，拖拉机格外有用武之地。

看着拖拉机，他想起了雷锋的诗句：

> 南来的燕子啊！
> 你可不用惊呆。
> 不是晴天里响起了春雷，
> 而是拖拉机在隆隆地开。

他理解农民的焦急，庄稼活拖不得，切盼着“拖拉机在隆隆地开”。中午，刘成德抢时间，连饭都没顾上吃，焊好了拖拉机油箱。高兴得农民弟兄脸上乐开了花：“铁牛又能跑起来了！”

拖拉机被称为“铁牛”，这名字很贴切。刘成德听到“牛”的音，更是亲切。他属牛，小名叫小牛。一九三七年农历正月十六日，吃过晚饭，勤劳的母亲纺完一个线穗子，去生了他，大约是晚上 10 点来钟。他的性格中，还真有牛的精神。从小牛，到大牛，到老牛，他都像牛那样踏踏实实，埋头苦干。

在刘成德的读书笔记中，他抄了一篇 1961 年 10 月 8 日雷锋写的日记：“今天我在报纸上看了一篇文章，其中鲁迅的两句诗对我教育很深。我坚决要按照鲁迅的那两句诗去做：‘横眉冷对千夫指，俯首甘为孺子牛。’对敌人要狠，要像严冬一样残酷无情；对党、对人民要忠诚老实，要忠于党，忠于人民。”

苍穹下，牛在犁地。瞪起眼来干，弓着山峰样的牛背，蹬实腿脚，从不会留有余地，有多大劲使多大劲，拼命使着牛劲，松动着板结的、紧张的土地关系，一犁就是千年的情，一耕就是万年的恩。哞——浑洪地叫了一声，炊烟缠到了牛角上。

刘成德在农村长大，他对牛是熟悉的，是深情的。他像牛一样老实一辈子，忠厚一辈子，耕耘一辈子。不论在哪里，他干起活来，总是使“牛劲”。

厂里又来了“铁牛”，车斗子坏了，急等着送粮食。刘成德接了这活，敲敲破旧的铁皮，剔剔腐烂的板块，新板材弄好，焊条算好，就认真地干起来。焊光亮时，承前启后；焊花闪处，破旧立新。他干的活，焊接质量好，平平整整，光光滑滑。周边的一些农民认识了他，知道他干活仔细，有东西焊接，都愿意找他。

刘成德活多，总在忙着。一个焊条尽了，一个缺口完善了，一个裂缝弥合了。新面貌在焊条的“无”中生“有”了，在转化中修缮，在烈火中永生，凤凰涅槃了。从一个一点不懂焊接的新手，到一个技术能手，就像不知道用过多少条焊条一样，不知道他吃过多少苦！

从31岁进入长清农机修造厂，开始了焊接这项又脏又苦又累的工作。他跟着师傅，像焊枪喷出的火光一样，热切地学着技术。或站，或仰，或蹲，或趴，他一一苦练；或平焊，或立焊，或横焊，或仰焊，他样样求通。

知识让人明白仍然无知，道德叫人清楚还是缺德。渴求着知识、勤学着技术、修养着道德的刘成德，时时看到自己的差距，处处查找自己的不足，时时处处敦促自己进步。

从焊缝宽窄差、高低差、波纹平不平整，就能看出焊的好坏。这确确实实得苦苦地练。“宝剑锋从磨砺出，梅花香自苦寒来”，他精益求精，那溅出的焊花仿佛是献给他的礼花。

刘成德像在754矿一样地竭尽牛劲。酷热天，穿着防护服，举着护眼，喷着火光，那热怎是一个热字了得。蒸笼般的热，淋漓状的汗，人有一种被煮的感觉。在狭小的地方干活，有时一蹲就是半天。焊枪激出的难闻的气味，熏得人难受。

刘成德生活困难，吃得不好，干却拼命。有一次，下了班回到家里，出现吐血、便血。他上一次胃出血抢救过一次了，大夫叮嘱，不能太累，可他还是不顾一切地干。这次犯病，比上次还厉害。他觉着两眼发黑，心慌，口渴，逐渐面色苍白，血压下降，昏厥过去。妻子王玉芹哭着，与大女儿刘青把刘成德抬到地排车上。吓哭的女儿拉着车，妻子扶着，娘俩急慌着往医院奔。“您在哪里干，光知道不要命啊！”妻子泪水洒一路，“孩子还小，您咬住牙啊……”

刘成德被抢救过来，可又被查出了心梗。山东省立医院的大夫说：“这是长期积劳成疾，不能再上班了，否则会出人命！”

刘成德这个年年的先进，硬是把身体累垮了。厂里很关心，把情况报到县里，领导作了特批，48 岁的刘成德提前退休，离开他心爱的工作岗位。人到中年，他从“小牛”到“中牛”，从部队到厂矿，靠着牛劲，一路走来。本来他还可在岗位上干好多年，长期透支的身体却不能支撑。

在这里，刘成德走过了 12 年的焊接之路。焊接，其实是刘成德一辈子都在做的事。他那无数的善举，焊补了多少道德的缺失！

有了缺失，人知道去焊补；有了残破，蛛知晓去修补。千古经纬多少事，悠悠；天下纺织谁无敌，蜘蛛。蜘蛛从中心放射出辐条似的一根根丝线，不借助任何工具，切分得那么均匀；一节节的丝线衔接得那么天衣无缝，一圈圈，环绕得那么层次分明，那么井然有序。它的神奇，它的绝妙，它的智慧圣明，叹为观止！

代代勤劳、勇敢、独立自主的蜘蛛，大演八卦阵。蜘蛛先在圆心弄上一个点，仿佛天地未开、混沌未明的太极状态，这一弄，伟大的行动开始了，宇宙从无极而太极，以至于万物化生的过程要上演了。

蛛网挂在基线上，蜘蛛忙着，由太极演阴阳而生两仪，两仪相重而生四象，四象再重而生八卦。而后，复归中心，回到太极。休养生息，因时制宜，再太极而八卦，循环往复。纺之，织之，疏而密之，疏密有致。蜘蛛开合着乾坤之道，精妙着八卦之阵。八卦相重而演变六十四卦。周而复始，变化无穷。蛛道深矣，易道奥矣！

檐前袅袅游丝上，
上有蜘蛛巧来往。

羡他虫豸解缘天，

能向虚空织罗网。

蜘蛛随缘妙用，因地制宜，无中生有，有中生无，大道之行，妙不可言。

看得见的网，看不见的网，无时不有，无处不在。网其小无内，网其大无外。网中乾坤大，天上日月长。日有日网，月有月网。星球自转而结网，公转而并网，网网不已，网网相关，实网虚网，虚实相感，息息相应，网明无量，和合宇宙之网。“往古来今谓之宙，四方上下谓之宇”，空间、时间、物质、能量等，丰富而又丰富，“无边无际，无名无相，非思量”。玄之又玄，网之又网，宇之又宇，宙之又宙。宇宙复宇宙，宇宙何其网！如此，天网方疏密有度，恰到好处。正是：“天网恢恢，疏而不漏！”老子之言，真知灼见，真实不虚，不可思议！只是我们有时不听老人言，不信老人言！

看见的看见，看不见的看不见。不要不管什么事，非看见才相信。在这科学时代，我们最相信的是科学，应该相信科学，崇尚科学。但科学不是“救世主”，不是万能的。还有比牛顿、爱因斯坦、霍金更伟大的科学家吗？读读他们的故事吧，会明白很多东西。人，不能迷信，不能搞封建迷信，也不能搞科学迷信。

狭隘，害死人，再也别狭隘了！告诉阳台上花盆里的蚂蚁，天下第一广场——天安门广场比这里大多了，它们相信吗？我们也常常如此！

伏羲不狭隘，他博大，他精深！他对人类有很多伟大的贡献，最大的是作八卦。他老人家，知道以后的以后孩子们会很忙，忙得连家也没空回，就化繁为简，大道至简，给子孙们留了套游戏，永远的游戏——八卦。这游戏很环保、很低碳，随便弄点草棒棒，就可以玩，连草棒棒也懒得弄，在手指头上掐掐就能玩，环保极了，低碳极了！“掐指一算”，看看，不少中国人老有这个习惯，圣人们都慈悲，把绝活教给了子孙。手指头在，拳头在，中国人就不可战胜！伏羲打开八卦的泉源，一直浇灌着中华民族。久而久之，这个民族，思考与探索，富有太极特色。就如太极图所示，那两条永远的活鱼，黑中有点白，白中有点黑，阴中有点阳，阳中有点阴。

这就决定了我们这个伟大的民族，在最光明的时候，安不忘危，存不忘亡，治不忘乱；在最黑暗的时候，坚信曙光在即，坚信光明在前，坚信胜利在望！

伏羲的八卦，告诉了我们很多，很多！万事万物，没有孤立的存在，都是相互影响的，牵一发而动全身。“蝴蝶效应”，就是生动的大写意。轻灵的蝴蝶，在巴西偶尔地扇动一下翅膀，有可能引起科罗拉多的一场龙卷风。

一切一一相通，于是风趣的老子，寂寥在“玄德”家里，看了一眼墙角里的牛绳，自言了一语——“不出户，知天下；不窥牖，见天道。其出弥远，其知弥少。”

一切息息相关，于是幽默的孔子，溜达在杏坛边上，听了一声遥远处的鸟叫，随意了一句——我可后知五百年矣！

一切紧紧相连，于是诙谐的邵雍，转悠在梅花树下，嗅了一下眼皮下的花香，顺口了一声——我能上知五千年，下知六千年了！

无他，善易者不占，不用占了，蝴蝶的翅膀都知道，世界总是联系的！

我们不要去较真圣贤们前知后知之事，意在明白举一反三、触类旁通、循环往复的思维方式！

刘成德是条河，我们在追源溯流。

晚上，我在薛庄村采访了一些村民后，来到了村里的广场，广场的北面不远处就是刘成德的家。挤在邻家的屋头上开了个东南门，一个普通的农家小院的门，在这门面大都不错的薛庄村里，这个门，显得有些寒碜。门是小的，门上鲜艳的春联却是大气的：百世岁月当代好，千古江山今朝新。晚上 10 点半多了，不便打扰，“门外汉”没敢敲门。我在心里祝福：晚安，活雷锋；晚安，刘成德老人！

第二天的上午 8 点多，我再到归德镇。王新勇主任陪着，镇上的老通讯员马光仁陪着，区委宣传部的通讯员郭廷瑜也赶来陪着。不是要阵势，是要故事——他们都装了好多刘成德的故事。

刘成德回村后，一直关心村里的公益事，把这当成自己的工作去做。

“老牛明知夕阳晚，不用扬鞭自奋蹄。”这诗句形容刘成德再妥当不过了。他退休20多年，不懈地为村里做工作，像牛一样，肯下力气，不遗余力。

打扫村里的广场就是一例。不是一天两天，不是一年两年，他长期坚持不懈，已记不清用坏了多少把扫帚。那下乡走街串巷卖扫帚的，都知道他用得多，当成了老客户，每次来到这个村，都有意地到刘成德家门口，转悠着，多喊几嗓子：“卖扫帚了，竹扫帚，卖——扫帚……”

我头天晚上到这村采访时，10点多了，农村的夜晚特别静。前边还有个亮灯人家，我们开车过去。这家的女主人叫吴秀兰，她临街开了个秀兰综合商店，商店路对过就是村里的小广场。我向她问刘成德，她反问：“您看那广场干净吧？”我看了看广场，灯光，翠松，活动器械，有序，有模有样，回答：“干净！”“这是刘成德打扫的，天天打扫。”吴秀兰说，“他老人家属牛的，真跟个牛样，有韧劲。一年四季，就跟扫自家的院子样，来打扫村里的广场。下了雪的时候，他忙着清扫，手冻得又青又紫，叫人心疼。”

“他的手，他的手，唉……”吴秀兰描述着——冻肿了，手背肿得老高，青的青，紫的紫，紫的紫，青的青——她反复唠叨着刘成德青青的、紫紫的手——再冻厉害了，裂口子，流血……

刘成德当兵，多年在海上，冬天在船上收拾鱼，又是水又是冰，有了冻疮，冻惯了年年冻。

“刘成德是个大好人，为了做好事，才格外受这冻手的罪。”吴秀兰感慨着，“他要在屋里，暖和的，手哪能冻成这样！”

刘成德打扫广场，老伴王玉芹家务活脱开身的时候，也来帮着扫扫。上初中的小孙女刘蕊，星期天过来，见爷爷在扫广场，都累得出汗了，忙过去，接过扫帚：“爷爷，您歇歇吧，我来扫。”广场干净了，祖孙欢快的笑声，飘扬起来。

上午9点20分，我们来到刘成德的家。一个大约占3分地的小院，5间堂屋，屋檐下的燕子窝用纸塞着口，他怕麻雀趁燕子冬天不在，来个燕巢雀占，就采取了防御措施，等春暖花开，燕子飞回来，再给敞开。

刘成德年轻时是方脸，年龄大了，变成团圆脸，一脸的淳厚、质朴、慈祥，眉角眼梢都透着本真之气，一接触就感觉是一位和蔼可亲的老人。端端的肩膀，背部宽宽实实的；粗实的手指，手背丰丰厚厚的。他那敦实的样子，叫人想起泰山峪里浑然的石头，岁月的洗礼、流水的冲击，尽去了粗鄙的棱角，荡除了浮躁的瑕疵，磨掉了轻薄的存在，凸显了沉稳、雅正、泰和、安然。

我们谈到村里的路好，平平整整的。由路自然引出了刘成德老人护路的故事。

村里修水泥路，刚修好，他看到铺路的湿草苫子很快就干了，路还没完全结实，好不容易修条路，裂了就不好了。他挑起水桶，去洒水。老伴王玉芹跟了来，他一担又一担地挑；她一桶又一桶地洒。担上老当益壮，助道路坚实；洒下一片净水，帮老公为公。担了40多桶水，洒了一天。路心里有数，道的坚定中，浸透了汗水和真诚。

但有没数的，在远处说刘成德："干傻事，傻子！"他听了不生气，不分辩，仿佛没人说过什么。他知道雷锋当年也曾被说过"傻"。雷锋在日记中写道："我要做一个有利于人民、有利于国家的人。如果说这是'傻子'，那我是甘心愿意做这样的'傻子'的。革命需要这样的'傻子'，建设也需要这样的'傻子'。"

刘成德"傻"得很深，深得一眼看不透。我为了真正体悟刘成德，10多次去采访，电话深聊更是无数次。

有一天，我上午走进刘成德家，他正踮着梯子掰香椿芽呢。5棵香椿树，芽儿长得满脸稚气。他手里握了一把，笑着举起：春（椿）在握了。

燕子在香椿树间飞来飞去，香椿特有的香气让燕翅扇满了农家小院。刘成德不吸烟，不喝酒，不喝茶，没什么别的爱好，闲来看个燕子飞，就当到歌剧院欣赏歌舞演出了。

燕子，灰黑色的背部，乳白色的腹部，负阴抱阳，随时太极。展开尖长翅子飞时，如剪刀的叉形尾，翩翩着燕尾服，一收翅驻足，叉形尾含蓄地并起来。燕子，如隽永的诗百看不厌。一只燕子，半年多就要吃掉50多万只蚊子、苍蝇等昆虫，是真正的益鸟。

燕子满载着“国学”，腹“知其白”，背“守其黑”，动则“一分为二”，静则“合二为一”。忙不迭地衔泥“齐其家”，稍有空就用短嘴自惜羽毛“修其身”。久别一冬，乍飞来，主人顿生“有朋自远方来，不亦乐乎”之感。想飞则飞，想止则止。一北归，春；一南去，秋；一辈子写《春秋》。轻松地玩着《周易》，一高冲天，“天行健，君子以自强不息”；一低贴地，“地势坤，君子以厚德载物”。孵卵时，“远离颠倒梦想”，“如如不动”，绵绵不绝，“应如是生清净心”。燕语呢喃，姿态轻柔，“谦谦君子，卑以自牧也”。

咏燕的诗，可上溯到殷商时代。《诗经》中就有《玄鸟》：“天命玄鸟，降而生商，宅殷土芒芒。古帝命武汤，正域彼四方。”古时把燕子叫做玄鸟。

商族以玄鸟为图腾。传说娀氏女简狄，游于玄丘河之滨，拾到玄鸟卵一只，吞下而孕育契，故《淮南子》云：“契生于卵。”《史记·殷本纪》记载：“殷契，母曰简狄，有娀氏之女。……三人行浴，见玄鸟堕其卵，简狄取吞之，因孕生契。”商族之祖契乃“无父而生”，玄鸟蛋功不可没。玄鸟就神明起来。

社日是古代祭祀土地神的日子。以立春、立秋后的第五个戊日为春社日和秋社日。社日是盛大的节日，祈祷风调雨顺，欢庆人寿年丰。而燕子就是在春天社日北来，到秋天社日南归，其“信”之坚定，其“唯道是从”，都很为古人所青睐。燕来燕往皆社日，其中意味颇深长。

燕子在古代分量特殊，地位出众，出现在古诗词中的意象之盛，表情之丰，远非其他物类所能及。

《诗经》：“燕尔新婚，如兄如弟。”

杜甫：“旧入故园常识主，如今社日远看人。”

欧阳修：“垂下帘栊，双燕归来细雨中。”

苏轼：“有如社燕与飞鸿，相逢未稳还相送。”

文天祥：“满地芦花和我老，旧家燕子傍谁飞？”

周德清：“月儿初上鹅黄柳，燕子先归翡翠楼。”

……

《宋词三百首》中，涉及燕子的词多达58首，无鸟可比。

不尽的诗文，或寄生发，或兴惆怅，或感欣慰，或觉无奈，或忧漂泊，或虑沉浮，或叹兴衰，或歌守信，或咏勤谨，或怀慈爱，或抒坚毅……不胜枚举，异彩纷呈，气象万千。燕子，以如此的轻灵娇俏，寄兴出无限情怀，承载了无数沧桑。燕子，对这个民族的心有了那么多的撩拨！从图腾，到风俗，到诗句，到燕子的呢喃……听到的分明是民族的脚步声。燕子，已不单单是燕子，早已融入到每一个炎黄子孙的血液中；燕子，已不单单是燕子，早就成为中华民族传统文化的象征。空中如果少了燕子的翩跹，我们民族文化中不就少了份灵动的诗意和吉祥的飞舞！

燕子心中念记着刘成德家，飞过千山万水年年回来，它们有着不竭的动力。

刘成德心中有一座永远的泰山——雷锋，激励着自己攀登再攀登，再苦再累再难，坚定着攀登的脚步。

这么长时间与刘成德接触，从未听到他叫苦，他总是乐观向上，那和蔼的微笑像流不尽的泉水。刘成德的微笑动人，那是因为他的心里，总是如大海的波光不尽一样，闪耀着雷锋的微笑——

雷锋，您的微笑，
青翠的枝条，
在春光里拂动，
彩色的蝴蝶伴舞着永远的微笑。
鸟儿的歌，
天地间洋溢，
您甜美的微笑，
灵动着羽翼。
一鉴开的净池，
天光云影共徘徊，
还有常青树的绿影婆娑，
雷锋，您清纯的微笑。

宇宙中一条柔韧的纤维，
是永拉不断的记忆，
您的微笑，
是带露的荷花绽放，
是温柔之手对灵魂的抚慰。
您真善美的微笑啊，
温暖了一个民族，
光亮了一个国家。
当中国需要“洗洗澡”的时候，
您的微笑，
就像黄河、长江，
把九曲十八弯的泥沙，
冲刷到海里。
清爽一个中华，
清扬一种精神。

我在“雷锋班”，看到赫然的横幅：“老班长永远和我们在一起”。雷锋铺上，是叠成“豆腐块”的被子，还有已经泛黄的帽子……

“雷锋班”在点名，第一个点到的是雷锋。

“雷锋！”

“到！”全班齐声应答。

副班长曲宗明介绍：雷锋班编制8人，我们一直给老班长留着位置，这样就只有7名战士。

其实，雷锋何止从未离开“雷锋班”，50年来，在我们时代前进的行列之中，他一直迈着军人的步伐，阔步向前——雷锋从未离开我们！

50年，随着波澜壮阔的社会变革，很多思想的、精神的东西在解构，而雷锋的微笑，永远让我们心动！产生于社会主义建设的火热实践中的雷锋精神，继承了中华民族几千年的优良传统，蕴含着共产党员的特殊品质，不断吸纳着时代进步的“新鲜空气”，这一切保证了雷锋精神一直与社会前进相契合。

雷锋精神永远不会过时!

雷锋精神不是一成不变的道德模型，而是生生不息的精神大树!

雷锋的微笑，永远在刘成德心里，永远在无数人的心里。我采访了不少雷锋的工友、战友，采访了不少从雷锋班、雷锋连、雷锋生前所在团走出的人，这些人一直在学雷锋，一直在默默地学雷锋，有些人学雷锋几十年，人们不知道他们曾与雷锋在一起。雷锋对人们的影响何等深刻啊!

雷锋的微笑一直在心里，庄仕华就是这样的。

刘成德、郭明义、庄仕华等英模人物，参加了中央精神文明建设指导委员会 2013 年 3 月 1 日在北京召开的纪念毛泽东等老一辈革命家为雷锋同志题词 50 周年座谈会。武警新疆总队医院院长庄仕华在这次会上，被中央文明委授予“当代雷锋”荣誉称号。

1955 年生人的庄仕华，差一点辍学，1 块 5 毛钱的学费，家里穷得都交不起。庄仕华能成为全村第一个高中生，多亏了政府助学金、好心邻居和老师的帮助。有了贫穷的经历，有了被帮助的经历，有了从小学雷锋的教育，庄仕华当兵 39 年，走雷锋之路 39 年。

庄仕华先后资助 39 名困难家庭的孩子上学。他资助的维吾尔族女孩阿丽瓦热，每考一次第一名，就缝制一顶小花帽送给庄伯伯，至今已送了 16 顶。

他帮助了 580 多户“穷亲戚”。贫穷的哈萨克族牧民木扎别克胆囊有病，得做切除手术，钱从哪里来啊?妻子求亲拜友，只凑了 2000 元钱，这还不够啊!再也没有“钱”力可挖，就赶着家中的 5 只羊。庄仕华非常心酸，他个人拿钱结了医疗和住院费用，让木扎别克把 5 只羊赶了回去，羊儿“咩咩”的叫声里，似乎也饱含对救命之恩的感激。

庄仕华做那么多善事，是他的亮色，他更灿烂的是技术上精益求精、工作上好益求好的精神。截至 2013 年 2 月 25 日，庄仕华和肝胆中心医护人员共为患者做手术 120583 例，无一失败。这简直就是奇迹!

“吃葡萄不吐葡萄皮，不吃葡萄倒吐葡萄皮”，练绕口令的句子，大家最熟悉的就是“葡萄皮”。庄仕华练刀，也在“葡萄皮”上下功夫。1980 年，庄仕华从第四军医大学毕业，主动请求分回新疆。新疆是胆结石、肝包虫病高发区，他勇猛地向胆结石、肝包虫病进攻。引进腹腔镜手术之初，他买回葡萄练剥皮。滑溜溜的葡萄，薄薄的皮，手捏着直接剥都不好剥，他却模拟医生对照电视影像做腹腔手术的场景，看着镜子中的影像剥葡萄皮，一点点地练，慢慢地练。在此基础上，他改用动物肝脏进行分离练习，一练就是半天，练得眼睛充血，两眼都红红的。庄仕华之所以如此学技术，是因为他领会了雷锋的话：“不但要有好的思想，而且还要有高超的技术，才能更好地为人民服务。”

功夫不负有心人，庄仕华到了刀人合一的高境界，手中的刀“运用之妙，存乎一心”，可谓出神入化了。当初他完成第一台手术用了4个多小时，现在他47秒就可单纯剥离胆囊。

对于有工作的人来说，首先要干好工作。干好工作是根本，雷锋当年就说过，工作好比是一棵大树，工作之余多做助人为乐的好事，就像树上的花。

我们在学习雷锋艰苦朴素的同时，确需学习雷锋的工作精神。看看出的那些事故，或叫人震惊，或叫人愤怒，或叫人痛心，或叫人忧虑……真正是不可抗拒的自然因素的少之又少，多为工作不力，马马虎虎。以医院为例，救死扶伤，功德无量，可工作不认真也能要人命。2005年至2012年，14家英国公立医院因为怠慢、疏于治疗，间接致死13000人。不知道我们的医院，因工作失误，每年致死多少人？人身难得，能不慎乎！

雷锋、刘成德们，在工作上都做到了精益求精，认真负责。人们能够爱岗敬业，就是学雷锋。公务员，能够真正落实好“为人民服务”，别“脸难看、门难进、事难办”，别“推诿、扯皮、刁难”，尽职尽责，就是学雷锋了。

现代社会，分工越来越细，越来越需要合作精神，雷锋的“螺丝钉精神”尤为需要：“一个人的作用，对于革命事业来说，就如一架机器上的一颗螺丝钉。机器由于有许许多多的螺丝钉的连接和固定，才成了一个坚实的整体，才能够运转自如，发挥它巨大的功能。螺丝钉虽小，其作用是不可估计的。我愿永远做一颗螺丝钉。”在工作上，发挥好自己的“螺丝钉”作用，就是学雷锋。

热爱我们的工作吧，像雷锋那样热爱工作。视自己的工作为神圣，就大有动力，就乐在其中。工作，没有高低贵贱之分，起了分别心，就有了高低贵贱之分。有工作的时机，就一心一意工作吧，不是什么时候，都有工作时机，当没了时机，想工作，也没法工，没法作了！时机来了，花是全心全意开啊，没有哪朵花开得三心二意，因为准备了很久才有这绽放之时，当天时一过，想开，开不了了。想开，得当时！

开汽车，不普通吗？不脏吗？不累吗？而珍视这份工作，就有了热情，就得了快乐，就享受了美！雷锋是个汽车兵，他精益求精地开车，真心实意地爱车，爱车如己啊！用这种态度对待工作，那是怎样的心情！

雷锋有诗为证：

> 小青年实现了美丽的理想，
> 第一次穿上庄严的军装，
> 急着对照镜子，
> 心窝里飞出了金凤凰。
> 党分配他驾驶汽车，
> 每日就聚精会神坚守在机旁，
> 将机器擦得像闪光的明镜，
> 爱护它像爱护自己的眼睛一样。

年轻的雷锋，如此的早慧早悟，如此的大彻大悟！多少人，执迷不悟啊！

学雷锋，从热爱工作开始吧！

第三章

如剥竹笋　损之又损

在灵岩，写着稿子，天天都是早起。

清晨，和太阳一样，我从酣睡中醒来走出房间。走在蜿蜒的小路，我嗅那沁人的芬芳，我听那美妙的鸟鸣。山里的晨光，触摸着我的手，洗礼着我的心，清澈着我的眼睛。我也如这花这树这岩石，共融在这早上的陶醉里。

在这清净里，我的大脑中闪出刘成德的这事那事。

他在长清农机修造厂的时候，在家乡工作，熟人自然是多的。

“成德师傅，给帮着焊个桶。”老乡想赚点小便宜，不想拿钱了，他又抹不开面子，就到厂里自己垫上。

有时候同一个村的人来了，焊点小活，自然钱是不想掏了。他不仅垫付本钱，到了饭时，还得管顿饭。

“宁愿自己吃亏，不能让公家吃亏。”这就是刘成德。

就是自己家里的小活，焊个镢头啦，焊个镰刀啦，他也到厂里开出单子，该怎么拿钱就怎么拿钱。

人生的车轮，不能以自私为轴心来转动。

刘成德见有的工友悄悄干了私活，不给厂里拿钱，就找人家：“别这样，赚小便宜不好。”

“没几个钱，一根焊条才 4 毛钱，没用多少，您装没看见。”

“这样的多了，咱厂就垮了。就跟那大坝样，任凭小蚂蚁去弄，弄时候大了，大坝也能决口子。”刘成德好言相劝。

“好，下次改了。”

又过了几天，那人又焊了点私活，让刘成德遇上了：“不能这样，怎还犯？”

“就焊了个锄头，您值当的这么认真？”

“公家的小利也不能图！”说着，刘成德送给他一本《雷锋日记》，还把其中一篇用红笔画了出来：有些人对个人和集体的关系认识不清，因此做工作、办事情、处理问题等，只顾个人，不顾整体。这样就会给革命造成损失，给集体造成不利。我觉得正确地认识个人和集体的关系是重要的。

“您看！”刘成德耐心地说，“雷锋说得多好：‘我认为个人和集体的关系，正像细胞和人的整个身体的关系一样。当人的身体受到损害的时候，身上的细胞就不可避免也要受到损害。同样地，我们每个人幸福也依赖于祖国的繁荣，如果损害了祖国的利益，我们每个人就得不到幸福！’”

有一次，刘成德又看到那人在偷偷干私活，看了看活的多少，他就去厂里给他开了单子，拿上了钱。他对那人说：“兄弟，您这样可以大大方方地出厂门，不用藏着掖着，偷偷摸摸，像做贼样了！”

那人脸红了：“我再这样就不是人了，别说对不起厂里，连您这弟兄也对不住了！”

刘成德每次劝阻都是单独地找他，凑没人的地方说他，给他留足了面子。他知道人活在面子里，轻易别撕破面子。性格决定命运。人，要改掉自己的毛病，不容易，有时候会一次次地犯同样的毛病。所以，帮人要不厌其烦。

秋天的落叶，没人能下个通知，一天全落下来，它在一次次地落着。“沙沙”，秋风中，叶子在落着。依着恋着“双双燕子共衔泥”的春天，依恋着火热的夏天，不觉中，“罗幕轻寒燕子双飞去”的秋就悄然而至。秋风阵阵，落叶“沙沙”，城里的环卫工人，在一遍又一遍地扫着，一天又一天地扫着。“沙沙”，落叶是需要这样扫的，萧萧秋风轻轻地说着。

“对待个人主义要像秋风扫落叶一样。”刘成德，对人对己一直在扫着。

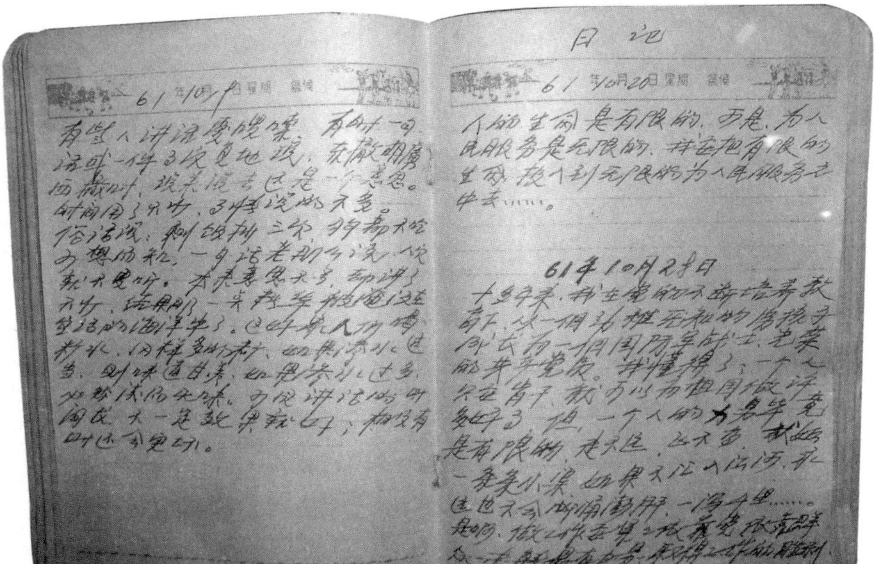

雷锋日记。

人，这一辈子，一般的歌，在口中唱唱就行了，但至少要有一首唱在心里的歌，刘成德有他的心中之歌，这就是《学习雷锋好榜样》。他唱，有时候与媳妇一块唱，当歌声如燕子很轻巧、很自由地翩飞在诗意天地的时候，心中便只有轻快与纯净了。人，这一辈子，一般的书，在眼前翻翻就行了，但至少要有一部看在心里的书，刘成德有他心中之书，这就是《雷锋日记》。他把《雷锋日记》当成人生的宝典，读《雷锋日记》成为他的常课，一句句闪光的语言，融化进他的血液，他觉悟了，把学雷锋变成自觉行动，自觉就自然，本来该这样，何必往外说。

刘成德总是不声不响做好人，刘成德总是不声不响做好事，犹如那悟透了“天道亏盈而益谦，地道变盈而流谦”的燕子，总是那么谦和、勤谨，空中的每一个动作总做得那么极致，而又从不张狂。他几十年默默的，不张扬自我，不让个人主义抬头。无论在工厂，还是回农村，大家都不知道他是雷锋的战友。

发现刘成德的秘密，还得归功于长清电力。

2006 年春，刘成德的小儿子刘安，给济南市长清区供电公司装修会议室。安装镶有毛主席题写“向雷锋同志学习”印刷品的镜框时，他顺口说了句：“雷锋说俺爹是他‘永远学习的好榜样’。”

长清电力的程玲不信：“雷锋怎能向你爹学习？吹吧！”

这话刺激了刘安：“怎么吹呢？雷锋亲笔题写的，明天拿来您看看。”

第二天，刘安拿来了纪念本。程玲看到了雷锋的笔迹，眼里闪光了：“雷锋的字！了不得了，我们长清还有雷锋‘永远学习的好榜样’！”

2006 年 3 月 1 日，程玲给归德镇的马光仁打去电话，提供重要的新闻线索。他接着去了薛庄村，马光仁找到刘成德。

老马介绍了这段情况——我坐在刘成德的堂屋里，与老人聊起来。但他只字没提雷锋，我直截了当地问道：“刘叔，我听说您和雷锋是战友。”“哪里，哪里，我当年听过雷锋的事迹报告，雷锋是我学习的榜样。”刘成德否认了我的问话。这时，坐在一旁的刘成德的老伴王玉芹微微笑了笑。从老人的笑中，我猜测其中刘成德老人可能有一段隐情，就以问厕所为借口，把王玉芹叫到门外，低声问道："大婶，大叔是不是雷锋的战友？您老人家可得跟我实话实说。"大婶低声说："他俩是有过一段交往，合过影，还留过言。每年3月5日这天，您大叔都把那个红本本拿出来，自言自语地说，雷锋，我比您差远了，我永远以您为榜样，为人民做一辈子好事。"回到屋后，我说："刘叔，您所做的一切，您儿子都给我讲了，刚才，我也问大婶了，您老人家就给我说说吧。"我这一招还真管用，刘成德以为我已知实情，就叹了一口气说："这些事情已埋藏在我心中44年，从来没有告诉过外人。您既然知道了，我就说说吧……"老马这个老通讯员就把刘成德的事报道了出去。

"您以雷锋为榜样，做了很多好事，这么多年，怎么不宣传？"我又一次采访刘成德时，问他。他没有直接回答，却讲了雷锋的故事：我与雷锋一起巡回做报告，雷锋总是省吃俭用，他节俭极了，慈善极了，发了糕点，他双手托在手里，像托着花朵，闻一闻："香啊！"脸上笑得可天真了。他悄悄地把糕点拿到医院，送给伤病员。回来后，他脸上充满欢喜，好像天底下最好吃的东西让他尝鲜了一样。他的津贴也舍不得花，一点点地，一点点地，积攒着，这钱给谁呢？他想到灾区群众，就像自己在受灾样，赶忙寄去。他做这些，都不留下自己的名字。我做了点事，但比雷锋差远了，不值得往外说。

他为了说明雷锋一直这么做"无名英雄"，还给我背了1961年10月15日雷锋写的日记："今天是星期日，我没有外出，给班里的同志洗了五床褥单，帮高奎云战友补了一床被子，协助炊事班洗了六百多斤白菜，打扫了室内外卫生，还做了一些零碎事……总的来说，今天我尽到了一个勤务员应尽的义务，虽然累了一点，也感到很快活。班里的同志感到很奇怪，不知道谁把被单都洗得干干净净的。高奎云同志奇怪地说：'谁把我的破被子换走了？'其实他不知道是我给他补好的呢！我觉得当一名无名英雄是最光荣的。今后还应该多做一些日常的、细小的、平凡的工作，少说漂亮话。"

"雷锋做得那么好，都不往外说，我得像雷锋那样甘当'无名英雄'！"

人，做坏事，不说容易；做好事，不说难；而四五十年做好事不说更难。

我们明白了老子的思想，就更易理解雷锋、刘成德们，或者说，深入了解了雷锋、刘成德们，更易读懂《道德经》。老子说：“我有三宝，持而保之。一曰慈，二曰俭，三曰不敢为天下先。”雷锋、刘成德，都是多么慈爱，都是多么俭约！他们都能“处下”、谦让，就像老子说的：“上善若水，水善利万物而不争。”这就是，至高境界的善行好像水的品性，泽被万物而不争名利。不争，好啊，“天之道，利而不害；圣人之道，为而不争”！不争，好啊，万无一失的修德之法就是谦卑！

刘成德与雷锋第一次相识是1960年5月。雷锋作为沈阳军区学习毛主席著作积极分子，应邀到刘成德所在部队作报告，并与连里“学用”积极分子一起座谈。雷锋说话很生动，大家谈到工作忙、时间紧，他形象地说：“一块好木板，上面一个眼也没有，但钉子为什么能钉进去呢？这就是靠压力硬挤进去的，硬钻进去的。由此看来，钉子有两个长处：一个是挤劲，一个是钻劲。我们在学习上，也要提倡这种‘钉子’精神，善于挤和善于钻。”这些都给刘成德留下了很深的印象。

刘成德和雷锋第二次接触是1962年2月。他与雷锋、董存瑞生前所在班班长常恩举等先进人物一起参加了沈阳军区首届共青团会议，共同上台领奖，并坐在主席台上，当时沈阳军区司令员陈锡联也在主席台就座。这次，他与雷锋同住在沈阳军区电影院东北招待所二楼，两人房间离得特别近。那时候，雷锋穿着一身已洗得泛白的黄军装，戴着棉帽子。见人不笑不说话，很谦虚。他对刘成德说：“您的事迹很感人！一般的3年就转业了，您为了部队需要，在艰苦的海上，一干就是5年多，回家推迟了，婚姻推迟了，您很值得我学习！”

人这一辈子，关键看遇到什么人，及遇到后的态度。有的与可以改变自己命运的人失之交臂，有的与高人久处而不知。就是同样遇到孔子，觉着“仰之弥高，钻之弥坚”是一个效果；如果老感到的是他周游列国的不顺心，并且老怀疑他，那又是另一种效果。刘成德是幸运的，他遇到了雷锋，信之，敬之，学之，传之。总而言之，正如先贤所说：“总在遇缘不同。”

一个人，心中装什么很重要。心中装圣贤，则神圣；心中装鲜花，则芬芳；心中装蒺藜，则扎刺；心中装乱麻，则烦乱；心中装国家、民族，心就博大了，就不会为小事烦恼。刘成德是幸运的，雷锋在他心中，雷锋值得在他心中，雷锋有理由在他心中。他起心是雷锋，动口是雷锋，身体力行是雷锋，身口意皆在雷锋，心中能不灿烂嘛！刘成德几十年，不图名，不图利，默默无闻做好事。雷锋精神影响他一生，他的灵魂深处跳动着一个强音——“学习雷锋好榜样”。

天容易污染，地容易污染，人的心灵更容易污染。人发了财，盖了别墅，知道弄条狼狗看家。人更应该知道，弄条凶猛、忠诚的藏獒，看护好自己的心灵，让不该进入的，难以进入；或者装上心灵的“空气滤芯”，严加过滤。防范是重要的！刘成德是细心的，他把取暖的煤炉子停了后，撤下烟筒，敲敲，倒倒，把灰鼓捣出来，用旧报纸包上，用塑料袋套上，用绳扎上，这样烟筒的两头封好了，不通风透气，不受潮，就不生锈。万物一理，想不叫心灵“生锈”，也得预防。

刘成德是一个爱干净的人。我从他家屋里的干净，院子的干净，谈到他打扫的广场的干净。刘成德接过话说：“村里干净了，我心里干净！”

多好的“心里干净”！人累在心不净，人烦在心不净。桌椅不擦，灰多；头发不洗，垢多。人的心灵不打扫，照样污染多。而对刘成德来说，雷锋的言行，是永远不过期的“名牌”灵魂净化剂。

刘成德对雷锋日记中的一段话是深有体会的：“思想教育应该是经常的、长期的。正如洗脸一样，一天不洗，脸上的脏东西和灰尘就不掉，要是长期不洗，脏东西和灰尘就会在脸皮上结成壳，人家看了会骂他是懒汉……人的思想也是这样，如果不经常教育，不用正确的思想克服错误的思想，时间长了，思想就会出毛病。思想背了包袱，工作就会消极，干劲就不足，各项任务就不能完成。”

垃圾，是需要清理的；卫生，是整理出的；心灵，是需要经常打扫的。“洗心易行”，这心实在得好好清洗，常常清洗，长期熏染的东西，乱七八糟，太多了！

“近朱者赤，近墨者黑。”刘成德心中早就有了人——雷锋，刘成德心中早就有了物——燕子。心中有什么人物，那是不一样的。近竹之清，近兰之雅，近莲之洁。“心中无一物，何处惹尘埃”，更好；还达不到这种境界，心中有一物，也重要，关键看什么物，如陶渊明心中有菊，苏轼心中有竹，周敦颐心中有莲。

刘成德的纯洁，在于他无论在部队、企业，还是农村，长期受到党的教育，得益于组织的培养，得益于一直学习雷锋，他心中有高洁的东西在。

与刘成德在一起，他给人以赤子之感，印证了老子的“复归于婴儿”。自私自利放下，清净心生起，人就活得自在，就如月光自然洒落，人的本性就自然流露。

刘成德一直学雷锋，雷锋助人为乐，至乐莫过施慈，雷锋在助人中得到快乐，刘成德也是这样，助人着，快乐着，因快乐而坚持，因坚持而成功，因成功而越发明净。

刘成德，满身春光观不尽，
慈眉舒处，绿染生机，
善目闪时，花开温馨，
心一明，
眼前的山水全净了，
一片本然！

如此，他就无可无不可，有为有不为，该捐钱——捐，该送物——送，该扫街——扫，不弄这些时，出去柔软个语，和悦个笑，起心动念无不是雷锋，举手投足无不是雷锋。

刘成德做好人好事，丝毫不用刻意了，而是随意了。走到地里，看到有人推车正爬坡，顺手帮一把，随时助人。同村的刘吉泉老人是个五保户，刘成德回村后就接济，直到这老人去世，他随性救困了。还在当兵时，他回家探亲，车站上遇着一位大娘丢了车票没了钱，他帮着买了票，还又送些零花钱，自己两手空空回来了。他随遇济危，谁有困难，不知便罢，知道了就是有缘，就力所能及去帮。村民吴洪星去世后，6 岁的儿子得了白血病，孤儿寡母很艰难，他慷慨解囊，随缘相助。村里修路大家要凑些钱了，他乐成善事，出手随喜。刘成德善巧方便，成妙功德。

没了个人主义作怪，真妙净心，才有了刘成德随便的纯善境界。犹如长江一心向海，别无夹杂，自然大江东去！历来的大圣大贤，无他，唯无私耳！没有私心，一切为大众，必能大成。

大公无私，好啊，乐啊，妙啊！不是唱高调，不是说了好听的。大私无公，公自然没有了，私也不会真正得到，私也长久不了，无私而得才能长久，天长地久，天地无私所以长久。

有一次，刘成德出远门，在一个小饭馆吃饭。对面桌上有几个人，边喝酒，边闲聊——

甲：我有个朋友发了，挣大钱了，要么有么了，他现在啊，什么都不缺，只缺德！

乙：我有个朋友飞黄腾达了，房子啦，车子啦，等等啦，都有啦，他现在啊，也是的，什么都不缺，只缺德！

丙：这样一个个举着例子，哪说得完？光分类说说现象，也就足够说的了：地沟油了，奶粉毒了，假冒伪劣了，过去说倒了油瓶都不扶，现在倒了老人都不扶了……中华民族到了最需要德的时候了！

丁：别酒后乱说，以偏概全，主流是好的。你们光讲这些，怎么不说说“感动中国的十大人物”呢！

桌上菜已满，地下酒瓶多。看着争论要激烈，有一个站起来，给各位添了添酒，像是有事要先走，他端起满满一大杯酒：“弟兄们，听了各位的高论，受益匪浅，深刻地体会到：有嘛别有病，缺嘛别缺德！为此，我干了这一杯，对各位表示‘严重’的感谢！”然后抱拳致意，向大家告别：“弟兄们，我先‘走’为敬了！”

……

刘成德，反复地咂巴咂巴嘴，是品味他吃的饭菜呢？还是品味这些人说的话呢？

他慢慢地走出了小饭馆，心想，人还是得去私啊，得天天去，私少了，德就多，私没了，德就好了！老子早就说过：“为学日益，为道日损，损之又损。”日日损私，损，损，损，把私损恼了，私自断交。断得好，私这玩意，不值得交往！

自私自利，苦啊，整天患得患失的，能不苦嘛！而且，一私则昏，一昏则迷，一迷则乱，一乱则毁。利令智昏，财迷心窍。不是说，贪图成万上亿的大利大财才昏才迷，只要动了私心，一分一厘，一毛一元，也叫人迷糊，这就是人们常说的“财迷”，“五色令人目盲”，贪财令人心迷。举一例，一天，刘成德去赶集，见围了一圈人看热闹，人爱凑热闹，越聚越多。一位老太太买了东西，觉着摊贩少找她5元钱：“钱还没找呢，5元！”“找了，您老人家这么财迷。” 摊贩就说给她了，“还找您双份？！”老太太拍了拍巴掌，提高了嗓门：“你忒孬了吧，俺这么大把年纪了，你好意思坑俺？”“找了，就是找了，我再想挣钱，也不能干这缺德事！”摊贩急得吼起来……话越说越难听，吵得越来越激烈。刘成德闹明白了，忙掏出5元钱递给老大娘：“不是这村就是那庄的，抬头不见低头见，别伤了和气。”围迅速地解了。老太太拿了钱，心平了，气和了，脑子清醒了，一寻思，人家找给那5元钱了，觉着挺不好意思。而那时，她满心里弥漫着少找5元钱的烟雾，窍迷了，就吵起来。

怎么才能把“个人主义”来个“秋风扫落叶”？怎样才能正大光明，完善自我，报效国家？其实我们的《大学》开宗明义就提出了明明德、亲民、止于至善，提出了格物、致知、正心、诚意、修身、齐家、治国、平天下。我们有必要重温这些文字：“大学之道，在明明德，在亲民，在止于至善。知止而后有定，定而后能静，静而后能安，安而后能虑，虑而后能得。物有本末，事有终始。知所先后，则近道矣。古之欲明明德于天下者，先治其国；欲治其国者，先齐其家；欲齐其家者，先修其身；欲修其身者，先正其心；欲正其心者，先诚其意；欲诚其意者，先致其知；致知在格物。格物而后知至，知至而后意诚；意诚而后心正，心正而后身修，身修而后家齐，家齐而后国治，国治而后天下平。”

这一套完整的体系，至今都很值得我们借鉴。有些东西，说完马上过时；

有些东西，永远不过时。不要以为时间久远的就不合时宜了，太阳多少亿年前就照耀了，我们不是也感到太阳每天都是新的！否则，本来眼皮底下就有的东西，却去舍近求远。俗话也说，抱着金饭碗到处去要饭。

“对待个人主义要像秋风扫落叶一样。”刘成德对己对人的个人主义是这样，对鸟的个“鸟”主义也是这样——麻雀们在刘家小院，优哉游哉，可燕子一回来，它们的是非人我、贪嗔痴慢、妄想分别塞满了小肚“雀”肠，愤愤恨恨忿忿。麻雀我执我见严重，不顾本来这里就是燕子固有的家园，老觉着抢占了它们的地盘，“卧榻之侧岂容他人鼾睡”。它们忘记了长期所受教育：“虚空世界，悉我自心。”非要迷惑颠倒，划个小圈子，“我的，我的！”严重着相，十分糊涂。麻雀全不理“凡所有相，皆是虚妄”，顽固的麻雀习气啊！就如那蚕，执着自我，以我为中心，绕来缠去，作茧自缚，本有大天地，非弄个觉着是自己的小圈套。这麻雀成群结队，熙熙攘攘，飞来飞往，麻雀“熙熙，皆为利来”，麻雀“攘攘，皆为利往”。资源有限，贪欲无限；贪欲之流，私为其源。

麻雀想组织“多国部队”，就叽喳着搞麻雀外交。它们先找了“黑道”的蝙蝠，使了“离间计”：“燕子一向与你们意见不合，你们说傍晚的时候太阳升起，燕子非坚持早上太阳升起……咱联合起来把它们赶走，早点平息，免得好事者在网上发了‘帖子’，现在网络那么发达，传到网上影响不好。”蝙蝠夜里一边飞着，一边想这事，第二天黄昏给麻雀回了个话：“跟燕子的争论，属于理论探讨，没有根本的利害冲突。我们虽然是黑道的，但盗亦有道，不能为所欲为。”麻雀合纵“黑道”不成，为了显得正当，就又连横“白道”的鸽子：“鸽子是人们的朋友，到处很受欢迎。可燕子一来，进家入户，很是亲密。你们要防止失宠。燕子的亲和力是很强的，历史的教训值得注意，那赵飞燕，傍上大的，不就把事闹大了，她虽是人，道理一样。”鸽子听后，一笑了之：“我们的宗旨是‘和平’，不能掺和这事。燕子食昆虫，麻雀吃粮食，互不相妨，还是和谐为上！麻雀啊，劝你们不要仗势欺‘燕’！”

尽管“多国部队”没有联合成，麻雀依仗家族势力强大，一意孤行，悍然发动侵燕战争。麻雀呼啦啦飞来，叽叽喳喳，喳喳叽叽，啄燕子，扑棱燕子。那燕子上飞下掠，左躲右闪。燕子虽灵巧之至，但寡不敌众，只好飞走，有家不能回。

刘成德见状，深感麻雀欺“燕”太甚，个“雀”主义膨胀，气焰十分嚣张。朗朗乾坤，岂容雀辈乱来！

刘成德慈悲为怀，不想伤麻雀，但要把它们轰走。他老人家，抄起竹竿，挥舞起来，竹影闪出，麻雀飞跃，叽喳声声。他边战边念叨着：“麻雀啊，刘家待你们不薄，冬天觅食不易，俺还在院里撒些小米。做人不能太过分，做麻雀也不能太过分！你们现在要知趣，走吧，等秋天燕子走了，再欢迎你们回来！”

这麻雀不是好撵的，它们惯用麻雀战术，竿起则走，竿静则回。死皮赖脸，时去时来。王玉芹看到这些，揭竿而起，与老伴会师一处，打仗父子兵，上阵老两口，双竿舞竹影，一心歌太平。麻雀见势不妙，知主人驱意已决，逃之夭夭。燕子双双把家还，呢呢喃喃，喃喃呢呢，谢意呢喃。他们让燕子知道，人间有正道，善良不可欺。经历了“战争与和平”，燕子更懂得珍惜，双双飞进春光，“飘然快拂花梢，翠尾分开红影”。那燕子飞得轻啊盈啊，如飞舞的雪花，如童真轻快的梦影；燕子为什么那么轻盈？因无私之重，故飞得轻轻盈盈。

麻雀起私心，动恶念：这刘家小院是麻雀之家，燕子却来抢占，必须赶走它们！如果麻雀知道境随心转，把心转变，变成善意，觉而不迷，正而不邪，净而不染，转过来即得大乐：共有小院，同享蓝天，和平共处。还是个“雀”主义太严重，缺乏集体主义思想！

雷锋悟透了个人与集体的关系，他在日记中写道：“个人的力量毕竟是有限的，走不远，飞不高，好比一条条小渠，如果不汇入江河，永远也不能汹涌澎湃，一泻千里。”

诸水汇流而成江河。长江滚滚，黄河滔滔。黄河是什么？是中华民族不改的肤色和浑厚；长江是什么？是华夏儿女不变的长久和包容！

我站在黄河岸边，体会着孔子的“逝者如斯夫”，在变与不变的时空隧道里，尚道崇德犹如黄河之水，穿越古今，仍滔滔不竭。离黄河不远，就是长清区归德镇，我来这里采访。归德是一个大镇，有近10万人口。镇办公楼上的大红字赫然入目：“尚德，敬业，实干，一流”，这是归德精神；高高的电视塔上，悬挂着响亮的标语：“九九归一，天下归德”；沿路村里的墙上，随处可见顺嘴的口号：“弘扬四德，建设归德。”他们在落实着“加强社会公德、职业道德、家庭美德、个人品德建设”。

……

从镇驻地，我们又来到薛庄村。我与刘成德又一次交流起来——

“您老实了一辈子，说老实话，办老实事，做老实人，吃亏吗？”

“不吃亏！老实人不吃亏，吃亏在于不老实。”

是的，刘成德没有吃亏。他在部队那么“傻干”，有的人觉着他吃苦、吃气、吃亏，不值得。而谁能干，部队是有数的，不能让能干的人吃亏，全师绝大部分转业回农村了，就两三个转到企业、安排工作的名额，就有刘成德的份。

他在工厂那么“傻干”，有的人觉着他吃苦、吃气、吃亏，不值得。而谁能干，工厂是有数的，不能让能干的人吃亏，不多的涨工资名额，要靠评比决定谁长，而刘成德免评。

754矿考虑到他的身体和家庭困难，人事部门主动帮着刘成德在老家联系了工作单位。刘成德说：“我谁也没找，一分钱也没花，都是组织上给办的。”

什么都办好后，刘成德坐车从东北回老家。人事部门的负责人刘云洲和一个部下，两个人提前赶到长清，那是1973年，条件差，他俩租了两辆自行车，到车站去迎接。

到了村里，他俩专门找到村里的大队长房泽礼、民兵连长刘兴泉，介绍刘成德的情况：“刘成德在部队年年受奖励，在我们矿年年是先进，这是位太好的模范了！真为你们薛庄村争了光！”

晚上，刘成德的两位领导就住在他家破旧的东屋里。

第二年，刘云洲专门又来了一趟，看望刘成德，关心地说：“这次来，主要是看看您对新单位满意吧，工作顺心吧。矿领导说了，您要觉着单位不好，就帮着再调换个单位。”知道刘成德对新单位满意，刘云洲感到很欣慰。

刘成德说：“我不过干了应该干好的工作，组织就对我这么好，我很感动，很满足，从来没有吃亏的感觉。”

我们继续交流——

“您慈心作善，常年捐款捐物，家里又不富裕，您烦恼吗？”

“没有烦恼。睁开眼，就想着谁还要帮；睁开眼，就想着学雷锋，忙不迭，没空烦。一个人，光干好事，不干坏事，还有烦恼吗？”

“什么力量让您做好事一做就是 50 年？”

“雷锋给俺题了字，俺不能给雷锋丢脸！”

“要遇到人家给您生气了咋办？”

“先检查自己，咱哪儿不好，才惹人生气，以后要做好。人家还不满意，说明咱做得还不好，还得好好做，感动人家。”

“您最大心愿是什么？”

“我最大心愿是做好事。比如，接学生别误事，别出事；广场扫干净；谁有困难就去帮帮……”

“学雷锋最难的是什么？”

“也没什么难处，只要您想学没什么难处。一方面，下点力气，人得肯下力气！另一方面，钱个人少花点，给别人多点。您有爱心，不在钱多少，有爱心就是一个高尚的人。关键是，让别人幸福快乐！您看人家雷锋，只想着党，想着人民，纯洁！雷锋就是省着钱，给别人花！”

“为什么一定要学雷锋？”

“不学雷锋，这人要光为个人，怎行！您看看，电视上报的，一个小偷偷钱包，有人站起来制止被捅了刀子，旁边的人都看着……”

……

“闭塞诸恶道，通达善趣门。”恶再小，不干；善再小，不弃。多搞慈善，常生欢喜，一个人做人做事充满乐趣了，到了一个难得的境界了，无烦恼，

济南市长清区归德镇街景。常德宝摄影

真幸福！天有闪光的日月星，刘成德有生活的精气神，所以总是欢喜信乐！

“对待个人主义要像秋风扫落叶一样。”落叶飘飘，飘飘到这里那里，飘飘到那里这里，特别是飘到私字的那十分隐秘的小旮旯里，扫起来并非易事，而超胜独妙的雷锋扫干净了落叶。无量雷锋，大公无私，心中是无量的纯净。

秋夜，扫净了落叶的秋夜，刘成德在薛庄村的广场上、街道上散步。欢清喜净的月光，把清净欢喜洒到疏朗的树头上，洒到池水的宁静上，一派光丽的月啊，仿佛把天上地下都洁净了，仿佛通达的月夜整个的“内心清净绝尘芳”了。

“知正见中，取和成德。”一个人，以奋发为春光，以明德为秋色，人生的季节就永远——春华秋实！

刘成德内心有张“雷锋网”，自然内心清净了！这张网，变化无穷，为自己的时候，就是张“防护网”，防贪防嗔防痴慢，防一切不净之物，防一切不清之气；这张网，为党的时候，为国的时候，为人民服务的时候，就是无限的“如意网”！

由网又想到喜子了。喜子也叫扁蛛、园蛛、波丝。喜子活得洒脱，智慧地工作着，诗意地生活着。这从某种程度上，也得益于它在眼前和心中“秋风扫落叶”了！

在人世间，诸葛亮是智慧的代名词。谁要智慧了，就荣获“诸葛亮”称号。除了人，其他动物能得“诸葛亮”美誉的少，而喜子就是个特别。“小小诸葛亮，独坐军中帐，摆成八卦阵，专抓飞来将。”这个谜底是蜘蛛，还有个喜庆的名字——喜子。

其实，人也罢，其他动物也罢，天地也罢，最大的智慧就是：明动静，知取舍。多少人，在动静上闹动静；多少人，在取舍上，乱取舍！

喜子呢？亿万年来，动以圆丝，静以宁思。喜子，行动起来，心无旁骛，目不斜视。静下来呢？腿脚一收，刀枪入库，安然如山，寂然如灭，像是绽放了一天的花朵夜晚闭合起花瓣。喜子，业余生活一点不乱，妄念不起，俗务不动，就那么安静着！

——喜子得道了!

正因如此，多少物种灭绝了，而蛛类生生不止，已达4万多种，已在地球上发展了2亿多年“网络”事业。喜子的历史，生动地诠释了老子的话:“致虚极，守静笃。万物并作，吾以观复。夫物芸芸，各复归其根。归根曰静，静曰复命，复命曰常，知常曰明。不知常，妄作凶。知常容，容乃公，公乃全，全乃天，天乃道，道乃久。没身不殆。”

正因如此，喜子活得潇洒。别的，有点收获，得到处费很大劲活动; 喜子，敬候佳音，“喜从天降”。这是喜子——努力工作到极致，耐心等待到极致。成功，需要蜘蛛般的耐心，而一般之物哪有这么的耐心!

蜘蛛的忍耐力超乎寻常。它们的生命力之顽强，从超强的挨饿能力就可见一斑。如只有305天寿命的狼蛛，就是208天不吃东西也能活着。

蜘蛛爱物，取之有道。不是什么都往网上挂，肯定不会把淫秽污浊挂上，不会把异端邪说挂上，不会把道听途说挂上。当然，也不会把大鳄鱼挂上。只把该挂上能挂上的挂上。蜘蛛是善于取舍的!

什么都想取，什么都不想舍了，就忙了! 忙，忙，忙……忙! 忙一辈子!人啊，这一辈子，哇——自己一哭，一攥拳，来了; 哇——别人一哭，一撒手，走了。回首一辈子，问其有何为? 曰:“一个字，忙!”复问，又曰:“两个字，忙碌!”

人生，除了忙，还有更富意义、更有意味的，都没有体验，没去品味!

蜘蛛，谐音“智主”，智慧之主。李时珍在《本草纲目》中写道:“此虫设网一面，物触而诛之，知乎诛其不义者，取曰‘蜘蛛’。”它知义与不义，不义者诛，何其大智大勇! 它“知止不殆”，还不智慧吗? 所以蜘蛛还谐音“止住”，而人容易不知进退，止不住啊! 蜘蛛念快了，就听成“知足”，“知足不辱”，还不智慧吗?《道德经》曰:“知足不辱，知止不殆，可以长久。”

蜘蛛有了这样的智慧，就会处世了。“知人者智，自知者明。”蜘蛛有自知之明，它知道再怎么努力，也赶不上燕子受大家欢迎。它不嫉妒，不捣乱，更不会不择手段搞恶性竞争。它还是“我自然”，还是守本分。这样，虽同处一院，但与一直受宠的燕子，关系很好。燕子呢，对主人的宠爱，受宠若惊，谦虚谨慎，对蜘蛛先生，恭而敬之。说来也巧，他们都代表吉祥、喜庆。祝贺结婚了，说“燕尔之喜”；庆贺别的，叫“燕贺”，如杜甫用过“紫诰鸾回纸，清朝燕贺人”。这蜘蛛，除了“喜从天降”之吉兆，也还有别的用语，如元稹诗中有“佳人祝喜丝”。一句话，燕子、喜子都挺吉庆的！

有了这种旷达，蜘蛛啊，就是在一个小小的角落里，就是从来没人注意，它还是正如元稹写的“虚空织横罗”，想的是“尽虚空”之事，做的是虚空大事业。它悄悄“学成文武艺”，就是还没能“货与帝王家”，也从未消沉，默默经纬着自己的天地。又没人知道，它怎么如此“敦伦尽分，闲邪存诚”？蜘蛛曰：“‘君子必慎其独也’！谁说不知？天知地知！岂敢放逸，岂敢造次！”

我们了解了这些，更明白“秋风扫落叶”的重要！我们在上下求索着，历史需要打扫，现实需要打扫，不是什么都好，人类总需要选择。这是个网络时代，但不是什么网都是时代的需要，那“深入邪网稠林旷野”的，必须像落叶一样，秋风扫荡之，干净彻底地秋风扫荡之！然后，取而代之大家欢喜的“诸宝行树，及宝罗网”！

路很长，个人主义的落叶不少，雷锋扫了，刘成德扫了，干净的不仅有路，还有心灵。

刘成德为人和善，但他对私字不让步——

那年，交公粮，晚上加班往长清粮库送，村里找他帮忙押车。

一麻袋一麻袋的，盛满了小麦，装了一拖拉机。跑到一个苹果园附近，车停了下来，说是都方便一下。

后来，刘成德上了车，发现少了两麻袋小麦，就查问。

“走吧，走吧，您那么多事？”另一个押车人催着开车。

刘成德板起了面孔：“车不能开！这小麦是老百姓的血汗，是给国家的公粮，不能少！”

“咱是一个村的，这么认真干么？这两麻袋麦子，咱回来平分，悄悄给您送家去，谁也不知道。”

“怎么不知道？天知道，地知道，咱不能干这缺德事！”刘成德坚决不让步，“你们要是真想要小麦，上我家里拿去。”

他们没办法，只好从看苹果的小屋旁，扛回来两麻袋小麦。气狠狠地挖苦了一句：“成德觉悟高，要高升了！”

拖拉机又跑了起来。星星眨了眨眼。

“对待个人主义要像秋风扫落叶一样”，真扫起来，是不易的！那偷麦不成反落了一顿批评的同村人，很长时间，见了面，都不跟刘成德搭腔。刘成德不介意，总是笑着主动打招呼，就又相互说话了。他对我说：“那天我陪您在村里转悠，在一个小屋边晒太阳的老人，就是当年的押车人。”他说完笑了，我也笑了——想起来了，那老人还开了个玩笑：“成德，高升了！”“都多大年纪了，还高升？”“满电线杆上都高高地挂着您的头像——‘学习刘成德，做山东好人’！”

经历是笔大财富。刘成德在一次次的淬火中，在一次次的擦拭中，在一次次的磨砺中，在一次次的净化中……“损之又损”，挺立起“删繁就简三秋树”。

刘成德在海上的时候，这个喜欢沉默的人，坐在船里，透过窗玻璃，看着大海。海让他明白了很多，是该从大海得到启发啊！

经典上说：“思惟大海宽广难量，思惟大海深难得底，思惟大海同咸味，思惟大海出生众宝，思惟大海吞纳众流，思惟大海水色差别不可思议，思惟大海种种众生之所依住，思惟大海容受无量大身众生，思惟大海能受大云所雨之雨，思惟大海究竟恒满无有增灭。”能把大海明白了，心胸像大海一样宽广了，那点点一己之私还值得挂碍吗？如浪花的小我泡沫破灭了，海水般的大我不就无量无边了？是的，人架子不能大，心不能小。“心包太虚”，心本来不小，塞的自私自利等乱七八糟的东西多了，就小了！

现实中，有很多大与小的关系需要处理好。

要为社会奉献的时候，要为人类奋斗的时候，需要小自己而大天下，以至于无自己而唯天下。而天下物欲横流，诱惑无处不在，无时不有，人需要大自己而小天下，把自己——正气盈宇宙，清神满乾坤，此时，“富贵不能淫，贫贱不能移，威武不能屈”，那浩然，那天然，那陶然，那泰然，那定然，那安然，那慧然……如此十全十“然”地全然了，那一切都是自然而然了，利欲的刀枪不能入，名色的乱花不迷眼，丑恶的震荡不为动，邪气的偷袭不得侵——完全地成了顶天立地的大写的人——彻底的“大人”了，那何止大自己而小天下，简直是大自己而无天下！人能把小自己而大天下与大自己而小天下，适时切换，运用自如，游刃有余，还有自己天下的分别吗？还有自己天下的执着吗？不就可以“逍遥游”了吗？

有的人有时候心中有了个“小”字，能受点触动，良心发现，付诸善举，其善可陈！让我们看一看广西2013年高考作文给的材料：尚先生在出租车上丢了一部手机，然后他打了该手机号码，通了之后被挂掉。于是尚先生给该手机发了一条短信，说愿意用2000元酬金换回这部手机，一个多小时后，捡到手机的人表示愿意归还。后来捡到手机者把手机还给了失主，没有拿酬金就离开了。记者事后联系上捡到手机的人，他说，他本来不想归还手机，但看到手机里的照片和短信，得知这个失主最近给芦山地震灾区的人捐了款，所以他才决定把手机归还失主。他说，不能用贪心来对待爱心，我们要多一些真诚和友善。

“不能用贪心来对待爱心，我们要多一些真诚和友善”，这话说得好啊！

一个人，捡到别人的手机，心中闪出的第一念就是快点归还失主，并且付诸行动，这很好。“拾金不昧”、“路不拾遗”等成语，一直用来赞誉个人美德和良好的社会风尚。

捡到尚先生手机的人，动了贪念，“本来不想归还手机，但看到手机里的照片和短信，得知这个失主最近给芦山地震灾区的人捐了款，所以他才决定把手机归还失主”。这也很好！

人，还能感动就好，就有希望。像有的人说的“表扬不激动，批评不脸红”，就麻木了，麻木就麻烦。

人分上中下。老子说：“上德不德，是以有德。”“上德”的人是少的，“下德”的人是少的，更多的是“中德”之人。“中德”的人，就不像“上德”之人那么纯洁、那么至善、那么如如不动，各类念头还会像海中浪花随时生灭。

佛家把“贪嗔痴”看作“三毒”，对应之策是“戒定慧”。出世之人，较之红尘中人，纷扰少多了，尚且去“毒”不易，要靠清净的“念念相继”，功夫成片，来“都摄六根”，伏住夹杂的心。

入世之人，身处喧嚣，加之当今思想分外多元，诱惑分外多彩，定心是个问题。有了恶念，不受外界触动，及时自我调整，这好；有了恶念，因外力而觉悟，抑恶扬善，也好。像捡到尚先生手机的人本想据为己有，为失主的善举所感动，生出善念，做出善行。这里失主的捐款就是正能量，正能量抑了捡手机者的恶，现出了他本来就有的善。“人之初，性本善”，人们应该清除尘垢，露出善的本来面目。极恶之人，也有其善处，关键是引领善。要让强大的正能量，推动着善的列车风驰电掣！

人的心脏有了毛病，抓紧吃“舒心通”、“救心丸”之类的药，有时还需做心脏搭桥手术。人的心灵出了问题，能自力更生，当然好；自我解决不了，来点外力，也很有必要，为心灵服用“定心丸”，甚至为心灵搭桥，都好，都是为了心好，心好就好！

“不能用贪心来对待爱心”，要用爱心对治贪心。人的心念动得再多，借用机会成本的理论来说，动了这，就没空动那，满心都是爱心的时候，就没了贪心的机会，所以，“我们要多一些真诚和友善”，多一些，多一些，再多一些，以至大爱无疆。

贪心是不老实的，我们过去常说的那句老话——“狠斗私字一闪念”，还是管用！捡手机的人，狠斗了私字，止息了贪心，不仅归还手机，而且“没有拿酬金就离开了”。这是真心可嘉啊！

存真心，做真事，当真人，真心真人真事，人能“三真”，不就到处“真是的，真是的……”感动不已！

这样当然不容易！

佛家“勤修戒定慧，息灭贪嗔痴”，我们务必真善美，横扫假恶丑，如此，不要说一个小小的手机归还，就是给个不该拿的金山银山，“我自岿然不动”。

有些人却执迷不悟。在一个山村，有一位不识字的中年妇女，得了一场病，好了后，有了“神通”，要学写字，而且只学一个字——钱。提着毛笔，翻来覆去练这一个字，慢慢写得有点模样，开始对外营业。

大红纸，写上一个大大的“钱”字，不落款，不盖章，点上香，在缭绕的烟上一熏，吹上一口“仙气”，让人请回去挂家里，每天对着“钱”字，拜108拜，每跪拜一次，念叨一声“钱”，可保佑发财。世界之大，无奇不有，匪夷所思，她这事居然不少信的。

来求字的多起来，一开始每幅字只收10块钱，后来20、30、50……，一路攀升，100、200、300……

她高兴地做着，每个人留下现钱，拿起她写的“钱”，满怀感激。她总是祝福一句：“恭喜发财！”

有骑自行车来的，有骑摩托车来的，有开小车来的……一下子门庭若市。

村里见是个商机，平出一个停车场，专人看着，收停车费。老百姓也顺势而为，摆上小摊，卖鸡蛋、核桃、蘑菇……小山村热闹起来。

有的求钱心切，请回“钱”字，对着一天拜1000拜。有的拜10000拜，只拜得口吐白沫。有来求字的，觉着“钱”这字俗，叫她写个“官”字，她不说不会写，却说了句让来者连说“开窍了”的话——“你这个人，死心眼，有了钱不就什么都有了！”

来人太多，影响太大，有关部门知道后，制止了她的行为，并罚了款。

钱这玩意，叫人迷啊！

一气写了两个多小时的稿子，颇觉困乏，我走出了房间。早上是如此的静，我一个人走在山路上，静如早晨。走着，走着，感到累了，看到有块平整的石头在树旁，我坐到石上，依树小憩。

进入梦乡了——实我在山上走着，虚我飞到空中。虚我看到实我踟蹰在山路，东张西望，与大山比那么渺小，与湖水比，那么浅显。有道岭挡了路，实我在绕道走，而鸟轻松就飞过了。实我觉着山路不好走，一只野兔，跑，跳，那么敏捷，如履平地。而人在这里却笨拙。想想自己写作，为了文章的烂漫呕心沥血，人家春风那个一吹，一山都是烂漫；为了文字的玑珠搜肠刮肚，人家那个泉水一喷，一池都是玑珠。

人，自己守着自己，自己昧着自己，自己碍着自己，自己累着自己，自己烦着自己，常常不能自己。

人，跳出自己看自己，清楚了自己，淡定了自己，明确了自己，解脱了自己，把握了自己，真实了自己，往往能够自己。

原来如此，“天道自然，人道自己”。

梦醒了，天上的虚我，又回到地上的实我，我又是虚实合一的我了。我突然摸摸鼻子尖，问自己：“哦，是我？非我？哦，是我！”

我往宾馆方向走着，还得回房间抓紧写稿。看到一只蝴蝶飞着，彩色的翅膀上，轻盈地扇动着霞光。蝴蝶是从蛹变化而来的，当初作蛹的时候，“此在”，就是一切。化蝶了，嗬，天地如此广大！

人能产生精神上、思想上的化蝶，就会有大的升华，更能认识自己，更能主宰自己，知道怎样做人。

做人，须知行者广，礼义廉耻为基本。《管子·牧民》曰：“国有四维，一维绝则倾，二维绝则危，三维绝则覆，四维绝则灭……何谓四维？一曰礼，二曰义，三曰廉，四曰耻。礼不愈节，义不自进，廉不蔽恶，耻不从枉。故不逾节则上位安，不自进则民无巧诈，不蔽恶则行自全，不从枉则邪事不生。”

礼义廉耻重要啊！孟子曰：“人之所以异于禽兽者几希。”又曰：“人之有道也；饱食暖衣，逸居而无教，则近于禽兽。”

特别是耻更重要——“耻之于人大矣”！孔子曰：“行己有耻。”孟子曰：“人不可以无耻。”“无羞恶之心，非人也”！

古代老子的“无为”大行其道，现在“小子”的“无耻”已不陌生。人一无耻，什么事做不出来？“无耻，则随心所欲，无所不为，无恶不作。”

新中国成立初期，我们党惩治腐败，处决刘青山、张子善。毛泽东说：“我杀了几个有功之臣，也是万般无奈。建议你们再重读一下《资治通鉴》，治国就是治吏，礼义廉耻，国之四维；四维不张，国将不国。如果臣下一个个都寡廉鲜耻，贪污无度，胡作非为，而国家还没有办法治理他们，那么天下一定大乱，老百姓一定要当李自成。国民党是这样，共产党也会是这样。”

现在很多乱象，可以说是没有礼义廉耻引起的。

一群成年人，在颐和园绿地上小便，引得外国游客边摇头边拍照。这种行为，多么不文明！是公园厕所少，憋得忍无可忍吗？颐和园管理处说，颐和园内共有150余处公厕，布局合理。

到了国外，明明是自助餐，吃多少盛多少，要吃干净，却盘中剩下不少饭菜，叫外国人用鄙夷的眼神看。高档红酒，要有讲究地喝，却倒上一大杯，在欢呼声中，“感情深，一口闷”，令外国人瞠目结舌。在法国，因为抢个拍照的位子大打出手。还有的在飞机上打起来，导致飞机为安全起见，不得不提前找机场降落。有的酒店挂出牌子，说有中国旅游团来，提醒错峰吃饭，以得安宁。有的酒店只用中文写上：“不准随地吐痰”、“不准大声喧哗”……怪现象很多，不用一一列举，不少人有些见怪不怪了。

法国哲学家、现代社会思想大师、后现代理论家鲍德里亚说，不仅是一切物的商品化，而且是一切人的商品化：文化商品化、学术商品化、艺术商品化、道德商品化、思想感情商品化、爱情与友谊商品化等，一切都成了与金钱等价、可以随时交换的符号。其次是消费的广告化。铺天盖地的传媒的广告制造、支配、控制着人的消费。消费者失去理性与自由，为追求名牌、显示身份、夸耀财富等而疯狂地消费，成了广告商任意摆布和牵动的玩偶。再次是社会生活的网络化。购物网络化、社会交往网络化、娱乐网络化、谈情说爱网络化、犯罪网络化等。人们生活在不真实的或虚拟的网络世界里。

我们不一定认同这些观点，但可以受些启发。

当人类为经济的高速发展、社会的快速变化、科技的迅速进步欢呼雀跃的时候，时常灵魂的落后和精神的疲惫随之而来，氛围在不知不觉中使人异化。人，犹如被高度现代的鞭子抽打的陀螺，身不由己地旋转着，既激动又无奈，既快乐又痛苦，既可爱又可怜，既充实又空虚。

德国哲学家马克斯·霍克海默和西奥多·阿多尔诺指出，文化完全以商品的形式出现和被消费，对文化价值的判定只承认效益，是出现“文化工业”的征兆。在“文化工业”的体系中，文化的生产与消费，表面上似乎是个人行为，实质上背后控制过程的不是个人的自主性，而是交换的支配力量。“文化工业”惯于向消费者提供欺骗性允诺，即制造种种幻觉，人们在幻觉中获得的不是解放、升华，而是压抑，一种让人高兴、快乐的压抑，所以“文化工业”制造的是更具普遍性和麻痹性的压抑。

中国的历史多么悠久，文化多么深厚， 可我们在感受现代文化灿烂的时候，有些低俗叫人忍无可忍。电影、电视有的渲染着暴力、荒淫、阴谋，有的玩弄着技巧，空洞着内容，变幻着形式的躯壳，丢失了灵魂，娱乐着，毁灭着。有的媒体热衷“八卦”，搔首弄姿的媚俗，与市场眉来眼去，这已经不罕见。一个园子长满低俗的野草，还有利于高雅之花的开放吗？种庄稼的农民，除了忙于播种、施肥、浇水、灭虫等事务，很重要的就是除草。看看懒汉种的地，往往杂草疯长，庄稼萎靡。精神也是一样啊，需要随时除草。文化的精英们，“铁肩担道义，妙手著文章”，荷担精神文明家业，“路漫漫其修远兮”，确需“上下而求索”！

美国社会学家奥格伯恩研究美国现代化过程中出现的种种问题时发现，在整个现代化过程中，科技体系的变化最迅速、最强大，而文化体系变化则最缓慢。这就会出现一个“文化滞后”的问题。时代在变化，社会在转型，不破不立，原有的文化破了，“解构”了，可新的与方方面面相应的文化没有“重构”起来。文化滞后和道德滞后，就有了“秩序和混乱并存”，就有了眼花缭乱的复杂，就有了议论纷纷的评说，就多了不可思议的现象。美国专利局有个说法，“让智慧之火浇上利益之油”，我们改一下，让智慧之火浇上道德之油。

还有人认为，现在的道德问题是市场经济惹的祸，说市场经济本身就有一种消解道德的力量。有一位教授说：“市场经济不讲道德。”西方谚语说：

“市场使所有人疯狂。”有人说，《国富论》就把人们的行为归结为自私，作者亚当·斯密就是经济学上的利己主义者。可是，不要忽略，亚当·斯密还是《道德情操论》的作者，此书前后共出版6次，亚当·斯密一生不断修改这部书，直到临去世前还在修改，这是他最看重的书。书中有这样一段：“我们所依靠的增进自己财富的主要方法是那些不致遭受损失和危险的方法：在自己的行业或职业中的真才实学，在日常工作中的刻苦和勤勉，以及在所有的花费中的节约，甚至某种程度的吝啬。”这不就说出了获得财富的操守底线。市场与道德不是分道扬镳，它们完全可以变成车之两轮，跑在一个道上。否则，如果经济越发展，社会越混乱，环境越恶劣，道德越沦丧，那么这样的经济还不如没有。犹如毒大米、毒韭菜、毒姜越丰产毒害越大一样，经济如不生长在道德的土壤，发展越快危害越重。

我们探讨道德问题，公平正义是绕不开的话题。

在人类还没有条件召开国际会议的时代，在道德观念的初始，就有了不谋而合——无论古希腊、古埃及、古印度，还是古代中国，都以“正义”为其主德。

“公正或义，高于一切。”这是Ptahotep墓前镌刻的话，他是约公元前2000年前的一位古埃及圣君。柏拉图、亚里士多德均强调“公正是全德、至德”。在中国也是一样，正直或正义早就被列为“百德之主”。周代的《尚书·洪范》云：“三德，一曰正直，二曰刚克，三曰柔克”，“无偏无颇，尊王之义”。在当今世界，公正被视为“社会制度的首要价值”。

从古至今，经济在变，军事在变，思想在变，但人类对公正的道德重视不变。古希腊哲人比喻得好：“正义是永恒的太阳。”而社会不公，古今中外，都是“易燃易爆品”。

在为经济发展、社会进步欢欣鼓舞的同时，确实需要忧患意识。社会公平正义尤须关注。正如《人民日报》评论部文章所说：当今时代，“公平焦虑”已是一种普遍性的社会心理。“知识不是力量、户籍才有分量”的慨叹，折射出教育公平的现实处境；一个具有事业编制的清洁工岗位，引来不少大学生竞折腰，折射出体制内外待遇保障的差别……毋庸赘言，从教育、医疗到住房、养老，从收入分配到社会保障，当前改革面临的问题，大多与公平正义有关。

我们虽然致力于共享改革开放成果，并颇见成效，但有些数据，还是让人感到不轻松。要用公开、公正、公平的优质建材，精准施工，铺筑坚实、平坦、宽阔的“公道”。坚持共同富裕奔小康，这样，国富民强的车跑在“公道”上，才能跑得快、跑得远、跑得一路平安。

道德的解析，是复杂的题目，不同的人会有不同的解。“人是一个社会历史的建构物”，不是一个孤立的存在，不良道德的“诱饵”、败坏道德的“陷阱”处处可见，确需慎初、慎微、慎独、慎终，慎之又慎。明代大哲学家王阳明说：“君子戒惧之功，无时或间。”斯言善哉！

有这样一个故事——明朝都察院一位官员在迎接新任御史时说，他昨天乘轿遇雨，轿夫穿着新鞋，起初抬腿迈步都分外仔细，专往干处走，唯恐弄湿、弄脏新鞋。后来一不小心一脚踏在泥水里，鞋不再干净了，便不再爱惜，不再仔细，不再注意。此后，便什么地方都随便落脚了。这位御史听后，连说“终生不忘”。

看了这小故事，感觉如何？人生就像那双原本干净的鞋子，“慎初”实在是太重要了。四川省乐山市原副市长李玉书，被以受贿罪和巨额财产来源不明罪判处死刑，2003 年 10 月 14 日被执行。他写的忏悔录中有这样一段：“我为什么会在犯罪的道路上越走越远？从主观上讲，主要是放松了学习，放松了世界观的改造，在改革开放和市场经济的大潮中没有认准方向；从客观上讲，主要是交错了‘友’。有了第一次不正当的男女关系、有了第一笔不正常的经济往来后，人的思想越走越远，对法律后果的顾虑越来越少，犯罪的胆子也越来越大。于是，就在这条道路上，我越走越远，最终沦落到今天的下场。所以说，管好‘第一次’至关重要。”李玉书用生命的代价总结出的话——“管好‘第一次’至关重要”，就像那御史听的“终生不忘”的“鞋”的故事，这也是“终身不忘”的“人之将死其言也善”的警钟式语言！

人要防微杜渐，“慎微”的功夫还要下。在科罗拉多州郎氏山峰的山坡上，有棵巨树的残干。自然科学家说，它挺立在那儿约有400多年了。哥伦布登陆圣萨尔瓦多时，它只是一棵树苗，而清教徒移民普立茅兹时，它也只长了一半大。在他漫长的生命过程里，曾遭闪电击中14次，并经历了四世纪里数不清的山崩和风雨的猛烈摧残。它撑过了一切而活下来。后来来了一群甲虫，由树皮往里吃，以它们微小的却不停止的攻击，渐渐地摧毁了这棵树的内在力量。一颗深林中的巨树，岁月不曾枯萎它，闪电不曾击毁它，风雨不能屈服它，最后却倒在这么小、人类可以用食指和大拇指捏碎的一群甲虫之前。

《中庸》曰：“道也者，不可须臾离也；可离，非道也。是故君子戒慎乎其所不睹，恐惧乎其所不闻。莫见乎隐，莫显乎微，故君子慎其独也。”还是引用个例子来解说“慎独”吧。东汉时的太尉杨震在57岁那年去某地赴任，途中经过某县。该县的县令王密是杨震的故友。当夜，王密敲开杨震的门，从怀里取出一个包放在桌子上说：“这是10斤黄金。”杨震说：“我们是故友，你还不了解我？”王以为杨假意推辞，便说：“一点敬意，夜深人静，谁也不知道呀！”杨震严厉地说：“天知、地知、你知、我知，怎么能说无人知？”王密面红耳赤，拿起黄金惭愧地走了。

老子曰：“慎终如始，则无败事。”唐朝名相魏征曰：“善始者实繁，善终者盖寡。”《资治通鉴》曰：“慎终如始，则善矣。”航天器发射升空重要，平安落地同样重要。有的老干部退下来了，朋友请喝酒——“祝贺平安落地！”有些领导，一直奋斗，干得不错，临近退休，饥不择食，贪污腐败，违法乱纪，被抓了起来，形成所谓的“59”岁现象。有些领导，从基层一步步干，历尽艰辛，颇多贡献，颇多才干，好不容易登上省部级领导的高位，本该多干几年，大显身手，却大权在握，为所欲为，“德不称其任，其祸必酷”，结果锒铛入狱，晚节不保，前功尽弃。慎终，不可不慎！

2013年3月9日《扬子晚报》报道，3月8日习近平总书记同江苏代表一起审议政府工作报告的内容。习近平谆谆告诫各级领导干部要提升自我境界，坚定理想信念，保持高尚情操。他说，现在的社会，诱惑太多，围绕权力的陷阱太多。面对纷繁的物质利益，要做到君子之交淡如水，“官”“商”交往要有道，相敬如宾，而不要勾肩搭背、不分彼此，要划出公私分明的界限。公务人员和领导干部，要守住底线。要像出家人天天念阿弥陀佛一样，天天念我们是人民的勤务员，你手中的权力来自人民，伸手必被捉。“心中要有敬畏，知道什么是高压线，想都不要想，一触即跳，才能守得住底线。”

以德治国、构建社会主义核心价值体系、解决心灵的问题，也要像出家人天天念阿弥陀佛一样，天天念无量雷锋，天天学无量雷锋。

无量雷锋——

信念无量，

奉献无量，

进取无量，

敬业无量，

大公无量，

爱党无量，

爱国无量，

爱民无量，

光明无量！

无量雷锋，无量雷锋，无量雷锋……

刘成德不就是唱着雷锋之歌、走着雷锋之路，在无量雷锋的照耀下，踏出了成德之道！

这样的刘成德，有人说他“傻”，有人说他“愚”。由此，我想到了愚公。1945年6月11日，毛泽东在中国共产党第七次全国代表大会上致闭幕词《愚公移山》文中说：“中国古代有个寓言，叫做‘愚公移山’。说的是古代有一位老人，住在华北，名叫北山愚公。他的家门南面有两座大山挡住他家的出路，一座叫做太行山，一座叫做王屋山。愚公下决心率领他的儿子们要用锄头挖去这两座大山。有个老头子名叫智叟的看了发笑，说是你们这样干未免太愚蠢了，你们父子数人要挖掉这样两座大山是完全不可能的。

愚公回答说：我死了以后有我的儿子，儿子死了，又有孙子，子子孙孙是没有穷尽的。这两座山虽然很高，却是不会再增高了，挖一点就会少一点，为什么挖不平呢？愚公批驳了智叟的错误思想，毫不动摇，每天挖山不止。这件事感动了上帝，他就派了两个神仙下凡，把两座山背走了。现在也有两座压在中国人民头上的大山，一座叫做帝国主义，一座叫做封建主义。中国共产党早就下了决心，要挖掉这两座山。我们一定要坚持下去，一定要不断地工作，我们也会感动上帝的。这个上帝不是别人，就是全中国的人民大众。全国人民大众一齐起来和我们一道挖这两座山，有什么挖不平呢？”

1957 年 10 月 9 日，毛泽东在一份报告中了解到，山东莒南县厉家寨通过整治土地、兴修水利、科学种田，使粮食产量大幅提高，使原来的穷山村面貌焕然一新。他挥笔写下了“愚公移山，改造中国，厉家寨是一个好例”的批语。这是我们党第二次号召发扬愚公移山精神。这种精神，激励我们奋发图强、艰苦奋斗，以极大的热情建设社会主义。我到厉家寨采访时，看到了他们在改革开放中发扬愚公移山精神，谱写出新篇章。

30 多年的改革开放取得了伟大成就，我们党站在新的历史起点，谋划了新的蓝图——到建党 100 周年时，全面建成小康社会；到新中国成立 100 周年时，建成富强民主文明和谐的社会主义现代化国家。在此基础上，实现中华民族的伟大复兴。面对新形势，有必要再一次发扬愚公移山精神，挖掉碍路的有形之山和障道的无形之山。一则用这种精神去克服前进道路上的艰难险阻，开创发展的新局面；二则用这种精神挖掉心头的私欲山和贪念山两座大山。

其实，人的心里何止这两座山，重点是先挖掉这两座山。这是两座挡道的山，损德的山，危害何其大也！

这样的山上，能长出烦恼的小草，能开出嗔恨的小花，能有刚顽难化的愚痴顽石；

这样的山上，能催生没有礼义廉耻的乱象；

这样的山上，能弥漫出使蓝天笼罩雾霾的乌烟瘴气；

这样的山上，能流淌出使我广大地区的地下水污染的坏水；

这样的山上，能结出使蔬菜、粮食、食品等一切不敢食用的种子；

这样的山上，能生长贪污腐败的大树，坑害社会的毒苗；

这样的山上，能生息狼豺虎豹、蚖蛇蝮蝎；

这样的山上，能喷发毁灭平安的燃烧的岩浆，爆发摧毁宁静的汹涌的山洪，引发破灭祥和的狂泻的泥石流；

这样的山上，能诱发惊天动地、灭绝生灵的大地震；

这样的山上，拥有生发万恶的水土。

有这样的山，怎么能开通成德之道呢？有这样的山，人就不是自己的主人，而是如庄子所说"人为物役"。总是向外要道，而不尽道。子女向父母要慈道，父母向儿女要孝道，自己向别人要仁道，人类向自然要厚道。要正道，要公道，要名道，要利道……总是向对方要道，却不从我做起，一心向道，竭力行道。这就是迷惑颠倒。

这样的山，怎么可以不挖掉？

贪——"人心不足蛇吞象"。贪了1000万了，还想5000万；已是亿万富翁了，还去造假，想得更多不义之财；有一个二奶已经不对，还去搞三奶、四奶、五奶……有的甚至发展成一个团队，用大学里学的管理学原理进行群奶管理。吹着贪的气球，不破不休，所谓"欲壑难填"。

私欲、贪念——有的曾经高尚，禁不住诱惑；有的动私心起贪念，犯小错后改了，可遇到合适环境"旋又再入"；有的个体徇私，有的集团沆瀣一气……这私欲、贪念二山，"横看成岭侧成峰，远近高低各不同"，变化无穷，神鬼莫测。山上多险道，"勿履是道，此路入者，卒难得出，复损性命"。

精神分析大师荣格说："世界发展的趋势显示，人类最大的敌人不在于饥荒、地震、病菌或癌症，而是在于人类本身。"因为，人类心灵疾病的蔓延远比自然灾害更危险。对这危险，人类还重视不够。人类在忙着舍近求远、舍本逐末，高举着"望远镜"探索浩渺的太空，却疏于拿着"显微镜"来感知幽秘的心灵。而世界的很多困扰乃至灾难恰恰来自这里。心病不除，世疾难愈；心灵不安，天下难定。“心斋者，绝妄想而见性真也”；心烦者，多私欲而泛意乱也。乱纷纷，如山上乱云飞渡，难从容！

所以，私欲山、贪念山是人类共同面对的山，是惑山，是祸山，是非常顽固的山。但不用怕，物极必反，有生于无，光明生于黑暗！

愚公挖太行山、王屋山，挖一锨少一锨，挖一筐少一筐，挖山工程是常数。这心中的私欲山、贪念山，却喜欢膨胀，却灭而复生，这就更需要生命不息，挖山不止。这是更加艰巨的任务，既需排山倒海之势，也需穿针引线之细，又需披肝沥胆之诚，还需刮骨疗毒之切。要勇猛作战、机智作战、持续作战！

雷锋在《毛泽东著作选读》第 54 页书眉写下了这样的笔记：“学习愚公不怕困难，敢于斗争，敢于胜利的精神。”挖掉心中的私欲、贪念二山，非常需要发扬愚公移山精神！

愚公挖山，智叟笑他愚，类似于讥笑雷锋是“傻子”。现在缺这种“傻子”精神啊！人忙于聪明，无暇“傻”了。古今中外，各领域成大事者，成无定法，各成其成，而共同的特点就是都有点“傻”。大智若愚，其实，愚，不可及。那个高境界的愚不是随便可以达到的。有些人乐于做智叟，不愿做愚公。学些小聪明，缺了大智慧，因为小聪明与大智慧能兼得者少。所以，得道者往往是愚公。

北山愚公，率领全家挖太行、王屋二山，既有自力，也有他力，“帝感其诚，命夸蛾氏二子负二山”，帮忙背走了。挖私欲、贪念二山，能感动上帝吗？这上帝在哪里？即心是帝，莫要他求。挖着，挖着，一觉悟，自心这上帝如太阳，光芒万丈，那山仿佛冰山似的，涣然冰释，化为纯净之水，润泽心田。

心中没有了私欲、贪念二山，成德之道变通途。

心中的私欲、贪念二山移走了，正信正念坚定了，抖擞着中国精神，迸发着中国力量，驾驶着时代快车，驰骋在光明的中国道路上，呼啸着，向着实现中国梦飞奔！

雷锋在《毛泽东著作选读》第 57 页书眉笔记写道：“愚公能挖掉两座

大山，我有恒心克服各种困难，学习好毛主席著作和军事技术，把自己锻炼成为一个又红又专的共产主义革命战士，更好地为人民服务，为人类的解放事业——共产主义而贡献自己的一切。”雷锋还把这段话写到了1962年的一篇日记里。

发扬愚公移山精神，挖掉心中的两座大山，也得向雷锋学习。雷锋说：“一个人只要他不存私心，时时刻刻考虑人民的利益，全心全意地去为人民服务，他就能成为一个道德高尚的人。”现在，多少问题从自私来，多少丑恶因自私生！人啊，背着私欲一转身，个人撞到了自己。有的贪官，年轻时也学过雷锋，可私一膨胀，腐败的恶果就成熟了。

用大公的双腿，一跃而过私欲的深涧，便是乐园。可烦恼缠缚，藤扯蔓拉，那迷惑的树就扎下根尘了。看看，那些被自私驱使的个人和集团，忙碌得多么可怜！

学雷锋，不复杂，从不自私开始。不自私了，声音都会好听。落满私尘的嗓子，唱不出清纯的歌。

一点点的，损私吧，这就是学雷锋。当然，一下子放下全部自私更好，那就是完全的雷锋了。不容易一下做到，一点点的，也好。所谓：“时时勤拂拭，莫使惹尘埃”。随时清除思想的乌烟瘴气，随地扫除精神的残渣败滓。刘成德说得好：“别自私，就能学雷锋。把钱看得太重，还能学雷锋吗？”

无私，需要克己啊！人活在世上，不能为所欲为，克己是随时随地需要的！孔子说过“随心所欲”，可他老人家紧接着就说“不逾矩”，别光记住了“随心所欲”，别只去“随心所欲”！

学雷锋不复杂，从不损人开始。学雷锋，一个字：仁。仁者，何也？“仁者，爱人”！爱人了，不就“毫不利己”？爱人了，不就“专门利人”？老想着损人利己，哪有融洽可言！解下轭上自私的索，让爱的骏马奔腾。

雷锋的无私，德配天地，他的心与古圣先贤的心是相通的。管子说：“天生四时，地生万财，以养万物，而无取焉……不私其利。故曰：能予而无取者，天地之配也。”雷锋达到“天地境界”了。雷锋说：“我决心听毛主席的话，大公无私，处处从党和人民的利益出发，全心全意为人民服务，决不让有一点肮脏的个人利益低级趣味的东西来玷污自己，向白求恩同志学习，做一个毫不利己、专门利人的人，为共产主义奋斗终身。”

雷锋不是天生的“本来无一物，何处惹尘埃”，读《雷锋日记》可以看到他做了多少自我批评，他下了多少“吾日三省吾身”的功夫！

雷锋说：“人不可能没有缺点，也不可能不犯错误，但犯了错误就得改正。”1962 年 3 月 24 日《雷锋日记》写道：“今天吃早饭，我看到炊事班的饭盆里有很多锅巴，便随手拿了一块吃。炊事员 ××× 同志说：‘自觉点啊！’我听了这句话，心里很难受，觉得吃一块锅巴有什么大不了？赌气把那块锅巴放到饭盆里，走了出来。这时，通信员送来了一张报纸。我接过来就看，首先看到报纸上毛主席的语录：‘因为我们是为人民服务的，所以，我们如果有缺点，就不怕别人批评指正。不管是什么人，谁向我们指出都行。只要你说得对，我们就改正。’我一口气把这段话念了十多遍，越念越感到自己不对，越念越感到毛主席这些话好像是专门对我说的，越念越后悔不该和炊事员赌气。我自己问自己：‘你多不虚心呀！人家批评重一些，你就受不了啦！’想来想去，我还是硬着头皮跑到炊事班，承认了自己拿锅巴吃不对，并检讨了自己的缺点。炊事员感动地说：‘你对自己要求这么严，真是好同志……’”

雷锋能够从善如流，工作上有不当时，他勇于接受批评。他在 1961 年 10 月 2 日的日记上写道：

> 我做事，老好一个人去干，不爱叫别人，生怕人家不高兴。就拿扫地来说，我每天早晨忙得不可开交，有的同志却闲着没事，自己累得够呛，可是扫的地段不大。有时室内外卫生没有及时打扫，首长看了不满意，我为这个问题真有点着急。
>
> 今天连长找我谈话，句句打动了我的心。他说：“火车头的力量很大，如果脱离了车厢，就起不到什么作用。一个人做工作，如果脱离了群众，就会一事无成……”连长的话给了我很大的教育和启发，使我懂得了一个人只有和集体结合在一起才能最有力量。今天我发动

全班的同志打扫卫生，由于大家一起动手，很快就把室内室外打扫得干干净净。事实证明连长的话是正确的。今后我无论做什么，一定要走群众路线，依靠群众，发动群众，团结群众，一道为社会主义建设和实现共产主义而贡献力量。

有人曾经提出来，雷锋不是艰苦朴素吗？在那个年代就买了皮夹克，这是怎么回事呢？雷锋又是怎么改的呢？

乔安山给我讲过雷锋买贵衣服的故事——

与雷锋一同来到鞍钢的几个湖南姑娘，笑话他“老土”，得“改造”，要能代表新社会工人的形象！姑娘们一片好心，经常叨叨，雷锋被打动了。他到商店，买了件黑色的“光荣花”牌皮夹克，44 元；购了一条深蓝色的料子裤，18 块。他穿上新衣服，到照相馆拍了照，寄给湖南望城的老领导。没料想，老领导回信教育他“艰苦奋斗，永不忘本”。雷锋很感羞愧，把新衣服放到了箱子里，平时再也没有穿过。

“人非圣贤，孰能无过”，而且会多次有过，“过而能改，善莫大焉”。雷锋曾年少轻狂，虚荣心作怪，炫耀军功章；雷锋在部队曾因不守纪律挨过批评……但雷锋像愚公移山一样，不断地挖着自己的不足，不断地挖着自己心中的挡道之山，畅通出自己的“成德之道”。

他有好多认识错误、谈论谦虚的言论，他跟自己较劲。

“人不怕犯错误，就怕犯了错误不改。”（1960 年 11 月 26 日《和战友谈改正错误》）

“认识缺点就等于改正了一半，改正了缺点就是进步。”（《毛泽东著作选读》第 85 页书眉笔记）

“雷锋呀，雷锋！我警告你牢记：千万不可以骄傲。”（1962 年 2 月 27 日的《雷锋日记》）

“我们要真正地学到一点东西，就要虚心。譬如一个碗，如果已经装得满满的，哪怕再有好吃的，像海参、鱼翅之类，也装不进去，如果碗里是空的，就能装进很多东西。装知识的碗，就像神话中的‘宝碗’一样，永远也装不满。”（1962年3月28日的《雷锋日记》）

翻看雷锋读过的书，翻看雷锋的读书笔记，就知道雷锋是多么好学习，多么爱思考，有人说《雷锋日记》是别人写出来的，那是不了解雷锋。聪明至极的雷锋，勤奋至极。他在学习中升华着自己。他说：“我想，学习毛主席著作，是为了改正思想，不断地提高共产主义觉悟。”

雷锋用不断学习、不断省察、不断修正、不断进步，高尚了自己的道德，亮丽了自己的人生，由一位普通士兵成长为伟大的共产主义战士！

亮丽的雷锋，使多少人亮丽起来！即便是“失足”过的，只要心向雷锋，也是回头是岸，郑承镇就是个好例。

一个男孩子，在济南火车站游荡着。人海茫茫，谁可依归？

他像柳树上吹下的絮，无处去依，无地可靠。

天啊，无语；地啊，无声。

娘啊，烦；爹啊，恼！一个都不愿见，他才离家出走的呢！

一个大男人，在济南火车站游荡。无所事事，百无聊赖。

本来是好人，在单位表现不错的，领导信任，给了张现金支票，让他买东西，忽起恶念，一倒把，东西据为已有。事发，判刑4年。

出狱后，一无所有。人们看他，异样的眼神——不当好人待了。没人理睬，那寂寞的心像一百只猫爪挠心。

那晚上，那月色，那人海，那一刻，他幽暗的心灵中，善微微一骨碌，他把小男孩领回了家。

管吃，管住。一个劲劝孩子回家。孩子，就愿跟他，就把他当父亲。

10天，他劝动了孩子，共同坐上长途车，回家。

小男孩的父母，抱住孩子泪如雨下。父母跪下给他磕头谢恩，把他当成孩子的保护神，把他当成全家的救命神！

那一刻，男孩一家对他的尊敬和感激，让他感到从未有过的喜悦——原来他这个在许多人看来是社会垃圾的人，还有一定的存在价值。他顿悟了：

这才是人啊，这才是做的人事，这才是人的尊严！

他从此开始了伟大的事业——收养流浪儿！

事业，一发而不可收；收养，一收而不可止。23 年，他先后收养 400 多个流浪儿，被称为“流浪儿之父”。

郑承镇，弃恶从善，善莫大焉！

生于 1947 年的郑承镇，从 1987 年开始，救助收养流浪儿。这些孩子中，有的读了中专、警校，有的参了军，有的进入日本棒球职业联赛的千叶罗德棒球俱乐部，没有一个再流向社会。

在他 20 平方米的小屋里，最多的时候，住过 13 个孩子。没有固定收入，就连这套房子，也是几年前别人资助的。屋里的显要处贴的雷锋像，仿佛阳光，给这里温暖和光明。

他这么坚定、这么艰苦为什么？他深切地说：“为了孩子们走上正路！”

我们这个社会需要救赎，我们这个社会历来就不乏热心救赎的人！

郑承镇仅靠蹬三轮车挣点钱，不够养活孩子们，他在 3 个月内连续办了 4 个血本。频繁卖血被发现，他被取消了卖血资格。多亏济南的社会各界关注、支持，23 年，他坚持了下来。

他先后被评为济南市阳光老人、山东省未成年人保护工作模范个人，还获得首届全国道德模范提名奖。

郑承镇，又像是对自己，又像是对孩子，常说的话就是：“一念恶，成魔鬼；一念善，成天使！”

第四章

如饮水故　当思其源

灵岩，春夜，静寂，寂绘了幅《静》的写意画，挂到了动的柏树梢上。忽然，我听到，“王干哥”，“王干哥”……声声不断，时近时远，整个山谷别无他声，林影婆娑，静夜朦胧，呼唤声——至诚，至敬，至纯，至清。

如此孤寂，如此不同凡响，是谁的浸透恩情之声在夜空回响？

百声，千声，万声，声声入耳；一更，三更，五更，更更动心。

整夜的呼唤，什么恩之感，什么谊之牵？哦，“王干哥”恩重如山，谊深如海。

他姓王，施与唤者大恩大德，结为干兄妹，后从哪里来回哪里去。

哦，听真切了，“王干哥”，“王干哥”……声声不慢。

多少夜？“王干哥”，“王干哥”……

“俺要呼唤百年，千年，万年！”她有着强烈的使命感，呼唤再呼唤，要提醒感恩。感天地之恩，而畏；感家国之恩，而忠；感父母之恩，而孝；感师长之恩，而敬；感友朋之恩，而诚；感夫妻之恩，而洁……

久唤而为鸟，“王干哥”，“王干哥”……这叫声弥漫了夜晚，尽遍了虚空。她这是：示现知恩鸟，唤醒感恩心。

鸟儿王干哥在叫着，她的干哥哥，回到了天庭。原来他是王母娘娘身边的童子，因以大事因缘来。这个民间传说广为流传。

我在灵岩写着稿子，夜夜有王干哥的叫声陪伴。这知恩鸟，在声声呼唤着感恩。

我们应该感恩孔子吧？古人云：“天不生仲尼，万古如长夜。”《文心雕龙》的作者刘勰说：“自生人以来，未有如夫子者也！”

孔子想到了谁呢？孔子对子贡说：“管仲相桓公，霸诸侯，一匡天下，民到于今受其赐。微管仲，吾其被发左衽矣！”管子以和治国，圆成富国强兵之伟业。孔子赞之曰：“桓公九合诸侯，不以兵车，管仲之力也。如其仁！如其仁！”世界管理学之父——管子，确为践和谐、行圆道之泰斗。他是能使一个民族挺起脊梁的人，他是能使一个民族扬眉吐气的人！管子如风，其风乃高风也。其细时，和风习习；其大时，风起云涌。管子思想风靡之时，其功效不可思量！可惜，冷落管子的时间太久，长长的历史隧道中，少了一束贯通的强光！

孔子还佩服谁呢？孔子很佩服老子！“鸟，吾知其能飞；鱼，吾知其能游；兽，吾知其能走。走者可用网缚之，游者可用钩钓之，飞者可用箭取之，至于龙，吾不知其何以？龙乘风云而上九天也！吾所见老子也，其犹龙乎？学识渊深而莫测，志趣高邈而难知；如蛇之随时屈伸，如龙之应时变化。老聃，真吾师也！”

文人相轻，圣人相重！

老子是“如龙”，那么“真龙”呢？ 华胥氏姑娘，到雷泽去游玩，好奇地踩了一个巨大的脚印，受感而孕。后来于农历三月十八日生下一个儿子，取名伏羲。那脚印是雷神留下的，雷神长着龙的身子人的头。这伏羲本来就是一个龙身人首的“龙种”啊！后来有了“龙的传人”之说。龙是伏羲部落的族徽或图腾。那个脚印是什么？脚为人之根，那是人根啊！我们是个意象的民族，我们好些美妙的、深刻的、关键的、神圣的东西都用意象表现着，不要简单地当成传说和迷信！

“有一个美丽的传说，精美的石头会唱歌”，而伏羲不仅仅有美丽的传说，更有文字记载，还有考古发现。他是一个客观存在，不是虚无缥缈。

华胥氏那美丽的足跟，根下一个民族的孕育。伏羲龙吟出中华的壮歌：撒开第一张渔网，捕获着岁月的金鳞；男聘女嫁的请帖，第一次发布了谁是父亲。原始群婚终止的纪实，凸显着结绳的麻烦。书契惊天地，陶埙乐古今。《驾辨》撩拨了灵魂，琴瑟和美了山林。龙的传人啊，音乐着神经的末梢，莫忘顶礼伏羲的树根。区域划分了段落，管理拟定了标题，第一次系统着社会的大文章，突出着一个主题：管治终极之善是改变他人的生活。

伏羲，开创了中华文明，所处时代约为新石器时代早期。他是中华民族的人根之祖，人文之祖。伏羲，中国哲学第一人！中华文明史约在8000—10000年。我们早已习惯了说5000年。文明，已让5000，不含糊；历史，再让2000，又何妨？中华，就是谦卑——谦让——礼让的伟大民族！中华文明史确实该推向更早的年代，让我们理直气壮地喊响8000年文明的品牌！

“参天之树，必有其根；怀山之水，必有其源。”中华民族应该追根求源，中华民族需要正本清源。伏羲是我们的根本，伏羲是我们的源泉！

老根上是什么？源头上是什么？——道德啊！

8000年的文明网，从古至今，经道纬德。

伏羲不仅传授了渔网，还广而告之了道网、德网；

雷锋呢，一张道德网，天下皆向“网”；

刘成德呢，学习雷锋，风雨不停，一“网”情深，步步紧跟！

我们要感恩雷锋，他给我们做出了感恩的好榜样。

我们要感恩刘成德，他像雷锋那样感恩。

2012年8月，我到抚顺，采访了雷锋纪念馆的馆长陈茁。她办公桌上摆着一个红牌子，上写：“雷锋在我身边，我做雷锋传人。”她说：“雷锋非常突出的一点：就是报恩的思想。他当农民干到极致，当工人干到极致，当军人干到极致。他一直有个大愿望：‘立功，去见毛主席！’1962年6月，沈阳军区政治部批准雷锋代表军区出席国庆观礼，到时他可见到毛主席了。他还没来得及获知这一消息，就牺牲了，只差两个月。雷锋灵魂里透着的是感恩。报恩的思想，给了他无穷的力量！”我们从雷锋聊到刘成德，陈茁说：“刘成德是感恩的榜样。他感恩雷锋。老人家去年冒着严寒，专程来给雷锋扫墓，把花岗石的棺盖，擦了一遍又一遍。声泪俱下地说着，成绩、荣誉都是雷锋给的。他的抚顺之旅，是感恩之行！”

怎么可以不感恩呢？恩是什么？始终放在心上，含在口里最大的事，就是恩字！

春天是知恩的。冬耐着一冬的寒冷和寂寞，谨遵冬藏的古训，封闭式教学，主讲天文地理，把代代相传的天地之道，口授给谦谦之春；把积攒了一冬的力量，全部奉献给恳恳之春；把对生活的热望，全部寄托给生生之春。春天何以绚丽？那是迸发出全部才情，报恩冬天的培育。

春天的使者燕子是知恩报恩的。春天来了，千山迷不住回家的路，万水阻不住返乡的心。那天，刘成德急急切切喊着老伴：“快，快，快快，把梯子扛来，取下封口纸，燕子回来了！”他知道燕子千山万水，千辛万苦，千方百计，来家了，太累了，太累了，让他们快点进窝歇歇。

一双燕子，围着刘成德老两口，仆仆着一路风尘；绕着自己的老主人，翩翩着一年思念。激动得燕子流泪，燕子会流泪吗？怎么从未见过。燕子是含蓄的，把感激的泪，欣幸的泪，都流进了心里。崇山峻岭抛身后，父老乡亲在眼前。燕语绵绵如烟雨，小巢隐隐藏大千。

燕子，怎能不感激，不要说主人过去的无限关爱，眼前这个细节就叫人感动：主人用纸给塞上窝口，怕别有企图者进入；当我们双双把家还，忙不迭地取下纸。主人塞了封口纸，咱可没有“封口费”，再说这两口整天施慈，就是有，就是给，人家也不要。贵在心诚，咱载歌载舞，表示感谢吧。燕子，歌之舞之，绕了一匝又一匝，才进了小安乐窝。

雷锋是知恩图报的。他在1961年5月4日的日记中写道：“当我想起党的恩情，恨不得立刻掏出自己的心；当我想起我所经历的一切太平凡了的时候，我就时刻准备着：当党和人民需要我的时候，我愿意献出自己的一切。”

雷锋是知恩报恩的。他在1962年2月24日的日记中写道：

> 伟大的党啊——我慈祥的母亲，是您把我从虎口中拯救出来，抚养我成长。
>
> ……

是您，给我指出了前进的方向。

是您，给了我前进的动力。

是您，给了我一切……

敬爱的党啊——我慈祥的母亲，我只有以实际行动来感恩。

报党恩，报国恩，报人民恩，这一直是雷锋的力量源泉。

无量雷锋，感恩无量，激发动力无量！

采访雷锋工友易秀珍时，她介绍了一些情况。雷锋的婶母雷玫爱说过：雷锋这孩子，六七岁就成了孤儿，母亲没了，他张着两只小手号哭，见了的都心酸。我常帮他缝补衣裤，弄点吃的。我们都是穷苦人，生活也十分艰难啊，只好让这孩子去给地主放猪了……要是不解放，这孩子怕是活不下来。

易秀珍说，雷锋知道是党和社会救了他，他就千方百计回报。当时在工厂，虽然条件差，但食堂里也有些炒菜，雷锋舍不得，常常花 2 分钱买份咸菜，花 1 分钱买碗菜汤，实际上是没什么菜的“空汤”，他有时候买 2 分钱一碗的、里边有点菜叶的菜汤，就算改善生活了。他就这么一点一滴地节省着钱，攒起来，支援灾区，帮助别人。

穷人的孩子懂事早。摄影师为我们留下了一张珍贵的照片——雷锋和老师、同学在长沙烈士公园过队日时合影。当时雷锋才 15 岁，在第一排最左边，坐在地上，那挨着他立起的大鼓仿佛比雷锋还高。那是 1955 年“六一”儿童节，雷锋参加少先队队日活动，任大鼓手，憋得脸通红，竭尽全力地擂着鼓。他愿意用鼓点，敲出感恩。他个子小，背着大鼓，一摇一晃的，走 10 多里路，很是吃力。辅导员多次让同学帮他背鼓，他都不肯。谁能想到，历史就是这样巧安排，那个当年还是小孩子的大鼓手，成长为我们时代的鼓手，我们民族的鼓手。他用灿烂的青春，擂出了感天谢地的报恩鼓声，擂出了惊天动地的奋进鼓点，擂出了天高地阔的大爱鼓曲。这“咚咚”复“咚咚”的鼓啊，震撼心灵，振奋精神，震慑邪气。雷锋——中华鼓手，有雷锋鼓声的响彻天地，全民族都感恩不尽，全社会都奉献不已，全中国都图强不怠。“咚咚”复“咚咚”，鼓起信仰；“咚咚”复“咚咚”，鼓舞人心；“咚咚”复“咚咚”，鼓足干劲；“咚咚”复“咚咚”，鼓动正气；“咚咚”复“咚咚”，鼓荡新风。

雷锋与刘成德都是沈阳军区的，都得到过部队的培养，对党、对部队都有特殊的感情。

红军是播种机，播的什么种？

——德种！

战争年代，那么多人积极参军，又没有奖金，有的是随时牺牲，都奔向什么？

——德啊！

我们常说“小米加步枪”打下了天下，是吗？是，不全是，主要靠什么打下来的？

——靠德！得人心者得天下，没德能得人心吗？

刘成德在炮七师当兵，炮七师有着光荣的传统，这传统深深地影响了他。师里有一张张奖状，一面面锦旗，这是一支能征善战的队伍，立下赫赫战功。抗美援朝战争中，参加了第五次战役、粉碎敌秋季攻势、反细菌战、战术反击作战、上甘岭战役、夏季反击战役等。炮七师创造了用122榴弹炮行间瞄射击，以86发炮弹击毁美军坦克11辆的炮兵战争史上的奇迹。涌现出两个二级英雄单位，一名二级英雄兼特等功臣、两名特等功臣。在上甘岭战役中，炮七师协同步兵毙伤敌10694人。炮七师打出了威风！

刘成德对师长王正国很是崇敬。王师长14岁就当红军，16岁就入党。1954年当炮七师师长时才36岁。获过军委颁发的“劳动英雄”奖章和“神炮手”奖章。王师长是刘成德眼里的大英雄。刘成德在警卫排干时，常与师长见面。王师长拍着刘成德的肩膀说：“小鬼，好好干！以苦为乐，以拼为路，为炮七师争光！”

在师机关，刘成德看了不少那个时代常看的书：《钢铁是怎样炼成的》、《刘胡兰小传》、《黄继光》、《董存瑞》、《卓娅和舒拉的故事》、《共产党宣言》等。每星期还能看一次电影，看《上甘岭》的时候，感动得他泪流满面。

刘成德说："当兵前，用铡刀，干铡草的活，铡一天下来，累得胳膊酸痛，才挣3分工分。俺这农村的苦孩子，砖瓦的土坯子，是到部队这个大熔炉里烧红的。"烧成"红砖红瓦"的刘成德，从此，不论走到哪个单位，都为建设祖国增砖添瓦；不论走到哪个地方，都为帮助他人增砖添瓦。

面对后来获得的那么多荣誉，他常常想到部队，感恩部队的心油然升起。他多少次东北望大连，曾想让孩子陪着去趟大连，带上一摞摞的荣誉证书，到炮七师……可他听说炮七师早就缩编了，甘井子那里，他还能看到什么呢?

每个人都活在自己的境界中。有什么样的境界，就铸造什么样的人生。感恩，其实是一种境界。

我们学习雷锋的感恩，要明白他善于钻研技术，靠技能报恩。他开拖拉机，开推土机，开汽车，都精熟地掌握技术。刘成德学雷锋，懂得要知恩报恩，报效党和祖国，没本领不行，就跟在那海上一样，不会开船，怎么远航。他想的是对的，"譬如鸟子未生羽翼，不能高翔于虚空"。刘成德就跟他家里的那燕子，急于飞回喂乳燕一样，他急着学本领。他在长清农机修造厂，刘相金师傅真好，好得没别的只有好，把自己的绝活倾囊相授。刘成德不负师望，成为气焊、电焊方面的技术能手。师徒用心心相印的焊条，焊接出相续相传的宝剑，剑光闪处，都是一个个为人民服务的精彩。刘成德带领工友们大搞技术改造、技术革新，为厂里创造了近20万元的价值。

爱师如父，敬师若神。星期天休息，刘成德请师傅到家里坐坐。他没有宝马奔驰接师傅，他最气派的交通工具就是大金鹿自行车，他最高的规格就是用自行车带师傅。师傅说，我也骑上辆自行车，咱一块走就行了。"这成何体统！那么远的路子，从厂里到俺那农村，得一个多小时呢。"刘成德说，"要在过去，徒弟得用那八抬大轿抬，现在咱只这大金鹿，师傅就屈就点吧。"

刘成德让师傅在后座上坐稳了，他左脚蹬在脚踏子上，右脚掌着地猛一发力，车子跑了起来，右腿一抬，从前梁上跨过去，双脚用力蹬起来，车子快速跑起来，与此同时，弄了三响车铃铛，这相当于"三声炮响"，正式起轿了。

骑了些路程，师傅心疼徒弟："我下来走一会吧。"

"不累，这才多点路。"

师傅的一句话，竟叫刘成德想起了自己小时候说过的话。

刘成德，一边蹬着车子，一边拉呱。

小时候，父亲背着我，走了好远好远的路。怕爹累了，就说："爹，我下来走一回吧。"

"不累，这才多少路。"

从归德往西南，走着走着到了孝里，小山不高，上边有个小石屋子，是郭巨墓祠。大了知道，那小石屋子是中国现存最早的地面房屋建筑，郭巨是二十四孝之一。

我父亲上过几年学，是知书达理的。俺那里起名，晚辈的要避讳长辈的名字，父亲叫德广，却给我起名成德。俺这一辈子，只有好好积德，好好成德，让德广，让德大，德真的广大起来，俺才算尽了孝了，也才不负俺爹给起了这名。

记得十五六岁的时候，父亲说，你以后，要能挣点钱，买辆自行车，带着我，到泰山底下，把车子一存，咱爷俩爬个泰山。

我当兵的第二年，父亲就去世了。当爹的一辈子就给我说了一个心愿……父亲走了，才51岁啊！

我转业前就买了辆自行车，父亲却转不回来了，坐不成我的自行车了。

师徒如父子。我带着您，就像带着父亲。师父，师父嘛！

刘成德一路上聊着，师傅一路上感动着。

那时条件差，请师傅吃饭，也没什么好菜，无非油炸花生米、炒豆腐皮之类。但刘成德态度是诚敬的。他说，过去，得磕头拜师，隆重地弄个仪式，咱是党员，是干革命的，不兴老一套了，但礼我得给师傅行，我当过7年兵，给您敬个军礼。说着，一个立正，一个庄严的军礼。师傅热泪盈眶，不愧当过兵的，老实、温和的刘成德，军礼行处，透着威武之气，雄壮之风。

刘成德对师傅一直很好，师恩要永记，应该对师傅好。他记得，儿时，父亲讲过闵子骞敬师的故事。闵子骞投师孔门，家贫交不起当学费的束脩（干肉条），他就为老师奉上一缸精心酿制的佳酿。“哈哈，曹溪之水，怎能抵得上束脩？”同学中有人嗤笑闵子骞。“闵子骞远路求学，精神可嘉。”孔子讲学时故意说，“虽是曹溪一滴，远胜束脩百条。”闵子骞勤奋好学，严于律已，成为孔子高徒，在孔门中以德行与颜回并称，为七十二贤人之一。后来，闵子骞随孔子列国游学，病卒于长清境内，他的墓就在济南城里。

师傅退休后，住在城里，刘成德有空的时候，就大包小包地提溜着东西，去看望。每年下来香椿芽，刘成德掰上透着特有香气的椿芽，带点土鸡蛋，叫师傅尝个新鲜。

刘成德平时常对孩子说：“帮了人忙，别记着；人帮过咱，别忘了。”

有一天，刘成德带着东西，鸡蛋、牛奶、蜂蜜、香油，等等，来到邻村的冯玉柱家。他躺在床上，已经起不来。他想不到刘成德会来看他，他不明白刘成德为什么来看他？“您安心养病，会慢慢好起来的。”刘成德深情地说，“我家以前盖屋，那时孩子们还小，还不顶用，您给操持着，招呼人，帮着盘算盖房的事。里里外外，亏了您！人不能忘恩。”

天忌薄情寡义，地喜敦伦厚德。但是，在人当中，根本不报恩的，以小惠报大恩的，不鲜见。对于冷清寡薄的人，就是拼上命施与厚恩，得到的可能是口惠而实不至，或一点点象征性的小意思。如果施恩图报，那就自寻烦恼。刘成德没烦恼，他“施恩不求报，与人不追悔”。他大悟了：不图报恩，厚重感恩。

我们太需要感恩了。感恩太阳，使日子阳光；感恩月亮，使生活明媚；感恩山河，使生机盎然；感恩春雨，使心灵滋润；感恩空气，使呼吸顺畅。没有这一切的一切，有自己的一吗，有一的一切吗？

甚至要感恩小小的蚂蚁，蚂蚁告诉人们：在虚空中，我们都多么渺小，都多么微不足道，不能傲慢，永远地，永远地谦卑。我们太需要感恩了，大海不竭，感恩不尽。

人有时，忘记了感恩，

夜里，看看天吧，

满天的星星为何闪烁？

夜空这棵大树，

挂满了放光的感恩香果。

刘成德是感恩的，确实感恩！他对母亲的孝，是感恩的动人写照。

80 多岁的母亲杜阳奎，脚是缠裹过的小脚，走起路来，本来就晃晃悠悠的，雨后路滑，她在村里行走，不慎滑倒。儿媳妇听到咋呼声，慌忙跑去，背起婆婆，急急回家，赶紧换去泥水衣服。老母亲犹如轰然倒地的一棵老树，枝干匍匐，只有根还连着地。千番治疗，万般难起——母亲瘫在了床上。

那时，刘成德还上着班。他弄了个小床，摆在母亲躺的大床旁边，天天晚上陪伴着母亲，翻翻身，倒倒水，细心地伺候着娘，一晚上，不知道起来多少次。有时，正睡着，听到娘一声咳嗽，就像在军营时听到早上的起床号，骨碌爬起来，慢慢扶起娘，轻轻捶捶背。刘成德有空就给老母亲洗洗脚，擦擦脸，揉揉手，让娘舒服舒服。他做这些很仔细。夜夜，月月，年年，刘成德总是耐心地照顾着。

母亲不能自理，刘成德的媳妇格外地辛劳起来。换洗衣服、床单，换洗一块块褯子。刘家小院里，又多扯起好多条绳子，挂得满满的，褯子啊、床单啊、衣服啊，在风中飘摆着，在阳光中摇曳着，这是一件件爱的幢幡，这是一面面孝的旌旗。

婆婆拉着儿媳的手："俺怎老不死，活着拖累……"

儿媳忙打住婆婆的话："娘，可别这么说，您老人家得活过九十，活过一百，您走了，没娘给俺说话啦！"

"俺命好啊，摊着好儿媳。"娘流着泪说，"成德命好啊，摊着好媳妇！"

我曾赞叹她对婆婆真好！她笑了笑，实话实说："婆婆跟娘一样。俺从进了刘家门，没给婆婆红过脸，婆婆对俺像亲闺女，俺待婆婆像娘家妈。”

娘家妈，婆家妈，无有分别；古代人，现代人，皆需孝心。

刘成德老家那一带，有个风俗，每年正月十六日，出太阳前，往北跑百步，可去百病，纳百福。刘成德是一九三七年正月十六日晚上生人，那天早上，母亲一如往年出了门，有人劝她快生了别跑了，她却坚守这个风俗，这天她是为孩子纳福。她一步步稳稳地走着，不敢跑起来，怕颠着腹中的孩子。

又是正月十六的早上，老母亲叹了一声："再也不能跑百步了……"

刘成德心中一酸："娘，我背着您去……"

"这成什么？不行……"

"您要生我那天还跑百步，背您老人家有什么不可！"

刘成德给娘换上干净的新衣服，洗了脸，擦了手，梳了头，把娘好好打扮一番。

村外已有不少乡亲在跑百步。刘成德背着老娘，一步步稳稳地走着，不敢跑起来，娘当年怕颠着腹中的孩子，他怕颠着背上的老娘。特殊时刻的两次跑百步，不同的，娘在背上，子在腹中；相同的，腹中背上都是爱，感天动地母子情。刘成德背负老娘，稳稳地走着百步，心中祝福着老人：去百病，活百岁。儿的两脚走在新春的大地上，娘的双泪流在苍老的脸庞上。喜鹊叫喳喳，到处发布着消息，肩题：百善孝为先，五福寿为首；主题：大孝子刘成德背老母"跑百步"。

从母亲去世后，刘成德每年的正月十六日，都去跑百步，跑得庄重，跑得神圣，他以这种特殊的方式，纪念慈母。

在刘成德的院子里，在两棵香椿树之间，一个精美的蜘蛛网挂了起来。蛛网，您想网住什么？春总是脚步匆匆，春来了，好不容易来了，想把春网住！

蜘蛛爱春，惜春，感恩春，它不停留在嘴上，感恩在行动上。蜘蛛无言，妙网高悬。蜘蛛结网，疏密有道，张弛有法，前后有序，丝丝相扣，环环相连，循循相因，尽演天道。

感恩，是天道，是地道，是人之道，道是本然！

大家常说“谢天谢地”，这词里就颇有含义。有了天泰，有了地宁，才能有人的安泰、宁静，谢天谢地吧！

古今中外有很多感恩的名言：“知恩图报，善莫大焉”“投之以桃，报之以李”“吃水不忘挖井人”……

道家说：“四恩三有均利益。”

佛家说：“上报四重恩，下济三途苦。”

洛克说：“感恩是精神上的一种宝藏。”

卢梭说：“没有感恩就没有真正的美德。”

爱因斯坦说：“我每天上百次提醒自己，我的精神生活和物质生活都依靠别人（包括活着的人和死去的人）的劳动，我必须以同样分量来报偿我领受了和至今还在领受着的东西。我强烈地向往着俭朴的生活，并且常为感觉自己占有了同胞们过多的劳动而难以忍受。”

英国谚语：“忘恩比之说谎、虚荣、饶舌、酗酒或者其他存在于脆弱的人心中的恶德还要厉害。”

希腊谚语：“忘恩的人落在困难之中，是不能得救的。”

古今中外有很多感恩的故事——刘备求才若渴，三顾茅庐，诸葛亮感知遇之恩，出山效力。他在《前出师表》中说：“臣本布衣，躬耕南阳，苟全性命于乱世，不求闻达于诸侯。先帝不以臣卑鄙，猥自枉屈，三顾臣于草庐之中，咨臣以当世之事，由是感激，遂许先帝以驱驰。”诸葛亮从入世到去世 27 年，“鞠躬尽瘁，死而后已”，一个知恩图报的古代典范。

有一次，我晚饭前赶到刘成德家。真有口福，刚坐下，就听到街上有吆喝声——“热豆腐，卖热豆腐了……”是房士臣的儿媳妇卖的，2 元 2 角一斤。这热豆腐，她做上一包，不出村就能卖完。王玉芹大娘出去买了一斤，卖者给配了一小袋韭菜花佐料。她老人家又给我下了一大碗面条，两个荷包鸡蛋。白花花的豆腐，还冒着热气，蘸着散发特有韭香的绿莹莹的韭菜花，味道很是特别。生津开胃的韭菜花，叫我食欲大增，吃得头上冒汗。本想吃一半豆腐，韭菜花却有着挡不住的诱惑，我竟然风卷残云似的，全部吃光。看着我如此好的胃口，两位老人很是开心。

韭菜花，叫我心感情动！小时候，母亲喊着一块去推碾，韭菜花、青辣椒掺乎在一起，用碾子碾。个子刚够到碾棍，拱嗒拱嗒地推着。碾成细末，腌制好的韭菜花，微辣里溢出韭香，我从小就好吃。而小时好玩却不好一圈圈转着推碾。我现在好想推着碾碾韭菜花，与母亲一起推碾，推上百年、千年，千年韭花香，万年母子情。可如今，子欲劳而母不在，独自抱着碾棍，转着年轮，苍凉一声：“娘——天堂可有韭菜花？”

韭菜花，叫我梦绕魂牵！

韭花瘾已过，《成德之道》如何成？

回味着韭菜花的味道，竟想起了五代时的著名书法家杨凝式的《韭花帖》，每次读帖仿佛觉着其字里行间飘散着诱人的韭花香，每次临写好像舌下汪着韭花色的津液。

“无一字不造微入妙”的《韭花帖》，同王羲之《兰亭序》、王珣《伯远帖》、颜真卿《祭侄文稿》、苏轼《黄州寒食诗帖》，并称为“天下五大行书”。

话说杨凝式昼寝乍起、腹中正饥，恰得一盘韭花，吃了深感味美，当即信手成折，以谢美意：“昼寝乍兴， 輖饥正甚，忽蒙简翰，猥赐盘飧。当一叶报秋之初，乃韭花逞味之始。助其肥羜，实谓珍馐，充腹之馀，铭肌载切。谨修状陈谢，伏惟鉴察，谨状。七月十一日 凝式状。”

杨凝式是梁、唐、晋、汉、周五朝元老，官至太子太保。那韭菜花，咱除了自己吃，送人都觉着怪寒碜，拿不出手了，人家没送海参燕窝、冬虫夏草，却把韭菜花送给朝廷的大官，大官还当成“珍馐”，“充腹之馀”，还“铭肌载切”。他老人家不是连吃加拿，而是吃完一抹拉嘴，忙不迭地弄谢折。这一谢了不得了，谢出绝世之作。知谢，致谢，至谢，令人感甚慰甚！一盘韭菜花叫杨太师“疯子”般地激动，现在有的人花天酒地、山珍海味之后，因喝多吃广而麻木不仁，连个手机短信也想不到发，更别说执笔写信。有的人，一谢而成不朽之作；有的人，不屑而发腐朽之气。

我今韭花瘾已过，《成德之道》如何成？

好友短信发来激扬的文字：“成德万里春！”朋友的鼓舞虽然春风浩荡，但颇有压力的我心中还是“乍暖还寒”。如何，如何，如之何？完全“走转改”，彻底“三贴近”。我必须在刘成德家多住几天。刘成德报了多少恩，施了多少恩啊！刘家小院，是恩情的海洋，岂可浅“涉”辄止！

到处都有感恩的故事。我到山东平邑县地方镇采访，知道了守墓人的感天动地。

这里有左宝贵衣冠冢，从墓表南面看到刻有兵部侍郎杨颐的挽联：“孤军支拄穷边，伤哉为国捐躯，万里未能收战骨；几辈逍遥海上，恨不藁街悬首，九原何以谢忠魂。”墓表背面为内阁大学士礼部左侍郎尚贤的挽联：“经百战，勇冠诸军，常开平天下奇男子；守孤城，心拚一死，张睢阳古之伟丈夫。”

左宝贵（1837—1894），清末著名爱国将领，字冠廷，回族，山东平邑县地方镇人。官至记名提督，广东高州镇总兵。1894 年，中日甲午战争爆发，他奉命率部驻守朝鲜平壤，在玄武门战斗中壮烈殉国。1895 年，清廷拨款在其故里修建衣冠冢，坟中埋入马童石玉林抱回的左宝贵生前穿过的一只靴子。从此，石玉林与墓相伴，他愿终生守护。

左宝贵牺牲时，石玉林只有 17 岁。止不住的泪水，伤不完的悲，那真是：“悲”如芳草，萋萋刬尽还生。

石玉林在天津从军，跟随左宝贵。他见证了左宝贵的治军严谨、英勇善战；他见证了左宝贵驻军一处，就兴利一方，设义学，置赈灾粥厂、栖流所、育婴堂等，大办慈善；他见证了左宝贵多次为故里捐资建桥、办学、整修清真寺。他更深切感受了左宝贵对他的关心爱护。他对左宝贵敬仰如山，左宝贵对他恩重如山。

清风，明月，孤坟，一个守墓人。

霹雳，暴雨，孤坟，一个守墓人。

吟蛩，衰草，孤坟，一个守墓人。

寒鸦，大雪，孤坟，一个守墓人。

春夏秋冬四时更替，岁岁年年岁月更替，不更替的，一直不更替的——一个守墓人！

寒冬，刮大风的晚上，石玉林抱着成捆的秫秸，往坟边上挡一挡：“大人，天冷啊！”

这里是梨乡，梨花一开，山峪如雪似银，石玉林将梨花洒满坟头：“大人，春天啦！”

抗日战争胜利了，坟前供上菜，点上香，放上一挂炮仗，石玉林磕上三个头：“大人，日本鬼子投降了！”

抗美援朝胜利了，坟前供上菜，点上香，放上一挂炮仗，石玉林磕上三个头：“大人，把美国打败了！”

说媒的找来了，要给石玉林介绍媳妇：“该有个家了，在这里成什么样子！”他拒绝了，他一一拒绝了。他不想分身，他不愿分心，他这辈子不娶，全身心守墓。

慢慢地，石玉林老了。孤坟，老人，荒郊野外。风烛残年的石玉林，气喘吁吁，擦着碑上尘土的手，满是老年斑。

1959年，一个寒冷的夜晚，已经两天没东西吃的石玉林，颤抖着跪到左宝贵坟前，深深地弯下腰，用微弱的声音，吃力地说着：“大人，我去给您牵马了……”这是他守望和感恩的绝唱。石玉林享年82岁，守墓64年，终身未娶。

中华民族从来不缺动人的守望。“航空报国英模”、沈飞总经理罗阳为航母累倒。他的灵车晚上要回来，员工早就在寒冷中等待在厂区，排成长长的队，悲天恸地守望，一任寒风袭。罗总回来了，他经过的试飞跑道太暗，1000多辆车开来了，都是员工自己的车，都打开车灯，这哪是灯光！这是灵光——灵魂深处闪现的感动之光；这是聚光——聚集大众心力之光；这是在回家的路上，全世界最密集的“路灯”，最亮的强光。罗总走好——道路是光明的！

文明是只太阳鸟，只有舞动创新和坚守的双翼，才能永续飞翔，才能恒放光芒，舍其一，则折其翼，人类只能听到鸟之悲鸣。我们这个民族

8000多年的持续灿烂，要歌唱广大的创新者，要感恩无数的坚守者。

感恩，是从人的大根大本处勃发出的青枝绿叶。人类本来有着感恩的悠久传统，可工具太发达，节奏太快，人们太忙碌，写信嫌麻烦，电话没空打，就是发个短信，往往群发，大家匆匆忙忙，如高速旋转的陀螺，身不由己，感恩就顾不得了。而感恩恰恰需要随时顾得，随地顾得，好好顾得，这样才能“Very good”！

感恩教育，应该从孩子抓起。教育，有好的教材很重要。我们可喜地看到《九色鹿》成为小学必读课文。“在一片景色秀丽的山林中，有一只鹿。它双角洁白如雪，身上有九种鲜艳的毛色，漂亮极了，人们都称它九色鹿。”这是《九色鹿》开头的一段。落水的调达，被九色鹿救出，调达愿做九色鹿的奴仆，以报答救命之恩。九色鹿说：“只要你不向任何人泄露我的住处，就算是知恩图报了。”调达发誓绝不说出。但当国王重金悬赏捕捉九色鹿的时候，调达出卖了九色鹿。后来国王知道了这些，“非常惭愧。他斥责调达背信弃义，恩将仇报，并重重地惩罚了他，还下令全国臣民永远不许伤害九色鹿”。

背信弃义的调达受到惩罚，忘恩负义的老虎呢？我写出了“故事新编”。

“兽中之王”老虎，放下架子，拜猫为师学艺。猫本不想教，收徒弟要宁缺毋滥，一旦妄传，怕遭天谴。但碍于同属猫科动物，也算个远房表亲，就到山林里教他。如何趴下隐蔽，如何匍匐前进，如何迂回突袭……猫示范，虎演练，教学效果颇佳。老虎声声师傅，虽喊得亲切，但猫从老虎眼里不经意间露出的凶光，知道这徒弟不善，就多了分小心。这老虎折腾了半天，有些饿了，心想猫的本事不过如此，捕食了吧。出其不意，使出家传绝招“饿虎扑食”。这猫耳觉有风，快速反应，“嗖”一下子蹿到树上。

幸亏还没教老虎上树！猫稳了下神，居高临下地说：“徒弟啊，你一忘恩，损失的不光不会上树！最大的损失，是被恩人抛弃。我的本事，你学去的，不过冰山一角。我完全可以趁你树下愣神，愤愤于老师怎么没教上树之际，以迅雷不及掩耳之势，凌空猛然扑下，抓瞎你双眼，废你武功。可我一向慈悲为怀，你虽不存‘一日为师，终生为父’之心，我却觉着师徒如父子，待你如孩子。你如此无情无义，我本不该再教什么，但咱毕竟师徒一场啊，为师的有些话，还是要语重心长地说给你。这是我最后一次给你上课，你可记好了。你以后艺高虎胆大，会妄为，为免得‘株连十族’，连累老师，你永远不要说本事是我教的。你太张扬，地球人已经都知道你是‘兽中之王’了，你还想让太空人都晓得，把个‘王’字写到额头上。这不让百兽‘羡慕嫉妒恨’吗！你看你那些熊猫表弟兄、表姊妹们，憨态可掬，人见人爱。要保持清醒啊！我常提醒自己：走在低处，不觉卑微；站在高处，不犯头晕。我顺便预测一下虎的运程。以后遇到小狐狸精要小心，它‘狐假虎威’，利用完老虎，转脸就说老虎没脑子。将来遇到一个叫武松的山东好汉，千万别惹，就是他喝醉了酒也要躲远点，否则，‘武松打虎’，虎命必亡。你重要的问题是修德，没有德，本事越大，危害越大，灭亡越快。所以自强不息与厚德载物要一起强调，单讲自强不息，没有厚德载物，容易出问题，那海盗冒着生命危险‘自强不息’地作案，那造地沟油的‘自强不息’地运用科技手段作恶，你这老虎‘自强不息’地学了本领转脸就想吃老师。厚德载物岂能缺失！我劝说容易，你改正难，就是濒临灭绝，被关到动物园重点保护，也会恩将仇报，老虎吃了饲养员的不幸之事时有发生。天机不可泄露，我看着师徒情分，已经说了不少。‘道不同，不相为谋’，你好自为之吧！”

之所以这么广泛地写报恩问题，就是因为现在比任何时候都更需要感恩。感恩，是必需的！天空感恩大地的依托，大地感恩天空的庇佑，所以才有了天长地久。

刘成德学雷锋，不是一时一事，而是一生一世，原因之一就是他感恩。

刘成德在薛庄村不是特立独行，不是孤芳自赏，他就像邻居的老大爷，那么亲切，那么随和，他与父老乡亲融合在一起。

刘成德深爱养育他的这片故土。夏天的时候，村周围肥沃的土地上庄稼蓬蓬勃勃，村里这家那户的树木也在季节的热情中旺盛着精力，知了此起彼伏地欢唱着。有空时，刘成德喜欢在村周边转转。那高高的玉米，昂首挺胸，一行行的，整齐排列，像穿着绿色军装的士兵，列队而立，意气风发。

茶余饭后，我也陪着他老人家转过多次。庄稼簇拥中的村庄，像碧波中的宝岛，像绿叶托衬中的大花朵，像大地母亲的手软软地合拢着孩子的脸蛋。这乡村啊，就是一棵常绿的家乡树，树上的鸟儿，每一声啭鸣都是隽永的乡音，摘一个树上的果儿，尝一口，满嘴都是流香的故乡滋味。

夏天的晚饭后，刘成德从家中一趟趟地挑了水，用瓢往村中的广场上洒着，凉热在地面上一交汇泛出淡淡的水汽。广场一边的花木，经了一天风尘，经了一天炎热，有点蔫吧，刘成德舀着一瓢瓢的清凉，泼灭着燥热的浮动。花木知情，颤悠着枝叶，仿佛唤醒了遥远的记忆："我必用清水洒在你们身上，你们就洁净了。"

刘成德提出音响，放在广场中的亭子边上，深情、动人的歌声响起来：

我生在一个小山村
那里有我的父老乡亲
胡子里长满故事
憨笑中埋着乡音
一声声喊我乳名
一声声喊我乳名
多少亲昵
多少疼爱
多少开心
啊，父老乡亲
啊，父老乡亲
我勤劳善良的父老乡亲
树高千尺也忘不了根
……

作为一名转业老兵，作为一名返乡退休工人，刘成德喜欢听这《父老乡亲》，每次听都共鸣，深觉唱出了自己的心声。

广场上的父老乡亲多起来，乡村夏天的夜晚惬意起来。广场西边的梧桐树下，妇女们在打扑克。刘其胜的媳妇王延美、刘维和的媳妇房秀芹、房德忠的媳妇董庆琪……这些牌友们，撂下一天的操持，少了白日的内敛，多了些开放，说话声、欢笑声，也就响亮起来、明快起来。这音声仿佛一条飘带，一头联上了天，一头系上了地，天地良心就这么联系着，乡村的夜晚分外温柔，分外轻松。黑狗、黄狗、白狗，都伸着红舌头，趴一旁，懒得动，懒得理打扑克的输赢。

时间，地点，人物，
形体，气味，颜色，
梧桐，女人，和狗，
七嘴八舌，热闹着，
五花八门——没有主题就是主题。

音响里传出在这里放的遍数最多的歌——《学习雷锋好榜样》。多少遍了？谁也记不清，无量了，无量雷锋，颂歌无量！

学习雷锋好榜样
忠于革命忠于党
爱憎分明不忘本
立场坚定斗志强

妇女，打着扑克，听着歌曲，聊着天……

“这广场利索的，亏了刘成德天天打扫，他就是咱村学习雷锋的好榜样。”

“小了，小了！”

“牌出小了？还有大的在我手里攥着呢！”

“不，我说，您说小了，刘成德是全国学习雷锋的好榜样。”

“别光来虚玄套，谁输了牌，到东边亭子里，双手给刘成德端碗茶，没刘成德洒水，能这么凉快！”

“咱这广场，该起个名，就叫成德广场。”

广场中心，亭子里的男人们倒是安静得多。兄弟爷们喝着刘成德准备的大碗茶，闲聊。刘成德穿着大裤衩，光着脊梁，脖子上耷拉着湿毛巾，手里摇着大蒲扇，他摇的幅度大，坐在一旁，都觉着清凉。

比刘成德大 10 岁的房士宽，大 3 岁的刘其贞，小 1 岁的刘其昌，小 9 岁的刘其星……都聚来了。城里的夏天，女人露得多；农村的夏天，男人穿得少。亭子里的老少爷们，这个袒胸，那个露腹，说起话来，也都是光着膀子露着背，没藏没掖。

“成德大碗茶，好喝！”

“煤气烧开的水，泡出茶来，味道就差点。咱喝的水，是成德用柴火烧的，就是好喝！”

“雷锋茶，成德水，喝了格外提精神！”

农村夏天的夜晚，特别有意思，老少爷们，姊妹娘们，一扎堆，就是个“综艺大观”。

刘成德好拿着个小收音机听听。有一次刘其昌、刘其贞说也喜欢听，就是舍不得买。按辈数他俩大刘成德一辈：“其贞叔、其昌叔，去买个吧，好听。”刘成德每人给了 100 元，这俩老人都有了收音机。刘其昌说：“以前，知道变天不变天，靠腰疼腿酸，靠晚上看看天。俺有了收音机，听个天气预报方便了。”

刘其贞说：“我有冠心病，成德送给我一瓶‘冠心复合丸’，吃了心里挺舒坦。”

“成德不光帮人钱物，还‘救心’。”刘其星上过高中，说话讲究。

灯光映得广场亮敞。刘成德的孙子方舟，五六岁了，光溜溜的，胖乎乎的，跑到刘成德身子后边，举着小拳头给爷爷捶背，两个小屁股蛋上闪着月光。

“这广场干净的，成德可没少出了汗。”房士宽老人感慨着。

广场地面铺着土红色的瓷砖，砖缝隙往外冒小草，夏日的阳光，炎炎的，刘成德拔那些小草，满脸都是汗水。广场上的冬青啦、小龙柏啦、紫叶小波啦，金叶女贞啦……都得常修剪，东北角的那棵大柳树，飘柔着长长的枝条，见证着刘成德的奉献。生活的美好，总少不了辛勤的劳动。

一阵小风吹，远处瓢来的庄稼香混合近处的花香，给大家带来清爽。乡村夏天的夜晚，花融融，月融融，人融融，乡村夏天的夜晚毕竟融融。

……

刘成德出了亭子，向东边走，广场东边是条南北路，路东里是吴秀兰的秀兰综合市场，他大概到商场里买点东西吧。他整天给别人买东西，心里就是没自己，他该买点营养品给自个补补身子，七八十的老人了。

他却只走到路中心，弯下腰，抱起不知什么时候在那的一块大石头，扔到不碍事的一旁，这让车碰上、人绊上都不好:“有绊脚石，就得随时搬走。”

只要有慈善心，好事随时可做；只要有感恩心，好人随处可为。

薛庄的夏夜啊，奏鸣出动听的乡村感恩小夜曲。

第五章

如乐之和 无所不谐

刘成德家的大门口，有个牌子——“和谐之星”，这是他家获得的荣誉。刘成德说：“不能光在外边做好事，对外和谐，对内也得和谐，‘家和万事兴’，这句老话过不了时！”

他二姐刘成凤78岁了，每年都接过来住一段。他端过洗脚水，给二姐洗脚。慢慢给二姐按着脚，慢慢说着：“姐，小时候，您领着我要饭，要着东西，总让我先吃……”

我第一次到刘成德家，天气还比较冷，大概为了省钱，取暖的煤炉子没舍得生，乍一进屋，还真有点冻人。炉子在这间屋的西南角，普通的生铁铸造的。北墙对着屋门的位置有窗子，窗下摆着一张用旧了的方桌，桌上放着“知足常乐”工艺品摆件，是归德镇赠送的。方桌两旁的高靠背老式椅子，扶手已磨得光光滑滑。方桌东边的两个沙发也已老气横秋。方桌右前侧，靠着西墙摆了一张暗黄色的、老胳膊老腿的小矮桌，花桌布已少边缺沿，一个小瓷盆、两把红皮暖瓶放在桌上。小矮桌上方的挂钟，按时发出声响，那钟摆左右摇摆着从不摇摆的光阴。屋门东，窗子西，靠近南墙的桌上有台电视机，虽然人们早已用上了高清平板电视机，虽然这台还是老式的21吋电视机，但它却在强烈地表明不要觉着这里像是只有20世纪五六十年代的摆设，也有现代，尽管不是后现代。靠近东墙，南北摆着床，算是这间屋里的“庞然大物”了，木板床上铺了一层稻草，稻草上面的草褥子里塞着麦秸，那床单、被子都挺旧的，这是刘成德睡的床。东北方向的墙上挂的框子里有一个大字“和”。这间屋的北墙中间最高处挂着毛泽东主席的大幅画像；一旁挂着的镜框中，镶着毛主席题写“向雷锋同志学习”的照片。地面是用普通的红砖铺的，已踩踏得高低不平。这间屋的东边还有间屋，中间是东西方向摆的一张床。床的南边有煤气炉灶。床的北面，靠墙角有小面板、擀面轴、小编织篮、小簸箕、竹盖子等。这间屋的北墙上，开了一个可以直接通向大街的小后门。中间屋的西边是间大屋，摆了个大圆桌，儿女们回来，以及来了其他亲朋，在这里吃饭。屋的东北角靠北墙放着实木橱子，里面摆了些油盐酱醋等生活用品。这间屋的西边房间，跟最东边的那间一样大，“一分为三”，隔成小间，有放杂物的，有摆床的，挺实用。

这房子两头带挂耳，中间起脊，红瓦，三根方柱撑起厦檐，厦檐两头，有走进东西两边房间的门，但两个门都是封着的。厦檐底下，东边窗前，是摞起来的煤球。厦檐的西北角、东北角，都摆着个大瓷缸，还有同样大的一个瓷缸在厦檐前。在院子的东北，是水缸。水缸旁，有自家打的水井，19 米见了水。

院子的东边是锅屋。刘成德花了一天时间，用土坯在东南角垒成了大体上是方形的柴草灶，可以放下一口大锅，炉膛内加了铁篦子，烧完柴火，炉灰就落到底下。沿着墙角垒出直达屋顶的高高的烟囱，这样抽力大，烧起来，炉火很旺。刘成德自豪地说：“吃饭的人多的时候，在这里做‘大锅饭’，很棒！”

院子的西边，搭了个简陋的棚子。独轮推车、小三轮车、锨、镢、锄头、镰刀、喷雾器、筐、扁担、井绳……农家常用的东西，都放置在这里。

挨着棚子，在院子的西南角，是茅厕。

屋里，一屋子不合时宜；院里，一院子因陋就简。真是够凑乎的。刘成德却自得其乐：“人得知足啊！过日子够用就行。不知足，得了个月亮，想要个太阳，太阳得不到，心里就云里雾里，没光亮了，也就没个乐了。我家里这样，挺好的！”

我眼前的刘成德，穿着棉裤、棉袄，套着深褐色的褂子、裤子，这全身加起来60多块钱的衣服，已经穿了四五年了。

他一直简朴着。常常洗点素净菜，浇点最喜欢的恒顺香醋，拌个清凉小菜，就糊弄着吃了。有个米粒掉到桌上，他用手捏着拾起来，吹一吹，就吃了。

孩子们回来，他总是最后一个吃饭。在家里他也一直是吃苦在前，享受在后，从来都是让着别人，想着别人。

这些好的习惯，刘成德小时候在姥娘家就受过熏陶。姥爷杜培芹是位先生，在南屋里教了不少学生，好多穷人家的孩子，他一点学费不收，义务教育。刘成德五六岁的时候，遇上饿死人的荒年，姥娘心疼，把刘成德和他大姐刘爱华接过去。书屋里那些孩子们，摇头晃脑地背诵："人之初，性本善。性相近，习相远。苟不教，性乃迁。教之道，贵以专……"姥爷则背着手，在屋门口走来走去，"吟咏性情"："历览前贤国与家，成由勤俭败由奢……"姥爷看到谁要浪费了什么，就面露愠色，不紧不慢地说着："'以俭得之，以奢失之'，不可不知……"

刘成德长得虎头虎脑，姥爷很喜欢："小牛，别光长了个虎头，要有虎胆，长大了像你舅样成个虎胆英雄，革命，杀鬼子！"刘成德的舅杜镜秋，杀敌勇敢，革命志坚，在当地很有名气。后来当了北京军区空军副政委。

有一天，姐姐领着他玩。他这男孩子，到处乱跑，文静的姐姐在那踢毽子，转脸就不见了弟弟，唉，刚还在这跑，上哪去了？"小牛，小牛……"

"哇，哇……"从储藏地瓜的窨子里传出哭声。

"姥爷，小牛掉窨子去啦，哇……"姐姐哭着喊。

窨子是用秫秸秆子一缠拉当的盖，刘成德一不留神，一脚踏上，陷落下去。这窨子五六米深，人掉进去不死则伤。大人们慌慌忙忙，下去人，递下井绳，把小牛绑好，提了上来。

姥娘惊慌得脸发黄，忙摸了件小外孙穿过的褂子，在窨子口叫魂："小牛来，上来吧，小牛来，上来吧……"然后把褂子穿到小牛身上。

姥爷嚷道："叫什么，叫什么！小牛吓不掉魂，这么深的窨子，他掉下去毫发无损，大难不死，必有后福！"

姥爷把小牛领到书屋，捋着长长的白胡子，声如洪钟：“小牛，跟着念：‘我善养吾浩然正气……其为气也，至大至刚，以直养而无害，则塞于天地之间……’”姥爷又一挥手：“小子们，一起念：浩然之气！”“浩然之气，浩然之气，浩然之气……”一帮孩子放声齐念，浩浩乎天地之间。姥爷在刘成德背上拍了三巴掌，哈哈笑了两声：“小牛，安然无事，玩耍去吧！”

农村常讲，“起小看大”，刘成德从小心眼就好。村广场的位置，从前是座古庙，雕梁画柱，塑像庄严，粗大的柏，硕大的钟。刘成德说：“村里有人去世，要撞庙里的钟——‘送终’。”他小时候，好与小朋友到庙里玩耍，那时这庙已萧条，没有出家人看守。有一天，他和伙伴来到庙里，见大殿内躺着一个要饭的，嘴唇干裂，面黄肌瘦。他用嘶哑的声音说：“渴，水……”刘成德，那时没人叫他刘成德，都喊小牛。小牛跑回家端来一碗水。那人喝了水，颤抖着伸出手：“饿……”小牛又跑回家，拿来一个窝头。那人双手捧着窝头，感激地看着小牛说：“小菩萨，心好啊！有出息，长大有出息……”

这个庙后来改为学校，刘成德上学就是在这里上的。好多东西已经破损，墙上的“众善奉行，诸恶莫作”还能看清。

识了字的刘成德，回到家中，好给奶奶读课文。那时奶奶已病倒在床上，双目近乎失明，但心里还亮堂堂的。要过年了，她把村里的这家那户想一遍，念叨着：“村东头的房三家，过年吃不上饺子。小牛，你盛上一瓢面送去……”

刘成德的爷爷刘维庐，对孙子“隔代疼”，一见到，把孙子的小光头摸了又摸，像摸如意宝珠。爷爷常说的话就是“人行好事，莫问前程”。

家庭教育，非常重要。中华文明如此川流不息，与世世代代的家教长河汇入是分不开的。全世界没有任何一个民族像中华民族的家训文化那么博大精深、那么源远流长。就是祖祖辈辈一个字不识的家庭，其家风相传，影响深远。

是人也罢，是龙也罢，是虫也罢，总要有所奉献，有所发明，有所创造，有所奋斗，诸类才能前进。

雄蜘蛛在与雌蜘蛛进行了“一阴一阳之谓道”的深入探讨后，为了蛛氏家族，为了有利于全蛛类繁衍，雄蛛颇有男子汉大丈夫的牺牲精神，甘愿献出生命，让雌的吃了——爱的奉献！

父爱如山，关键时候总是挺起脊梁！刘成德如此，刘成德的父亲呢？父亲的父亲，父亲的父亲呢……顺流而上，直到那枚燕子蛋，也是关键时候，不早不晚，简狄走来了，“玄鸟堕其卵”，父亲的职责开始了，“父系社会”迈步了。

母爱如河，长流入海；
父爱如山，高耸入云。
父爱母爱，
山山水水；
母爱父爱，
水水山山。
母爱，滔滔百川水；
父爱，脉脉万重山。
天下父母，
就是天下山水！

刘成德是个老实人，他父亲是个忠厚人。“忠厚传家远，诗书继世长”，刘家祖祖辈辈忠厚老实。

他父亲喜欢找古书读。这里离孔子故里、孟子故里只有两个多小时的路，自古受孔孟影响，喜欢读书的人多。刘成德记得，小的时候，父亲给讲过闵子骞的故事。闵子骞10岁，没了母亲，父亲又成家，后娘生了两个儿子。一次，父亲外出，让闵子骞驾马，他把缰绳掉在地上，父亲挥鞭打他：“小小的孩子，就这么懒惰，驾个马都掉绳子！”鞭子抽坏了棉衣，芦花从中飘出，在寒风中飞散。父亲大为吃惊，伸手一摸，孩子手冰凉；回到家中，一摸那两个孩子的手都是暖和的。这才知道，后娘给自己亲生孩子的棉衣里装的是厚厚的棉絮，而给小子骞塞进的是芦花。父亲非常愤怒，坚决要休妻。

闵子骞跪下向父亲求情：“母在一子寒，母去三子单。”父亲这才饶了后妻。从此，继母对待子骞如同己出，全家和睦。闵子骞在“二十四”孝中名列第三，是中华民族文化史上的先贤人物。

薛庄村人都知道刘德广忠厚老实。可老实人容易受欺负，他家柴火垛被人点了，地瓜秧被人拔了。刘德广把孩子们都锁在家里，不让在气头上的儿女出门。他坐在马扎上，像山凝重在那里，半天没说话，然后忽然站起来，笑着对孩子说：“咱家穷，过年也没买点烟火放；咱村也不富，年间放鞭炮的都少。柴火垛点得好，就当烟火看了吧，咱能看，全村都能看。好啊，孩子们！”刘成德的母亲在一旁掉泪。

刘德广怕孩子气不过，以后出去惹出事来，语重心长地说：“爹到现在还没积攒下家产，可别光留下了怨仇。孩子，不忍不行啊！”父亲转过脸，站起来，从屋中走到院里。刘成德分明看到父亲的眼圈是红的。

1957 年，征兵的来了。刘成德报了名。他验上了，来带兵的都喜欢他的质朴，很愿意带着他。这时，刘德广已重病卧床，是肺结核，开始吐血了。

带兵的知道刘成德家的困难，心里很有些矛盾。带走他，那么穷，父亲病重，日子怎过？只要刘德广说家里离不开，不让孩子当兵去，就坚决留下刘成德。

带兵的与刘成德一块来到刘德广病床前。父亲决定一切，一切父亲决定。

带兵的：“您家太难了，把刘成德留下来吧？”

父亲咳了两声，刘成德忙端过吐痰的盆，痰里有血。父亲说：“为公不为私，为国不为家。叫他去吧。”父亲声音虚弱，态度却明确。

带兵的很受感动，但还是不大忍心地问了句：“能去吧？刘成德是您家里的主要劳力。”

“去吧，家里没事……”刘德广咳了咳。

“爹……”刘成德轻轻拍了拍父亲的背，“爹，我？”

“孩子，去吧，我没事的。”

刘成德望着父亲坚定而又充满期待的眼神，毅然参军。他心想，出去不好好干，对不起父亲啊！

当刘成德老人讲到这里时，眼中湿润了。

拿破仑说：“人类最高的道德是什么？那就是爱国心。”只要有爱，有大爱，有真正的大爱，我们的国家，我们的党，我们的民族就有希望，就永远有希望！

刘德广到了1958年病得更厉害了。他知道无力回天，安排后事了。刘成德上边有两个姐姐，下边有个弟弟。

——孩子在部队上忙，不用去信说我的病情。我走了，也不要告诉孩子。小牛，有个牛劲，叫他安心在部队工作吧！

——家里穷，买不起棺材。不要借钱买了，别再欠这个账，治病已经借了不少钱。人身子就是个臭皮囊，就是用金子、银子打个棺材，该烂还得烂。家里还有些秫秸，扎一扎，捆一捆，就挺好。

——孩子他妈啊，您跟了我，没享福啊，苦了您了……

——孩子们啊，好好孝顺娘啊……

51岁，刘德广走得很安详，脸上仿佛挂着笑……

那时还没实行火化，家里按刘德广的安排，用秫秸包裹了些，下葬了。

刘成德哽咽着对我说：“俺村里，60岁往上的，不少人还能记得我父亲出殡时的情景。唉，家里当时就没告诉我……”

刘德广是个普通的农民，然而他的情怀和境界，却让人联想到了我们的民族。中华民族之所以能傲立于世界民族之林，就在于有着饱经沧桑而越挫越勇的精神，就在于历来不乏“捐躯赴国难，视死忽如归”的情怀。就是在和平年代，国家仍然是第一位的，每个公民报效祖国的情怀，不可或缺，这样的民族才有未来。

这样的情怀，没大离开过归德镇的、51岁就撒手人寰的农民刘德广拥有了！他舍小家顾大家，送子参军，不正是精诚爱国嘛！他那让用秫秸扎捆一下就埋葬的洒脱，不也是一种视死如归嘛！

“君子之所谓孝者，国人皆称愿焉，曰：‘幸哉！有子如此！’”

刘成德成为道德模范，刘德广九泉有知，我们可以告慰他老人家说：

“‘幸哉！有子如此’！”

从刘德广这普通人的教子，我们想到了伟人毛泽东的教子。毛泽东对他的子女毛岸青、李敏、李讷说：“我们要向雷锋同志学习，为人民服务。”

我在雷锋纪念馆采访时了解到，1997 年 4 月 26 日，毛泽东的女儿李讷来到抚顺雷锋纪念馆，她铭记父亲的教诲，来凭吊雷锋。她细细地参观着，真真地感动着，深深地感慨着：“雷锋比我大两岁，他若还在，今年都 58 岁了。”

“养不教，父之过”，做父亲的教育、引领孩子，太重要了！

我们与刘成德正交谈着，他的老伴王玉芹从外边回来。进屋后，就拿过棒子胡子，点燃后，加上煤块，生起炉子。谈到刘成德，她对我说：“他真是个好人！”她话不多，坐在炉子旁，一会添添煤，一会松松炉子底下，炉火着得很旺。屋里暖和起来。她说，刘成德给人钱、给人物，热心助人，她从来没反对过。

我说：“他要是给人 100 元，您就给他吵闹上两天，他早学不成雷锋了。您也是活雷锋，他是主外的活雷锋，您是主内的活雷锋。”

王玉芹是 1939 年生人，属兔的，比刘成德小两岁，比雷锋大一岁。这相伴了 50 多年的老两口，颇有“夫妻相”了。她这么大岁数的人了，耳不聋，眼不花，齿不摇。

他俩结婚是在部队举办的仪式。连长、指导员主持，战友们热闹一番，大家吃吃喜糖，简简单单。

墙上挂着 1961 年 6 月 8 日拍的结婚照——刘成德穿着军装，戴着军帽；王玉芹穿着红褂，梳着黑发。他颇为放松，甜在心里，喜在脸上；她略显拘谨，喜在心里，不动声色。他露出白白的牙齿笑，她合着薄薄的嘴唇羞。他大眼睛放光，她小秀目含情。他曼长眉毛透俊气，她动人“春山”不须多。他的帽徽闪金光，她的头绳亮彩虹。刘成德和王玉芹的结婚纪念照就在这“对立统一”中生动地定格了。

照片中，王玉芹留着齐腮的短发，我问：“当时兴这种发型？”

“那个时候，俺这里兴这种半发。”

刘成德、王玉芹结婚照

我夸道："从照片上看，您年轻的时候是个美人。"

老人家不好意思地笑了："像个小嘲吧！"山东话中"嘲吧"是傻瓜的意思。

王玉芹话不多，一直坐在炉子旁，一会添添煤，一会松松炉子底下，炉火一直很旺。下边的一节烟筒，已经有点红了，屋里更加暖和起来。

王大娘做的事，不起眼，可屋里温暖了。看着她老人家，竟想起自己的老母亲，一辈子少言寡语，从没做过惊天动地的大事，都是些油盐酱醋，都是些鸡毛蒜皮。天下母亲一样啊，都是用一粒粒微尘，温暖着儿女的"三千大千世界"；天下母亲一样啊，都是用一点点灯光，照亮着儿女的"十方三世"天地。

母亲对儿女，浓厚得，没法说，一切都在不言中。轻飘的是什么？浪花；深厚的是什么？大海。母亲待儿女，浑然天成。大爱无法，爱到极致，法无定法。

母亲待儿女，表现形式不用像那样——

啊，我的天，
啊，我的地，
啊，我的心肝，
啊，我的宝贝，
啊，啊……

母亲不需要如此"啊啊"，她忙得没空"啊啊"！

母亲，在忙，在用一针一线，写出母爱的诗："慈母手中线，游子身上衣。临行密密缝，意恐迟迟归。"

母亲，亲爱的母亲，
渴了，您递过一杯水，
就是长江、黄河；
饿了，您端过一碗饭，
就是泰山，
就是国泰民安的泰山；

冷了，您送过一件衣，
就是长城，
就是铜墙铁壁的长城！
母亲，亲爱的母亲，
您就是长江、黄河，
您就是泰山、长城！
母亲，亲爱的母亲，
您就是我心中的长江、黄河，
您就是我心中的泰山、长城！

孟郊感叹："谁言寸草心，报得三春晖！"我们感慨："语言能感天地、泣鬼神，却很无奈，表达不出母爱。"怎么办？《毛诗序》有云："诗者，志之所之也，在心为志，发言为诗。情动于中而形于言，言之不足，故嗟叹之，嗟叹之不足，故歌咏之，歌咏之不足，不知手之舞之，足之蹈之也。"于是乎，心中在想：请歌唱家演唱这《母亲，亲爱的母亲》，再配以舞蹈，如此诗之、歌之、舞之，多措并举，或许表达母爱于多少？万一！

沈飞老总、感动中国2012年度人物罗阳。他为国百忙中，总插空看看母亲，77岁的老人独守在五楼的旧房子里。每次回来，母亲拉着儿子的手，总有说不完的话。罗阳太累了，有一次，坐在外间的秘书，觉着好大一会没听见他们娘俩的拉呱声，悄悄望了一眼，泪水就掉了下来——在母亲的怀里，罗阳趴着睡着了。老人家柔柔地拍着儿子。幼儿时的罗阳，在她无数次地轻拍曼抚中睡去。她没想到这个老儿子在老娘的轻抚中睡着了，她更没想到乖乖儿子这是最后一次在娘的抚慰中睡着。罗阳睡着了，为了中华的航母，睡着了，他在祖国母亲的怀抱里永远地睡着了。头一天晚上，没敢告诉老人。她却第二天早上就从新闻中知道了。她要看看儿子——到回龙岗，雪路，老人3天里，都走去看罗阳，泪水洒到长长的雪路上……

我还想起了一位老人，一位普普通通的老母亲。那天她过了济南的舜耕路，由东向西，走在八里洼路上。她的腰弯成半月，翘着的头还不如她的小自行车高。车把前挂一黑塑料袋，车大梁右边挂一黄塑料袋，左边挂一白塑料袋，里面满满的都是装的塑料瓶。她干瘦的双手推着车把，就那么慢慢地往前走着，准确地说，是一点点往前挪动着。一头的白发在风中飘着。这是春天，阳光很明媚，路边的绿化带，开着红的、紫的花，树上的鸟儿，欢快地叫着，路上的车辆川流不息，高楼拔地而起。一切都光明，一切都灿烂。那个子小小的老太太，穿着过时的灰色的褂子，像个问号——"？"——在移动，显得非常特别。

她在前边的废品站卖了东西，往回走着。

我问她："卖了多少钱？"

"不值几个钱，卖了二三十块。"

"这些瓶子，捡了多长时间？"

"攒了三四天的。"

"您多大岁数了？"

"77 了。"

"您家是济南的？"

"要是城里就好了，还有个养老保险什么的。俺是菏泽农村的。"

"孩子在城里打工，您跟来的？"

"两个孩子都在老家。"

"投奔亲戚来的？"

"没有，俺这里没亲戚。我自己来的！听说城里养穷人，钱好挣，就来了。"

"老人家，您叫什么名？"

"穷人出身，哪有什么名！"

"您贵姓？"

"不贵，姓李。"

"您孩子姓什么？"

"姓赵。"

"您老人家就是赵李氏？"

"是的。"

“城里也不易，您出来是儿女不孝顺？”

“孝顺！”

“孩子过得穷？”

“不穷！”

“家里有别的不顺心？”

“顺心！”

“您一个老人来这城里？”

“在家叫孩子养着，就只是个累赘了。出来能减轻孩子负担。”

“您一月能挣多少钱？”

“花了 50 块钱，买了辆旧自行车，租了个人家的储藏室住，好房子咱住不起。每月剩不几个，够吃够喝。”

“挣钱不多，远离老家，受这累，值吗？”

“老了，不用问儿女要钱，就是帮孩子了！”

说到这里，她那满是皱纹的瘦小的脸上，绽出笑容，像路边围栏里的花散着芬芳。

她在八里洼路上由西向东推着自行车，是个上坡，车把翘得更高，她显得更矮，人弯成一张弓。是啊，就是一张弓啊，母爱的天下大弓，射出的每一支，都是疼爱儿女的神箭！

有的母亲做得就欠妥。我有一次到一高档小区采访，只见这里绿树、鲜花、流水、假山，像个花园一样美丽，一位年轻的妈妈，用小推车推着可爱的小宝宝，顺手折了一枝花，让孩子拿着，她柔柔地教小孩学说话：“花，花，漂漂亮亮的花……”这小区的人要都这么折花，花将不花，这做母亲的示范着随便拿、随便破坏公有的东西，小孩能学成什么样呢？

谈到这一幕，乔安山给我讲了一个故事。

有一位年轻的妈妈，从幼儿园中接出女儿，拉着她的小手，一边走着，一边说话。

“幼儿园里今天发苹果了吗？”

“妈妈，发苹果啦！”

“你拿的大的还是小的？”

“拿的大的。”

“乖孩子，大的好！”

“我又把大的让给别的小朋友了。”孩子用期望得到表扬的眼神看着妈妈。

妈妈气呼呼地踢了孩子一脚：“以后不要做这种傻事，拣大的拿！”

……

本来是个真善美的足球，马上射门，在欢呼中得分，却一个臭脚踢飞了。

一个南京的孩子，学习成绩一直不错，却在埃及3000多年神庙浮雕涂鸦“到此一游”。母亲道歉：此前没有教育过他这种行为是不对的。做母亲的确实不能只关心孩子的学习，还要进行道德教育，而且重要的是从小就要把孩子引到成德之道上。

人们感慨世界泛滥伪大师，稀缺真大师。可我们想想，一个缺少大师的时代，最缺的是养育大师的母亲。

伟大的思想家孟子，其母非凡，千古流芳，达官显贵、孟氏后裔为其树碑修祠。“昔孟子少时，父早丧，母仉氏守节”，她勤俭持家，用心教子。《三字经》曰：“昔孟母，择邻处，子不学，断机杼。”“孟母三迁”的故事，广为流传。后人把她与北宋文学家欧阳修的母亲、爱国英雄岳飞的母亲、晋代名将陶侃的母亲列为母亲的典范，号称中国“四大贤母”，而且位居“贤母”之首。民间代代传颂她的故事，历代文人歌颂她的美德。

孟母教子有方。有一天，她正织着布，看着宝贝儿子孟轲放学回来了，就关心地问他学习情况。孟子还是个顽皮的孩子，就嘻嘻哈哈地回答差不多了。这惹恼了孟母，气呼呼地拿起刀，“嗞”一下子割断了织好的布。孟子吓得不得了，忙问怎么了。孟母严厉地说：“你不好好学习，就像我织的这布断了……”孟母晓之以理，动之以情：“孩子，你爹死得早，咱孤儿寡母不易啊……”说着掉下了眼泪。这事对孟子触动很大，从此，“旦夕勤学不息…… 遂成天下之名儒。君子谓孟母知为人母之道矣”。

这样的母亲，无怪乎，封建皇帝对其屡加封谥，直到乾隆二年（1737年）

加封孟母为“邾国端范宣献夫人”。

要让母亲芬芳，当母亲花开得好的时候，会带给整个家庭绚丽与温馨。济南这闻名天下的泉城，深知源泉的重要，他们重视用道德的泉水，浇灌母亲花。

济南市妇联与市文明办、教育局、民政局、卫生局、人口计生委、关工委联合下发了《济南市关于指导推进家庭教育的五年规划（2011—2015年）》，让阳光洒满提高母亲素质的花园。每个县（市）区，都有了各具特色的母亲花园，每个花园都有了辛勤的园丁。全市4618个温馨花园，成为母亲花的乐园。远程教育网、电台广播、泉城女性网等现代手段，仿佛高级的喷头，喷洒着知识的甘露水和道德的营养液。“母亲教育工程”、“百万母亲进课堂”、“十万母亲读好书”……为母亲花重点追肥。

济南的母亲花越开越好，开出了自己的姿态，开出了自己的芳香，开出了自己的魅力，开出了自己的天地。家的空间是有限的，而母亲花的芬芳是无限的。济南的母亲花，墙内开花墙内香，墙外也香，香飘全省，香飘全国！济南市家庭教育有4个全国先进集体，有20个省级先进集体。

在祖国大花园里，每一朵母亲花都明媚、馥郁的时候，我们的天下会多么灿烂、多么芬芳、多么迷人！

文章写到这里，仿佛感觉到尽长天，遍大地，弥纶着母爱。我关了电脑，出了房间，看见爬到坡上的凌霄花，挂着一朵朵红色的喇叭样的花。走出檀园，走在万德的路上，我要在天地的怀抱里，尽性尽情。走过黄茅岗湖畔的路，继续往下走，左拐弯，走进环山路，过了桥往前走，下了个坡，拐了个弯，就看到右侧路下边婧瑞饭庄，饭庄后边是杨庆武家，他老伴姓王，64岁。80多只羊跑过公路，上山了。噼啪作响，牧羊人杨庆武把鞭子在空中甩出多少马赫的速度，才产生音爆？此刻，鞭子这第一个打破声障的人造物体，爆响了智慧音声——羊从哪里来？羊到哪里去？羊们，个个都如哲学家似的，解决了这些理论问题，纷纷用实践回答着——羊从父母未生前来，羊到有草处去、有水处去。却有一只羊，在公路边上纠结着——我到哪里去？想追上去，那草那水那羊群在诱惑，却又不断地向公路下边的家里回顾，焦急地走动着，“咩咩”地叫喊着，一对豪乳摇来摆去。斯羊何故独徘徊？杨庆武的老伴说：“生小羊了，牵挂孩子。”彷徨了一阵后，羊还是跑回院里，两只小羊羔，看到妈妈回来了，欢天喜地地叫着，连蹦加跳地奔跑过来。母羊叉开腿，小羊一边一个，跪下喝奶……“鸦有反哺之义，羊有跪乳之恩”啊。

由眼前的羊，想起了牛的动人故事——

一头老牛倔犟在车前，拉，不走，打也不走。后边堵车，有些司机开骂。老牛像是什么没看见，像是什么没听见，“我自岿然不动”。

这里是青海省的一个非常缺水的沙漠地区，用水量十分严格地限定在每人每天 3 斤。就是这些水，也主要靠驻军从很远的地方运来。

一天，一头老牛挣脱缰绳，拼命跑到公路边——这条公路，是运水车必经之路，是沙漠里唯一的公路。忽然，老牛蹿到路中间，运水车紧急刹车。不清楚憨厚老实的牛，是怎么机敏地判断出运水车来的。

司机怎么呵斥，老牛也不走。牛的主人跑来，挥鞭抽牛，抽得牛流着血、哀叫着，却就是不躲闪，真是牛脾气。

人们觉着牛是渴极了。那些原来骂骂咧咧的司机，感受了牛的鲜血伴着凄厉的哞叫，哭了。“我要违反一次规定！”运水的战士流着泪水说，“就是接受一次处分，也得给牛点水喝。”他从车上取出半盆水，端在老牛前。

老牛对着夕阳，声声哞叫，像是声声呼唤，却不喝一口以死抗争来的水。人们向着牛叫的方向看去，从沙丘后跑来一头小牛。小牛急切地喝着，眼角流着泪。

老牛不去喝一点水，爱怜地看着小牛，伸出干渴的舌头，轻轻地舔舔小牛的眼睛。母子俩流着泪水，自觉地转过头，不用主人吆喝，就往回走。

沙漠无言，夕阳不语，现场的人们流泪了。

羊的故事、牛的故事叫我感念不已，顺手从路旁的树上摘下两片树叶，想吹出曲调，把牛羊的母子情深传导在天地间。这一吹，让我想起了刘成德的杨树叶。他家里种有 200 多棵杨树，开春了，得把那一地枯叶打扫了，便于浇水、除草。他用竹耙子把杨树叶搂成堆，拉回家，当柴火，省了煤气。

这活得一整天干完，要雇人的话，得70块钱，他自己干，就省下了。我说：“这么大年纪了，不累吗？”他开心地一笑：“干活，干活，越干越活。”这些树平时得管理，他剪剪、砍砍多余的树枝，就用了3天，没去雇人，就省下210块钱，树枝子当柴烧，能省煤炭。“我有劲，肯下力。”他看到有个近乎一把粗的干树枝，举手握住，“嗨”了一声，使了个大劲，“咔嚓”就断下来，“我到现在这把年纪了，干活还不怵头！”

刘成德的头圆圆的，头发越来越稀，白发越来越多。那眼袋已凸显起来，是盛下了“阅尽人间春色”的收获吗？收获需要岁月，岁月在他年轻的时候，笔笔中锋，脸面饱满、结实，现在肌肉的松弛，声明着岁数。

虽然，岁月已经把他推到老年，但他没有老来的失落，没有暮气，心无疲厌，不起放逸，他还在燃烧着，而且还是尽可能节省燃料地燃烧着。“过日子就得省着点。”刘成德说，“雷锋就很节省，会理财。他每月津贴才6元钱的时候，就给受灾的地方，寄去200元。”

刘成德够省的。冬天买上一大堆白菜，储放着。白菜豆腐炖上一盆，吃的时候，挖上一勺热热，又省钱又省事。在钱上，他已没有开源的精力，但却很有节流的办法。

省下钱接济困难户，省下钱支援灾区。汶川地震捐500，玉树地震捐500，那时他退休金每月还不到1000元。现在他的退休金1500多元，知道了雅安地震，他牵挂灾区，就捐出1000元，受理的民政部门，知道他家里不宽裕，还捐这么多，深受感动。他说：“一方有难，八方支援，我是党员，应该带头。”

他省吃俭用，常说：“冷了，穿暖和点；饿了，吃饱肚子。这就够了。身体这臭皮囊，别太拿着当事。你越娇惯它，它越生毛病。那么多富贵病，还不是惯出来的！”

刘成德能这样，得益于有个通情达理的好媳妇，与他相濡以沫。他们俩相亲的时候，刘成德还没当兵。1956年的秋里归德逢会，他从本村刘维贞二爷爷那里，借了件小大衣、借了双球鞋穿着，凑赶会的时机相亲。双方隔了三四十米，他这相亲的，连头也没抬，那怎么相呢？

他是不屑一看吗?

不是!

他是羞于一看吗?

不是!

是匆匆，太匆匆，没来得及一看吗?

不是!

那不看，去相亲干嘛?

得叫人家看看——

哦，被看!

这是终身大事，是未看先知，成竹在胸，不必再看吗?

不是!

到底是什么呢?

咱家这样穷，人家愿意就行!

女方是怎么相的呢?

王玉芹由姥娘领着，老远地瞭望了一眼，也没太看清模样。姥娘说:“这孩子头也没抬，看样子是个老实头，跟个老实人，心里踏实，就这么定吧，穷就穷点吧。”姥娘听说他家挺穷。

“姥姥，听您的，那就定了吧。”

后来，双方交换了帖子，刘家给了16块订婚钱，其中有4块是借的。

我问王大娘:“当时相亲没看清，现在看清了吧?”

她老人家笑了:“看清了。”

“他是个什么人?”

“老实人!”

王玉芹跟了“老实人”，没少吃了苦头。刘成德在部队、在锦州时，远离家;调回长清后，一心扑在工作上，顾不上家。奶奶去世了，爷爷去世了，父亲去世了。

母亲看着他家的孩子，还有他弟弟刘成申家的4个孩子，哪里看得过来!管了这个，顾不上那个，一个小脚的老人，分身乏术。

王玉芹得在生产队干活，不干就不分给口粮，按点上工，迟到就扣工分，不能随便旷工，不能随便请假。那时的生产队管理很严，孩子就顾不上看管。收了工，回了家，有时候天黑了，得找孩子去，有的上邻居家去了，有的在外边路旁睡着了。那小妮子呢？就是刘霞，还不到2岁上哪去了？找来找去，在锅屋的柴火堆里，蜷缩着睡了。她从小就赖赖巴巴，怕是养不好了！后来姥姥可怜这孩子，接去拉扯着。

生活的困难如影随形，紧跟着刘成德家，那么执着，那么长久。刘霞是1972年生人，小学3年级的时候，看到哥哥、弟弟在上学，妈妈里里外外忙不过来，全家就靠爸爸那点工资，常常是捉襟见肘，就主动退学："妈，都上学，家里供不起了。叫俺哥哥、弟弟上学，我下学给您当帮手。"妈妈掉泪了——忒愧对小妮子了——家里穷，妈一人又照顾不过来，孩子最需要妈的时候，却不得已在姥姥家长到8岁；最需要上学的时候，却穷得孩子得下学。贫穷有时叫人无可奈何！

刘霞那么理解父母，那么懂事。上一年级时，脚上长了鸡眼。父亲带她到长清城里去治疗。到饭时了，父亲找了家有名的长清包子店，给她解馋，那么香，她从来没吃过，急切地吃着，像几辈子没吃过饭的样子，狼吞虎咽着，噎得"呕呕"的。父亲轻轻拍拍她的背："慢慢吃，使劲吃……"她小小的年纪，一气吃了5个，打着饱嗝出来了。父亲却不吃，说厂里有饭。其实是父亲自己舍不得吃。她都40岁的人了，还记着小时候这顿包子，聊起来还眼圈发红。刘霞的鸡眼割去，脚不敢走路，父亲背着她，往厂里走，路子不近呢，父亲的汗水洒到路上，她的泪水洒到父亲的背上……

10多岁的刘霞，每天到归德辛劳。那里有个制暖气片的厂，厂外有排放的放炉灰，她从中挑煤渣，好给家里烧火用。她还带着吸铁石，在那吸铁，一斤铁能卖七八分钱。捡拾一天，用框头子背着煤渣，用小篮子提着碎铁，沉甸甸地往家走着。淌了汗水，就用沾满了灰的小手，擦擦脸，那本来长得很可爱的小脸蛋，抹拉得灰一道，黑一道，成了小花脸。晚上回来的沉重，没让她流过泪；早上路过学校门口，看到写着的"好好学习，天天向上"，听到朗朗的读书声，她掉泪了。生活牵着她的手，在好好捡炭，天天吸铁。

刘成德退休后，没有了工作的压力，没有了电焊的熏呛，经过一年多的治疗、调养，身体好起来。但经济拮据却是“涛声依旧”，厂子效益不好，刘成德的工资半年领不了一次，大儿子刘才接替他上了班，每月30多块钱，好几个月不发。怎么养家糊口，怎么盖房子给儿子娶媳妇这都是问题，而且都是这个家面临的很现实、很严重的问题。得挣点钱啊——在村里办个小商店，没有启动资金；开个小饭店，也凑不起钱来；做豆腐卖，村里已经有了……干什么好呢？这是个问题，而且是个头疼的问题。

一天，他正在家帮着妻子做饭，听到街上铜铃声响，他就出去了。是从长清来了个卖酒的，酒好，人也实在，酒卖得挺快。这人姓郝，退休后做了这营生。刘成德表示感兴趣，他爽快，叫刘成德到他那里看看。

抽了个空，刘成德骑着自行车找到他家。他也刚进门，问刘成德喝酒吧，知道客人不喝就倒上了茶水。他用湿毛巾擦了把脸上的汗，从酒缸里盛了半碗酒，捏了几个花生米吃着，那酒两三气就下了肚。用手抹拉一把嘴，传开了酒道。卖好酒，做好人。别往酒里加水，别少斤缺两的。弄上几个大缸盛酒，买上一个铜铃摇着。说到这里，一拍桌子，兄弟，就这么简单，干吧！后来他又领着刘成德到长清酒厂，观摩了怎么批发酒。“没别的，抓紧干吧，人得生活！”

有了郝师傅的热情传帮，热情鼓舞，刘成德说干就干了起来。他是当过兵的人，做事果断。他想，原来先是忙部队工作，后来忙企业工作，顾不上了解家乡，现在正好可以借着卖酒，感受遇上改革时代的乡村变化。

4个大缸盛酒，浓浓的酒香飘出了农家小院。刘霞去厂里批发，刘成德到各村去卖。

不喝酒的刘成德卖酒了！刘成德怎么不喝酒呢？

刘成德当兵时回家探亲，兄弟爷们觉着他立了功，为村里增了光，这家那户的就请他喝酒，他这个实在人，喝起酒来也实在，就喝醉了，翻江倒海，吐得很难受。从此戒酒，滴酒不沾。从来各领域能成气候的人，都有过人之处。这刘成德，英雄本色，自控力非凡，说戒酒，一下子就戒了。

刘成德焊了一个铁架子，置于大金鹿自行车的后座上，两个能盛50斤酒的塑料鼓子，一边放一个。或摇着金黄色的铜铃，或放开声地吆喝，这酒便有声有色地卖了起来。

农村和城市的差别还很大。这里没那么多大车小辆，没那么多高楼大厦，没那么多稠密的人，自然也就没那么喧嚣。在这相对安静的农村，刘成德的声声吆喝，就格外响亮——“卖酒了……”

他毕竟当过兵，那喊“1、2、3、4”，是受过专业训练的；他毕竟在海上多年，那拉网的号子声，高昂、强劲。如今吆喝起卖酒，毕竟不同一般卖酒的。一个“卖”字，大嘴一张，就出口不凡，如当年下网，撒得开；到发“酒”音，口型渐收渐拢，声音渐高渐大，如拉网时收得拢；到发“了”（读 liao 音）声，下巴一收，腮一勾，口腔、头腔、胸腔共鸣着，音拖得长长的，浑朴、丰厚，便如网了好多鱼，拉网时颇有厚重的感觉。刘成德的吆喝声，仿佛声从远古而来，有着古朴、深远；仿佛音自海上而发，有着辽阔、雄壮。

“卖酒了……”强大的穿透力，使声音起处，满村皆闻。

“卖酒了……”喊声落下，铜铃响起——“当啷啷”……

吆喝声，铜铃声，此起彼伏，那卖酒的氛围，也如那酒香，浓了起来。

批发来什么就卖什么，一点水不加，酒便原汁原味，人们喝得上口，纷纷打刘成德卖的酒。

刘成德的酒提，一提是一斤，有的拿着一斤的瓶来了，他把漏斗插进瓶口，盛一提酒，往漏斗里倒，酒至瓶脖，他就再舀点，倒得满满的，那酒因满而溢，打酒者忙用舌头舔一下，念叨着：“减酒如掉钱，可别瞎了……”高兴得满脸灿烂。这样，刘成德就多让了两把酒。他卖酒是只能多，不会少。

这酒批发出来是每斤 7 毛钱，刘成德卖 8 毛，一天卖 100 斤，本来可以挣 10 元钱，但他老是这个那个地让点酒，总算下来，每天挣六七块钱。这已叫他很知足。因为他退休后，工资发 70%，每月五六十元，每天两三块，就是这点钱也不能正常发放。

刘成德卖酒，毕竟不同一般卖酒的。他在各村，看到有老弱之人挑着水，就忙接过来，帮着挑家去。见谁家有急难事，能帮的就帮点。慢慢地他与大家熟悉了，大家对他亲近了，那时，四邻八乡就都认可了：好人刘成德。

乡亲们一提起来，就会称赞：“薛庄卖酒的老刘，好人啊！”

离归德镇中心远点的村，有些人就让刘成德捎点这买点那。所以，他的车把、车大梁上，就常挂了些五花八门的东西。

有个打酒的，他好打刘成德的酒，好喝酒，早饭就喝，喝了酒好打老婆，家里穷得叮当响。这天，刘成德听到打骂声、哭喊声，又从那家破旧的房子里传出。刘成德走进去，那人举起的拳头正要往老婆身上落，刘成德“该出手时就出手”，快捷地闪过手去，一把攥住了那人的胳膊，攥得他“哎哟哟”疼出声来。“您这不也知道疼，您那么狠地打，她能不疼！”刘成德劝说着，“是英雄，到社会上见义勇为去，在家里打老婆呈什么英雄！兄弟，戒酒吧，酒是祸根啊！”临走，留下10块钱：“给孩子买件衣服穿。您看您这家，哪还像个家，好好过日子吧！”

他这卖酒的，毕竟不同一般卖酒的！

有的没钱，家里来客了，要打酒，他就赊给人家。有的前前后后赊了10多斤酒，实在没钱给了，他就不要了。

这里卖酒的不少，有时候，一个村里就来好几个。好喝酒的自然知道谁卖的酒好。沽酒者让有的卖酒的走了，专等着打刘成德的酒：“那小子的酒，好加水，您的酒味正！”犹如现在的“追星族”，当时有些人，一直专买刘成德的酒。

卖散酒的，不缺加水的。刘成德卖酒，加东西吧？加，真加！加什么呢？加德！有德的酒能不好喝吗？何止酒，所有吃喝的东西，缺德了，还好吃好喝吗？

刘成德这人，无论干什么，不干则已，干则求精。他买了些卫生常识、养生保健、酒之类的书，翻翻看看，卖酒的时候，就插空给人讲讲。

一边到处卖酒，一边随时散布酒的坏话，在这一带卖酒的当中，动空前之举，开风气之先。

董洼村的董在金，当时50多岁，人也不孬，就是忒好酒了，一喝半斤多，整天喝得脸通红。打酒的时候，那盛10斤的塑料鼓子，一打就是一桶。刘成德多次相劝：“可别再喝酒了，您都喝得一身病啦！虽说无酒不成席，但这酒也是穿肠毒药！”他赊酒赊到几十斤，刘成德说：“您家里穷得没钱买酒，这些酒钱我不要了，您戒酒吧！要不身体早晚毁到酒上！”

这庄那村的，刘成德不厌其烦地劝人少喝酒，或者干脆戒酒：

——舍不得买米面，舍不得买菜，也少不了打酒喝，这没菜就着，饭吃得少，酒喝得多，很伤身体啊！“人是铁，饭是钢”，咱庄稼人，靠的是个好身体，少喝酒，多吃饭啊！

——多喝酒，对肝啦、胃啦、脾啊，都不好，对心肌、对脑血管都伤害。咱喝出个血压高，喝出个肝硬化，怎么干农活！

——喝酒惹出来的死亡啦、疾病啦，比麻疹、痢疾祸害人加起来还多。少喝酒啊，最好别喝酒啊，不是吓唬人啊，这喝酒害死的、害病的，比那吸烟毁人还多！

……

刘成德人品好，酒味好，口碑好，酒便卖得又好又快。

他从薛庄往正西，五六里地，就是周庄，有个大崖头，得下自行车，使劲推着才能爬上崖头。上去后，攥着木把，举起铜铃，摇来摇去，半个村子都能听到响声，拿着瓶的、拎着桶的，就纷纷地围拢过来，就不用他在村里到处跑了。

他早上在家吃点饭，把搪瓷缸子里塞进一个馒头，掖上一块咸菜，到了晌午头，拿出馒头、咸菜，随便上谁家要缸子开水，随便一个地方一蹲，就打发了午饭。

刘成德卖酒没少吃了苦头。脸晒得黑不溜秋，满身的乡土气已经完全与外边环境相吻合了，与咱们的父老乡亲，面貌一致了。

铜墙铁壁，这词常用来比喻防御坚固，形容事物坚牢。可见，那铜是坚强的，而刘成德用铜制作的铃，一年多就有了裂缝，声音嘶哑了；可见，刘成德摇之用力，晃之频繁，其卖酒之辛劳，由此可见一斑。他只好又买了一个铜铃。

现在村村通水泥路，那时不少是土路。遇上雪天，滑滑沓沓，弄得推着自行车，还摔跟头；赶上雨天，泥泥泞泞，粘得推着自行车，还走不动。

夏天如孩子的面说变就变，有时候，走到前不靠村，后不靠店，忽来暴雨，他戴上斗笠，披上蓑衣，英雄好汉不舍弃自行车，不抛弃酒鼓子，风雨中一走进村，紧接着就是扯开嗓子一声喊：“卖酒了……”湿漉漉的声音，一下子打破雨中乡村的单调，紧接着“当啷啷”的铜铃声打破了雨中乡村的沉闷。

刘成德卖酒，不管孬天好天，都在行动着。有一次，他骑着自行车，后边带着两鼓子酒，紧忙地蹬着，快到苗庄了，有个坝，路窄，迎面来一马车，马一惊，把刘成德连人带车碰翻沟下。吓得那赶马车的连连叫苦：“坏了，坏了，这要跌个好歹，我连车加马都赔上，也赔不清啊！”刘成德爬起来，车链子摔掉了，酒也洒了不少。把人车弄到路上，看着歪着的车把，看着一瘸一拐的刘成德，那人问：“得赔多少钱？”刘成德拍了拍身上的土说：“没事，您走吧。以后赶车，遇到这样的窄路，要小心点。”刘成德遇事总能豁达、乐观，没什么愁眉苦脸。

他手握着木头把，摇着铜铃，“卖酒了”——铃声、吆喝声，回荡在大地上。

他在海上打渔，舵楼的一边吊着铜铃，耷拉下一根绳子，一拽绳子，“当当”，铜铃就响。要上渔网了、有紧急情况了等，都拉响铜铃——铃声、吆喝声，响亮在大海。

人生是个循环。

刘成德，年轻时铜铃在他心中，现如今铜铃在他手中。

他在这一带卖酒，时间长了，哪个村，哪些人喝酒，喝多少酒，他心中有数了，近乎定点送酒了。

往北，张街、刘街、褚集、满庄、吴渡……

往东，坟台、平房、李官庄、后夏庄、前夏庄……

往南，房庄、路庄、陈庄、归南、后刘官庄……

往西，大觉寺、三合庄、董庄、苗庄、张庄……

往西北，石官庄、北苗庄、刘套、颜庄、董洼……

刘成德走五方，一个方向卖一天，一天转五六个庄，以薛庄为圆心，按顺时针方向转，5天转一圈，像蜘蛛结网，他在归德镇的版图上，织出卖酒网络。

他这当过兵的，讲究布局，善于谋篇，做事战略明确，战术得当，酒便卖得顺当。

他这卖酒的，走街串巷，这乡那村，这家那户，这人那人——普入了寻常人家，普闻了百姓心声，普见了群众疾苦，普观了社会冷暖，普知了乡村变迁，普受了民风淳化，普承了乡情惠泽，普事了童叟无欺，普现了嘉言懿行。

薛庄刘成德，打出了卖酒好品牌。

董岗村有个人，从刘成德卖酒起就成为忠实用户，没再打过别人的酒。他说："老刘再卖10年，我也再买他的10年酒！"

卖酒形势正好，刘成德却毅然决定不卖了。经过几年的结构调整，家庭经济窘迫有所缓解。小儿子刘安学会了木工，打了家具在集上卖，颇受欢迎。 卖了两三年的酒，刘成德有了多方面的收获。他知道人们有比酒还需要的东西，他清楚自己有比卖酒还重要的事情。收放自如善男子，取舍随意真英雄！

那铜铃声，几乎成了刘成德卖酒的代号，有人走进他的家门，要买他的铜铃。这人想，铜铃一摇，人们听到熟悉的铃声，会出来打酒……刘成德笑了笑，婉拒："不卖，留着做个纪念。"他是怕来者万一卖的酒不好，坏了悦耳的铃声吗？他没有说。

2012年7月21日，我上午到了刘成德家，凉台前的月季花，粉红的花儿开得满腔热情，如一曲可广大，如一灯可光大，这花把这普通的农家小院，诗情起来，画意起来。荷花是济南的市花，这月季就是刘成德家的家花了。一花一世界，一人一乾坤。刘成德的乾坤朗朗的，就如这月季绽放。

刘成德的院墙东里，是拆迁后的断壁残垣，屋框颓颓败败，空地坑坑洼洼。在这闲置的地方，他种上了一些南瓜。秧蔓粗壮，满地爬着，大大的心脏形的绿叶子，挨挨挤挤，把那原本破烂的地方，密密匝匝地覆荫起来。探出的花儿金灿灿的。圆的、扁圆的、长圆的瓜，都是憨憨厚厚、富富态态的，惹人喜欢。稚嫩的黛青,成熟的或橙黄或橙红,透着祥瑞之色。看着一地生机,感到勃发的南瓜把这里化腐朽为神奇了。

“种瓜得瓜，种豆得豆”，这瓜够高产的，一年结40多个。家里的东西，刘成德能送人则送人，这瓜也不例外，大部分让他送给了人家。济南的一位城里人去拜访他，大热天，他光着膀子，肩上搭了条毛巾，用小杆翻动着瓜秧，找瓜。背上、脸上，满是汗，他用毛巾擦擦，乐呵呵地摘瓜。城里人回家后，熬了南瓜粥，夫人问：“这瓜又香又甜，你从哪里买的？”他自豪地说:“这瓜——是雷锋的战友刘成德亲自种的——不一样,当然了,这是成德南瓜！”

波兰籍质量专家阿图来拜访的时候，刘成德摘了一个大的送给他。他抱着沉甸甸、圆陀陀、光溜溜的南瓜，高兴得满脸灿烂。

我进了刘成德的屋，他往砖铺的地上洒了凉水，好降降温。北窗下桌上的摆设变了，在显要位置摆着洁白的石膏的雷锋塑像，像上系着鲜艳的红领巾，这像是镇上送给他的。像前的小盘子里，放了些水果、糕点，王玉芹大娘说，刘成德每次炒了菜，总是盛一碗，拿双筷子，摆到雷锋像前。

相依为命，从苦日子里趟过来的这老两口，默契着，温馨着，就如院里簇拥着开放的月季，同芳共艳。

远离城市的嘈杂，简朴的成德之家，恬静的秧挓挲着清泰的叶子天天绿着。石膏的白色雷锋塑像，老式的扶手椅子光滑闪亮。月季花，透过玻璃窗子的阳光，艳羡着老两口的祥和。

“您都10多次到俺家采访了，今天这么热，您大老远又来了！”刘成德搀起老伴，并排地站着，“俺俩给您唱支歌吧。”

学习雷锋好榜样
艰苦朴素永不忘
愿做革命的螺丝钉
集体主义思想放光芒

声音已有些苍老，也不那么字正腔圆，但就如泉水是大地流出的心声，这歌声是从两位老人心底流出的泉水。从小就唱这支歌，记不清唱过多少遍；从小就听这支歌，记不清听过多少遍。大歌唱家的个唱听过，艺术家们的合唱听过。而这样的老人组合演唱，我第一次听，一听就泪流满面……

有时候，我到刘成德家，遇到他们家人团聚，一派融融。王玉芹说，孩子们都很孝顺。成德住院治病，儿媳妇跑前忙后，伺候一个月。医院大夫说：“这是闺女吧，对当爹的这么好！”知道是儿媳妇后，他竖起大拇指夸：“好人家，感召来好儿媳妇！”

王玉芹大娘感慨道：“家庭和睦，就心情好，你有个好心情，就等于有个好医生。”

大儿媳妇张青说：“小孩的爷爷，他要做的事，你说么他也做。他站路口给学生当‘交警’，大雪天怕他年纪大了，站那太冷，身体受不了，劝他别去了。他脾气倔强，非去不可。来长清办事，顺道来俺家看看，眼睛时不时瞅瞅表，怕晚了，耽误给学生指挥交通。”

二儿媳妇马全英说：“俺爹实在，没坏心眼，待人好。可他要看到谁损害公家的事，他就去管，忒直了，得罪人！”

刘成德两口对孩子，从小就注意教育，有规矩，家风好。他们教育孩子的核心是忠孝仁义。忠孝仁义，这是人伦，其实也是天伦、地伦，只是为了方便而分开说，本来天伦、地伦、人伦，是一不是二，正如儒释道是一不是二，都是本然！

闺女要出嫁了，刘成德含蓄而又深情地对孩子说：“妮，你在咱家是闺女，到婆家就是媳妇了。要以你妈为榜样，对老的，对小的，对丈夫，对左邻右舍都得好。人得知道守本分，该什么就得什么，你非不什么，那就太不什么了！咱好好尽分了，也就都什么了。”

他小儿子刘安，在外搞装修，他叮嘱：“给人装修，实实在在地干，价格尽量地便宜点，人都不易。孩子，人这一辈子走路，就两条路，一条是正路，一条是歪路，走了歪路没了出路，走了正路，光明大路。人得有个好口碑。”刘安的活干得好，有了好名声，有的干装修没活干，他的活干不完。

刘安到了找媳妇的年龄，好些人家领着闺女，主动找上门来，叫刘成德两口看看行吧。同村的一家有两个闺女，当妈的对刘成德说："您看看，相中哪个，要哪个。"邻村的一家有两闺女的，也来表示，任挑。找得刘成德挺不好意思了，他表示，孩子的婚姻大事，还是让孩子自己选定吧。

这些热心的妈妈，不是图钱财，都是本着刘成德的家风好、刘安的口碑好来的。一个人，一个家，对外有个好影响，是很重要的。

刘成德 60 岁那年，10 天里，娶进两个儿媳妇。两个男孩都成家了，两个闺女都出嫁了，作为父亲，他觉着完成任务了。

刘成德这一辈子对个人的事不争不夺，可该有的都有了。正是：积功累德为善哉，争名夺利是枉然！

长子刘才，有两个孩子，大的是女孩，小的是男孩；次子刘安亦复如是，小的男孩，大的女孩，也是两个孩子。儿家过得都挺顺心，小日子不用他老两口操心。两个闺女出嫁后，一人生了个男孩，家庭都挺和睦，生活都挺美满，都叫两个老人省心。

刘家的儿孙都挺懂事。孙子、孙女都讨爷爷奶奶喜欢。有一次，孙女刘蕊来了，小嘴很甜，给爷爷说："我们在学校学《弟子规》了，'凡是人，皆须爱，天同覆，地同载'。爷爷，您这个'活雷锋'谁都肯帮，这是'泛爱众'。"

"我比雷锋差远了，别说巧嘴。"

"爷爷，我们学的《弟子规》上说，'道人善，即是善，人知之，愈思勉'。我这是给您加油鼓劲。"

2006 年，刘家开了个重要的家庭会，孩子们都到齐了。

刘成德说："我本来是想着默默地过完这一辈子，可从报纸登出我与雷锋是战友后，我就在想，既然大家都知道了，我就得发挥我的作用。我都是 70 岁的人了，我要抓紧宣传雷锋，好好弘扬雷锋精神。"

全家都赞成，就一致通过了。

刘成德又说：“我年纪不小了，雷锋给我的亲笔赠言在咱家，我向雷锋承诺过，我要以他为榜样，一辈子我就是踏着雷锋的脚步走的。我百年后，怎么办？赠言在咱家，你们往下传承吧？雷锋还学吧？这是个大问题。我看要传，人得学好，得好好积德。我这一辈子也没什么，可我一直什么，关键是一直什么不容易什么，能长期坚持什么，一辈子都什么了，也就挺什么了！这就像咱家的燕子垒窝，一点点地衔泥，很不起眼，衔长了，像模像样的窝就成了。积德就跟燕子垒窝一样，别嫌一点点的小，燕子一口一口的泥能垒成大窝，人一点一点的善能积成大德。这样就什么了！”

村里人喜欢说“什么”，刘成德的“什么”，全家都明白了是什么，都表示，要子子孙孙学雷锋，把雷锋赠言当成“传家宝”代代相传。刘成德给学生指挥交通，有时候带着两个都长得虎头虎脑的孙子——长子刘才4岁的儿子刘祥瑞，次子刘安5岁的儿子刘方舟——他这是言传身教。无量雷锋，在子子孙孙的传承中无量了！

刘成德的“什么”什么得太好了！我们每个人，是什么，干什么，成什么，这“三个什么”就够一辈子什么的了。新闻讲“五个W”，人生的“W”不能多了，多则乱，乱则一事无成。大道至简，化繁为简，“易简而天下之理得矣”。

刘成德支持孩子出去闯荡。走出去，眼界开了，胸怀大了，气魄就有了。他对儿女说：“小时候，我心中最大的一汪水，就是咱庄的那个坑，米多深，几十米长；后来见了大海，哎呀，那是看不到边啊，大海，真大啊，咱做人得有大海样的胸怀！”

刘成德看似寻常，其实做起来不容易。我们都知道“君子莫大乎与人为善”，可要一生一以贯之，并不轻松。比如，有点余钱就去帮困，一日、二日、三日、四日，乃至五日、六日、七日，能做到，月月，年年，尤其一辈子，确实不易。刘成德是写不尽的，他的经验是丰富的，但最根本的是行，是行之又行，他走的是“行门”。想得五彩缤纷，说得天花乱坠，不行就是不行！这正像孟子说的：“挟太山以超北海，语人曰：‘我不能。’是诚不能也。为长者折枝，语人曰：‘我不能。’是不为也，非不能也。”

关键是为，是力所能及的行为。管子说得更直接："不为不可成……不行不可复。"

成德之道，首在明德，重在修德，贵在行德！

刘安说："人要不好好持家，不好好孝顺，都不如个燕子！"燕子多年在刘家，孩子们都深切感受了燕子精神！

燕子的平均寿命是十一年左右，每年繁殖 2 窝，大多在 5 月至 6 月初和 6 月中旬至 7 月初。每窝产卵 4—6 枚。第二窝少些，为 2—5 枚。

燕子辛勤地衔着泥，衔着草茎，再用唾液黏结着，巢一点点成着，羽毛啊、布条啊、细软杂草啊，等等，一一柔软于内。燕子是聪明的，那泥里，拌进软草之类，就更有黏结力，就像人们和泥掺进麦秆，增加泥土的韧性，用来抹墙，宜于固定。燕子衔来泥，用嘴又抿、又按、又搅拌，一遍遍夯实。垒上二三公分，燕子就停一停，以让泥晾干。燕子的建筑，总是质量第一，从没有"豆腐渣工程"，如果不是人为破坏，不会像有的大桥、楼房那么容易坍塌。

燕子用辛勤和智慧，打造出安乐窝。如"谁家新燕啄春泥"，如"双双燕子共衔泥"，如"燕子衔泥湿不妨"……"最爱堂前燕，高飞忽复低，趁风穿柳絮，冒雨掠花泥"，描绘得更是惟妙惟肖。燕子营造一个家园，太不易了！儿女知道这些，就知父母的艰辛。刘成德的孩子，看着燕子衔泥，更明白了父母一辈子的勤劳。任何时候都不能忘了父母操持这个家的千辛万苦。

更令人感动的是燕子的饲喂。燕子一趟又一趟地飞着，频繁往复。小燕子伸长脖子，把小脑袋探在窝沿，竭尽全力地张着大嘴，叽喳着，急急切切地盼望父母衔回小虫子来。大燕子打回食，小爪子抓着窝边，整个身子悬在外边，喂那小燕子。小燕子夸张着大嘴，竞相夸张着还没吃饱，燕子就一闪而出，从天上捕来飞虫，一掠而进，从空中捉来活食。一二三四五六七八，二二三四五六七八，三二三四五六七八……就像演卦似的，不知穷尽。燕子飞进飞出，逮不完满天虫虫，喂不完满窝宝宝，倾不尽满腔切切。累了，实在累了，飞到电线上，稍息一下。这小飞虫，也不好捉，再飞向哪一片逮？不敢久歇，仿佛小燕子叽喳待哺之声，不绝于耳，抖擞精神，再去捕食，极尽职责。十分劳累的燕子，当与小燕子融融一窝的时候，那种老小的亲切呢喃，就弥漫了满巢天伦之乐。这种温馨快乐，不是天地之间的至乐嘛！

一只小燕子，羽翼未丰，而急于知道外面的世界，不小心从窝中掉了下来。扑棱着翅膀，却飞不起来。一只大白猫，不知从哪里忽然移动过来。哆嗦着不多的黑羽，小身子顶着大脑袋，张着惊恐万状的黄口，失声，失神，失措，无助，无奈，无望，小燕子慌乱了。一眼的凶光，猫便如一道闪电后，霹雳一声。

“嗖”，一支箭，黑光一闪，射在猫前，大燕子来也；“嗖”，一支箭，白光一耀，射在猫后，大燕子来也。荡然无存了一生的呢喃，喳叽了撕心裂肺的哀嚎，勇猛着一身的颤抖，智躲过老鹰，周旋过麻雀，可从未遭遇如此大敌！退则雏儿休矣，进则性命丢矣。燕子毫不犹豫，不假思索，毅然决然射来，誓死捍卫小燕，前后夹击大猫。

大白猫瞻前顾后，感到了一种震慑，正在迟疑，忽听一声“狮子吼”——刘成德大喝一声！父亲一向慢声轻语，刘成德的孩子顿觉这一声吼殊为少有。那志在必得的猫，竟旱地里拔葱，一道白光跳到墙上，回过头来，“喵呜”了一声，到嘴的美味丢了，颇有些不甘心。

刘成德双手捧着雏燕，小心翼翼地送回燕巢。一双燕子，满院子飞着叫着，大约千恩万谢的意思。

雏燕约 20 天出飞，再喂个五六天，就能自己打食。看着小燕子飞走了，孩子大了，可以独立地飞向自己的天空了，大燕子满怀喜悦，可静下来，守着空巢，不禁空寂袭来。

这叫人想起白居易的《燕诗示刘叟》：

梁上有双燕，翩翩雄与雌。
衔泥两椽间，一巢生四儿。

四儿日夜长，索食声孜孜。
青虫不易捕，黄口无饱期。
觜爪虽欲敝，心力不知疲。
须臾十来往，犹恐巢中饥。
辛勤三十日，母瘦雏渐肥。
喃喃教言语，一一刷毛衣。
一旦羽翼成，引上庭树枝。
举翅不回顾，随风四散飞。
雌雄空中鸣，声尽呼不归。
却入空巢里，啁啾终夜悲。
燕燕尔勿悲，尔当返自思。
思尔为雏日，高飞背母时。
当时父母念，今日尔应知。

大学毕业后，我远在外地工作，父母成为“空巢老人”。偶尔回去，小住有限，每次离家，老母总是站在大门口，目送到看不见儿子的身影。每忆及此，泪眼婆娑。

老人越来越多，“空巢”越来越多。特别“独生子女”们，飞往全国，飞往世界后，农村的一个个院，城里的一座座楼，便如一棵棵树，树上孤立着一个个“空巢”。“空巢老人”，等来太阳，等来月亮，轻易等不来儿女归巢——竞争、压力、快节奏等大潮卷着儿女在生存的波涛中翻滚，轻易脱不了身回归，想回归者不易回归，再加之本就乏“孝”可陈的冷漠者，“空巢”复“空巢”，“空巢”何其多！这树啊，就叶叶“沙沙”着孤独，枝枝“吱吱”着寂寞，巢巢“呼呼”着清冷。

我有位好朋友，他老娘97了，拄着棍，站在村头，白发飘在寒风中。老人已有点糊涂，村里来往人给她打招呼，她也多数认不出是谁。“又等儿子了？”“哎……”声音都是甜的，老人满是皱纹的脸上遍洒了期盼的阳光，“俺小儿要回来了！”其实小儿也快60了，但在老人心中永远是小孩。

全村人都知道，这老人每年临近春节，就在这寒冷中盼儿归。车一到村头，老小儿赶忙下来，跑过去，双手搀住老人：“娘……”一声娘还没喊完，已是两眼双泪流……

奋不完的是事业，斗不完的是竞争——这是绝对的；有完的是老人的生命，有完的是父母的等待——这同样也是绝对的！再忙，忙里偷闲看父母；再忘，千万可别忘老人！燕子，飞得再远，远方的风景再诱惑，不忘飞过千山万水，飞回自己的家。人啊，常回家看看，“空巢”中注满了牵挂！尽孝要抓紧啊！比尔·盖茨说：“天下最不能等待的就是孝顺！”

孝是德啊！德是海啊，“让我的爱河经过不可通行的路程吧！一条河为什么不会终于找到入海之路呢？”太迷恋一路的山山水水了！集聚爱之激流，勇猛前行，直奔海里！

刘成德的孩子，有父母的榜样，有燕子的触动，孝的“万有引力”很强！

是该孝啊！孔子曰：“夫孝，天之经也，地之义也，民之行也”。

在孔子故里山东曲阜，孝道纳入干部考核范围，不孝者禁提拔。

2012年8月，曲阜市下发《关于打造“彬彬有礼”道德城市的意见》，并且在10月22日召开全市动员大会，将孝道作为干部提拔使用的“红线”。并制定了具体的实施细则：每周帮父母做一次家务，每月带父母理一次发，给父母洗一次脚等，对每年给父母的生活费用也做了量化。在曲阜，孝道成了对全体官员的硬性要求。孝在中华传统美德中最富代表性，现在我们终于有了官方硬性规定。

孝，这连一般动物都明白的天经地义，特殊动物的人本该“天地之经而民是则之”，但曲阜的规定一出却引发纷纷议论。本该不成问题，而成问题，这真是问题了！

我在灵岩，沿着环山公路，走到灵岩村，村外有一檀抱泉。泉上挺拔着一棵千年青檀树。山如神龙蜿蜒，树若玉臂舒展。千年青檀根深蒂固，一池甘露冰清玉洁。檀因泉而茂盛，泉以檀而长流。泉檀合一，浑然玉人。那泉“吟咏之间，吐纳珠玉之声”，那檀“眉睫之前，卷舒风云之色”。

这景观最叫人赞叹的是檀根依泉的殊胜。

以前我在龙洞村曾观赏过小河泉——几十米的深洞，雾气腾腾，洞的尽头泉水喷涌，一泉成河，远远的就能听到虎啸龙吟似的泉水声。英国的托·富勒说过“井涸方知水珍贵”，要早知啊——水丰就知水珍贵——等到最后一滴水是自己的眼泪的时候，才明白水是生命之源，为时已晚！知泉者根——根是真正有智慧、得大道——根知道泉水的珍贵。在小河泉的上边有两棵几百年的皂角树，其粗壮的根，根于泉畔。有了树根的大彻大悟，才有枝叶的大茂大盛！

根重要啊，孝就是我们民族的大根！成德之道，要从孝道开始！

我们要像记住“父亲山”——泰山一样，记住自己的父亲；

我们要像记住“母亲河”——黄河一样，记住自己的母亲。

刘成德的孩子们，知孝能孝，是有根的。长清的大樱桃出名，一下来，孩子买来让父母尝鲜，一颗颗玛瑙似的，红红的，亮亮的，就像红亮的孝心。长清的金太阳杏，如乒乓球般大小，圆溜溜，金黄黄，个个都像金太阳，吃到心里亮堂堂，刘家的孩子买上点杏，回家看看，花钱不多，温馨不少。“金太阳——这杏的名字好！”刘成德吃着甜甜的杏，甜甜地说着，“金太阳——叫着响亮，吃着香甜，看着喜庆！”父母与孩子在一起，聊聊外边的事，聊聊家里的事，虽多是些琐事，但那氤氲的一屋融融，就如燕子一家窝中呢喃着的和乐。孙女、孙子们一回来，那活泼劲，更给刘成德老两口带来满心的欢喜。

刘成德大儿子的女儿叫刘珂，小儿子的女儿叫刘蕊。我安排了个命题作文，叫这两个中学生每人写了篇《我心中的爷爷》——

刘珂如是写：

爷爷是一个热心肠的人，他做过的好事不计其数。比如：邻居的汽车开不动了，他去帮助；小偷把邻居的自行车偷走了，他连忙追上去；公共汽车上，他主动给老人们让座位。其中让我难忘的是爷爷捉小偷。

一天，爷爷在门口看报纸。忽然，一阵脚步声传进了爷爷的耳朵里，他看见一个鬼鬼祟祟的年轻人东张西望地走进邻居家。过了一会儿，他推着一辆崭新的自行车走了出来。爷爷一看这是邻居刚买来的自行车，就放下报纸急忙追上去，一把拽住了小偷的衣领，严厉地说："快把自行车放下。"小偷使劲挣脱爷爷有力的手，就像兔子一样慌慌张张地逃走了。爷爷看着"虎口脱险"的自行车，露出了欣慰的笑容。

我有一个热心肠的爷爷，我感到无比的骄傲！

刘蕊如是写：

爷爷的心中想的永远都是怎样去帮助他人，想的是怎样做才对得起党。爷爷对我说："要听从党的话，做一个对社会、对国家有用的人。"

爷爷不仅对我百般关心，百般爱护，对那些不曾相识的陌生人也会同样的关怀。记得那一次，爷爷要来我家，我便去接爷爷，在来的路上，爷爷看见一对夫妇都有残疾，便上前去，给了那对夫妇一百元钱。

爷爷在村中，长期默默做好事。就是在酷暑，爷爷仍坚持扫广场。我心疼爷爷："这么热的天，爷爷，中暑怎么办？别干了！"爷爷告诉我："我做这些都是快乐的，我把这里清扫干净，人们在这里乘凉、拉家常不也就轻爽了吗？我累点没关系。"说完后便又干了起来。

我渐渐地理解了爷爷。我要传承爷爷的精神，好好学雷锋！

刘成德的两个孙女在学校学雷锋、做好事，分别被评为小学、初中的学雷锋积极分子。刘成德一家子在济南是远近闻名的"学雷锋世家"。王玉芹全力支持丈夫，刘成德说："我在前台学雷锋，老伴在幕后学雷锋。"

刘才，42 岁，在外打工，只要遇见能帮的人和事，他尽心尽力去帮助。

刘安，38 岁，被称为长清装修界的"活雷锋"。刘安讲了一件事——小时候家里穷，馒头一般吃不上。一天，父亲下班回来，我在门口正跟小伙伴玩，看到他手中提溜着馒头，我高兴得蹦起来，小伙伴们馋得用直勾勾的眼光看着馒头。没想到，父亲把馒头都分给小伙伴吃了。我很委屈地回了家。父亲安慰我:“以后有钱再给你买。”父亲就是这样总是先想着别人。刘安踏上社会后，也像他父亲那样学雷锋，以助人为乐。有个朋友急需一笔资金周转，刘安没钱借，就用自己的房子当抵押，帮人贷出了20万。朋友感动地说：“有的有钱都不借给人，您这么仗义！”后来朋友发展起来，常说：“没有刘安当初的慷慨相助，我就没有今天的生意兴隆。”

大女儿刘青，48岁，在平房村是有名的孝顺儿媳妇，左邻右舍，谁家有事，跑前忙后，乐于助人。

二女儿刘霞，40岁，丈夫家弟兄五个，她是老五的媳妇。在坟台村，是个挺场面的人，儿子结婚的喊她去陪个客，闺女出嫁的叫她去帮个忙。村里难免有两口子打架的，都找她去调解。有的吵了架，她听说了，主动去说和。她还真有点剑胆琴心，侠骨柔肠，颇有其父的侠风。村里称呼是按辈分叫，有喊她五嫂子的，有称她五奶奶的，等等。有那么两口打了起来，她闻讯赶去。那男的一看她去，忙破怒为笑：“您看，您看，五婶子，惊动您老人家了，多不好意思！”一转脸吆喝媳妇，“装腔作势地哭什么！又没使劲打，还不快点给咱婶子泡茶！”……有权威的人，容易有影响力；刘霞这个普通的家庭妇女，在村里有影响力，当然靠的是德望。

家庭观念在中国传统文化中的地位十分重要。“家国同构”是宗法社会的显著特征。家庭、家族与国家在组织结构方面的共同性赋予了“家国同构”特有的内涵。古人是以家为本的。燕子，是传统的，一直保持着以家为本。繁殖结束后，幼鸟仍跟随成鸟活动，并逐渐集成大群。燕子是一起行动听指挥的，一呼百应，一呼千应……集群效应，充分显示着燕子的组织有力，当秋社日来了，燕子齐心协力，和衷共济，南迁越冬。

“仁义礼智信”是五常之道，“五常”在传统中是做人起码的道德准则。燕子天性使然，有了自己的“五德”：永远与人为善，是待人最好的鸟，仁也；远飞千万里，眼界已大开，可总不忘归依自己的家园，哪怕燕巢筑在牛棚猪圈，哪怕窝垒在主人最破旧的茅舍，总不嫌弃，总义无反顾，千辛万苦飞回来，义也；待人总那么温良、恭敬、谦让，久处而不惹人嫌，礼也；北方要寒冷——南下，北方要温暖——北上，从不为这这那那羁绊，总是生活在命运的春天里，智也；不管外面的风景多好，不论此处有多少牵挂，从不流连忘返，总是在春社日飞来，到秋社日飞走，信也！这是燕子的本然！

燕子有此“五德”，其实何止“五德”，所以值得人礼敬。小时候，听长辈说，别打燕子，打燕子会瞎眼的。那时不明白什么意思，只是出于害怕，不敢伤燕子。大了，明白，这是中国人的大智慧，用民俗来保护燕子。以燕行来提醒世人，还有哪种鸟，能给人“五德”的启发，让人如此爱怜？

雷锋呢？他既是现代的，又是传统的，他对国家忠，对同志义，在利益面前有智，待人彬彬有礼，做事让人信任。说到底，他身上流淌着中国美好道德的血液；说到底，他真正地还原了人的本然！

在万德写稿，为了节省时间，我就买了些煎饼搁在房间，要吃饭时，就近的岭上薅点野韭菜，山泉水冲洗一下，就是菜了。山乡韭菜野，客舍煎饼酥，清泉石上有，浊气松间无。我吃着野韭菜，想起在刘成德家吃的韭菜炒鸡蛋了。

2013 年 3 月 28 日，农历二月十七日，开车到了薛庄，走进刘成德家时，已是下午 6 点多。

“我晚上住这里，得找户大门宽敞的，把车开进去。”

刘成德笑了：“把轿车放我家门口就行，俺这里平安，放心好了！”

我们闲聊起来：“刘大爷，您老人家有多高？”

“我当兵后，生活比在家里好，又长了 2 公分，1 米 7 的个子。现在上岁数了，缩了！”

“还有多高？”

刘成德找出皮尺，递给我。我一量：“1 米 68。”

“别拔高。”刘成德说，“量准了。”

我又把他的头发按了按，把脚底鞋的高度减了减，得出身高准数——1 米 67。

我与王大娘拉呱时，刘成德就往汤壶里灌上热水，放到我晚上要睡的被窝里。我说:“刘大爷,您不用客气,我不怕冷。”王大娘说:“他体贴人!”

临睡觉了,刘成德把我领到西南角那间屋。他拿了个塑料盆放到床前:“茅房在院子里,天太冷,晚上就不用出去解手了。”床上铺好了两床厚厚的棉被子。我伸进手去摸了摸,被窝里已让汤壶暖得热乎乎的。

我住的是房子的西南那间屋,从生煤炉子的屋到这里,中间还隔着一间屋,炉子的热乎气对于这间屋来说,是“春风不度玉门关”。北方的农历二月,天气还是寒冷的,我本来还想看会书,可室温用冰凉的手把我推进了被窝。有了刘成德提前送温暖,被窝里,春来早。

这间屋是刘安 1997 年结婚时的新房,当初的装饰还基本没动。这间房的东北角开了去院里的门,但常年堵着,留着通往屋内的门。房间的南墙上开有窗子。床靠西边墙放着,南北走向,床头靠南墙。床边的西面墙上,还围了一圈粉红色底的布,上面印有双喜,成对的喜鹊,开着的牡丹花,飞着的蝴蝶,红色的同心结。围布上边的墙中间,还贴了张印刷的双胞胎男娃娃画。这些当年刘安结婚时的布局,虽已旧,但还透着喜气。

刘成德的西邻家是养狗专业户,各类的狗喂了不少。我睡到夜里 1 点多,大狗小狗闹夜,有的狂躁,有的悲凉,有的声粗,有的音细,有的叫得紧迫——“汪汪,汪汪,汪汪……”有的叫得低沉——“嗯——嗯,嗯——”有的叫得无聊——“呜呜,呜呜,呜——呜,呜呜——”有的叫得恐怖——“喔喔,喔喔,喔喔喔——”声音短促而洪亮,有的拖着长长的音嚎叫——“噢——呜——呜——”声有着高低变化,像狼嚎……

狗闹得我睡不着觉了,忽然想到是不是有人动我的车,惹得狗叫。车要让人偷去就麻烦了!我忙摸出车钥匙,按了下遥控,熟悉的声音一响,我暗自笑了——平安无事,我又放心地睡了。

睡得踏实,还做了个梦。从一个村庄的东头,过了一个小桥,往山上走,上山的路沿着河沟边,走着走着,看到一个清水湖,湖的东北方向,一个山环里,有泉池,一搂粗的泉柱,奋发向上,喷得老高,涌得强劲,泉水流成河,汇到湖里——泉源无穷无尽,湖水无量无边……

天大亮了。刘成德家没有喂的鸡,没有喂的狗,没有喂的猫。但村里不缺这些家禽家畜。薛庄村的早上，鸡叫、狗咬、鸟鸣，有声有色地渲染开了。

我起床后，拿出那红色的、扁圆的金瓜似的汤壶，摸了摸，还是热的。

我走到客厅，刘成德早已起来，生着了煤炉子。他把脸盆放到地上，倒上温水，把肥皂放到脸盆一旁。我蹲下洗脸，洗完刚一直腰，刘成德就递给我毛巾。我接过毛巾擦脸，还没来得及倒掉洗脸水，刘成德弯下腰，用我洗过脸的水，接着洗脸。我心里觉着有点不好意思。他自自然然，洗完后就把洗脸水倒到外边。他家里有自备井，用水是不花钱的。但他懂得珍惜，一切能节省的都节省。能重复利用的水，他一直不浪费。

刘成德、王玉芹两位老人准备早饭，我到外面走走。朝霞洒满了薛庄，仿佛太阳有着伸之不尽的手，爱抚着每家每户的脸蛋。

薛庄村的，还有周围村的小学生，三五成群的，陆续去中心校上学。我遇到10岁女孩吴开新，她是薛庄的，上五年级，问她认得刘成德吧。她说："认得，他是学习雷锋的好榜样！"在村南边的路上，遇到骑自行车的男学生，他是大觉寺村的，我问到刘成德，他说："爷爷是做好事的！"……孩子们的话语都是简短的，普通的，但我听了心里热热的。

我走回刘成德家，见头茬韭菜洗好已晾在桌上，一边摆好了土鸡蛋。韭菜能一茬茬地割，头茬就是一年当中第一回割的韭菜。割得茬数多了，根部就白了，叶子就少了头茬的宽厚、丰润，更缺了头茬的羞怯。韭菜，早就被誉为"春菜第一美食"。南北朝时，有一日，太子文惠问名士周颙："菜食何味最胜？"答曰："春初早韭，秋末晚菘。"李时珍的《本草纲目》也记载有"正月葱，二月韭"。民间也有"春日吃韭最香"的说法。经了一冬的期待，蕴了天地的期许，最香最嫩的头茬韭菜确实不负人们期望。

当然，塑料大棚中，上了化肥的韭菜，与露天生长的味道是不好比的。至于在给韭菜浇水时，倒上剧毒农药，浇灌出"毒韭菜"，那跟天然的韭菜更不能相提并论了。

刘成德弄来的韭菜，是上了豆饼、鸡粪、兔粪露天长起来的。那鸡是老百姓散养的，喂的是粮食，没受过刺激，不是那吃着激素、打上亮光、强听着音乐大受刺激后下的蛋。

刘成德先盛了一盘菜，放上一双筷子，摆到雷锋像前：“叫俺老战友尝个鲜。”

韭菜原产于我国，已有3000年以上的栽培历史。《诗经》中就有“献羔祭韭”之句。《礼记》亦载“庶人春荐韭”，配上鸡蛋，炒了祭祖宗。韭菜“割复生”，寓意繁衍不已，生生不息。《说文解字》中解释“韭”字：“菜名，一种而久者，故谓之韭。象形，在一之上；一，地也。”看看“韭”字的篆书，就分明地感到在“一横”大地上，“非”这菜就向上生发着。加上“韭”谐音“久”，祈望长久便顺理成章。世界上没有任何一个国家的文字，像汉字一样，一笔一世界，一字一乾坤，字字有消息，字字有玄机，中国的大千在字里。只要汉字深深扎根在每一个华夏儿女的心里，中华民族这棵大树，就长生久视，不毁不灭！

2012年农历九月九，重阳节，济南明冠华车友会组织18名车友，前往薛庄，看望、学习刘成德。他们带上“九九八十一”件暖腰宝，让刘成德送给当地老人。还准备了包装好的无公害韭菜9包，韭菜也叫长生草，他们祝愿老人“长生不老”。

在万德，吃着煎饼卷野韭菜，“意识流”着韭菜引出的内容。我在这里的山上薅野韭菜，薅字用得不准确，实际上是掐。因为薅容易连根拔下，没根了，怎么复生？我手头又没有韭菜镰子，只好掐了，这样可以——把根留下。

根子上没问题，生长速度很正常，还嫌发展慢，拔来拔去地瞎折腾，这样拔苗助长，那苗子别无选择，只有死路一条！

但根子上出了问题，不根本解决，就无有希望。我见过一个种菜的，山东文登人，名叫林治良，瘦瘦的脸，不太白；单薄的身子，仿佛实行了扁平化管理似的；早上弄一把长刀，竖起来比他还高，耍得“咔嚓嚓”响；60多岁的样子，种地很苦、很累，但他还多彩地生活着，在地头种了一株月季，开金黄色的花，栽了一棵石榴，花儿仿佛大红灯笼高高挂。茄子、花生、大葱、豆角、小白菜，种得品种颇多。那天，他把韭菜拔出来，根都扎到一起，纠缠一处，他一一撕扯开，把一些多余的根拽掉，换了一块地方，重新排列组合，栽了一遍。我好奇地问：“韭菜还活着，您怎么从根上动了？浇浇水，施施肥，松松土，去去黄了的叶子，不就行了！”“那不行！只在表皮上弄一弄，不少费事，挺辛苦的，还耽误了时机，拖死了！”他说，“韭菜长得太密了，根拧到了一起，挤成疙瘩，相互争夺，相互影响，都生长不好，有的还逐渐死了。根子上出了毛病，不从根上使劲，慢慢就都完了。我这是根治！”我看了看，他种的菜，都“治”得不错，就夸奖道：“您真是‘治良’！”

看来，根子不能出问题；看来，根病还得本上治！

第六章

如春普惠　天人同泰

燕子是不怕刘成德家里人的，有时候飞进屋里，在雷锋塑像前闪一下，轻叫几声，再飞出去。

燕子，很擅长“低空飞行”，近乎贴着地皮，仿佛要侧耳倾听大地的心声；燕子，颇能够“高空飞行”，好像与蓝天、白云、轻风组合着诗句。所以，燕子低可掠地，高可入云，能上能下，能高能低，能屈能伸，洒脱自如。

雷锋是喜欢燕子的，写过燕子的诗句。

刘成德欣赏着燕子，自己的思绪也飞了起来，飞向了雷锋。雷锋是愿做英雄的，是崇拜英雄的。他在小学毕业的发言中，就说出了远大理想：我要做人类的英雄！他写了好些学习英雄的日记，仅明确写出“永远学习”的就不少：

晚上七点钟，看了一场电影。影片的主角聂耳给我的印象最深……他那种勇敢、坚强、机智、虚心、敢于斗争的精神，是值得我永远学习的。（1960 年 11 月 14 日日记）

永垂不朽的革命烈士——方志敏同志是我永远学习的榜样。（1960 年 12 月 27 日日记）

董存瑞……在战争当中，英勇顽强，丝毫不畏缩，为人民的解放牺牲自己。董存瑞英雄是我永远学习的好榜样。……郅顺义老英雄是我永远学习的好榜样，他在战斗当中，英勇坚定，机动灵活。（1961

年2月3日日记）

今晚，我看了《洪湖赤卫队》电影……韩英同志……在敌人监狱里宁死不屈，并歌唱“为革命，砍头只当风吹帽；为了党，洒尽鲜血心欢畅。”……我决心永远向韩英学习。”（1962年1月13日日记）

……《向秀丽》这本书把我吸引住了……我决心永远学习向秀丽同志坚定的阶级立场，敢于斗争的精神。（1960年2月8日日记）

雷锋做英雄之心很真切：“我是个共产党员，人民的勤务员。为了全人类的自由、解放、幸福，哪怕高山、大海、巨川；为了党和人民的事业，就是入火海，进刀山，我甘心情愿，头断骨粉，身红心赤，永远不变。”

雷锋很谦虚，从不放过向英雄学习的机会。团代会就为他向英雄刘成德学习提供了机缘。雷锋在1962年2月19日的日记中写道：“今天是我永远不能忘的日子。像我这样一个穷孩子，能光荣地参加这次沈阳部队召开的首届团代会，感到万分的激动，能见到上级首长，直接听到首长的报告和指示，更是感到荣幸。首长特邀我参加这次隆重的团代会，并选我为主席团的成员，能和首长坐在一起，能和来自四面八方的英雄模范见面等等，这一切都是我过去做梦也想不到的。这次参加团代会，既感到高兴，又感到惭愧……惭愧的是我为党和人民做的工作太少了，比起其他的代表，我差得太远了。但是我决不甘心落后。”

有浓浓的英雄情结，有这样共同参会的好机会，虚心的雷锋，诚恳的雷锋，崇敬着英雄刘成德。他早就知道刘成德海上救战友的英雄故事，现在天天与英雄在一起，他让刘成德亲自讲述，他要好好学习。

刘成德向雷锋讲过自己救战友的故事。刘成德救人后，他的英雄事迹在部队迅速传播开来，被树为沈阳军区学习模范，并被记二等功。

一个人一辈子，用无数的平而不凡的小事铸就伟大不容易，用惊天动地的壮举彰显出伟大不容易，此二者得其一，这一生都不凡，而刘成德两者兼备。我在刘成德家里看到了已经有些发黄的1962年3月20日的《解放军报》第三版刊登的褚秉耕采写的《雾海深情》，展现了当年刘成德在海上舍己救人的事迹。

褚秉耕抗美援朝时是志愿军炮七师二十团九连文化教员，参加过上甘岭战役，1988 年在沈阳军区离休，师职。他本身就是英雄，可以说是英雄写英雄。

褚秉耕，瘦长脸，尖下巴，一双深邃的大眼睛，像是总在思考问题。说话带着明显的江苏口音。1949 年 8 月份，苏南军区某教导旅在宜兴一带招考 18 岁以上具有初中文化的学员，热血沸腾、老想参军报国的褚秉耕，瞒着家里，没带一分钱，步行去了县城宜兴。他考上了，正式成了一名解放军军校的学员。

他采访刘成德，刘成德总觉着自己的事很平常，说不出什么，却缠着褚秉耕讲上甘岭的故事。褚秉耕虽只比刘成德大 5 岁，但他是师里的才子、名人，又参加过上甘岭战役，刘成德眼里的褚秉耕闪闪发光，是个英雄。

上甘岭在朝鲜中部，本不出名，志愿军在这里依托坑道工事，以劣势装备，战胜了具有优势装备的敌军进攻。战役自 1952 年 10 月 14 日至 11 月 25 日，历时 43 天。因为这次成功的防御战，上甘岭名震天下。

在上甘岭战役中，炮七师是参战的最主要炮兵部队。战后，褚秉耕所在的炮七师二十团九连被授予“二级英雄连”称号，并荣立集体一等功。

褚秉耕讲述着——上甘岭战役中，我们九连阵地上，落下了 1.5 万多发炮弹和 40 多枚炸弹，山上的岩石被炸成碎渣，阵地上到处布满了密集的弹坑。但我们一直坚守着自己的阵地。

“仗打得太残酷激烈了！”褚秉耕说，“10 月 17 日下午，我们的炮因为发射太多，复进机出了故障，炮身上不去。几个炮手就轮流用自己的肩膀扛着打。新炮手张清林为了让炮弹更快地飞出去，直接就用拳头当送弹棍，20 多公斤重的大炮弹，一鼓作气，填装 83 发，手烫得全是泡。”

褚秉耕讲得很动情——10 月 19 日早上，美国佬又开炮打我们阵地，电话线被炸断了。背起单机，拿起铁钳，我们连里的电话员金耳世急忙冒着炮火冲了出去。金耳世好不容易摸到断线的地方，刚接好第一个线头，一阵刺耳的排炮就把他掀翻在地上。他站，站，想竭力站起来，却怎么也站不起来——他的左腿被炸断了。他从身上撕下一条布，扎住断腿，两手向前扒着——还有一个线头，他想接好，爬，爬，艰难地爬了 20 多公尺，接完线头，就昏过去了……

刘成德听得眼里满是泪水。他在想，我们吃点苦，与战场上的残酷比算什么！只要有上甘岭的英雄精神在，什么困难克服不了！

刘成德一直很感念褚秉耕，一直觉着从他身上学了很多东西。直到今天讲起褚秉耕，他还很动情——我那时只是个班长，人家褚秉耕是俺炮七师政治部的领导，还那么平易，跟我在一块整整一个星期，翻来覆去地叫俺谈感受，找遍了俺船上的战友了解情况，他是忒认真，忒仔细了！

文章殊难，甚需竭力，深入采访，深切体验，深厚积累，深刻思考，深挚感念，深广开拓，深透挖掘，深妙表述，深湛打造，方能出神入化。褚秉耕下足了功夫，推出了感人的佳作。我们应该记住褚秉耕，感谢褚秉耕，他为我们生动地描述了刘成德的感天动地。

那是 1961 年 11 月的一个晚上，海上已是比较寒冷。大家都戴着棉帽子，穿着黄棉衣，脚上是大头鞋。而刘成德赤身搏击在冰冷的海水里，那寒凉以强大的穿透力钻骨刺髓。褚秉耕的《雾海深情》是这样写的——

> 两只机帆船切开白色的浪花，正向某地返航。晚上，海上忽然起了浓雾，本来碧澄澄的海面一下变得灰蒙蒙，昏沉沉了。风力突然增强了，被掀翻了的海浪呼啸着。船在昏暗而汹涌的海面上摇摆着前进。突然，行驶在前面的一号船被什么东西猛烈地撞了一下，船底下发出刺耳的格拉格拉的声音。人们还没来得及弄清是怎么回事，翻腾的海水已经涌进了船舱。“船撞礁了！”一号船立刻点起红灯，摇响铜铃，向后面的二号船呼救。

一号船上有 14 名战友，在这样风大浪急雾浓天黑的海上，遇到危险，太紧迫了，船随时会沉没——

> 二号船看到信号，迅速加大马力，向前开去。但当驶到与一号船

相距八十米的时候，发现前面有礁，潮流很急，如果继续往前开，也有撞礁的危险。船长蓼全发和副指导员李明忠很快地交换了一下意见，决定停止前进，派人凫水送条绳子过去……派谁去呢？当李明忠正在考虑的时候，一个高高壮壮的小伙子坚定地走过来，用沉着的声音说道：“让我过海去吧！”李明忠一看，原来是班长刘成德站在面前。这时候，刘成德已经摘掉棉帽，脱了衣服，在腰上拴牢绳子，做好下海的准备了。时间刻不容缓，李明忠检查了刘成德腰上的绳子，压抑着激动的心情说：“要沉着、小心！”刘成德迅速转过身，大步走向船头。他朝红灯看了一眼，挺起胸脯深深地吸了一口气，随后纵身跳进黑茫茫的大海。

刘成德对我说：“我当时，给战友们敬了一个礼，我敬得很庄重，我知道，这也可能是最后一个敬礼。那么大的风浪，谁也预料不准下去是个什么情况。”战友们一齐给他回礼，回得庄严、回得神圣！

二号船上的战友，棉帽子，黄棉衣，大头鞋，寒风凛冽地吹着，看着海中赤条条的刘成德战友，在海浪里时隐时现，心都揪着。

海涛翻滚，一下子把刘成德吞没了。船上的同志看在眼里，心不由地一沉，所有的眼睛一眨不眨地望着风呼浪啸的海面。一分钟过去了，两分钟过去了，但看不到刘成德的踪迹。时间过得多慢呀！忽然，一个黑影从水面闪出来了，他顶着扑头盖面的波浪，忽隐忽现地向远处游去……

刘成德说：“当时，我差点没游过去。海面上刮着6级多的大风，冰冷的海水冻僵了身体，那条百米的粗绳浸水后，腰里就像系了沉重的石头一样把人往水里坠，感觉就要上不来了……”

海上无风三尺浪，6级多的大风，激怒了海浪，仿佛狂躁的思想，粗野着无序；黑夜本就黑，而大雾这帮凶，又昏暗得黑夜更黑；寒冷毫不留情地透彻着刘成德。他拼命地游着。茫茫的戈壁上，风沙狂吹着一棵小草，就如这大海中的风浪翻卷着刘成德。他全力地游着，只一个念头——救战友。

刘成德不停地手划着，腿蹬着，他真想如一个惊呼或欢叫，飘过去，那触礁的船上，有他的亲密战友。他心中觉着，很快就会游过去。绳子很快就会送到，这是“生命线”啊！

船上，棉帽子，黄棉衣，大头鞋；海里，光溜溜。

> 刘成德在浪窝里游着，一会儿沉下去，一会儿浮上来。他和风浪搏斗了二十分钟。他觉得腰上的绳子越来越沉，自己的力气快要使完了。可是，他的眼睛始终望着前面的红灯，两只手一刻不停地划着。现在，他离一号船只有十多米了，而且看到了闪动着的人影。他的胸怀畅快起来，暗自说道：“同志们！请你们再坚持一会儿，我马上把绳子送到。”他振作精神，用尽生平力气继续向红灯游去。不料，一股急流忽然从他身后猛扑过来，一下把他冲到了一个乱礁堆上。他只觉得头昏脑沉，胸背剧痛，骨头快要断了。他摸摸腰，绳子还在。他还想游，可是游不动，手脚已不听使唤了。这位身强力壮的小伙子头一回感到，自己是这样没有力气。

他有劲啊，从小村里都知道他有劲、肯下劲。新中国成立后，还是单干的时候，他家种了1亩地的高粱，砍了高粱后，地里是高粱茬子，茬子就是庄稼棵的根。那时缺烧的，这高粱茬子好烧，还比秫秸耐烧。刨了高粱茬子，整理下地，好种小麦。才十四五岁的刘成德，1亩地里的高粱茬子，刨茬子、砸茬子、捡茬子，他一天就干完了，在全村出了名。

现在，在海里最需要劲的时候，劲呢？

礁石划破的胳膊流血了，他感到了疼。这叫他想到了礁石，亿万年来，海浪变换着无穷的方式，发泄着无限的力量，无情地打击着礁石，疯狂地啸傲着，大有不把礁石从海中消灭不罢休之势，可事物往往是想毁灭它的造就它，礁石失去的是娇气，丢失的是脆弱，磨炼的是坚定，出落的是顽强。人能不如块石头？他双手抓着礁石，想爬起来，此时，他好像听到了战友的一声声呼唤，又有了力量。他硬撑着下了水，拼着一点点余力，机械地游着，更准确地说，是挣扎着。

划，划，划，快到了，绳子越来越沉，这是“生命线”，划……他使出浑身的劲，在狂风大浪中竭力地向前划。

像无边的沙漠里，一个人滚动在风沙中，随时都会被淹没。刘成德以微弱对抗着强大，以有限挑战着无限。他在村里的水坑里，一个猛子，就能扎到对岸，这海却疯狂，把人翻来覆去，猛烈冲击。

> 风浪带着寒冷向刘成德身上袭来。刘成德的牙关抖得厉害，肠子在绞动，肚子一阵阵痛，手脚发木，好像不属于自己的了。他勉强伸出手来，想揉揉痛得要命的肚子，捏捏冻得僵硬的腿骨节，但，当他的手落到左腿上时，手指一下子触到了一块伤疤。他的心不由一震。九岁那年，他跟姐姐出去讨饭，狠心的地主放狗咬伤了他的腿，从此留下了一个铜钱大小的伤疤。他问自己：“党把你从苦水里救了出来，现在同志们有了困难，你能中途退却吗？安业民负了重伤，还坚持战斗四十分钟，你连几米都游不过去吗？你是个共青团员，革命战士，连这点考验也经不住吗？……”他下定决心，只要有一口气，也要把绳子送到。想到这里，他身上一下增加了力量。他咬紧牙关，不顾肉体上的痛苦，又挣扎着下水游起来。但在接近一号船时，终于因为力气不支，而昏迷过去了。

人都脱离不了时代。战争年代，革命先烈在日本鬼子杀害前总高呼一声：“打倒日本鬼子！”视死如归，气贯长虹，都是真真切切的，而现在有的人看了，觉着是演戏，不以为然。刘成德在海上的危难之际，想到安业民，是他彼时彼刻真实所现。

褚秉耕文中提到的安业民这个名字，现在的人可能感到有些陌生。而在那个火热的年代，他感动和激励了很多人。安业民是中国人民解放军海军战斗英雄，辽宁开原人，1957 年 3 月应征入伍，分配到旅顺口海军一个海岸炮兵连当战士。1958 年夏，由于战备需要，所在海岸炮兵连调防到福建前线。

8 月 23 日，血与火在燃烧！在他们炮位上空，一颗炮弹爆炸，后面堆放的弹药包被击中，烈火熊熊。这是福建前线与金门岛的国民党军发生炮战。

安业民看到火舌扑向炮位左侧的数百颗弹头，火炮和整个阵地的安全受到严重威胁。他把炮身向隐蔽壕转动，动作麻利。火舌也迅速，无情地烧着了他的衣服，无情地烧着他的脊背、胳臂。他不顾，他全然不顾，一任烈火燎烧，拼命转动方向盘，转回隐蔽壕中。炮身得以安全，他却全身烧伤达 70%。当他跳下炮盘，滚着身上的火焰——火灭了，他昏迷了。

一苏醒后，他立即登上炮位，准确地完成指挥员下达的每一个战斗口令，连续向国民党军阵地发射炮弹，战友去替他，他坚决不下火线。战斗了 40 分钟，他顽强地坚持着，直到炮战结束。

医院全力抢救，但伤势过重，他于 9 月 9 日壮烈牺牲，年仅 21 岁。安业民被授予“共产主义战士”称号。

福建厦门修建了安业民烈士墓，纪念碑上镌刻着朱德的题词：“共产主义战士安业民永垂不朽”。

是什么使他如此勇猛？赤诚的爱国、坚定的信念、英雄的气概。他在日记中写道：“我要永远战斗在海岸上，它是我生死不可分离的土地。革命先烈的震动人心的英雄事迹，是我军宝贵的财产。我一定要向他们学习，立场坚定，像海边的青松。让党考验我，不管暴风雨多大，也吹不坏、浸不倒共产主义战士的信心。”他还写道：“革命战士所以活着，只应该有一个目的，就是对人民有用……在战斗中如果遇到紧急关头，我一定勇往直前，毫不畏缩。”

全军在学习安业民这个英雄人物。炮七师的打渔队，回到驻地后，一号船、二号船的战友，在一起学习安业民的事迹，大家共同讨论。他们都写出了心得体会。刘成德表示：“祖国需要我的时候，我要像安业民那样，奋不顾身！”他洋溢的是英雄气！

那是一个崇尚英雄的时代，那是一个英雄辈出的时代！

> 一号船上的同志跳下来，从水里把刘成德抱上了船。刘成德清醒过来后，说：“我来慢了……”船上的同志含着感激的眼泪拥抱他，脱下棉衣给他披上。这时候，海水已经灌满了船舱，漫上了甲板。队长梁民立刻命令全体同志拉着绳子离船下了海。不一会儿，他们越过汹涌湍急的海面，安全地到达了二号船。

把已经无力的刘成德拴到绳上，梁民队长一手抓着绳，一手揽着他。大家都拉着绳子，二号船的战友看到信号灯，使劲地往船上拽着绳子。包峰明上啦，李彬上来……11，12……李班长，13，梁队长，14，刘班长……

长期在海上的寒冷，加上这次海水的冰凉，刘成德落下了静脉曲张的毛病，左腿上一个一个的疙瘩，手术后留下一块一块的黑疤。

5 分钟后，一号船沉了，多么惊心动魄！

绳子是可以救命的。小时候的刘成德掉进窨子里，是放下去绳子把他救上来的。当兵的刘成德以命相搏送去的绳子这“生命线”，成就了他的壮举。

其实，中华民族从编出第一条绳子，从结绳记事起，就不乏见义勇为、慷慨赴难、舍身成仁的壮士，危难之际，这个民族总有“救苦救难”的“生命线”的绳子——道德一直有着绵延古今的准绳。

2013 年 5 月 5 日，黄河森林公园，济南某公司的员工游玩，不慎落入黄河水中，10 位小伙子都不会游泳，急切救人的“旱鸭子”们，手拉着手下水，后面的小伙子把同伴的皮带结在一起，成为长长的“绳子”，扔了过去，好让最前边的同伴甩给落水者。水越来越深，脚下也陷得深。那个高个水都快没到脖子了。特殊的“绳子”，漂流在黄河的激流中，“生命线”使危机化为生机……

救人一命，善莫大焉。但小伙子们都没留下姓名。后来几经周折，人们才知道他们是山东财经大学公共管理学院公共事业管理专业 2009 级 1 班的学生。让我们记住他们的名字：张凯、颜坤、申锦涛、吕学良、王禄、周毅、马强强、王运慈、李训涛、高翔。

二号船载着遇难的战友，又冲开夜雾茫茫的海洋前进了。刘成德，这个勇敢的战士，马上走上了他的岗位。

这里全文引用了褚秉耕前辈的文章，他真实地再现了刘成德的壮举。

刘成德的舍己救人，深深感动了雷锋。雷锋深入了解了刘成德，对他更加敬佩。他一直想学英雄，一直在学英雄，现在军区号召学习的英雄天天与自己在一起，这是多么难得的机会！他与刘成德一有空就交流，谈得很亲，谈得很深。

在共青团代表会议上，英雄劳模相互鼓励，并寄言祝愿。东北寒冷，那天早上，雷锋洗完脸，往脸上搓了点雪花膏，护肤防冻，衣着整齐，端正净洁；还没吃早饭，他就来到刘成德房间，光相和柔，满脸欢喜。雷锋说："昨天，您在大会上做报告，我听了您的事迹，很感动，想了一夜，您为部队的事，个人的事连考虑都不考虑，叫打渔就打渔，需要救人就救人，您真值得我学习！我给您写段话，咱留个念吧。"他掏出钢笔，很谦虚，很客气，很认真地在团代会发的笔记本上写下了赠言——

亲爱的刘成德战友：

您是优秀的共青团员，是我永远学习的好榜样。为了共同完成党的事业，我给您留下几句话：

我觉得一个革命者，就应该把革命利益放在第一位，为党的事业贡献自己的一切，这才是最幸福的。

战友雷锋

1962.2.22

我在刘成德家里，他老人家从里屋大木箱子底小心翼翼地把珍贵的笔记本拿了出来。这是团代会为每位代表赠送的封面印有“沈阳军区首届共青团代表会议”的红色胶壳笔记本，前面几页扉页上印刷着陈锡联等领导人的题词。雷锋 1962 年 2 月 22 日的留言，是用钢笔写的，蓝色墨水，字写得刚劲有力，整体布局讲究。

雷锋是认真的、仔细的，不随便写东西。刘成德把 1962 年 2 月 22 日这一天，珍视为最有意义的一天，影响和改变他命运的一天。

这是雷锋与刘成德共勉，那几句话也是雷锋自己一生的写照，他一直这么想，一直这么做，一直这么要求自己。和刘成德一起开会前，在 1962 年 2 月 10 日的日记里，他就写下了：“我觉得一个革命者就应该把革命利益放在第一位，为党的事业贡献出自己的一切，这才是最幸福的。”12 天后，雷锋把这内容题赠给刘成德。

刘成德的家中，堂屋的正面，左边的位置，挂了一个大相框，是刘成德和被他救的 14 名战友的合影。

刘成德这位老英雄，一直像雷锋一样愿当“无名英雄”，直到 2006 年，他的事迹才被揭秘。此前，当地人不知道他过去的英雄事迹，不知道雷锋给他的赠言。

由刘成德救了一船战友，想到了另一艘船——意大利豪华邮轮“协和”号。

2011 年 1 月 13 日，“协和”号畅游地中海，邮轮餐厅正播放著名流行女歌手席琳 · 迪翁在电影《泰坦尼克号》演唱的主题曲《我心永恒》。

让爱继续
无论千山万水，无论你在哪里
我相信爱将永不停息
……

席琳 · 迪翁的歌声非常美妙，被称誉为“最有冲击力的声音之一”。爱的旋律满船飘荡着，仿佛一船都是爱，一船都是“协和”。

“协和”号于晚上10时许，触礁倾侧沉船。懦夫船长斯凯蒂诺抛下乘客弃船逃生，事后言论令人发指：“自己因邮轮倾斜，刚巧跌倒，才滑下‘跌落’救生艇。”

船上一派慌乱，有些人打闹着抢救生艇，男人争着下船，不让孩子和妇女优先离船。冷漠、自私、懦弱与冰冷的海水一起在船里涌动。席琳·迪翁的歌声甜美着、温馨着……

让爱继续
无论千山万水，无论你在哪里
我相信爱将永不停息
……

冷酷的海水浸透了歌声，变成了莫大的苦涩讽刺！“协和”号不“和协”了，伴随着沉船还有人性的沉沦。

由“协和”号想到了泰坦尼克号。泰坦尼克号是当时世界上最大的豪华客轮，被称为是“永不沉没的客轮”，其高度相当于11层楼。1912年4月14日晚11点40分，泰坦尼克号在北大西洋撞上冰山，1500人葬身海底。

泰坦尼克号撞上冰山后的逃生政策是：妇孺优先。男人很男人，儒雅地为妇孺争取逃命机会，在危及生命的时候，仍有绅士风范。随船的乐手，虽然已面临死神的威胁，但仍泰然地用自己的音乐，为那些就要死亡的人们，送上最后的美好。特别是船长，处变不惊，坚守本职，从容地指挥着。船员们，奋不顾身，极力救助……泰坦尼克号沉船是悲惨的，但船上人性的闪光却感动了人类100年。

从泰坦尼克号到“协和”号，100年，科学技术变化令人目瞪口呆，社会发展之快叫人瞠目结舌，而道德缺失已成为世界话题，使人徒叹奈何！

难道100年前曼德维尔那句“私利邪恶成了公共利益”的格言要变现实？难道时代只需要富足和竞争，不需要人性的善良了吗？不！永远需要！就是在那“协和”号上，也有强烈的对比：到场营救的海岸防卫队指挥官德法尔科，以无线电爆粗喝令斯凯蒂诺船长重返邮轮协调疏散，但斯凯蒂诺置之不理。意大利舆论都以懦夫船长为耻，却大赞德法尔科是国家英雄。《晚邮报》写道：“两个人，两个故事，一个令我们蒙羞，另一个来救赎。感谢德法尔科，我国极需要像您这种人。”

这天下的很多事，这世上的很多物，乍看起来毫无关系，其实互有联系。一叶中，全息宇宙之道，哪能没有联系。就像蜘蛛结网，这样一道丝，那样一道线，猛一看无关联，实际都在统筹之中，先有大框架，然后在一圈圈，一道道，联系紧密，衔接有序，无论是经，还是纬，都经纬分明，而又有机结合。这蜘蛛结网还像什么呢？像作文——人写文章，确定个中心，理出个线索，弄出个轮廓，大处着眼，小处着手，疏密得法，虚实有道，纵横开阖，收放自如，妙在天成。

今年参加全国“两会”报道，有位经常在世界上行走的代表感慨：“小孩长得过快，就会缺钙；社会发展太猛，也会缺钙！”快不是毛病，快了其他的相应方面跟不上，导致失衡才是问题。而在这快速发展中，德是非常好的平衡器。所以，越快速发展，越迫切需要道德同步。发展快不怕，怕缺德。缺德了就失去平衡，失衡了，失衡久了，失衡严重了，还不出事？甚至出大事？小时候学骑自行车，刚开始东倒西歪，慢慢熟练了，车子就在平衡与不平衡的协调中前进。全世界都钻到钱眼里了，全人类都唯利是图了，还能感到精神的博大吗？还能体会思想的浩瀚吗？还能享受文化的淳厚吗？一直不平衡了，还稳定吗？我想到了一个词：深入浅出。人能文化深入于内，自然气质浅出于外。否则，仅仅忙着物质利益的疯狂深入，哪有精神文明的优雅浅出！

舒马赫是地球上开汽车最快的人，这位“速度的宠儿”告诫世人，他只是世界上刹车用得最好的人。没有足够的平衡智慧，没有对加速度强有力的控制，组织系统将变得十分危险。

人类在奋勇向前的时候，也要“回眸一笑”。瞻前顾后还是特别需要的，只知瞻前，从不顾后，我们老家称之为“钻头不顾腚”。这往往后果不好。

黑瞎子掰棒子，掰一个丢一个。人类有时也这样，急于去掰，忙于去掰，又急忙丢弃，不知丢弃的也是好东西。一番好忙碌，到头来，只抱着一个棒子。

当今，交通空前快捷，通讯空前便利，传媒空前发达，人口流动空前方便，世界各地的相互影响前所未有，各种思想、观念，相互渗透，关键看渗透的是什么！如果渗透恶，恶贯满“球”的时候，世界末日还远吗？

世界上发生金融危机可怕，比金融危机更可怕的是道德危机。只要道德不滑坡，办法总比困难多！

好歹人类的电脑中，虽然天天散布着色情、暴力等，但还有一道道的“防火墙”，还有安全的“中间件”，那些积德行善之类，也还天天网络着。

这网了不得，别叫它疯了。网要什么都有，什么都干了，网要疯狂了，小心啊，人类被“一网打尽”！

这种危言，也不会耸听。因为人久经“无所畏惧”的锻炼，早已胆大包天。说两句，吓不着的。天不怕，地不怕，吓不怕，劝不怕，人早已不听劝，只听骗了。

看看人类吧，虽然昂首阔步，脸上却已有病气，正如扁鹊所言“不治将恐深”。人类，能“治未病”最好。已经有了病，早治为好，“不治将恐深”，病在皮肤、肌体、肠胃，可以通过敷药、熏洗、针灸、服用药剂等手段治疗，病入骨髓，无可奈何！对社会现实之病也是这样，不以为然，不加救治，“不治将益深”。任其发展，病入膏肓，无力回天！所以，防微杜渐非常重要！

人吃五谷，孰能无病？病而能治，善莫大焉！有病不可怕，怕的是讳疾忌医，致使病成不治之症。韩非是阅尽天下、感怀万千的圣人，他的《扁鹊见蔡桓公》，振聋发聩，实为醒世之言，莫等闲视之！

看看全球，有些问题，似乎确实已经有些问题了。“亡羊补牢，犹未为晚”，牢已破，羊已丢，任牢破，凭羊跑，羊早晚跑光，到那时怎么拯救呢？羊不知道，牢不知道，人也不知道了！还是早知道吧，还是早体道吧，社会需要创新了，创新才是令一个社会健康发展的有效手段。

人容易不畏天命，狎大人，侮圣人言。而那“三畏”确如金声玉振：“畏天命，畏大人，畏圣人言。”

“畏天命”，就会注重人与自然的和谐。人不仅要讲社会公德、职业道德、家庭美德、个人品德，还要讲生态友德。生态友德者，“与天地合其德，与日月合其明，与四时合其序”也。与天地合其德的意思是：顺应自然规律，人与自然和谐共存，天人合一。

长期以来，人类对生态缺德，忽视了从道德的角度关注生态。本文用这么大的篇幅写生态，意在呼唤对生态讲道德，期盼叫响生态友德，期盼大力弘扬“五德”。

《尚书 · 太甲》曰：“天作孽，犹可违；自作孽，不可活。”不对自然尊重，不德被自然，对自然豪夺穷掠，为所欲为，自然也会不客气。正如恩格斯说的，人类征服自然的每一次胜利，都将遭受到大自然的报复。

人类对自然精明地打着自己的“小九九”，自然却识数不多，只有1和0。当人类礼敬自然，自然在人类收获的数目前加上1，那会更多；当人类太放肆的时候，自然在人类拼搏来的数字前放上0，一切归零。如海啸，如地震，刹那间，多少万人命被夺走，多少财富化为乌有。“人以巧胜天，天以直胜人”！

自然待人不薄，人待自然不厚！所谓天地不容，实为人不容己。地球已经千孔百疮，爱天空，爱山河……像爱自己一样地把大爱给地球吧，这是真正的大德！

不用列举一大堆数据，随便转转看看，我们的河流有多少被污染。地球悠哉了几十亿年，河水也有数不清的快活时光，我们小时候，看着清清的河水，捧起来就能喝。短短的时间，与地球的年纪比微不足道的时间，河水就成了大家都熟悉的样子。

空气，成了什么气？小时候，仰望星空，星星那么多，仿佛每一颗星都那么爱干净，小脸蛋洗得清丽，现在它们忙着写“朦胧诗”吗？看上去有些模糊了。有些时候再来点雾霾，本来叫人不明白的世界，更看不清楚了。这确实需要全人类共同关注，喝的水不好，有钱人可以净化；这空气，一手遮不住天，虽不共命运，但得同呼吸了！

现在富了，“不差钱”。可差什么呢？不用去问卷调查，随便走到大街上，问问买菜的时候，吃饭的时候，冒出的比较多的念头是什么？不放心。

人类面对着看得见、摸得着的具体污染，还有发达国家发展高科技，对天地磁场的污染，这些仿佛不那么具体、不那么紧迫的污染，引发的自然灾害，却那么实在，那么严峻！

不用一一写来，最需要全人类一一醒来。

人类遇着难了，而且是不小的难，或者说，自有人类以来，生态环境上遇到的最大的难。大难当头，需要英雄挺身而出。为了生态文明，我们需要雷锋的敢于担当的英雄精神，我们需要刘成德舍身下海救战友的英雄气概。

生态，不是哪个人的事，不是哪个国家的事，不是哪个星球的事，是共同的事，响亮地喊出宇宙道德吧！人类需要，地球需要，月亮需要，太阳需要……让宇宙充满道德！

让我们再重温诺亚方舟的传说吧，传说也往往给人启示。

上帝生气了，他老人家轻易不生气，这次气急了，气急则败坏，要败坏什么呢？上帝说："我要将所造的人和走兽并昆虫以及空中的飞鸟都从地上消灭。"

什么令上帝觉着"是可忍孰不可忍"？人啊，忒不像话了，没完没了地相互厮杀、争斗、掠夺。

上帝有大智慧，不把事做绝，留有余地。留谁呢？上帝觉着诺亚这孩子不孬，老实！看看，老实人，总是在关键时候受青睐，连上帝都喜欢老实人。

诺亚一家被上帝选中：诺亚夫妇、三个儿子及其媳妇。这是"种子选手"，肩负着繁衍新一代人类的重任。

上帝对诺亚偷偷地说——怕让别人听见了，上帝也有悄悄话：我要用洪水实施大毁灭，你要用歌斐木造一只方舟。凡洁净的畜类，你要带七公七母；不洁净的畜类，你要带一公一母；空中的飞鸟也要带七公七母。得留种啊！

天上的雨水，往下狂泻；海里裂开泉源，喷射出巨大的水柱。整整40天，狂暴的雨水不止，洪水肆虐。在旱地上靠肺呼吸的动物全都死了。一片汪洋，无边无际，方舟载着上帝的慈悲和厚望漂泊着……

如果觉着上帝离我们很远，不可信，地球就在脚下，很实在。惹恼了地球，就像惹恼了上帝一样，稍打个喷嚏，稍抖动一下，人类就要遭难。地球是仁厚的，是能忍耐的。但是，忍耐是有限度的。不要去激怒地球，地球的忍耐已近极限！

地球这张网，已经是这里断丝，那里缺线，破败得随处有残缺！这是要残破“地网”啊！已经很过，还不罢休，又去掠夺太空，作践“天网”。气坏了地，再惹恼了天，人啊，真要天地不容了！人要忘乎所以，“天网”稍一收拢，“天网恢恢，疏而不漏”，要是“天罗地网”一起收拾，那真是不堪设想，一个都跑不了！不可不兢慎啊！

“独乐乐不如众乐乐。”刘成德庭院里，本来椿树与椿树之间，椿树与人之间，各自独立，没有联系。有生于无，一根银丝，把蛛与树，树与树，树与人，联系起来，把蛛、树、人、天、地等联系起来，和谐共处，共享共乐。

刘成德对网的理解深切，还得益于黄河。他家离黄河不是太远，他从小喜欢到黄河边上转转。有一天，下午 5 点半多了，他从家门口上了自行车，慢慢地、悠然地骑着。路边地里的玉米三四十公分高了。不一会就到了杨树丰产林，枝叶蔽日，清爽宜人。二三千亩杨树，规模出风景。挡风挡沙，形成良好的小气候。没栽树的时候，一起风，沙土飞扬，不敢睁眼。杨树林编织成的“防护网”，温顺了风沙，“网”出了秀丽。

穿过林中路，就是齐长码头黄河浮桥。大河滔滔，土黄色的水奔流着，金色的晚霞闪耀在浪花上。一只只燕子，从容地掠着水，仿佛一个浪卷来，就要吞没小小的燕子，它泰然地、轻快地一闪，就悠哉地飞高了。吉祥鸟与母亲河这么完美地组合着。在这里只看到燕子飞翔在黄河的水面，麻雀等其他的鸟们，只在河畔的玉米地里、杨树林里，活跃着。这叫格外喜欢燕子的刘成德，特别地为燕子骄傲和自豪了一番。

大自然真是一张和谐之网，无时不在，无处不有。人只能成为网上一个环节，一个称职的环节，但不能去拒绝这个网，更无权去毁灭这个美丽的和谐之网。人往往试图想摆脱，而事实上是根本不可能摆脱的，更有甚者想凌驾于这张网之上。人，都是想凌驾、想摆脱而犯了大错。人没有在大自然的坐标系中摆正自己的位置，所以，目前的种种失衡和失衡导致的人类困难皆由此而引起。

人啊，贵在于大自然之网中，找准自己的位置。大自然的奥秘，我们可能永远也无法解开，这正是大自然的魅力所在。

益鸟燕子，勤之又勤地捕捉着害虫，那么专心致志，那么毫不动摇，是环境友好的忠诚卫士。刘成德呢？对影响环境的垃圾，绝不视而不见——在薛庄村南边，有个垃圾场，垃圾又脏又乱，一刮东南风，有害身体的、非常难闻的气味就扑到村里。刘成德常到那里把垃圾堆一堆，烧一烧，清理清理。

据环保部官员所言，全国 4 万个乡镇、近 60 万个行政村大部分没有环保基础设施，每年产生生活垃圾 2.8 亿吨，不少地方还处于“垃圾靠风刮，污水靠蒸发”状态。农村是这样，城市呢？住建部的调查数据表明，目前全国有三分之一以上的城市被垃圾包围。全国城市垃圾堆存累计侵占土地 75 万亩。

垃圾得下决心管啊，它的危害何其大！刘成德不让垃圾放任自流，自己就常去辛苦。有一年夏天，他去收拾垃圾。天很热，他穿着短裤，光着脊梁，头上也没戴个席帽，只在脖子上挂了条湿毛巾。热天他喜欢光脊梁，习惯搭条毛巾。湿毛巾，很方便，很低碳，汗淌下来，就擦一擦。

他正忘我地干着，一脚踏下，踩到破瓷缸里，划破了右腿肚子上的血管，口子四五指长，提起脚，脱了鞋，鞋里已满满一鞋血，血还喷流不止。他当兵时，学过急救知识，知道失血过多，危及生命，忙用毛巾扎上腿，减少流血。顽强的刘成德，没喊别人，蹬上三轮车，就往归德医院赶。进了医院，每走一步，一个血印，从院门口到门诊部，留下长长的血印。医生见伤势严重，镇医院治不了，忙打了 120，送到长清区医院。大夫说：“您要不是用毛巾包扎了下，没命了，太危险了！”

医生给缝了22针，刘成德住进医院。伤口被垃圾感染，半个多月，还不愈合。大闺女心疼老爹："好了后，可别再干弄垃圾那又脏又累又危险的活了！"

刘成德不改初衷："总不能让满村人闻臭味！只要能动，就得干！"

长子刘才说："父亲就这么个倔强脾气，认准的事，非干到底不可，谁劝也不听。"

他牵挂着村里他照顾的病人，他牵挂着放学过十字路口的学生，不等伤口愈合，坚决出院。在家他自己往伤口上撒青霉素药面，慢慢治好了伤，到现在还留下又深又长的伤疤。

与我聊起这事，刘成德连连说："这次是真危险，真危险，命差点没了！幸亏带了条毛巾，扎上腿了——救命的毛巾！"

对生态有益的事，刘成德力所能及去做。他在自家的地里，栽上白杨。当年的小白杨都长成了大白杨，昂着头，枝叶"哗啦"在空中能"聊"天了。他自豪，附近一块栽的树，他家的长得最高大；他骄傲，双手拃了拃，3拃多粗了。刘成德说："对杨树，我伺候得好。人勤地不懒，养树跟种庄稼一样，都得勤快。"树们表现不俗，叫他满意。他走着，看着，有点检阅仪仗队的感觉。一阵风吹来，枝摇叶摆，清新新，凉爽爽，痛快快，这里真叫人惬意。

对这些树，他是用心呵护。地里有草了，他就去锄草。累了，靠树上歇一会。有一次，他在知了声与枝叶摆动的和鸣中，坐在树下睡着了，还做了个绿色的大梦——从黄河的源头到入海处，仿佛绿色的画卷展开了，河两岸是望不到边的绿树，清明的河水，欢快地流着。一条黄河鲤鱼，情不自禁地表演着"跳龙门"，激起白色浪花，发出清脆的响声。水花溅到刘成德的脸上，他醒了，抹了一把脸——是树上的知了——这里叫蛣蟟，撒的尿。

刘成德的黄河绿梦，一时恐怕实现不了。但黄河两岸的绿确实曾经不是梦。

据查，山西、陕西、甘肃、宁夏一带，6000多年前，森林覆盖率高达

69%。一望无际的原始森林，生发着我们祖先的绿色之梦。如今，黄土高原森林覆盖率降到6%，无边的绿梦，破碎为一粒粒黄色的眼中的沙子，苍凉为一堵堵黄色的心中的块垒。持续野蛮的风沙啊，边际效应失灵，冻结了递减，黄沙，疯狂了!

《韩非子》记载:“上古之世，人民少而禽兽众，人民不胜禽兽虫蛇……民食果蓏蚌蛤，腥臊恶臭而伤害腹胃，民多疾病。有圣人作，钻燧取火，以化腥臊，而民说之，使王天下，号之日燧人氏。”传说在1万年前，现在河南商丘一带，有燧明国，发明家燧人氏钻木取火，点燃了华夏文明。“木生火”，大概随之折树枝子弄倒树之类的事就不少发生了。“金克木”，后来大概随着青铜、铁等使用，生产力提高，砍树枝伐倒树之类的事就不少发生了。文明迈开了步，生态也跟着有情况了。

上大学时，学《诗经》，读到《伐檀》：“坎坎伐檀兮，寘之河之干兮，河水清且涟漪……”深感有声有色，如临其境。后来认识到，它还证明我们的砍伐历史多么久远啊!

历史上，我们比较喜欢用木头搞建筑，在黄河流域，长安也好，洛阳也好，开封也好，那辉煌的宫殿，展现了文明，增加了GDP，代价是无数的树在哭泣。如今，宫殿烟消云散，人物过眼云烟，黄河却实实在在地真黄啊!

站在黄河三角洲，想到6000多平方公里都是黄河填海造出的地，是为增加了陆地喜呢？还是为水土流失悲呢？ 黄河是世界上含沙量最大的河流，它平均每年向中下游输沙量高达16亿吨。半斤八两，容易知道分量，大音希声，大重无量，这16亿吨是多重？假如按高1米、宽1米积沙成“堤”，可绕地球赤道27圈，这是不堪承受之重啊，这是从祖国母亲身上割肉刮骨啊!

站在黄河畔，听着滔滔的水声，仿佛感到是浑浊了的伐木声。黄河，约有200万年的历史，与其涛声相比，人类的脚步声晚响起100万年。黄河，不仅是中华民族的“母亲河”，而且是万有化生的“母亲河”，是生态环境的“母亲河”。

一条大河孕育一带文明。就像中华文明离不开黄河，尼罗河恩泽埃及文明，恒河恩泽印度文明，底格里斯河、幼发拉底河恩泽巴比伦文明。

资料显示，自周定王五年（公元前602年）至1938年花园口扒口2540年中，黄河决口泛滥的年份有543年。一年之中，甚至一场洪水之内决溢多次。所以共计决溢次数多达1590次。决溢带来的灾难惨不忍睹。唐玄宗开元十四年（公元755年），黄河决于河北沧州、河间一带，淹死人数达100多万，相当于4个唐山地震死亡人数。

我在河南开封，看着城市的繁华，想到这“七朝古都”的历史辉煌在哪里？资料显示，开封城下共有5座城池、8道城墙，所谓“开封城，城摞城”。地下约13到15米处是汉唐文化层，10到13米处是北宋文化层，9到10米处金元文化层，7到9米处是明代文化层，4到7米处是明崇祯十五年（公元1642年）黄河泛滥淤没的淤沙层，3到4米处是清代文化层，1到3米处是清道光二十一年（公元1841年）黄河泛滥淤没的淤沙层。开封——这北宋的东京城，“人口上百万，富丽甲天下”，多少诗文极尽歌颂之能事，多少达官贵人做着美梦。好一个闻名世界的国际大都会，却挡不住黄河的翻脸，云集的商贾在此热闹的时候，都知道黄土埋人，能想到黄土埋城吗？

世界上多少盛极一时的名城，被火山吞了，被沙漠埋了，被地壳一凹带到海底了……生态友德太重要了！

看到这些，人啊，岂敢造次，而偏偏又很容易造次！

私欲驱动，罪恶产生。百年大树，千年大树，历经风霜，历经战争，历经社会变迁，都安然无恙地生发于一方，荫及一方，一树一自在，一木一生态，却用现代化的工具，让“文明人”野蛮地花上几个钱掠夺到城里，多少树移死了！国家真应该像为保护珍稀动物立法一样，尽快为保护大树立法，严禁乱移。城里人喜欢大树，农村人不喜欢吗？就是在人迹罕至的深山里的大树，鸟不喜欢吗？蝶不喜欢吗？那方天空不喜欢吗？那方水土不喜欢吗？何必用破坏生态的代价，营造自己的环境！鸟不说话，蝶不说话，生态不说话，人民不说话吗？上百年、上千年的大树，当地老百姓都当神供着啊，不可乱来啊！“树挪死，人挪活”，挪它的人以为它高兴，其实——

大树不高兴！

波斯湾岛国巴林，是个小国，却有棵大树。千里戈壁，一棵千年古树生机勃发，犹如不尽的黄沙怀抱中的月牙泉，给人震撼，给人惊喜。如果喜欢挪树的好事者，觉着它在那里太艰苦、太孤单，把这巴林人叫不出树名，称誉为“生命之树”的古树，移栽到城里，岂不要引起天下声讨！

发展和生态是个老问题，古已有之，于今为烈，已严重失衡，平衡尤为迫切，“如救头燃”。

综观整个社会发展史，人类对于自然的每一次不合理利用，都导致了自然界作出报复性的反应。卢梭曾对使工业文明过分膨胀的工具理性侵蚀人的道德理性、破坏人与自然和谐的可能性和危险性发出警告。马克思、恩格斯更是对资本主义工业文明所导致的人与人、人与自然的异化作出过深刻的反思。

技术支撑了人类应对自然的强大，技术也助长了蹂躏自然的强暴，技术也刺激了自然“现世现报”反扑的强硬，技术还潜在了自然“秋后算账”的强烈。诺贝尔文学奖得主、尼日利亚剧作家、诗人、小说家沃尔·索因卡说：“技术作为人类与其他生物的重大区别之一，我非常欢迎，也真诚地希望在我们拥抱科学技术的同时，让自然科学与人文科学像夫妻一样，百年好合、白头偕老。自然科学与人文社会科学的婚姻不仅是可行的，而且是必要的。实际上，如果没有这样的婚姻，我们就很难把工具理性和价值理性完美地结合在一起。”“一阴一阳之谓道”，发展自然科学是对的，但不要让其发烧；当务之急是加温人文科学，冷落会“伤寒”人类，而且冷落日深危害益大。“孤阴不生，独阳不长。”管子说：“和乃生，不和不生。”中华文化的根——《周易》，演绎的根本就是和谐。和，不可不合！

史料表明，现代意义上的环境污染始于公元1800年左右，这与欧洲的工业革命恰好同步。接下来200多年的资本扩张，使得环境污染愈演愈烈。1949年，美国学者福格特在《生存之路》中，首次将自然环境在千百年中形成的生态特征称为“生态平衡”，把人类对自然环境的过度开发所造成的生态变化称为“生态失衡”。1972年，在罗马俱乐部发表的研究报告《增长的极限》中，提出了均衡发展的概念。所谓均衡发展，一是要把人类的发展控制在地球承载能力的限度之内，二是要缩小发达国家与发展中国家之间的差距，实现人类的共同发展。1992年在巴西里约热内卢召开了联合国环境与发展会议，公布的《21世纪议程》指出："地球所面临的最严重的问题之一，就是不适当的消费和生产模式，导致环境恶化，贫困加剧和各国的发展失衡。"

世界上许多中等发达国家当人均GDP达到4000美元左右时，经济发展后劲跟不上，是因为取得的大部分效益在为所欠的生态债而付账，为滞后的体制而付账，为加重的社会矛盾而付账。这是发人深省的!

美国前总统约翰·F·肯尼迪的弟弟、前参议员罗伯特·肯尼迪在1968年竞选总统时就说过："GDP漠视工厂的正常运转和街道的安全，它不包括诗歌的优美、婚姻的稳固、公开辩论的智慧或公务员的公正性，GDP既衡量不出我们的才智，也衡量不出我们的勇气；既不能衡量我们对国家的感情，也不能衡量我们对国家的热爱。简言之，除了使我们的生活有意义的东西，它衡量一切。"

在将一切都分解成为商品形式的市场制度的控制下，地球变成增长极，森林变成木材，海洋变成了渔场和污水坑，各种矿藏被掠夺性开采，温带热带森林大量消失，动植物种类迅速灭绝，这一切都是在人类进步的名义下进行的。20世纪是一个自然为人类以工业化为代表的现代化迷梦付出最惨重代价的世纪，而且在21世纪这种趋势也还没有什么根本转变。现实是，人们在自觉不自觉地参与对自然这个公共牧场的哄抢与蹂躏。我们吃饭时，捻动的手中的木质筷子，它本来该为生发绿做贡献啊。据新华社电："我国每年生产800亿双一次性筷子，相当于要砍伐2000万棵生长20年的大树！"相关行业的企业家介绍，一棵生长了20年的大树，仅能制成4000双筷子。如果每双筷子按长度20厘米、宽度1厘米、厚度0.5厘米计算，800亿双筷子可铺满363个天安门广场。

如果人类的生产活动竟是以破坏甚至毁灭自然生态环境和违背自然发展规律为代价，那么人类的这种作为无异于慢性自杀，无异于自取灭亡。

这是抽自己身上的血卖了钱，去投资。这是饮鸩止渴，却自我感觉喝着可乐！

习近平总书记在全国组织工作会议上讲话时强调，要改进考核方法手段，既看发展又看基础，既看显绩又看潜绩，把民生改善、社会进步、生态效益等指标和实绩作为重要考核内容，再也不能简单以国内生产总值增长率来论英雄了。“再也不能简单以国内生产总值增长率来论英雄了”，这是振聋发聩的警钟。我们是唯物主义者，是讲辩证法的，该对 GDP 有清醒的认识了。GDP 不是一切，一味地痴迷 GDP 会毁掉一切。

“兼听则明，偏信则暗”，让我们多听些声音吧——

著名哲学家海德格尔指出：“当我们把自然及其事物作为‘客体’来对待时，我们所注重的只是一种强制性、榨取性的意义。我们强迫自然提供知识和能量，却没有耐心倾听自然以及生活、隐蔽于其中的东西的声音，没有为它们提供一个栖身场所。我们命令、剥削、肢解自然，也就决定了我们的对象、‘客体’会反对我们，它们会以一种辩证的方式反过来惩罚我们。我们背弃了自然，我们也就失去了家园。”

英国历史学家汤因比在《历史研究》中谈到，人类会遇到 10 个大的危险，第一个是原子弹，还有空气污染。他指出，天上会出问题，天上的问题根源在地下，在人的为非作歹。

在中国，有句话大家都知道：“夹着尾巴做人。”人没尾巴，也就没夹住尾巴。人类心中无形的尾巴，翘到了天上。狂妄膨胀的速度，比“宇宙大爆炸”还猛烈。而实际上，人类在自然面前永远要保持清醒。航天员杨利伟，在谈到离开地球的地心吸力的感受时说：“人啊真是伟大，人啊真是渺小！”随神舟十号飞天的女航天员王亚平曾说过：“面对浩瀚宇宙，其实我们都是学生。”人类对地球还没彻底了解，对太阳系知道不多，对银河系所知甚少，对整个宇宙还有很多未知。还是谦虚谨慎吧，今天当成迷信批的，可能明天就会证明是科学；今天奉为科学的，可能明天就会晓得是荒唐。

在天地面前，人还很无知，人还很愚昧。无知容易狂妄，愚昧容易放肆。所以，面对自然，还是小心为好。否则，觉着征服自然，为人造福，欢天喜地，而实际遗祸无穷，甚至会成为一方的灭顶之灾。不可不慎啊！

自然灾害何其多也！如同胃病，得病原因，过去主要是吃不好饿的，现在主要是吃饱了撑的；人类遭受自然灾害，过去主要是面对灾害无能为力，现在主要是人类对自然频频为所欲为，招致灾害频繁。

大海一声“呵呵”，
无边浪花竞相歌唱；
大山一声“哈哈”，
无数山花竞相芬芳；
大树一声“哗哗”，
无量小鸟竞相飞扬；
大地一声“哼哼”，
无穷万物竞相生长；
大震一声“咔咔”，
无限惊魂竞相摇荡。
“呵呵”“哈哈”“哗哗”，
各行其行，各响其响。
“咔咔”一声警告
地震比冰镇有力量。
蚂蚁在小孔成像，
大象在无形成道。
世界的后现代，
在现代解构；
天地的后现代，
在今天商量！
商量商量，人与自然如何相处？

《周易》提出的“三才之道”，将天、地、人综合起来，形成“天地人合一”的天人观，体现了宇宙的自然规律，成为中国哲学的重要内容。人和万有存在都是天地交合的产物；社会系统只是万有存在共同体的子系统。设身处地为他物着想，扩大联合体的范畴，与万物结成利益共同体，培育“万物为我，我为万物”的和谐互动生态，找到多方共生获益的均衡点。这是我们必须遵守的宇宙道德。

著名政治家管仲早就认为，山泽林木是财之所出地，有重要价值。他说：“山林菹泽草莱者，薪蒸之所出，畜牲之所起也。故使民求之，因以给之。”为了保护林薮积草，他提出“毋征薮泽，以时禁发之”，“敬山泽林薮积草，夫财之所出，以时禁发焉”。正因如此，他把保护山泽林木作为对君王的道德要求：“为人君而不能谨守山林菹泽草莱，不可以立为天下王。”为了确保财力源源不断，管仲不惜动用国家强制力，“修火宪”以保护山林草木：“苟山之见荣者，谨封以为禁。有动封山者，罪死而不赦。有犯令者，左足入，左足断；右足入，右足断。”

非洲人说过，地球不是我们的祖先移交给我们的财富，地球是我们千秋万世的子孙依托，我们要好好保存的最重要的资源，不仅是物质资源，也是精神资源。

人要讲良心，尤其要讲天地良心，用心爱护我们的共同家园。让我们记住下边的话——马克思把共产主义定义为“人和自然之间，人和人之间的矛盾的真正解决”，恩格斯把共产主义称为“人类同自然的和解以及人类本身的和解”。

我国出台了很多保护环境的法规，十八大报告指出，建设中国特色社会主义，总布局是经济建设、政治建设、文化建设、社会建设、生态文明建设五位一体。

有学者认为，生态文明是人类文明发展的一个新阶段，即继原始文明、农业文明、工业文明之后的人类文明形态。

面对着严峻的形势，建设生态文明，不可能来个“急急如律令”就能解决。中央领导在讲精神文明建设时强调，关键要在“常长”二字上下功夫，就是常态化、长期抓，持之以恒，久久为功，抓出成效。这对于生态文明建设同样适用。

没有道德依托，讲生态文明就是一句空话。

有专家说，生态文明要求人与自然、人与社会及自然与社会时刻保持着和谐共有的生存格局和架构，从而呈现出理性生存的结构样态。而实现人、自然与社会的理性生存结构样态依赖于人的道德担当，唯此，生态价值链才能处在和谐共在状态。

生态文明需要行动起来，能做大的做大，能做小的做小，各尽其能，贵在行动。

刘成德有一次经过一座小山，见好多柏树下的松软的土被扒了，有的弄回家种花，有的弄到自己的地里当肥。有一棵柏树，看样子长了五六十年了，一条根被扒得裸露出来，长长的，他用手握了握，有一把粗，根弯曲起伏，仿佛一条龙。他看着心疼，没带工具，就用手抱石头，用手扒土，忙着“培根”，折腾了半天，累得满身大汗。还有一条粗根，已断了多半，他见根还没有死，就按了按，捏了捏，推了推，把根接好，没有绳子，他从裤兜中掏出手绢，把断处缠好、系好，又用土把根覆盖好。他说：“断根能慢慢长好，再接续起来。”

根是重要啊！2013年福建高考作文，就牵扯“树根”，是根据顾城的诗《忧天》来写。诗是这样的——

我仰望着夜空，
感到一阵惊恐；
如果地球失去引力，
我就会变成流星，
无依无附在天宇飘行。
哦，不能！
为了拒绝这种“自由”，
我愿变成一段树根，
深深地扎进地层。

根是必需的，人需要根基，树需要根本。根深扎于大地，枝叶茂盛于天空，生命蓬勃自天地的交汇。这就明白了“天地交而万物通”，就理解了“天地不合，则万物不生”。读着顾城的《忧天》，想起了《列子·天瑞》上的内容：“杞国有人忧天地崩坠，身亡所寄，废寝食者。”后来就用“杞人忧天”比喻不必要或缺乏根据的忧虑和担心。我们看看现在，地上的生态出问题，天上的环境有问题，确实需要“杞人忧天”的忧患意识了。“人无远虑，必有近忧”，早想办法还有办法，等到真的天塌地陷，就无法可想了！

忧天是需要的，只是忧来忧去，那有问题的天，不会自动解决，我们需要“女娲补天”的精神。

“天不兼覆，地不周载”，民不聊生，问题严重，女娲没有袖手旁观，而是赶紧冶炼五色石来修补苍天。这是何等的英雄气概！

“臭氧层”出问题，这是天遇上了天大的事。世界想到了女娲。昂首挺胸，双手托石的“女娲补天”雕塑矗立于维也纳联合国中心。为纪念保护臭氧层的《蒙特利尔议定书》25周年和联合国工业发展组织参与“补天行动”20周年，2012年11月21日，中国艺术家袁熙捐赠了所创作的雕塑。艺术家意在用“女娲补天”精神，激发国际社会保护臭氧层的热情，以积极应对全球气候变化。中国驻奥地利大使、国际组织代表、各国常驻联合国使节等近200人出席了当天的雕像揭幕仪式。

想到，做到，就好，哪怕从一段树根——“我愿变成一段树根，深深地扎进地层”。忧天的顾城感到这样才扎实，才不会“无依无附在天宇飘行”，导致流星般的“自由”。

由树根，想到树干，由树干，想到益鸟啄木鸟，由此又想起了18岁的雷锋在团山湖农场写的诗《啄木鸟》——

把自己当作啄木鸟吧！
用辛勤而艰苦的劳动，
为万木除病灭害，
使树长得挺拔参天，
绿化原野，

造福人类！

常想着“绿化原野，造福人类”的刘真茂，就是“大山卫士”，人们称颂他为“活雷锋”。其实，他当兵时，就是学雷锋的先进典型。他当了干部，还常帮战士洗衣服、叠被子。在军队，他巡回报告，介绍用雷锋精神练兵、带兵的经验。他两次参加广州军区学雷锋“双代会”。

刘真茂，瘦长脸，经常与日头打交道，本来还算白的脸，竟给抹黑了。

刘真茂在海拔1800米的狮子口大山上，耐得住寂寞，守得住孤独，看着一次次太阳从峰顶升起，看着一次次太阳从树丛落下，安心斯山，倾力斯山，他图什么？

他在这修炼吗？

从古至今，总有人选座好山潜心修炼。故乡的蒙山，自古就传说鬼谷子曾在那修炼；现在报纸、网络上也报道终南山有不少人隐居，刻苦修炼！修行的人，穷理尽性，走阴阳造化生生之道，下后天中返先天的功夫，以求长生不老，成为神仙。

刘真茂在狮子口大山修炼吗？想狮子大张口，要个“活神仙”当当吗？

非也！

他不求“活神仙”，他是“活雷锋”。

他刚到山上，连住的地方都没有，在草坪上凑乎一夜，那勇猛的蚊子像战斗机，疯狂地进攻，身上就起了疮。太阳一落，云雾大起，湿气大增，不要说长时间睡觉，就是打个盹，头发就像刚洗了，湿得很。居住是个问题！

他寻找，他搬家，搬了5次家，寻寻觅觅，步步登高，已到了海拔1600米，他发现一个山坳适合建房子。家里多少年的积攒，只有3.6万元，他全部拿出，在山上建了个石头房子。

住的问题解决了，吃怎么办？从山下送，太远，根本不现实。“自己动手，丰衣足食”，他行动起来，吃着野菜，开着荒，还唱着《南泥湾》——

花篮的花儿香，

听我来唱一唱，
唱一呀唱，
来到了南泥湾，
南泥湾好地方，
好地方，
……

刘真茂在这里，菜啊种起来，鸡啊、羊啊、牛啊，养呀么养起来！

他在这修炼吗？

刘真茂是在这里修炼，他在修炼一个中国共产党党员的党性，他在修炼自己的雷锋精神。他对照雷锋找差距，在这大山上，面对艰难险阻，像雷锋那样去战斗！

他不论站着，还是坐着，总能看出当过兵。他走路还是军人的样子，喜欢穿着一身旧军装，被子还是天天叠成“豆腐块”。形式上，他是早就复员了，但在他心里，一直觉着：我是一个兵！ 部队是所大学校，一个人，一朝当兵，终身受益啊！

刘真茂原来只上过小学，参军后，干部们热心地教他用字典，教他学习方法，帮助他提高文化水平。在部队的培养下，他入了党，从战士成长为连指导员。

“我是当过兵的人，要为军人增光！”这是他的肺腑之言。

无求而得，他在狮子口大山，不为修仙，不为成神，却在老百姓心里成了神，称他：“山神刘真茂”。

他是图钱吗？

非也！他自己有点钱，就花到山上了。

柴刀手机望远镜，地图矿灯解放鞋， 他别无长物。

晚上，他要出个门，就戴上矿灯帽。他护林 31 年，有 29 年是在没电中度过的，没有电视，没有电脑，没有互联网。

他的瞭望所，两层，7 个房间。每年有 100 多人次来吃住，被褥、毛巾、牙刷等，他都提供，可他从没收过钱。

有一次，游客走了，他整理房间，在枕头下发现了500元钱。他拿起钱，就赶紧去追，客人已走了半小时，跑了10多公里才追上，把钱递给游客。大家在这吃住了好几天，他却分文不取，都感动得眼中含着泪花。

他是为名吗？

非也！刘真茂是湖南省宜章县长策乡人，复员回乡担任武装部长。稳定的工作，体面的职务，生活本来是滋润、安定的。

20世纪80年代，耐不住山上的艰苦，山下的诱惑，狮子口护林队散了，两间简陋的瞭望房，被人拆毁了。大山谁看护？

狮子口大山位于宜章县、资兴市、苏仙区三地交界处，这是一片“生命绿洲”，拥有35万亩原始森林、7万亩草山以及种类和数量都十分可观的珍稀动植物资源。在地球同纬度地区，莽山和狮子口大山这仅有的两块原始常绿阔叶林，被称为动植物基因库，是异常宝贵的绿色奇迹。“这样的奇迹，决不能毁在我们这一代人手里！”刘真茂想到自己是共产党员，应该有担当，把山林看护起来。他辞去了职务，辞别了家人，也告辞了舒适的生活，迈开了艰难的步子。

31年，他只在家里过了两个春节，全身心扑到了大山上。天天5点起床，天天巡山，每天得走五六十里，总的算来，绕着地球走了10圈多了。为节省时间，节省开支，他减少了一顿饭，养成了一天只吃两顿饭的习惯。有时候，包里只带两个红薯，巡山饿了，就凑合着吃了充饥。

问他这么吃苦图啥？他没直接回答，而是反问一句：“如果是雷锋，他会怎么做？”雷锋一直在他心中，大山在他心中。他不为名不为利，一直默默地坚守着。

他有家不顾家，儿子结婚都不下山。他无情吗？非也！他想家啊！他的床头贴着孙子的照片。有时候，有跑到山头，看着家的方向，默默祝福着家人。他深情地说：“我想家、想孙子。可我是一名共产党员，我选择了护林，就要忠于职守，只能有所舍弃。”

刘真茂读书看报，常把名言警句摘抄下来，把心得写下来，几十年攒下来，摞了半人多高。他把这些当成宝贝，他说：“我没钱留给孩子。这些东西是我留给两个儿子、两个孙子的遗产。”

刘真茂常年在山上，一直坚持原则，认真负责。

他无义吗？非也！

大自然一幽默，人就觉着玩笑开不得！2008年1月，该在北方下的雪，老天爷不按规矩出牌，来个北雪南调，南方便遭遇百年不遇的冰灾袭击，让人领教了大自然的“白色恐怖”。

狮子口大山，1000多头牛，困在山上。大雪封山，村民面对着冰雪世界，面对着上不了山，虽满心牵挂着牛，但无计奈何。

时间在前进，冰雪在顽固。长长的日子过来了，冰雪还是那个冰雪，焦急越发那个焦急。没有路？牛恐怕都冻死了。村民们不敢往好里想。

刘真茂紧急救援，他想方设法，把老百姓的牛群赶到一个合适的地带。他仅剩一袋面粉，自己就清水煮面糊，吃了30多天，牛喝他用节省下的食盐兑成的盐水。

白色，僵持了40多天，这是大自然给人颜色看啊！阳光明媚了，狮子口的路通了。村民到山上找牛，真的牛了，这么严峻的天气，竟然没丢一头牛，没有一头牛冻出病来。大家感激刘真茂，不知说什么好，眼含热泪，要赶着牛群走了，牛高声叫着，眼角流下泪水，它们也知道多亏了刘真茂照顾。

刘真茂有着大情大义啊！

他看护山林，盗伐者、偷猎者自然怀恨在心。人一贪婪，就是最残忍的动物。一声枪响，他的马倒地而死，这是给他的“下马威”。他没有退却：“战争年代，不少战士在这里失去年轻的生命。和平年代，这里也是战场！我要严防死守这个阵地。就是死，也要死在狮子口，永远在这守着！”

刘真茂无私无畏！他发现几十棵小松树被偷砍了，就查找。有人告诉是某村民干的。他找上门去，那人就是不承认。他痛批偷伐行为。那人恼了，摸起柴刀，喊叫着，冲上来。刘真茂往前跨了一步，胸挺了一下，大声呵斥：“砍吧！我在狮子口看好了坟地，死了就埋在山上！你这个坏家伙，我看能埋在哪里！”那人被刘真茂冲天的正气震住了，就要砍到身上的刀，停了下来，手哆嗦了一下，刀掉在地上。

刘真茂的大黄狗，对他非常忠诚，朝夕相处，却忽然不见了。他找，也打电话给附近村民问狗的下落。到了第五天，接到村民打来的电话，得知狗被捕兽夹夹住！山下的兽医摇着头说：“这狗没命了……”

刘真茂不甘心，把连眼都睁不开的狗抱到山上，给它什么吃的，都不张口。

他忙去采了药，熬了，掰开狗的嘴，一点点地倒着。他煮了米汤，掰开狗的嘴，慢慢地用小勺喂着。

一个星期过去后，生锈的铁夹感染的断腿，掉了下来，露着骨头茬。12 天的时候，断腿开始愈合，黄狗睁开了眼睛。到了 16 天，它坚持着用三条腿站立起来，晃晃悠悠地走到食盆前吃食。钢铁汉子抱着狗哭了。他给获得新生的大黄狗起了新名“三脚虎”。

有一次，来了十几个人，带着武器，带着 8 条猎狗，要在山上射杀水鹿。刘真茂说：“水鹿是国家保护动物，打了会坐牢的。”他们不接话茬，像没听见。

刘真茂忙活着让这些人与狗吃完了，等他们睡熟了，带上“三脚虎”，深夜里，走在狭窄、弯曲的山路上。“今晚，咱的任务是给水鹿报警！”通人性的“三脚虎”好像明白了刘真茂的意思，跑着，叫着……十几个捕猎者在狮子口寻觅了几天，没找到水鹿，灰溜溜地下山了。

他对这里的一切深情，这里的一切对他也情深！一头水鹿曾与他在山里相遇。他一声喊，水鹿一声应；他两声喊，水鹿两声应；他三声喊，水鹿竟然也是三声应，直喊得刘真茂泪流满面。

刘真茂在护卫着山、护卫着树，其实，他本身就已经是棵树，根深蒂固在大山上。刘真茂不仅站在高山上，他站在高境界上。人，无不活在自己的境界里。人来世上干什么？为了人格的不断提升，以实现文明及其幸福的目的。人来这个世界上，是要高怀自己的境界啊！人的伟大，说到底，是人格伟大！

刘真茂与这里的水鹿，这里的中华小鲵、石蛙、虎纹蛙，这里的红豆杉、黑松、福建柏，这里的一草一木，这里的一鸟一虫，与这整座山，都亲近了，都融为一体了。晚上，他坐在瞭望所门口，看到星星离得那么近，闻着树木散发出的气息，仿佛感到整个天空就是棵大树，那满天的星星，就是满树挂着的果子。星星的光亮闪到眼前，果子的香甜沁到心里。他得的是天乐啊！

自从刘真茂住到山上，狮子口 31 年来没发生过一次火灾。

他的言行影响了一个又一个人。雷锋《啄木鸟》的诗句，他背给好多人听，“绿化原野，造福人类”，人们记住了这响亮的诗句。

这里有个青年，村民们谈到他时，都说那是个“二流子”，他在长策乡是出了名的游手好闲。有一次，刘真茂遇到了在狮子口大山，闲着没事瞎溜达的“二流子”，留住他吃住了一个星期。他回村后，从此走正道，干正事，还在荒山上种下了一片杉树林。

刘真茂在这里不孤立，200 多个村民成为他的眼线，消息随时传递。刘真茂还带领群众义务植树两万多亩。

刘真茂获得了“湖南省优秀共产党员”、“郴州市道德模范”等荣誉称号。

66 岁的老人，31 年坚守在山上。瞭望所，木杆上，五星红旗迎风飘扬。每天早上，他面对着红旗，庄严地敬礼，高唱着国歌——

起来！
不愿做奴隶的人们！
把我们的血肉，
筑成我们新的长城！
中华民族到了
最危险的时候，
……

一个人，只要信仰在心中，不论在哪里，都有力量，都有光明！

我曾用半个多月时间，到5个地市的环保部门采访，听着局长们、基层的环保工作人员讲着一个个感天动地的故事，感慨系之。面对生态的严峻，确需以英雄气概去面对，以英雄气概去担当，以英雄气概去战斗。

现实需要生态自觉、道德自觉。

2012年高考作文，要求写出800字，依据材料是——

有个船主，让漆工给船涂漆。漆工涂好船后，顺便将船上的漏洞补好了。过了不久，船主给漆工送了一大笔钱。漆工说："工钱已经给过了。"船主说："这是感谢补船漏洞的钱。"漆工说："那是顺便补的。"船主说："当得知我的孩子们驾船出海，我就知道他们回不来了。因为船上有漏洞，现在他们却平安归来，所以我感谢你！"

"漆工给船涂漆"，这是预先对船采取的保护措施；"将船上的漏洞补好"，这是发现问题采取的补救措施。

我们的地球，不是"金刚不坏"之体。它需要人类提前保护，已经的千孔百疮需要人类积极救护。哪怕多栽上一棵树，哪怕少浪费一滴水，都是对地球的呵护。地球需要爱心。

李开臣就是一个有爱心的人。他的老家是长清区孝里镇，1963年底入伍，在雷锋生前所在团运输连驾驶14号汽车。转业到地方，坚持学雷锋。多年来，与夫人周健一起，拉着自制的雷锋事迹展板，在全省、全国展览。69岁的人了，闲不住，2012年3月12日，又到泰安医学院，为"雷锋林"捐了一批红叶梨树苗。2004年，李开臣被聘为泰山医学院兼职辅导员，为该校捐献了15000多株树苗筹建"雷锋林"。8年来，学院专门成立了志愿者服务队，定期为"雷锋林"浇水、培土，精心养护。"雷锋林"茁壮成长的不仅是树木，更有雷锋精神！

走在泰山脚下，走在"雷锋林"中，感受着优美的环境，呼吸着新鲜空气。想着，因了这一片"雷锋林"，这块土地就不会水土流失。如果地球是游动在宇宙之海的一艘小船的话，这"雷锋林"就是给船涂漆。

冰山加速融化，沙漠加速扩大，淡水加速减少，海水加速上升，地有下沉，河有干枯，山有荒凉……自然灾害加速发生。地球这艘小船，漏洞加速增多，人类在“漏船载酒泛中流”。确实，确实十分需要“漆工”，“将船上的漏洞补好了”。好在“漆工”大有人在，好在“漏洞补好”的事时有发生。

我到山东章丘市采访，知道了不少“涂漆”、“漏洞补好”的事情。这里不仅出“一代词宗”李清照，不仅出全国闻名的大葱，这里的大地多情，泉水喷涌，百脉泉、梅花泉、眼明泉、漱玉泉、墨泉，各弄风姿，颇为动人。那泉水汇成的万泉湖，在没风的月圆之夜，湖面如同明镜般，映着月亮，照着垂柳，叫人“沉醉不知归路”。

天旱，加之自备井乱开、小煤窑乱挖等，众泉曾停喷909天。“水是眼波横，山是眉峰聚，欲问行人去哪里，眉眼盈盈处”，泉一不喷，眼波一不横，眉眼不复盈盈，再看泉池，就是空洞无神的大眼，就是难看的坑。

百姓到处呼吁，政府积极努力，他们上下都明白了什么是最根本的，破坏生态去发展经济，是杀鸡取卵，是竭泽而渔。

章丘打出“保泉组合拳”，相继实施了关井保泉、地质保泉、拦蓄保泉、调水保泉、科学保泉等措施。关闭泉头23处煤矿，果断停采泉头区域内的九层煤，累计经济损失过亿元；对泉水补给区10个小流域进行综合治理和深度绿化，每年增加地下水入渗量达到泉水总流量的三分之一。

2003年9月16日，百脉群泉复涌，喷涌至今。盈盈的泉，盈盈的湖，重新“清照”起来。泉“清照”，生机勃勃的章丘一派“清照”！

章丘人得意地说：“泉水给章丘带来了灵气、名气、人气，也给来投资兴业、旅游观光、赏泉品茗的人带来了财气、运气、福气。”

章丘“涂漆”、“补漏洞”双管齐下，生态文明，泉活章丘。

“船主给漆工送了一大笔钱”，感谢漆工“将船上的漏洞补好了”，避免了事故发生。虽然漆工是“顺便补的”，不为得回报而为，但得到意外之喜，总是好事，让人明白善有善报，让善行得以循环。

人类为地球“涂漆”、“补漏洞”，所得惊喜，就不是“一大笔钱”，其利“如恒河中所有沙数”，“乃至算数譬喻所不能及”。

事物总是有兴有衰，有生有灭。人也罢，鱼也罢，鸟也罢，树也罢，小屋也罢，大厦也罢……概莫能外。能使善行互动，循环往复，则能更久长。归德有汉柏，有唐槐，都活得影响深远。树有适合的存在，不觉虚无，心中踏实，又得百姓爱护，寿命就长。树大了，老百姓觉着靠着大树好乘凉，越发关爱，树就越发旺盛，更好荫及百姓，这样树有德性，人有德性，良性循环。树如此，地球亦复如是，它们也是有限的，灭亡是必然的。人类对其爱戴、珍惜，它们就存在得更好、更久，人类就能生存得更滋润——这是相互的，相互是个规矩。

面对生态问题的积重难返，还是要有信心。“我们的同志在困难的时候，要看到成绩，要看到光明，要提高我们的勇气。”这里，让我们走向嘉兴南湖，感受那神圣的红船。1921 年 7 月，中国共产党第一次全国代表大会在上海秘密召开，参加会议的代表一共 13 人，分别代表全国 7 个早期共产主义组织，50 多名党员。后因受到法租界巡捕的干扰而转移到嘉兴南湖的一艘游船上继续进行。“一大”在南湖的续会上审议通过了中国共产党第一个纲领和第一个决议，选举产生了党的第一届中央局领导机构，庄严宣告中国共产党的诞生。

这条游船是一条单夹弄丝网船，长约 16 米，宽 3 米，船头宽平，内有前舱、中舱、房舱和后舱，右边有一条夹弄贯通，会议就在中舱举行。

上午 8 点多钟，代表们以游湖为名，上了船，让船主把船停泊在离烟雨楼东南方向 200 米左右的水域，这里僻静。下午 6 点多钟，会议胜利闭幕，时代的最强音，由全体代表轻声呼出：“共产党万岁！第三国际万岁！共产主义万岁！”

马克思、恩格斯的《共产党宣言》开头就是：“一个幽灵，共产主义的幽灵，在欧洲游荡。为了对这个幽灵进行神圣的围剿，旧欧洲的一切势力，教皇和沙皇、梅特涅和基佐、法国的激进派和德国的警察，都联合起来了。”那时是这样。是什么使其强大？信仰。

信仰的神奇推力，使中国共产党，从无到有，从小到大，直至成为世界第一大党。截至2012年底，中国共产党党员总数达8512.7万名。

需要修而正者身也，需要坚而定者信仰也。我们的党之所以那么英明、伟大，就是一直重视坚定信仰。

只要我们真正地讲宇宙道德，只要我们坚定人与自然和谐发展的信念，生态就会“前程渐觉风光好，琪花片片粘瑶草”。

《道德经》云：“为无为，事无事，味无味……图难于其易，为大于其细。天下难事必作于易，天下大事必作于细。是以圣人终不为大，故能成其大。”我们不要怕开始的弱，不要怕起初的小。踏上青藏高原，走进黄河源头，看着涓涓细流，哦，伟大源自细小！它流经青海、四川、甘肃、宁夏、内蒙古、陕西、山西、河南、山东9个省（区），全长5464公里，流域面积752443平方公里。这条小溪，那条支流，这些小河，那些细流，这这那那，无数的来水，汇于大河，就奔腾成中国第二长河、世界第五长河，就奔放为“黄河之水天上来，奔流到海不复回”的惊天动地大气势！大自然创作的黄河这部指向明确、线索清晰的作品，回环曲折，跌宕起伏，变幻莫测，异彩纷呈，惊心动魄，荡气回肠，感人肺腑，发人深省，催人奋进，是古今少有，世界罕见的、不可复制、叹为观止的天下奇书！

我关上电脑，出去放松一下。走在万德的山里，嗬，满眼的绿色！绿啊，树木的，杂草的，庄稼的，湖水的，或深的，或浅的，或密的，或疏的，或近的，或远的，或老的，或嫩的……柏树的墨绿，湖水的碧绿，青檀的翠绿，国槐的青绿，还有豆绿、玉绿、茶绿、草绿、石绿、金绿，还有水晶绿、苹果绿、橄榄绿、孔雀绿、松石绿、苔藓绿……蓝色加上黄色氤氲出的绿，再添点——或白、或灰、或黑……这不尽的绿，像召开万国博览会似的，绿意融融，绿色盈盈，绿光闪闪，绿韵悠悠，绿道深深，纵然把12卷的《汉语大词典》都记在心里，又怎能描绘得完绿象万千！

在这绿的海洋中，荆棵泛起的浪花，深深地吸引了我，砥砺了我。它的叶子是浅绿，新发的嫩枝条是黄褐色的，嫩枝上的叶子是绿里洇了点似有非有的黄，叶子的背面则是白绿色。荆棵掌状复叶，小叶边缘有缺刻状锯齿，风儿吹拂起叶子，仿佛飘着的旗帜。

荆棵是一种落叶灌木，也叫荆子、荆梢子，学名黄荆，马鞭草科。这种植物很普通，全国分布很广，在世界上也不稀罕，亚洲东南部有，到非洲的马达加斯加也可见，就是去南美洲的玻利维亚也有荆棵的绿踪。

荆棵对生长的地方不挑剔，沟底，山坡，地头，坝边，就是垒起的石坝的逢里一样可以探出，就是遮天蔽日的大树下仍然能够生存，它不拒肥沃，它不嫌贫瘠，它耐干旱。冬天砍了当柴烧，夏天嫌它影响种地锯了，它还是长。这里的林场是有人管的，古树名木都有编号，而荆棵似乎没人看护，觉着碍事的刨了也没什么，它不计较这些，照样生活。荆棵总是不失时机，见缝插针地生长。我写稿住的宾馆房间前的地面是铺了瓷砖的，砖缝里不知什么时候冒出一棵，已长得 10 多公分高了。

满山的柏树，稠稠密密的，郁郁葱葱的，是这里的“精英集团”。荆棵不夺其气，不争其光，不斗其雄，不卑不亢，不离不弃，我就是我。大家相处得融洽。

荆棵确实是卑微的，少有人牵挂，少有人关注，主动呵护它的不多，人能够不折它，不割它，不践踏它，就是疼爱它了。

它仿佛被忽略不计，就是风吹枝叶发出点响声也被听而不闻——它似乎属于被遗忘的“部落”。尽管处境如此，荆棵却不妄自菲薄，深发着，广发着，兴业着，大众着，惠普着，平安着，没完没了着，无量无碍着……

这些荆棵，长着长着，就有模有样，或婀娜多姿，或虬枝斜探；年岁久的，长出的荆疙瘩，有的如龙身，有的如虎头，有的如小猴，妙趣横生。荆棵们无拘无束，自由自在，或散淡着，或洒脱着，或别致着，好像不用问：“您幸福吗？”

荆棵啊——力量源泉在哪里？

大地是俺娘，俺是娘的孩。娘不嫌孩多，孩心疼娘累。俺发得多，长得好，娘就高兴。俺没别的孝敬娘，拼命生，使劲长，就是孝顺。别人看不起俺，但在俺娘眼里，俺棵棵都是上知天文，下通地理。俺满山地长着，把地面覆盖了，给娘织了件迷彩服。娘，您喜欢吗？鸟叫了，蝶飞了，这都是替娘高兴啊！

荆棵花期长，以济南、泰安一带为例，每年的阳历5月开，6月开，进入7月还在开，直到9月，有些还零星地开着。

荆棵花，小小的，如米粒，像酸枣花大小，不同的是，酸枣花，米黄色，2—3朵簇生于叶腋，荆花圆锥花序，花蓝紫色，每一花穗上，都开得密密麻麻。

荆花小，不贴近了看，看不清花开成什么形状。仔细看，萼钟形，5齿瓣的荆花，小巧精美得像镶嵌的宝石。

荆花散发着一种特殊的、带点药香的浓浓的芬芳。如此小的花，竟然这么馥郁。这山上飘着各种花香，松柏树也透出特有的香气，但荆花香弥漫开来，压过了所有的芳香，成为香中的“主旋律”。每一朵荆花仿佛就是一首小诗，蜜蜂忙着朗诵呢。荆棵是著名的蜜源植物，荆花蜜与枣花蜜、槐花蜜、荔枝蜜，称“四大名蜜”。是金子总会发光，是芬芳总会飘香。

荆棵，矮而多，荆花，小而多，积少成多，以多取胜。

荆棵，枝叶笼罩一山，香气弥纶一方。

荆棵，卑贱者最芬芳，渺小者最顽强。

《尚书》云：“惟天地万物父母，惟人万物之灵。”卑微如荆棵，都能为大地做大贡献，贵为“万物之灵”的人，对生态文明还能不大有作为！

第七章

如学尧舜　人皆可成

燕子在空中，时而翱，振动翅膀在天空回旋；时而翔，盘旋着而不扇动翅膀。其翱频频，其翔翼翼，究畅无极，微妙快乐。

檀园的房间里，窗子开着，可以看山，可以听水。树头微微动，自然德风徐起，香气徐徐来，是哪里出的世无能喻的种种香？香绕过这里千年檀树的绿叶了吧？香绕过那几千年柏树的翠枝了吧？随风散馥，流布万种温雅德香。什么声音绵绵来？是天地这大艺术家，在自作词、自谱曲、自歌唱，演出无量妙法音声吧，这是天籁啊！灵岩的钟声，在远处响起，是为燕子之歌伴奏吧？

刘成德在家里，看着燕子，想着很多燕子的美德：燕子飞走了，不忘再回来；人走了，能不去看吗？刘成德想雷锋了，想得老做梦，得去看看雷锋了！

刘成德放得下，放得下美味佳肴，放得下华装丽服，放得下追名逐利，却放不下雷锋，雷锋永远活在他心中！

2011 年 11 月，刘成德由大儿子刘才陪着，登上由济南开往沈阳的火车。

刘成德与雷锋在一起的日子里，那么美好，那么快乐，总有说不完的话，总有谈不完的心，总觉时间过得快。与雷锋朝夕相处，刘成德感到他总是那么充满活力，仿佛他的心里装了台永不停歇的发动机，给予他特殊的、无尽的力量。

刘成德无数次地读过《雷锋日记》，总闪动的是雷锋阳光明媚的脸，眼前没有愁字、烦字、恼字，“妙用原从乐中来”：工作为乐，学习为乐，助人为乐！

雷锋个不高，块头不大，比他这山东汉子，矮小多了。但人的气象大小，与个头高低，没有必然联系。雷锋的军人气度，彰显着魅力。他走起路来，那种雄赳赳，气昂昂，一眼就能感觉出他是当兵的人，是训练有素的人。

时间，在虚空那里没那么简单；时间，在雷锋这里没这么复杂。“人的生命是有限的，可是，为人民服务是无限的，我要把有限的生命，投入到无限的为人民服务之中去。”所以，雷锋很忙，他对时间总是以不变应万变：抓紧！刘成德记得，雷锋总是赶在大家吃饭前先到，帮着餐厅摆摆桌子，摆摆碗筷。雷锋总是多行饶益！

淳净温和的雷锋，如空中明月，“恒放光明照一切”，如江中浮玉，坚固不动任流水。

平时跟雷锋在一起交流，他谈得最多的就是：“刘班长，咱都得听党的话，好好工作，为党、为国家、为人民做出大贡献！”刘成德一辈子记着了雷锋的话，他在2008年5月20日的日记中写道：“当我在电视里看到四川汶川大地震这毁灭性的灾难，心里非常难过。一方有难，八方支援，我是一名共产党员，坚决响应党的号召，献出一点爱心，帮助受灾人民，渡过难关。我毫不犹豫地从不多的工资中拿出500元，捐给灾区。”

有一天上午，雷锋过来喊着刘成德：“刘班长，走，咱去合个影，留个念。”刘成德大雷锋3岁，刘成德是班长，雷锋也是班长。他俩说着，笑着，到了照相馆，都戴着军区统一配的棉帽，棉帽上闪亮着红五星；都穿着整洁的军装。瞬间的定格，英俊着两个军人，两个班长，两个英雄，两个榜样。

回来的路上，他俩觉着渴了，就走进一个饭店，找水喝。那时不是什么都要钱，喝点水，方便。感情深深深几许，惺惺相惜同手足。雷锋向刘成德讲着自己的身世，他属龙，1940年12月18日，农历十一月二十日，湖南望城简家塘村人，出生在一个贫困农民家庭里。万恶的旧社会，逼得他一家家破人亡，相继失去5位亲人，7岁的雷锋成为孤儿。刘成德听着，满脸泪流。

当雷锋讲到，小时候，上蛇形山砍柴，手背让徐二恶婆砍得鲜血直流时，刘成德让雷锋看左腿上的伤疤，9 岁那年，刘成德跟着姐姐出去讨饭，地主忒狠了，放狗咬人，刘成德的腿上留下了一个铜钱大小的伤疤。

刘成德、雷锋，都是新社会给他们带来新生。

相处 10 天，战友情深。临别时，雷锋握着刘成德的手，恋恋不舍地说："刘班长，以后咱要相互通信，交流经验，我们会有机会再见面的。"

怎么也没想到，这一别，竟成永别。半年后，雷锋牺牲了。

刘成德哭了。"您说'我们会有机会再见面的'，怎么就走了……"他哭着，他哭着，泪水知道他有多么悲痛，不住地流着……

刘成德哭着——您怎么走了，这么年轻，您还有好多工作要干，您还有好多人要帮，您还有好多书要读，您还有好多诗要写，您还有好多梦要做……

刘成德一个人来到海边，哭着，海里洒下多少他的泪水？他的哭声，合着汽笛声，呜咽着。悲恸的情愫，凝重了空气，连海鸥的翅膀都悲切得迟滞了，啼鸣里浸透了哀伤。百炼钢化为绕指柔，悲炼心化为牵肠断。

刘成德久在海上，他深知海实在。海能纳百川，却不容虚假。他呆呆地愣望着大海，悲哀至极的时候还讲究表现手法吗？大海平铺直叙了无边的泪水，没有浪花，没有风。大海无语，刘成德无语，只是偶尔浑浊出一声："雷锋……"像是对天，像是对地，像是对人，像是对己，像是什么都不对地语着"雷锋"。

刘成德，就像礁石根于海，雷锋根于心。

化悲痛为力量。默默地，刘成德下定决心，要接过雷锋的旗子，勇往直前。

刘成德家里一直留着一个发白的旧信封，这是当年沈阳军区政治部专门发给他告知雷锋牺牲的信。

1962 年 8 月 15 日，

乔安山——雷锋的亲密战友——开车，

站一旁——雷锋指挥着，

碰倒——战士晒衣服的木桩，

砸到雷锋的太阳穴……

紫檀色的棺木——

时任抚顺市委书记沈越——

为母亲备办的寿材，

毅然捐出！

雷锋，一名普通的士兵，10多万抚顺人送行，泪水如雨，悲情动天。

《左传》曰：“‘太上有立德，其次有立功，其次有立言’，虽久不废，此之谓三不朽。”

雷锋，立德、立功、立言，“三不朽”。那《雷锋日记》诲人无数，功德无量，正如刘勰所说：“文之为德也大矣！”

“有的人活着，他已经死了；有的人死了，他还活着。”雷锋，一直活着！

毛泽东题词：“向雷锋同志学习。”

邓小平题词：“谁愿当一个真正的共产主义者，就应该向雷锋同志的品德和风格学习。”

江泽民题词：“学习雷锋同志，弘扬雷锋精神。”

胡锦涛指出：“雷锋这个光辉的名字和他崇高的精神品格，在历史发展中始终焕发着光彩。”

习近平强调：“雷锋、郭明义、罗阳身上所具有的信念的能量、大爱的胸怀、忘我的精神、进取的锐气，正是我们民族精神的最好写照，他们都是我们‘民族的脊梁’。要充分发挥各方面英模人物的榜样作用，大力激发社会正能量，为实现‘中国梦’提供强大精神动力。”

新中国成立后，除了雷锋，谁有此殊荣？

《中国青年》杂志写信，请毛泽东给雷锋题词。对此，毛泽东秘书林克有回忆文章——

……我将他们《中国青年》杂志社的要求报告了毛主席。毛主席让我先拟写几个题词供他参考。我回办公室，思索了一番，拟好了十来个题词，立即送给了他。我现在还可以回忆起其中几个题词的大致内容。如：“学习雷锋同志全心全意为人民服务的思想”、“学习雷锋同志鲜明的阶级立场”、“学习雷锋同志大公无私的共产主义风格”、“学习雷锋同志艰苦朴素的作风”、“学习雷锋同志毫不利己、专门利人的优良品德”、“学习雷锋同志勤奋好学的革命精神”等……我为他拟的十来个题词，他一个也没用……毛主席好像要解释为什么没有采用我拟的题词这一疑问似的，接着说道：“是嘛，学雷锋不是学他哪一件好事，也不是学他某一方面的优点，而是要学他的好思想、好作风、好品德；学习雷锋长期一贯地做好事，而不做坏事；学习他一切从人民的利益出发，全心全意为人民服务的精神。当然，学习雷锋要实事求是，扎扎实实，讲求实效，不要搞形式主义……”现在看来，毛主席的这番讲话不仅指出了学雷锋的方法，而且指明了雷锋身上最本质的东西，特别是指出了学雷锋的方向。

中央杭州会议于 1963 年 5 月召开，毛主席在会上说：“我看过雷锋日记的一部分，看来此人是懂得一点哲学、懂得辩证法的。”毛主席对雷锋给予了高度评价：“雷锋的日记中，有很多很好的辩证法的观点和语言……雷锋的哲学思想是从哪里来的？还不是从为人民服务的丰富多彩的具体实践中来的！雷锋为群众办了那么多好事嘛！”这次会不是宣传雷锋会议，毛主席动情地讲雷锋，是发自内心，是情不自禁。伟大的领袖和普通的士兵的心相通了！

1965 年 8 月 30 日，毛主席题写了“学习白求恩，学习雷锋，为人民服务”，重提“学习雷锋”，足见雷锋在毛主席心中之重！《为人民服务》中毛主席高度地赞扬了张思德，张思德、白求恩、雷锋他们共同的闪光点就是为人民服务。

毛主席可以说是情系雷锋。这里摘录一份资料：“很少看话剧的毛泽东，1963 年接连观看了两出：《雷锋》、《霓虹灯下的哨兵》。8 月 1 日，他观看了沈阳部队抗敌话剧团演出的《雷锋》，并接见了演员。很少看电影的毛泽东，晚年还抱病观看了《雷锋》。影片中有一个还原生活的生动场面：听到人民公社成立的消息后，雷锋立即把自己省吃俭用，积攒下的200元钱送了过去。当时，它可不是一笔小数目，人民公社的同志说什么也不肯收。雷锋真诚地说：‘我是人民的儿子，我是公社的儿子，您一定要收下儿子这点心意。’看到这里，听到这番话语，毛泽东立时流下了激动的泪水……”

雷锋牺牲50年来，世界发生了巨变，中国发生了巨变，人的思想、人的观念发生了巨变，在我国还有谁像雷锋一样受尊崇一如既往，还有谁像雷锋一样作榜样无可争议！学习人次以亿万为单位，范围之深广，影响之久远，从古至今，从中至外，还有谁这么无可比拟！莎士比亚说：“生命短促，只有美德能将它留传到遥远的后世。”雷锋的生命是有限的，但他的影响是无限的。

雷锋，还是被创作诗歌、曲艺、歌曲最多的士兵。

国际权威艺术摄影组织评选全球20世纪最有影响的100张图片，中国有两张入选，其中一张是雷锋的照片。

雷锋，体现了人性中最闪光的永恒的亮点！

雷锋，不要说在中国，不要说在世界受崇敬，如果有天堂的话，如果天堂也树榜样的话，也会号召向雷锋同志学习！

雷锋，再过一万年也会受欢迎！

雷锋是不朽的！美国现代哲学家詹姆士在《人之不朽》一文中说：“不朽是人的伟大的精神需要之一。”

湖南雷锋纪念馆，1968年建成开馆以来，整理有关雷锋的文字资料1000多万字，搜集有关雷锋的文物、实物800多件，接待国内外参观者2800多万人次，外出做雷锋事迹报告、举办流动展览5000多场次，发放关于雷锋的宣传资料400多万册。

抚顺雷锋纪念馆，从1964年建馆至今，已累计接待参观者6000多万人次，平均每天要接待2000多名。8个讲解员轮流上场，半个多小时的一场讲解下来，讲解员们口干舌燥，很辛苦。赶上特殊日子加场或是到外地巡回讲解就更加辛苦，穿着高跟鞋的脚经常会被磨破或出现肿胀的现象。

但她们不叫苦，依然都很热情地工作。

在抚顺的高尔山下，在沈阳军区的雷锋纪念馆，我采访了讲解员乔婷娇，她是雷锋战友乔安山的孙女。

这个2009年参军的“90”后女兵，沈阳军区雷锋纪念馆的讲解员，小嘴一闭，大眼睛一睁，就会冒出叫人意想不到的想法。

她捧读《毛泽东选集》，读出声来，还“不动笔墨不读书”——专门弄个本子摘录，合上书，还闭上眼睛想想，他老人家为什么那样讲。她小小年纪，倒是挺会读书——心到，眼到，口到，手到。

与雷锋同时代的人，对雷锋是熟悉的，可对“90”后的怎么讲解呢？乔婷娇举例来为我说明——1940年12月18日雷锋出生，我就告诉孩子们雷锋叔叔是“40”后，射手座的，雷锋乐观向上，这正是射手座的人最大的特点。我用时代的视角，用孩子们喜欢的语言去介绍，他们就愿意听，就感到亲切。

社会上有疑问，雷锋不是愿意做无名英雄吗，怎么留下那么多照片，是不是补拍的？雷锋是不是包装出来的典型？乔婷娇说，“爱美之心人皆有之”，雷锋喜欢拍照留念。他重感情、知感恩，对领导、亲朋等有恩于他的人，他喜欢选张照片，签上名字，有时还写段话，赠送作为纪念。雷锋是出类拔萃的，当兵6个月就见到军区首长，让他到沈阳军区各部队做报告；8个月，就立二等功；11个月，就加入中国共产党；1961年先是成为抚顺市人大代表，后被评为全军学毛选积极分子；他还被评为模范共青团员、节约标兵；他在2年8个月的当兵期间，得有20%的时间在外作报告。沈阳军区有个摄影家张峻负责为他拍照。雷锋生前就是很有名的典型，他留下的照片多就是自然的了。

作为雷锋纪念馆的讲解员，她是见到雷锋照片是最多的人之一。我问她：“最喜欢雷锋哪张照片？”

乔婷娇率真地说：“我最喜欢雷锋和爷爷在驾驶室里读《毛泽东选集》的照片。很小的时候，家里就挂着这幅大照片。我和爷爷都是雷锋的兵，最崇拜的偶像是雷锋，最爱唱的歌是《学习雷锋好榜样》。”问一得三，爽快的乔婷娇一口气回答了“三最”。

“90”后的乔婷娇是优秀的，“90”后是优秀的。“90”后学习雷锋，主要学什么呢？“我们‘90’后，更主要的是要学习雷锋的心态。”乔婷娇说，“我们有些同龄人工作上感到疲惫，产生抱怨。我想，雷锋为什么能乐此不疲，除了以苦为乐干好工作，还助人为乐做很多好人好事？他积极向上！我觉着，我们现在缺失的就是积极向上的心态。”

由“90”后的乔婷娇，感受了雷锋的深远影响，又想起了那句诗：“有的人死了，他还活着。”

刘成德坐在从济南开往沈阳的列车上，拿着印有雷锋头像的老式铁瓷杯喝水，许多年轻的乘客纷纷过来与这个杯子、与刘成德合影留念。

刘成德感慨：“雷锋活在人们心里啊！”这叫我又想起那句诗：“有的人死了，他还活着。”

雷锋没有走，雷锋从来就没有走，雷锋活在人们心中，雷锋一直活在人们心中，雷锋会永远活在人们心中，雷锋肯定会永远活在人们心中，这样的可以万古流芳的雷锋，还觉短寿吗？他与天地同寿，与日月同辉！

我同易秀珍老人交流，她是雷锋在鞍钢时的工友，与雷锋在一个单位工作了413天，谈到雷锋，她泣不成声……雷锋一直活在她心里。

刘成德常说，总觉着雷锋还活着，平时想起来，做梦梦到，还是那样子。他说：“雷锋讨人喜欢，爱笑，白净净的，活泼泼的。”

刘成德在开往沈阳的列车上，睡着了。

白云，把蓝天整个擦洗一遍，蓝蓝的天，更加湛蓝，更加严净。雷锋化为大雁领头飞着，乔安山、郭明义、杨善洲、徐虎、丛飞、李素丽、刘成德……都紧紧追随，奋飞着。

大雁们在蓝天排成“人”字形，百万，千万，亿万……大雁越来越多，“人”字越来越大。

领头雁一直领着，大雁们一直紧随着。这个“人”字，放大再放大，一撇，一捺，到边到沿，满天空伸展出一个“人”字——“天下第一人”——第一大的人，简称大人——大人者，大写的人也，“与造物同体，天下并生”。“大人之学也为道，小人之学也为利”，雷锋是真正的大人啊！

刘成德睡醒了，知道做了“大人梦”。他在想，雷锋这个领头雁，永远的领头雁，领得好啊，他要紧紧跟上。

我在写着稿子，一旁摆了块石头，是写稿间歇，上山散步偶得。其形独特，酷肖人足。一个石足啊！十足的石足啊，石足的十足！

梦在天上，足在地上。

“道之为物，惟恍惟惚”。写累了，要吸吸呼呼，行行走走，虚虚实实一番了。“惚兮恍兮，其中有象”，像是石足在动；“恍兮惚兮，其中有物”，仿佛石足在挪；“窈兮冥兮，其中有精”，似乎石足在行；“其精甚真，其中有信”，确乎石足在走。恍惚而后生定，定则明矣。“自今及古，其名不去，已阅众甫。”

老子曰：“吾何以知众甫之状哉？以此。”我说：“吾何以知‘石足’之状哉？以此。”“孔德之容，惟道是从”；道需体认，方知惚恍。石足之容，惟道是从；道需体认，方知恍惚！

石足要上哪？——“至乐园”！

天上有个“大人梦”，地上有个“至乐园”。“至乐园”，雷锋精神“至乐园”，其广无边，其大无际。过去，现在，未来，从无限制，欢迎，永远欢迎诸上善人光临。

“至乐园”，没有级别要求，没有学历条件，没有贫富限制，没有年龄制约，没有城乡差别，没有国籍规定，没有出处考核，只是，“不可以少善根福德因缘”，得往彼园。

社会发展快，东西特别多，带着怪沉的，“至乐园”，还要去啥？园长慈悲：“怕去多了，人不愿去了，只‘去甚，去奢，去泰’即可！”

走进“至乐园”的，得道了。“人能弘道，非道弘人”；“不恒其德，或承其羞”。还不当下截断狐疑，立即崇德兴仁，等什么？等明天！明天，永远不是给等待者准备的，是给时刻准备者准备的！

“至乐园”园士，满腔热情地说：“来吧，知道了，就来吧！‘知之者，不如好之者，好之者不如乐之者’。来吧，来吧，乐园欢迎您！”

石足在行动，十足的行动——得真干啊！

石足脚步声声：“千里之行，始于足下！”

人得道，长寿；文得道，长久；石足得道，长乐——得道则知“足”，知“足”常乐，常乐——长乐！

刘成德在去往沈阳的列车上。宋之问说“近乡情更怯”，刘成德近沈阳呢？

雷锋是刘成德的精神支柱，他忠实地践行了雷锋精神。

怎样学雷锋？刘成德用行动，交出了圆满的答卷，做出了优秀的榜样。

怎样学雷锋？读《雷锋日记》。雷锋很开明，没有“秘而不传”。《雷锋日记》把雷锋所学、所做、所思、所感，一句话，把自己所得，生动、深刻、细致地记录下来。《雷锋日记》很丰富，世界观、价值观、人生观等，都有，更有方法论。雷锋身体力行，做出了样子，又留下了方法。读《雷锋日记》，得其情，得其神，得其志，得其法，只要想学，去做即可。雷锋不是高不可攀，雷锋不是深不可测，雷锋不是遥不可及。

放下自私，立即雷锋；放下攀比，立即雷锋；放下狭隘，立即雷锋；狂性自歇，立即雷锋；善念一动，立即雷锋；正行一举，立即雷锋。

孟子曰：“人皆可以为尧舜。”毛泽东诗云：“六亿神州尽舜尧！”同样也可：十三亿神州尽雷锋！人人可以学雷锋，人人可以是雷锋！

学雷锋吧！学雷锋不一定能保佑您升官发财，但学雷锋肯定能给您带来快乐！快乐，珍贵啊！不是有的人富而不乐，贵而不乐，穷而不乐，贱而不乐……怎么都不快乐，最稀缺的是快乐，最富足的是烦恼。

有的人官也不小了，有的人钱也不少了，可总觉着没劲。怎么办？学雷锋是进行自我救赎的终南捷径！

马水泉是杭州天地农副产品公司总经理。他 1980 年从部队转业，调到了海洋二所的车队里，后来下海经商。到2007年，这个民营企业已颇具规模。生意越做越大，钱越挣越多，可妻子有时候反问他，赚这么多钱有什么意思呢？妻子的话，深深触动了马水泉！是啊，活得那么累，为谁活？怎么活？难道光为钱活吗？ 何止马水泉啊，活得不亦乐乎的人们，真的该静下来，想一想：活法！

说来凑巧，马水泉得知李克孝渴望在有生之年办个民间雷锋纪念馆，把花费了大半生心血收集的纪念品公之于众。他马上认识到这个有意义，找来李老，一拍即合。他把自己新开的酒店房间腾出，建纪念馆。杭州雷锋纪念馆成为全国唯一一家社区雷锋纪念馆，马水泉任馆长，李克孝任名誉馆长。纪念馆展出关于雷锋的纪念品4000余件，免费开放，已经吸引参观者数万人次。

马水泉忙了起来，忙着邀请雷锋战友乔安山、雷锋曾经辅导过的学生陈雅娟等来讲解雷锋生前的故事，忙着到美国去宣传雷锋，忙着到处搜集雷锋的资料，忙着联合西湖区文明办、古荡街道、文晖街道等单位，将雷锋纪念馆建成区级爱国主义教育基地和青少年第二课堂……他忙得充实了，他忙得快乐了，他忙得有价值了。他被评为杭州市第四届“平民英雄”。他明白了管理学泰斗德鲁克的“企业的社会责任”。德鲁克的三个经典提问“我们的事业是什么？我们的事业将是什么？我们的事业究竟应该是什么？”马水泉也常用来问自己。

自救救他，都需要学雷锋。现代灵魂的自我拯救，学雷锋就是服用灵丹妙药。

学习雷锋，从现在做起，从今天开始，更待何时？“是日已过，命亦随减，如少水鱼，斯有何乐？大众当勤精进，如救头燃，但念无常，慎勿放逸”——声声警众，如雷贯耳！

应该怎样学雷锋？——爱党爱国爱人民。

1960年1月8日的日记中，雷锋写道：“听党的话，服从命令听指挥，党指向哪里，我就冲向哪里。”

1962年3月，雷锋写过这样的日记：“你崇高的行为就是献身于为人民服务，为自己的祖国效忠，为崇高的共产主义理想立功。”

雷锋是这么写的，是这么做的，他用行动绽放青春的灿烂。

雷锋精神的根本是爱党、爱国、爱人民。他不仅仅只有那些细小的好事，他的一切源于“三爱”，其他的都是从这根本上发出的枝叶，开出的花朵。

爱党，我们有着优良的传统。多如繁星的爱党故事，写哪一个呢?

我的眼前闪现出以前采访见过的一面鲜艳红旗。当年在沂蒙广为传唱的抗战歌曲《跟着共产党走》绣在旗上，这是98岁的张淑贞带领10多位老红嫂绣的。她们把这面红旗送到北京纪念党的生日。

张淑贞是山东省沂南县马牧池乡东辛庄人，是“沂蒙母亲”王换于的儿媳妇。1939年秋，婆婆带领着她创办起战时托儿所。她们照看过罗荣桓的女儿罗琳、儿子罗东进，徐向前的女儿小何等。第一批转来27个孩子，前后共来了80多个孩子。这些孩子，大的才七八岁，小的还在吃奶。

当时王换于叮嘱儿媳妇：“千万照顾好这些孩子。咱的孩子没了还能再生，可不能让烈士断了根呀！”转到托儿所的孩子，都没伤着。她们把奶都给当中的小的喝了，自己的4个孩子只喂点粗的，都没保住命。

新中国成立后，先后从全国各地赶来的王换于的“儿女”们，长跪在革命的老妈妈面前，泪洒热土。他们当中有不少当年喝过“沂蒙母亲”的奶。

1941年冬，王换于抬回来一个干部，被鬼子抓去严刑拷打得快没气了。她撬开他的牙齿，用小汤勺，往他的嘴里灌糖水。当地有一个土方，獾子油拌头发治烙伤，王换于就剪下自己的头发，给他调治。他是大众日报社干部白铁华。10多天后，奇迹出现了——他活了过来。

1983年春天，王换于家里走进一位外地人，老人家一眼就认出了他是白铁华，流着泪说：“孩子，老妈95岁了，挂念你的心悬了42年啊！”

抗战期间，沂蒙老区15.5万余名妇女掩护了9.4万余名革命军人和抗日志士，4.2万余名妇女参加了救护八路军伤病员的工作，共救助伤员1.9万余人。这些普普通通的农村妇女，展现了对党的感天动地的无比热爱。

爱国，是永恒的主题。习近平总书记说：“爱国主义始终是把中华民族坚强团结在一起的精神力量。”爱国，是必须的，古今中外，从来没有国民像一盘散沙的国家成为强国的。

下面讲一个桥的故事，发生在20世纪40年代。在沂蒙山区沂南县马牧池乡，在万粮庄与崔家庄一带，有一条汶河。突然，红嫂李桂芳接到命令：华野的一支队伍要急行军经过，命令5小时之内务必架一座桥。她一听，急得一身汗就出来了。男人上前线打仗、抬担架支前，村里只剩下老弱病残和妇女。齐腰深的河水，20多米宽的河面，桥墩怎么打，桥板怎么制？又没有移山填海的神通，怎么办啊？兵贵神速，打起仗来，抢先一步，就是胜利。必须架起桥！

妇女们碰头一商量，拿定了主意，赶忙准备起来。一家一家的门板拆下，扛到河边；时间，仿佛也加快了脚步，过得特别快。她们一个个忙得满脸是汗，一个个胸有成“桥”。这条河，对于今天拥有现代化手段的舟桥部队来说，5个小时，要搭出桥，轻而易举；而对那时赤手空拳的农村妇女，难于上天。时间，一分，一分，在临近。还是齐腰深的河水，还是20多米宽的河面，水中面貌依旧，没搬进一块石，没扔进半块砖。部队马上要到了，这不要误大事？天早已黑了，星星也眨着眼睛纳闷，她们还不快下手搭桥，来不及了！

晚9时，队伍急行军而来，河边，女人与门板，桥，连影也没有。战役已经打响，时间就是胜利！这可怎么办？

队伍未及问如何，忽听“架桥”芳声下，随着李桂芳的一声令下，肩扛门板的妇女们，纷纷跳河。简直叫人不敢相信，转眼间，一桥飞架河两岸。

一个一个的妇女，站在河中，肩扛门板，连接成桥。这些温柔的肩头，本该搭着丈夫的胳膊，本该伏着孩子的脸蛋，本该挑着家庭的美满，本该扛着生活的幸福，本该依着未来的梦想。此刻，柔弱的肩膀，扛着刚强的门板，每一个肩膀，担着爱党的道义，每双女人的脚，扎于大地的都是爱军队的根，每一个女人，都是一个爱国的桥墩。此时，浩然着信念之气的女人，每一个，都是“金刚不坏之身”！

军爱民，民拥军，眼前迈步不忍心。枪林弹雨不曾让我们的铁军却步，面对姊妹们搭筑的人桥，脚步声仿佛凝固了。

看到战士们的不知所措，急了的李桂芳，惊天动地地呼喊：“同志们，快过桥，时间啊，冲啊……”

强劲的脚步，跑在摇摇晃晃而又坚坚定定的桥上。

一河尽流感动的泪水，一腔沸腾杀敌的热血。

“冲啊，冲啊……”

河水中的女人，有的怀有身孕，有的因此落下终身残疾，有的导致不能生育……

40分钟，整整40分钟，一个团的战士，整整一个团的战士，跨过——32名，仅仅32名妇女用忠诚和坚韧扛起之桥。

天上没有，地上空前——女人桥！

这是世界上最独特的桥，最震撼的桥，最坚强的桥，最永恒的桥！我们最不能忘记的桥！

当年，一名战士在火柴盒上记下了李桂芳和刘曰梅的名字，战役结束后，战场一带的岩石上，“李桂芳”、“刘曰梅”的名字，到处写着。可是更多的架桥参与者的名字，已不知道。让我们永远记着她们共有的名字——女人桥。

中华民族，正是有无数类似的桥，才跨越了数不清的艰难险阻，创造了历史的辉煌；中国共产党，正是有无数类似的桥，才闯过数不清的激流险滩，谱写出灿烂的华章。

此类桥不断，一个民族能有过不去的坎吗？一个党能有过不去的坎吗？

合乎道的路永远通达，立乎德的桥永远顺畅！

爱人民——人民永远需要爱，就像永远要爱大地一样。下面要写的领导干部的楷模，都是爱人民的典型。

我们先看看历史。西方的亚里士多德，早在古希腊时代，就强调“法治胜于人治”，形成了“法治”的西方治国传统。我国在先秦法家那里，法热烈了一番，但在漫长的历史迈进中，“法治”的脚步声，成为强音的时候少。威猛的秦始皇“气吞万里如虎”，其雄才大略那可不是一般二般，那是“千古一帝”，他一边强力地推行以法为教、以吏为师治国“路线图”，一边潇洒地到处寻神觅仙，寻觅长生术，梦寐以求着“万寿无疆”。但他“刻薄少恩”，忘记了想着让老百姓过“神仙”般的日子，人民群众强烈不满，结果秦家天下做得不久，还没过足瘾，“二世”就完了活。秦王嬴政做了中国历史上第一个皇帝，自称“始皇帝”，他梦想皇位永远由他一家“承包”，“传之无穷”。所以，他做了制度安排：自己死后皇位传给子孙时，后继者沿称二世皇帝、三世皇帝，以至万世。历史不以人的意志为转移，公元前259年呱呱落地的嬴政，走到公元前210年，这位中国历史上伟大的政治家、军事家、改革家，生命的车轮停止了转动，按周岁算的话，还没“年过半百”，天不遂人愿，他没实现长生的伟大目标。一个人的生命很强大也很脆弱，一个国家同样是很强大也很脆弱。

在中国几千年的封建社会中，“人治”或“礼治”是主流，“以德治国”是恒久的主题。行德政、施德教、修德行，是中国传统德治的三个基本点。

治国是棵树，总长在文化的土壤里。从政治学的角度看，中国传统政治思想的重心是“治国之道”；从管理学的角度看，中国独特的古代管理思想是“治国之道”。春秋战国时期，这家那派，忙忙活活，都“思以其道易天下”，就像现在上门推销保险的，诸子上门服务，纷纷向各国统治者推销“治国之道”——强调“用我的道治国最保险”！当时，“治国之道”的“产品”很多，但影响最大、最有市场的“名牌产品”还是出自儒、墨、道、法四家。

中国是官文化很深厚的国家。《千字文》云：“学优登仕，摄职从政。”官场成为云集最优秀人才的大舞台。官员成为制造“国学”的主力军。畅游传统文化的历史长河，就会感到汇成主流的是官员的喷涌。他们“仕而优则学，学而优则仕”，在学——仕、仕——学的圆转不已中进取，在实践——认识、认识——实践的循环往复中提升。朱子的《集注》云：“仕而学，则所以资其仕者益深；学而仕，则所以验其学者益广。”于是，有了丰富的素材，有了深切的感悟，为官为文，相映生辉，虚实结合，阴阳之道。

在历史上，官员要经世济民，行政与教育相连接，政治与道德不分家，形成中国式的政德合一、官德引领的特点。

因此，中华民族的伟大复兴，必然需要道德复兴，而道德复兴首先需要官德复兴。虽然道德文明是全民之事、全社会之事，但无疑领导的“为政以德”、率先垂范最为重要。因为，官德对民德、民风的化育，具有关键的引领作用。

关羽，追随刘备建立赫赫战功，但工作也有重大失误，如“大意失荆州”。这却不影响他去世后，形象逐渐被后人神话，成为民间祭祀的对象，被尊称为“关公”、“关老爷”；又经历代朝廷褒封，声名日益神圣，清代时被奉为“忠义神武灵佑仁勇威显关圣大帝”，崇为“武圣”，与“文圣”孔子齐名。佛教也高规格尊崇关羽，称为“伽蓝菩萨”。

诸葛亮成为后世忠臣的楷模，智慧的化身，备受称颂。山东沂南县砖埠镇诸葛村建有诸葛亮故里纪念馆，占地面积3360平方米，馆内有诸葛亮塑像，还陈列着好些文物。平时不少人来参观，管理人员说，每年高考前，很多人来求拜。

关公、诸葛亮，为何大受尊崇?

笔者在《有感而发》一书中写过：“人成就大事业，千古流芳，原由颇多，然忠义才三者，不可或缺，无忠义，则无可立德，无德则难为楷模；无才则创大业不易，纵有忠义，亦为平庸之辈，难以流芳。纵观历史，武艺高强者，代代皆有，仅三国之时，亦非关云长武艺最高；历朝智谋卓绝者，大有人在，亦非诸葛亮最优。然，关公位尊为神灵，诸葛美誉为智圣，其因概述之，一者忠也，二者义也。试看三国之际，关公之威武，令敌闻风丧胆；诸葛之智谋，时人惊叹不已。其才能，绝非寻常之辈。三者兼备，遂使二公享誉神明。”

诸葛亮不仅“鞠躬尽瘁，死而后已”，而且为官清廉。身居丞相要位的他，其廉洁从陈寿《三国志》可见一斑：“亮自表后主曰：‘成都有桑八百株，薄田十五顷，子弟衣食，自有余饶。至于臣在外任，无别调度，随身衣食，悉仰于官，不别治生，以长尺寸。若臣死之日，不使内有余帛，外有盈财，以负陛下。’及卒，如其所言。”

在四川成都的武侯祠，感慨着诸葛亮的操守，体味着“报国还倾忠义心”，体会着杜甫的诗句“出师未捷身先死，长使英雄泪满襟”，想到每读《出师表》的感动，自然想起白居易的“前后出师遗表在，令人一览泪沾襟”，油然而生出很多感想。

记不清多少次登泰山了，犹如读一部不朽的经典著作，每一次开卷，都有收益。泰山顶上，大观峰上唐玄宗“御撰御书”的《泰山纪铭》摩崖石刻高12.3米，宽5.3米，文章与书法都透着巍峨磅礴之气。文中的“道在观政，名非从欲”，让人看了一眼，就记住了。为政之道，做官之德，从古至今，一直讲究。当了官，贪婪地去满足自己的欲望，那是自取灭亡，大奸臣、大卖国贼秦桧就是一个例子。

秦桧（1090—1155年），字会之，宋朝江宁府（今江苏南京）人。他自幼聪明，勤奋好学，进士及第，飞黄腾达。他也曾坚持大义，金统治者“坚欲得地，不然，进兵取汴京”。朝中百官商议，同意割地的有范宗尹等70人，秦桧等36人反对。

他还是宋体字的创始人。秦桧博学多才，书法颇有造诣。他综合前人之长，自成一家，创立了一种用于印刷的字体。按一般的习惯，该叫秦体或桧体。可人们痛恨他这千古罪人，就把他创立的字体，称为宋体。

历史不会简单地将功补过，一个人只要变大节、缺大德，就是有过贡献，也照样牢牢地钉在耻辱柱上。《宋史》评价说：“桧两据相位者，凡十九年，劫制君父，包藏祸心，倡和误国，忘仇斁伦。一时忠臣良将，诛锄略尽。其顽钝无耻者，率为桧用，争以诬陷善类为功。其矫诬也，无罪可状，不过曰谤讪，曰指斥，曰怨望，曰立党沽名，甚则曰有无君心……”

秦桧“机关算尽太聪明，反误了卿卿性命”，争来个“中国历史上十大奸臣之一”的永远的头衔，斗来个遗臭万年的不灭的恶名。

秦桧这政治斗争的“老油条”，在传说中真的成了下油锅的油条——民间用面团捏成秦桧的样子，丢入油锅里炸，用这“油炸桧”来解对秦桧之恨，后来演变成油条。

其他奸臣，如庆父、赵高、梁冀、董卓、来俊臣、李林甫、严嵩、魏忠贤、和珅等，也都下场不好，永留骂名。

与此截然相反，岳飞“精忠报国”的英名，却与日月同辉！

做官，首先做人，人，足踏大地，须向大地学宽厚；头顶长空，要跟长空学博大。

让我们回到现实。

我们的领导干部主流是好的，但问题确实不轻松。请看网上挂出的文章《新华社评官员打人事件频发：个别官员权力疯狂》。因3元停车费起争执，云南一乡政法委书记竟带人殴打收费员，导致受害者多处软组织受伤。近来频频曝出官员打人事件，个别官员的权力傲慢正变成权力疯狂。“权为民所用、情为民所系、利为民所谋”不应只说给上级听，更应让群众看。摒弃官本位意识，才能得民心，聚民意。

人不能疯狂，疯狂可怕。有句话，人们常说，上帝欲使人灭亡，必先使其疯狂。凯里原市长洪金洲狂妄地说：“在贵州省范围内，能告倒我的人还没生出来。”说此话的人，真是发疯了！

《红楼梦》中写到“护官符”，这符不是根本管用的。道德，是最好的“护身符”。

“八项规定”重在抓“官德”，党的群众路线教育实践活动重在抓“党德”。中央对党员干部的道德建设，在强力推进，扎实开展。反对形式主义、官僚主义、享乐主义和奢靡之风，是党的群众路线教育实践活动的重点。

还要把党的群众路线教育实践活动与弘扬雷锋精神结合起来。每一位党员，每一个领导干部，都是“活雷锋”了，“四风”不就迎刃而解，与群众的关系还能不密切！

学习雷锋好榜样，是落实“照镜子、正衣冠、洗洗澡、治治病”总要求的好抓手。“以人为鉴 ，可明得失。”以雷锋为镜，就可照见自己的差距；以雷锋为榜样，来正自己的衣冠；雷锋精神是最好的心灵净化剂，以此“洗洗澡”，正可洗心革面；雷锋精神是拯救身心的妙药，用此对症下药，必能治病救人。

“雷锋精神是一面永不褪色的旗帜，是一座永放光芒的灯塔，是我们的宝贵财富。”在党的群众路线教育实践活动中，应该充分利用雷锋精神这一宝贵财富——每一位党员面前，都有这“永放光芒的灯塔”，就会更加心明眼亮；每一位领导干部面前，都有这“永不褪色的旗帜”，就会更加旗帜鲜明！

采访田永清少将——他有“军中儒将”之称。他谈到，当年，毛主席对时任中央军委秘书长的罗瑞卿说：“雷锋值得学习啊！向雷锋学习，也包括我自己，我也要向雷锋学习。”

毛主席在同他的秘书林克谈学雷锋时说过：“不但普通干部、群众学雷锋，领导干部要带头学，才能形成好风气。”

榜样的力量是无穷的，我们有许许多多的好榜样——焦裕禄是永不过时的榜样！

1966年2月7日，《人民日报》发表穆青、冯健、周原合写的长篇通讯《县委书记的榜样——焦裕禄》，一个感天动地的干部的楷模，高大在天地间。

焦裕禄，山东省博山县人，1922年8月16日出生在一个贫苦家庭。日寇多次把焦裕禄抓去毒打、坐牢，还把他押送到辽宁抚顺煤矿当苦工。他逃出日寇虎口，又逃到江苏省宿迁县，在姓胡的地主家扛了两年长工。焦裕禄是受过苦难的人。

焦裕禄有6个孩子，焦守凤是大女儿。她一直把一块旧手表当传家宝。她是1945年生人，作为老大她为家庭付出得格外多。帮父母干家务，照看弟弟妹妹，这自然影响她学习，没考上高中，她愿意上学，想复读，爸爸没给安排；那就去县委机关干个打字员，她缠着爸爸给她想办法，焦裕禄没给办；不进县委，当老师总可以吧，爸爸还是不同意。学又不让上，工作这不叫干，那不叫干，干什么呢？到供销社副食品加工厂干临时工，爸爸叫她干了这样的活，洗萝卜啊、切萝卜啊、腌咸菜啊，什么苦活都得干。

焦裕禄病重，焦守凤赶去看望。他知道自己来日无多，从干瘦的手脖子上抹下手表，用虚弱的声音对女儿说：“爸爸对不起你！书没让你再读，工作没给你安排好的……爸爸唯一的财产，就是这块旧手表，留给你作个纪念吧。”忍不住泪水的焦守凤，双手接过了爸爸的手表——她一直当作最珍贵的传家宝的旧手表。

一个人，天下为家的时候，自己的天下就大了，胸怀就博大了；一个人，总是家为天下，自己的天下就小了，心胸就狭窄了。

焦裕禄，心有大事业，眼前天地宽；焦裕禄，“他心里装着全体人民，唯独没有他自己”。

曾采访过一位省部级领导，他说过“把群众利益顶在头上”，这个“顶”字用得好！群众是天，群众是地，党只有始终扎根群众，才能顶天立地！所谓“水能载舟，亦能覆舟”，历史的经验值得注意！

焦裕禄，想问题总是为群众着想，办事情总是从群众出发。

让我们再重温一部分《县委书记的榜样——焦裕禄》——

县人委有一位从丰收地区调来的领导干部，提出了一个装潢县委和县人委领导干部办公室的计划。连桌子、椅子、茶具，都要换一套新的。为了好看，还要把城里一个污水坑填平，上面盖一排房子。县委多数同志激烈地反对这个计划。也有人问：“钱从哪里来？能不能花？”这位领导干部管财政，他说：“花钱我负责。”

但是，焦裕禄提了一个问题：“坐在破椅子上不能革命吗？”

他接着说明了自己的意见：“灾区面貌没有改变，还大量吃着国家的统销粮，群众生活很困难。富丽堂皇的事，不但不能做，就是连想也很危险。”

勤俭办一切事情，不过时；雷锋的节约精神，不过时！

看看当今世界，浪费触目惊心！2013年2月18日《解放日报》，刊登一篇《食物浪费：症状各异的全球“病”》。

美国是个浪费严重的国家。《华尔街日报》曾有数据称，感恩节到新年假期这段时间，是美国人最容易浪费食物的时段，大约会浪费500万吨食物，可以装满12.5万辆18轮的大卡车。美国国家公共电台的数据则显示，美国人每年浪费3300万吨食物。2010年，美国人乔纳森·布罗姆曾写过一本书名叫《浪费的国度：美国人是怎么扔掉他们近一半食物的》。

根据去年的统计数据，欧盟27国每年浪费的食物达8900万吨，人均浪费179公斤。如果这样的趋势继续，到2020年被浪费的粮食还会增加40%。眼下，欧盟已认识到食品浪费的严重性，计划到2025年将被浪费食品的数量减半。去年8月起，欧盟还与联合国粮农组织共同资助“优化使用食品、促进社会创新”项目。为了可持续性发展，欧洲议会议员们还呼吁把 2014 年命名为“欧盟反对食物浪费年”。

在欧盟还在计划减少浪费食物的时候，中国认识到问题严重，提倡节约，反对浪费已经变成切实的行动。2012 年 12 月 4 日，中央政治局召开会议，审议通过关于改进工作作风、密切联系群众的“八项规定”。“八项规定”一出台，新风吹遍全国。据不完全统计，全国共查处违反中央“八项规定”精神的问题 2665 个，给予组织处理和党政纪处分 2290 人次。在中国，只要动真的，很多问题能解决！

现在我国每年浪费粮食 800 万吨，够 2 亿人口吃 1 年。太惊人了！我们确实需要厉行节约了！我国现在虽然是一个经济大国了，但全国还有近一亿农村扶贫对象、两千多万城市低保人口以及众多的困难群体，我们永远需要艰苦奋斗，永远需要勤俭节约！如果吃着山珍海味，一派铺张浪费，去给连温饱都没解决的困难群众谈密切联系，那不是“讽刺与幽默”！

日子好过了，让我们呼唤勤俭；站在平川，让我们仰望高原。孔繁森就是精神的高原。

每一次在山东聊城参观孔繁森纪念馆，都是心灵的震撼。这是一个真正的共产党员，一个领导干部的楷模，他那雪域高原般的高尚与纯洁，澡雪着人们的精神，提振着人们的斗志。

孔繁森，走向高原，3000 米，4000 米，5000 米……像踏过的海拔不断隆起，他的精神境界一次次提升。他用蓝天、白云绘制着阿里发展蓝图，担道义的铁肩不忘背上柔情，一个小药箱，除去多少人的苦痛，更在想着思想之恙如何医，灵魂之痛如何治。拉萨河的清澈荡涤着尘埃，雅鲁藏布江奔腾着不息的激情，阳光照耀的红柳丛燃烧着永远的执着。到了班公湖，到了藏北大草原，足迹所到遥远，辽阔的不仅有大地，还有宽阔的心胸。喜马拉雅山，世界海拔最高山脉，这是雷锋、焦裕禄、孔繁森们在 960 万平方公里上矗立的精神高地。珠穆朗玛峰，海拔 8844.43 米，那是共产党员挺直的脊梁！

孔繁森，1944 年出生在山东聊城一个贫苦的农民家庭。他当兵 7 年，入党，提干，后来转业到地方工作，是党培养教育了他。1988 年，已担任聊城地区行署副专员的孔繁森，又一次被组织看中——山东省选派进藏干部，准备让他带队。他答应干脆：“我是党的干部，服从组织安排。”他没有讲家有九旬老母，他没有讲妻子体弱多病，他没有讲 3 个孩子还未成年……他知道作为一名党员，组织的需要高于一切！

孔繁森的母亲，头发全白了，稀稀疏疏。“娘，儿又要出远门了，很远，很远……”他一边用手梳理着母亲的头发，一边对老人说。

“不去行吧？”

“不行啊，娘，咱是党的人。”

“那就去吧，公家的事别误了。你胃不好，路上可别喝冷水……”

孔繁森想到老母亲年事已高，这可能是最后一面，不由地跪下给母亲磕头：“娘，您老人家多护惜身体……”

1994 年初，特大暴风雪席卷阿里，孔繁森立即带领干部到灾区去、到群众中去，组织救灾。

一只小羔羊，在彻骨的寒风中，在狂舞的雪花中，颤抖着，哀嚎着。藏族老阿妈脱下外衣，给它披上，自己冻得老打哆嗦。零下 20 多摄氏度，怎么受得了啊—— 孔繁森急忙到越野车上，不一会，拿出一套毛衣毛裤，递给老阿妈。 冻僵的双手接过衣服，抖动了一下，眼泪就流了出来——毛衣上还带着体温，是他刚从自己身上脱下来的！

这一年 7、8 月份，孔繁森在跑着中央有关部门，汇报雪灾对经济的重创，千方百计争取支持。天正大热，中午热得受不了，就到有空调的商店里凉快一下。吃饭，就近在小摊上吃碗面条。随行的同志觉着这样不干净，太寒碜。孔繁森心情沉重地说：“那些灾区的群众还饿着肚子，咱吃得下大鱼大肉吗！”孔繁森像焦裕禄一样，心里一直装着群众。

1992 年，在拉萨任副市长的孔繁森，抚养起藏族孤儿曲尼、曲印和贡桑。墨竹工卡等县发生地震，他指挥救灾时，遇到了 3 个失去父母的孩子。

一个政务繁忙、孤身在外的领导，带 3 个孩子多么辛劳！曲尼 12 岁，曲印 7 岁，贡桑只有 5 岁，孔繁森给他们做饭菜，教他们读书认字。孩子小，常尿床，他忙着换洗床单。他待他们如同己出。

孔繁森自己的家庭负担就重，又常接济生活困难的藏族群众，又收养了孤儿，他手头的钱紧张啊！为了3个孤儿，1993年的一天，孔繁森来到西藏军区总医院献血。护士看到他年纪大了，看到鬓角的白发，觉着不适合献血。“我家里孩子多，日子难，急等用钱。”孔繁森请求着，“您就帮个忙吧！”

“兹有孔繁森同志于1993年曾先后三次来我库自愿献血900毫升，已按医院规定付给献血营养费900元整。”看着这张血库的献血证明，一下子就明白了孔繁森为什么特别喜欢那两句歌词：“太阳和月亮有着同一个母亲，她的名字叫光明；汉族和藏族拥有同一个母亲，她的名字叫中国。”

领导干部需要心中装着学习榜样，记着“两个务必”。1949年3月，毛泽东在中国共产党于西柏坡召开的七届二中全会上提出“两个务必”，即“务必使同志们继续地保持谦虚、谨慎、不骄、不躁的作风，务必使同志们继续地保持艰苦奋斗的作风”。

2013年7月11日，习近平来西柏坡参观后主持召开了座谈会，他指出，毛泽东同志当年在西柏坡提出“两个务必”，包含着对我国几千年历史治乱规律的深刻借鉴，包含着对我们党艰苦卓绝奋斗历程的深刻总结，包含着对胜利了的政党永葆先进性和纯洁性、对即将诞生的人民政权实现长治久安的深刻忧思，包含着对我们党坚持全心全意为人民服务根本宗旨的深刻认识，思想意义和历史意义十分深远。

——诚实守信。

学雷锋，迫切需要学诚信。1962年4月15日的日记中，雷锋写道：“永远忠于党，忠于人民，兢兢业业为党工作一辈子，老老实实为人民服务。”雷锋用忠诚，书写了他每一阶段的职业生涯的闪光诗篇。

学雷锋，是在学人生的路怎么走。作为人，谁不想如意？“如意宝珠”，轻易不能得到，极难得到。得到后，要用“诚意宝匣”，宝之，贵之，宝贵之。而人往往用虚假的仿真包装盒盛着，很容易盒子破了，宝珠碎了。得而复失——这种人，没福啊！人到处寻觅“如意宝珠”，却不知——诚实就是人生的“如意宝珠”。

每一个现代公民，忠诚地履行自己承担的义务，是应有的职业品质。民无信不立，国无诚不兴。可我们现在，老诚信遇到了新问题。有些杀鸡的，又要杀鸡，又不愿负杀生的责任，就念叨：“鸡呀，鸡呀，您别怪，您是人间一道菜，他（她）不吃来我不宰，您找吃的去讨债！”有如此类似的推卸责任的“杀鸡心态”者，不在少数。不负责任，甚为可怕。不负责任，导致诚信缺失。试想，人人为所思、所言、所行负责，不就是诚信天下！

少了诚信，多了假冒伪劣；少了诚信，多了相互猜疑；少了诚信，多了不好口碑；少了诚信，多了各类事故。人对人，人对社会，人对自然，都得讲诚信。

人不可不诚信，孔子说：“人而无信，不知其可也。大车无輗，小车无軏，其何以行之哉？”孟子：“诚者，天之道也；思诚者，人之道也。”诚信是自然法则，是宇宙道德。燕子按时归来，公鸡准时打鸣，狗精诚看家，太阳天天升落，月亮月月圆缺，季节定时变化，草木有序荣枯。人，怎么可以不遵守着天地之道呢！

作为到处采访的记者，看到了写不尽的真善美，也确实遇到数不清的假恶丑。那遭毒奶粉残害的儿童，那因用假种子绝产而产生的悲愤，那饮用水出问题导致的“癌症村”，那蔬菜上的农药残留，那用硫黄熏出的“高级”茶叶，那喝了假农药人没死的“黑色幽默”，那土地的金属超标，那因环境污染出现的验兵不合格的小伙子，那敲诈的电话，那“中奖”欺骗短信，那命本不该死而死了的医疗事故，那公开招聘人的私下手脚，那倒塌楼房、桥梁里的偷工减料，那些项目投资中的坑骗，那完成任务中的虚假数字，那轰轰烈烈雷声大雨点小的场面，那认认真真讲的连自己都不信的话语，那假烟假酒假字画、真黑真黄真赌毒……几乎各个领域，普遍存在不同程度的问题。

假恶丑一旦成了气候，受害的就大有人在。造地沟油的，自己下饭馆吃饭，也不知吃了多少地沟油。去下捕兽夹的，却不慎让别人下的捕兽夹夹断了腿。打猎的，走了火打了自己。炸鱼的，去水中捞鱼被淹死。上了项目，污染了空气，老板也脱不了在那里呼吸……中国素有“善有善报，恶有恶报，不是不报，时辰未到”的说法，不要当成封建迷信，还是记住为好。害人的，也受害，终究没有赢家！需要用真善美的滚滚洪流，去荡涤假恶丑的污泥浊水，还一个朗朗乾坤。

笔者走进邮政领域，这个与我们每个人都息息相关的领域，采摘芬芳的诚信之花。

我国是世界上最早建立组织传递信息的国家之一，邮驿历史长达三四千年。驿站，引出多少思古幽情。古道马铃，悲欢离合。江苏高邮古城南门外的盂城驿，沧桑的嘴巴里似乎有着讲不完的传奇。

唐代诗人杜牧曾作过“长安回望绣成堆，山顶千门次第开。一骑红尘妃子笑，无人知是荔枝来。”讽刺唐玄宗不惜财政的血本，动用国家驿站运输系统，为满足杨贵妃的嘴馋，为博得妃子一笑，从南方将荔枝“特快专递”到长安。

当驿站“硕果仅存”，当作重点文物保护起来的时候，当马匹对城市人来说渐行渐远的时候，在四川省凉山彝族自治州木里藏族自治县，那个人，那匹马，那雪域高原，那么震撼！马蹄一响百姓笑，无人不知顺友来。20 年来跋涉 26 万多公里，相当于走了 21 趟二万五千里长征，绕地球赤道 6 圈。他“感动中国”，他是全国劳动模范，他是新时期共产党员先进典型，他是木里县马班邮路乡邮员王顺友。

2005 年 10 月 19 日，在万国邮政联盟总部的会议上，王顺友成为自 1874 年万国邮政成立以来第一个被邀请的最基层、最普通的邮政员——131 年的惯例被中国人打破，他被称颂为来自中国的英雄！

那是 1984 年，王顺友年仅 19 岁，这个苗族小伙子子承父业。老父亲双手攥着马缰绳，深情地看了看，郑重地递给王顺友。王顺友接过马缰绳，用力地攥了攥，觉着——绳子是历史的连线，是心灵的破折号。

“送信就是为党做事，为党做事的人要吃得起苦。”老父亲拍着儿子的肩膀。儿子不住地点头。

前面写了刘成德救战友的绳，写了黄河岸边大学生结成的特殊的绳，这里写王顺友的马缰绳。

绳子，一心一意为私的时候，就是自家拴的绞索；绳子，全心全意为人的时候，就是建功业的长缨。

王顺友拉着马缰绳，走着，那是什么路啊！海拔，或5000米，或1000米，气温，或摄氏零下十几度，或摄氏40度，座窝山、矮子沟、刀子山……有4片野兽出没的原始森林，还有一年中有6个月冰雪覆盖的察尔瓦山，更有上看悬崖峭壁、下望波涛汹涌的连当地老百姓都谈之色变的“九十九道拐”。

这样的路，他一直走着，一个邮班来回14天，他每月有28天在“难于上青天”的邮路上。

白雪，枣红马，绿邮包，黑脸膛……孤独的大山倚着天，寂寞的大河缠着山，王顺友不孤独，紧拉着缰绳，有马相伴，王顺友不寂寞，高唱着山歌，有爱相随——“月亮出来照山坡，照见山坡白石头。要学石头千年在，不学半路丢草鞋……”

歌声正酣，忽然，蹿出两个抢匪，仅离两丈远：“钱、东西，全留下！”那恶声喊叫之时，王顺友马缰绳拉紧，刀已从背篓中“嗖”一声闪亮出来：“我是乡邮员，给大家送报纸信件！要钱没有，要命一条！”凛然之气充斥天地。

邮政标志服，寒光逼人刀，一身豪杰气，抢匪见状，愣了一下。趁其一愣之际，王顺友飞身上马，从匪徒身边，呼啸而去。“为党为民做事的人要像个英雄！”一直有英雄情结的王顺友如是说。

熟悉王顺友的村民，送他一个外号“王大胆”。他胆气哪里来？勇气诚里有，怯懦爱中无！

20年来，一个班期没延误，一个邮件没丢失，一份报刊没遗漏，王顺友投递准确率达到100%。

写了刘成德的绳、大学生的绳、王顺友的绳，再写共产党员尼玛拉木的绳。她站在滔滔的澜沧江畔，乒乓球粗的钢索牵连两岸。邮政所老所长为她示范，叮嘱要掌握要领：挂好钩子，抓好绳子，控制好刹车……老所长一遍遍说着别害怕，但她双腿一个劲哆嗦——她弟弟正是在溜索时，不慎掉入江中，失去了生命，她怎能不害怕！

挂上钩子，她还颤抖，还犹豫，身后的老所长不由分说用力推了她一把。只听钩子钢索摩擦的“咔咔”声、脚下江水怒吼的“隆隆”声、风的“呼呼”声、心的“咚咚”声，声声在响——她在惊心动魄中开始了邮递之路。

她喜欢穿红褂，她说遇到困难时，红颜色容易让乡亲发现。她与生人说话脸上还露羞涩，她很质朴。长期在艰苦中打磨，眼中亮闪闪着坚定。

她像多数成功者一样，路在脚下。她在雪地行走，像绽放的红梅。她走过的路程达 10 万余公里。峻峭的山，狭窄的路，形单影只的女子，她诠释着顽强。她每次背着二三十斤重的邮包，走完整趟邮路得一个多星期。

她还与多数成功者不一样，路在手上。尼玛拉木左右两边各背着一个满满当当的绿色邮包，“命悬一线”，滑行索道多达 1000 余次。那令人眩晕的钢索，她的手腕一悬吊，闪亮起红色的灯笼；她一穿越，像是红鹰在飞翔；她像吉祥的令箭，每一次都为老百姓射出；她一飞，就是飘扬的鲜艳的党旗。那些格桑花啊，在山岗开，她这格桑花啊，在空中开。

“溜索姑娘”，用生命践行信用！“溜索姑娘”，用灵魂照亮信任！

云岭乡是澜沧江、金沙江和怒江三江并流的核心地区，梅里雪山在此展现神圣美丽。信仰的力量，使佛教徒来这里勇猛精进；神秘的吸引，使探险者来这里勇猛精进；诚信的驱动，使尼玛拉木在这里勇猛精进！

每趟邮路她都要走 350 多公里的艰险之路，她常在乡亲家留宿。尼玛拉木感动地说：“他们总把火塘边最温暖的地方留给我，这是对客人最高的礼遇。”

尼玛拉木，10 多年来，班期一个没误过，邮件一封没丢过，投递准确率达 100%。她先后获得全国“五一”劳动奖章、全国道德模范、中国“十大杰出青年”等荣誉称号，当选为十八大代表。尼玛拉木，被当地藏族同胞称为“太阳仙女”！

2011 年 5 月 13 日，“溜索姑娘”尼玛拉木成为第一个登上万国邮政联盟讲台的中国乡村女邮递员。当介绍她的 10 分钟的纪录片播放完，来自近70个国家和地区的350名参会者全体起立，向这位藏族姑娘报以热烈的掌声，好多人流下热泪。有位外国专家赞叹道：“这样的人，在哪个国家都是英雄！”中国的尼玛拉木感动世界！

写了刘成德的绳、大学生的绳、王顺友的绳、尼玛拉木的绳，再写中共预备党员赵翠琴的绳。

我与她见面的时候，她刚送完一天的邮件、报刊，还有点气喘吁吁，脸上有些疲惫。虽是1971年生人，但看上去，显得比她实际年龄要大，一看就知是常与阳光、常与风雨打交道的脸。

说起话来，慢慢的、小小的声音。她老家是江苏盱眙，虽来济南20多年，但还带着明显的南方口音。个子不高，身体不能说瘦小，不能说纤弱，稍有点单薄。她说话虽不铿锵，但走起路来很有劲，上楼时快捷地踏着楼板，每落一次脚步，总像盖邮戳似的，那么坚定不移，那么铿锵有力。

她原在济南历下针织厂工作，效益好的时候，她的日子，得风、得雨、得阳光，就像山林中一棵树，与大家一起绿着。市场捉弄企业，就像造物弄人，比老鹰捉小鸡简单多了。效益“飞流直下三千尺”，没有“疑是银河落九天”，倒是她落了——成为一名下岗职工，仿佛久旱不雨，枝叶都打蔫了。

企业破产了，她这失业者像伐下又没派上用场的孤木，骨骨碌碌，寻寻觅觅，山很多，楼很多，她不知何处可依？

生活残酷，世界慈悲。她树立起来，重发绿叶，那绿啊，仿佛穿了一身邮递员的绿工装。不用仿佛，她确实穿上了邮政服装——2001年2月5日，她成了一名济南经二路邮政投递局的投递员，虽是协议工，就是常说的临时工，但她大有春回大地之感——体会了失去的痛苦，懂得了珍惜拥有。

她干好了，年年都是先进工作者；她干好了，被济南市评选为“十佳职业道德标兵”；她干好了，转为A类职工，成为正式在编职工；她干好了，被评为山东省劳动模范；她干好了，只上过初中的她，被选送到石家庄邮电职业学院培养，可获得大专学历。

她是怎么干好的？

我想找到能体现她本质的线索，在她的自行车后座上看到了不是为了捆邮包的绳索，这是她另外缠上的铅笔般粗细的麻绳。

有一天，天气寒冷，她完成送报工作往回返，路过大观园附近时，看见段上有一位大爷，正提着两袋大米，在寒风中吃力地走着。她立马下自行车，接过大米，放到后座上，用麻绳绑好："我给您送回去！""累您，多不好意思！"大爷有些推辞，但还是高兴地接受了帮助。来到大爷家时，大娘正焦急地等着。看见她帮着提大米，感动地说："小赵啊，多亏遇到了你！"

麻绳见证，她帮人无数。

在乐山小区，她所负责的南区，大部分是私人用户，而且老年人多，遇到买面的，买菜的……看到老人拿得困难，她忙接过，用麻绳往后座上一缠，帮着送去。

在小区里，信箱大部分设在单元门口，按规定只要把报纸、信件放到楼下信箱即算完成了投递任务。但她考虑到一些老人的身体状况，主动上楼把报刊和信件亲手送到老人们的手中。有些行动不便的空巢老人，一整天很少有人说话，赵翠琴送下报，聊上两句，他们觉着心里很舒坦。甚至有些老人等着她来见个面、说点话，成为每天的期盼。

上楼的时候，只要遇到老人提着沉东西，她总是接过来，帮着提上去。老人们也不拿她当外人。有位老人买了面，放到楼下，打电话给她："小赵，辛苦您上楼时，把那袋子面捎上来！"

孔子说"仁者乐山"。仁厚的人喜爱山。仁厚的赵翠琴情满乐山，她用一步一步的脚印，一滴一滴的汗水，诠释着"仁者爱人"，她用年年岁岁、真真诚诚打造着自己的金子般闪光的信誉。因为有了赵翠琴的温馨，多少人觉着住这小区，真是生活在"乐山"啊！

俗话说：夏天如孩子的面，说变就变。有一天，赵翠琴骑车出投递局时，天还好好的，骑到半路就下起了雨。她忘了带雨衣，回去拿吗？乐山小区不少老人，每天都在等待报刊，盼望着远方亲人的来信，她仿佛看到老人们那一双双期待的眼睛。她加快了蹬车的速度，冒雨前行。没想到，刚到小区，站在楼下的刘书凤老人，拿着雨衣迎了上来："我怕您没带雨衣……"

一下子，泪水、雨水汇流在她的脸上。

泉城济南，“全诚”服务，济南邮政提出“全心全意、诚心诚意”的理念，打造“全诚邮路”。赵翠琴为“全诚”增着光彩。

她一直坚持“五勤”——眼勤、耳勤、脑勤、手勤、腿勤，用一颗真诚的心，对待每一位用户。有时报纸晚到，或天气不好，只要报纸一到，不论刮风下雨，还是大雪纷飞，还是高温酷热，她都力争在第一时间送到用户手中，从不耽误用户看报。有一天，下着大雨，她在送信途中因雨大路滑，下坡时不小心摔倒在地，起身后发现凉鞋摔坏了，无法再穿。为了及时把报刊信件送到用户手中，她光着脚，忍着疼痛，继续投送报刊信件。段上的一位王老师看到她这样，忙从家中拿出一双胶鞋给她穿上，解她赤脚之急。

善，需要互动；德，需要共振。在爱的循环中，爱人者得到了人爱之的幸福。在乐山小区，好多老人让赵翠琴帮着取款、存钱。徐宁老人的 10 万元钱到期了，把存折给她，密码告诉她，让她给办转存。刘广合老人不识字，到银行办钱的事，挺犯难，从认识了赵翠琴，存存取取，都交给了她。他们把她当成孩子信任，有的比对自己的孩子还信任——存多少钱不让她告诉儿女，被“啃老”啃怕了。

有些人信用缺失，有些单位信用缺失，有些地方信用缺失，信用缺失成为问题。发展市场经济，最重要的基石就是信用。没有信用怎么得了！赵翠琴，一位普通的投递员，道在心中，路在脚下，用坚实的脚步，走出一条闪光的信用之道。

端午节到了，在手腕上挂结长命丝绳，在门上插艾草，这习俗，由来已久。《汉书 · 礼仪志》上说：五月初五，“以朱索五色为门户饰，以止恶气”。历史上，每逢端午，皇上赐赠臣子“百索”。百索，就是长命丝绳，是用五色丝线编结的绳索，也叫长命缕。现在还有手腕上系彩绳，用彩线缠香荷包的风俗。赵翠琴顾不上给自己的孩子拴彩绳，她的自行车后座上却用那条一直备着的麻绳，绑着一大捆艾条，自行车骑了一路，艾香洒了一路。弄那么多艾，她家里哪需要插那么多？那她干什么用呢？她想到路边上卖了挣点钱吗？孩子上学需要钱啊！

哦，她用手高举着艾，一家一户的，给那些行动不便的老人送呢！95岁的钱大娘，迈动着小脚，双手接过艾，插到门上，连连说着：“孩子给送艾来了，孩子给送艾来了……”艾——爱！赵翠琴送的绿绿的艾，透着浓浓的艾香，她送的就是深深的爱啊！

一阵清清的风吹来，她绿绿的叶子般的邮政服飘动着，哦，她本身就是仁德根于“乐山”的一株艾啊，馥郁的艾香，如翡翠般明丽的爱的琴声，沁人肺腑。

全国84万邮政大军，该有海量的爱吧，该有海量的绳子，一头辛劳在投递员的手里，一头温暖在客户的心里——这又怎能写得尽呢！

我们看到绳子，感到多么亲切。是该亲切啊，我们生命的起源来自绳子啊，传说女娲用黄土抟捏人，忙不过来，索性拿了根绳子，往泥里一蘸，举起来一甩，满地是人了——《太平御览》卷七八引《风俗通》云：“俗说天地开辟，未有人民，女娲抟黄土作人，剧务，力不暇供，乃引絙于泥中，举以为人。”

文章写到这里，我停下来，放松一下。每天早上3点钟起床，晚上10点前休息，耗神伤气，老吃野菜，营养跟不上了，出去买点柴鸡蛋，回来用开水一冲，就可以喝。我走向了万德镇的灵岩村，这村就在山的怀抱里，全村700多口人。遇到一位老大娘，我问她多大了，她乐观地说：“76岁小青年！”问她贵姓，她顺手摸起一根树枝，在地上划拉出一个字“芦”。她丈夫姓刘，有4个闺女1个儿子。她院墙外的“哝哝镲子”花，粉红色，开得正好；一棵榆树，正对着家门口，长得高大；院里有挺直的椿树，茂盛的梧桐树；有两间堂屋，燕子在檐下筑了巢；一间石头垒起的小西屋，是锅屋；锅屋外有一个泥土弄成的柴火炉子。几只鸡，优哉游哉，逛荡在院里。

她的鸡散养着，吃着活的虫子，吃着家里的粮食。她说：“鸡蛋还攒得不多。闺女又给送来的不少，是养鸡场里的鸡下的蛋，不卖给您，俺自己留着吃——这是吃饲料的鸡下的蛋。俺卖给您自家喂的鸡下的蛋，这个香，人得实在，讲个信用。”

她进了堂屋，靠南墙摆了张破旧的桌子，拉开抽屉，往外拾鸡蛋。她说：“按 15 块钱 1 斤卖给您。”一共有 1 斤 2 两柴鸡蛋，我都买了。地上有个纸箱子里放着养鸡场的鸡下的蛋，大小，光泽，确实与柴鸡蛋不一样。我曾到一家养鸡场采访，为了让鸡多下蛋，能想到的刺激手段都用上，不知人常吃这样的鸡蛋受不受刺激。

——见义勇为。

雷锋在《毛泽东选集》第三卷第 1003 页书眉上写下：“我要为人民的利益而死。”在 1004 页上又写下：“生为人民生，死为人民死。”

“见义不为，无勇也。”雷锋风雨中护水泥，连自己的被子都用上，保护了国家财产；反应敏锐，提高警惕，抓住了坏人……雷锋，义薄云天，气冲霄汉。义，是雷锋突出的特点。

浓墨写见义勇为，意在呼唤。见义勇为遇到尴尬，扶危济困受到挑战！

在中国发展的滚滚大潮中，有一股重要的推动洪流不容小看；

在中国建设的巍巍大山中，有一个突出的挺立高峰不容轻觑；

在中国前进的滔滔大唱中，有一曲高亢的独特强音不容忽略。

——他们是民族的力量！

——他们是中国的风景！

——他们是国家的柱石！

他们有一个特别的名字——农民工！

据国家统计局发布的《2012 年全国农民工监测调查报告》显示，2012 年全国农民工总量达到 26261 万人，比上年增加 983 万人，增长 3.9%。其中，外出农民工 16336 万人，增加 473 万人，增长 3.0%。

在一个中国优秀旅游城市的 34 路公交车上，一农民工让座，那老人家，他没说“谢谢”，嫌脏，掏出纸巾，擦擦才坐下。在一个国家历史文化名城的 825 路车上，一位时髦老太斥责身边的农民工：“你穿得这么脏，就不应该坐公交车，应该自己走路回家！”……有些人还在歧视农民工！农民工，被关注、被关爱得还不够！试想，如果全国所有的城市，没有了一个农民工，将会成什么样子。

农民工，时代的强力者！他们虽还有一些问题，但如果真正了解了他们的打拼、他们的渴盼、他们的奉献、他们的苦衷，那会震撼心灵！把老婆孩子留家里，一个人出来打工，一干就是一年，是什么心情？把孩子留家里，两口子出来打工，一干就是一年，是什么感受？

曾看到这么一个故事，父母久在外地打工，留守儿童给母亲打电话："妈妈，我能上您家去玩吗？"读罢，心酸，泪下。

没有这世上"最干净"的脏，哪来的城市的亮丽和便捷。这脏，是最朴素的大美啊！雷锋说得好："什么是时代的美？战士那褪了色的、补了补丁的黄军装是最美的，工人那一套油渍斑斑的蓝工装是最美的，农民那一双粗壮的、满是厚茧的手是最美的，劳动人民那被烈日晒得黝黝黑的脸是最美的，粗犷雄壮的劳动号子是最美的声音，为社会主义建设孜孜不倦地工作的人的灵魂是最美的。这一切构成了我们时代的美。如果谁认为这不美，那他就不懂得我们的时代。"

"沧海横流，方显英雄本色"；关键时刻，最见人性本真。

文中，已多次写绳子，这里我又要写绳子——多亏了绳子！

4米多的水深，一个个惊慌失措，大难临头。麻绳结起来，长长地结起来，结成一条生命线。救生圈抛出去，旋出一圈圈生的希望。这是2012年7月21日，61年一遇的暴雨，在北京发疯，京港澳高速公路南岗洼铁路桥下严重积水，数十辆汽车被淹……

江苏盐城市盐都区薛舍村的杜金荣，41岁，一个施工队的队长，下暴雨那天，他挨个敲着民工宿舍门，大喊着，招呼快点救人，组织起100多人。他忙前忙后，44个小时没睡觉。

四川的农民工，光着脚丫跑来，一个，一个，又一个，150名农民工，舍命地救人，救人，170多人被救出。感恩不尽的获救者，自发凑了近万元钱，以表谢意，他们谢绝了。参与了救助的胥德齐，59岁了，南充嘉陵区人，他对救人的事，看得很淡，根本没想到图什么："救人是人的本分和良心。"

有网友评论道：他们才是真正的中国脊梁，中国良心！

让我们再认识一位农民工，认识一位平民英雄——时兵，他是四川广安岳池县同兴镇李坝村人，38 岁。他有一个男孩和一个女孩。媳妇贤惠，每次做好饭，端到他跟前，仿佛给恩人似的。他带着媳妇、姐姐等一大家人，来厦门打工，在集美区一个工地上做泥水装修，这活又脏又累，可他干得很带劲，他要挣钱供在老家上学的孩子。干一天能挣多少钱？300 多元。

2013 年 6 月 7 日，厦门公交车发生起火。坐在车上的时兵，掰下小锤子，砸破玻璃，钻出窗外。从着火的公交车中逃出的，慌忙往远处跑，怕车起火爆炸。时兵没有跑，他从自己砸出的小洞，拼命往外拽人，那洞不大，没人帮忙，不好钻出，特别那些惊恐、颤抖的女士更不易钻出。时兵，他真是名副其实的时兵——及时的救兵——他有力量，他全然不顾干了一天泥水活的劳累，竭力地往外拽，拽出的第一个是个女的，接着连续拽出几个女孩，拽出 10 多个人了，他还想多拽，可火焰从窗口喷出来，时兵已不能施救……

他一开始不想告诉老人，怕老人牵挂。后来老家知道了，他给父亲通了话："咱做这事都是应该的，别往外传！"

信息社会，消息传得快。时兵救人在岳池县传开，在同兴镇传开，更在李坝村传开。好多人问时兵的父亲时升强情况，他总是说儿子不让往外说。

时升强架不住人们一再问，自豪地说："从小我就教他要学习雷锋，他做好事，好！我替儿子高兴。"

时升强还告诉人们，时兵从小就听话，爱做好事，有胆量，遇事沉着。他上初中的时候，在回家的路上，见一个女同学摔倒在地，马上背起她，送往医院。时升强骄傲地笑着说："这个女同学，后来成了我的儿媳妇，他的妻子！"

时兵，长脸，挺实在的样子，真是看不出，他还是英雄救美，抱得美人归！

单独一个人，推动他终生前进的力量是什么？理想；一个团队，乃至一个民族，推动其持续前进的力量是什么？理想！春天为什么绚丽？大地用花朵灿烂了理想。人没有了理想，就如花朵打了蔫。

理想是什么？沙漠上的骆驼知道。骆驼一直在走着，沙峰读着驼峰，读懂了什么叫执着。已是黄昏，一头骆驼还在求索着。从西往东探寻着，这头西驼啊！

骆驼要出行，就像打仗前储备足石油，骆驼胃中的一个个“小瓶”里，备战备荒备满水。再自备能备多少？总有限。只有找到泉，才是无限的源泉。

西驼听说：“沙漠中有眼泉，叫非非泉，得饮此水，如愿做骆驼，可生富贵家，且有富贵相，抬腿迈步更加稳当。如不愿为骆驼，能转生人。得成人后，想喝哪里水，无不如愿。这水枯，找那水，此水污，找彼水，浅水竭，打深水，不复为水发愁矣！”

西驼心想，祖祖辈辈步履沙漠，最大困扰莫过于水。果真有此非非泉，是我之幸，是驼家之幸，是驼族之幸，是全驼类之幸。西驼确信有非非泉，坚定了理想。

黄沙莽莽，孤独的西驼在寻觅，再累不嫌，再苦不弃。有理想，心中就总有希望，希望是生命的灵魂，心灵的灯塔，成功的向导。沙漠之舟在前行！

有一天，迎面走来东驼，满脸疲惫。它从东至此，漠境寻觅，未见非非泉，悲观地对西驼说：“世上哪有非非泉，我辈徒劳徒悲伤！”精神支柱一倾，西驼轰然倒地，震动大漠，沙烟四起。

骆驼，站着是一座山，倒下是一道岭！

东驼掩埋了勇者，不再形而上学，形而下海，投奔一户人家，搞起旅游。它很恭顺，服务态度很好，游客来了，它前腿一跪，屈下膝来，放下身段，方便游客登到背上。它悠悠地迈着步子，驼铃响着，游客开心地领略着沙漠风光。主人疼爱，东驼生活不错。

日子久了，东驼越来越觉失去了什么，无聊感日增。夜里，更是无边的寂寞袭来。狂风卷着黄沙呼啸着，东驼抖了抖，清醒了：沙漠广阔，世界广大，所见有限，所知有限，怎么就断定没有非非泉？无知啊，糊涂啊！理想，怎么可以没有理想！化悔恨为行动，东驼又上路，再找非非泉……

开往沈阳的列车在奔驰着。孝顺的儿子刘才，一会儿给父亲倒点水，一会儿给递点水果，很是周到……

沈阳军区组织部接待了刘成德，称赞他为部队增了光，为雷锋争了光，并通知雷锋生前所在团安排好老英雄的活动。

到了抚顺，到了雷锋生前所在团，团政委亲自出门迎接。雷锋生前所在团团长亲自宴请刘成德，为老英雄夹菜，给老英雄倒茶。

在雷锋纪念馆，馆长张维祥与刘成德亲切交流着。谈到雷锋精神，张维祥说："我个人感觉，雷锋精神既是中华民族几千年传统美德的结晶，也是新时期中国共产党员先进性的集中体现，同时他又具有世界性，因为雷锋助人为乐、无私奉献的精神，在全世界来说都是被赞美、被推崇的。"

谈到刘成德，张维祥说："刘成德老人我感觉他一生都在照着雷锋的留言与希望去做，用实际行动践行雷锋精神，他做了很多公益活动，对关心下一代成长做了很多有益活动，刘成德是新时期的雷锋，我们应该向他学习。"

在参观纪念馆时，刘成德认识了讲解员，乔安山的孙女乔婷娇。她今年 22 岁，2009 年考入沈阳金融学院，部队招大学生，她应征入伍。刘成德细细地参观，认真地听着讲解，高兴地拉着乔婷娇的手说："您讲得好，您在传承着雷锋精神！"

刘成德来到雷锋班，站到雷锋铺前，看到叠得整齐的被子，看到床上放的帽子，眼前闪现出 1962 年 2 月参加沈阳军区首届团代会，早上到雷锋的房间，雷锋正叠被子，叠得那么仔细……仿佛雷锋没有走，就站在自己跟前，泪水不由地流下来。

时任雷锋班班长黄帮维陪着刘成德参观，听到他说"对雷锋没有感情，就学不好雷锋"，很有同感。黄帮维说："我从 2006 年就来雷锋班，从雷锋班战士成长为雷锋班班长。很多人问我如何学雷锋，我认为只有爱雷锋才能学好雷锋。我作为雷锋班班长，在雷锋班这么多年，对雷锋很有感情，我们这个雷锋铺的上铺，新来雷锋班表现好的战士才能睡在雷锋铺的上铺，与雷锋老班长近距离地接触，让他们热爱雷锋老班长，热爱我们这个集体，

采访时任雷锋班班长黄帮维（左二）

采访沈阳军区雷锋纪念馆馆长张维祥（右一）

从1963年到现在已经49年了，雷锋班取得了很多荣誉，之所以取得这么多荣誉就是有雷锋老班长这面光辉的旗帜。以后不管什么时候，我们都会把这面旗帜高举好，不断地把雷锋精神一代一代传承下去。”

年轻一代，对雷锋这么理解，这么热爱，刘成德备感欣慰，他紧紧攥着黄帮维的手，一再称赞。

雷锋生前所在团安排专车，送刘成德去祭扫雷锋墓，并由雷锋连连长盛会专门陪同。

望花区和平路61号——哦，61号，记住了！

和平路，和平啊，雷锋！望花区，望花啊，雷锋！望吧，仰望吧，拜望吧，希望吧，凝望奇花，用平凡的花瓣汇成的奇花，就如用平凡的词汇炼成的奇诗，雷锋！

这里被誉为“净化灵魂的圣地”！每年接待参观者100多万人次。

这里有99900平方米！“九九归一”！

进得门去，在喷泉的跃动中，《学习雷锋好榜样》的歌曲响亮着，激昂，正大，浩然！一个民族，一个国家，总需要向上的力量、昂扬的旋律、高亢的歌声！

“雷锋之路”，中间，枫叶红的五星22颗，两旁22块黑色花岗石上，刻有22篇雷锋日记，闪现着雷锋22岁的光芒，他以短暂人生绘就中国精神坐标。刘成德，在一篇篇日记前看着，仔细地看着。有的参观者透出纳闷的眼神，这个老人怎么看日记那么认真啊？

雷锋是刘成德心中的偶像啊，一生的偶像，永远的偶像啊！一个民族是需要偶像的，美国没有吗？有啊；日本没有吗？有啊；德国，没有吗？有啊；英国没有吗？有啊；俄罗斯没有吗？有啊！没有偶像的民族，是悲哀的，是没有希望的，有了偶像自己打倒的，是愚蠢的！歌德说，不懂得尊重卓越人物，乃是人格的渺小！

雷锋墓前，刘成德献上鲜花，摆上一摞厚厚的荣誉证书。他来向雷锋作“报告”。深深的三鞠躬，已是眼含泪水。

——雷锋战友，我来看您，看您了！我想您，我都梦到您好多次了。

我想您想得都睡不好觉，吃不好饭！我来给您说说话了！

——雷锋战友啊，我哪想到您走啊，咱说好了要常交流经验的。您走了，您的一生很灿烂。您要活着，都是72岁的老人了，得一大家子人家了。唉，我哪想到您走啊！我找不到您交流了，我就常看《雷锋日记》，就觉着给您说话，可亲切了！

——这一辈子，您对俺帮助忒大了！在沈阳军区，您就一次次鼓励我！您给我题写的赠言，我都记住了。特别是这几句，“我觉得一个革命者，就应该把革命利益放在第一位，为党的事业贡献自己的一切，这才是最幸福的”，都融化在我的血液里了。我照着做了，一辈子照着这两条做了。我做得还很不够，比您差远了。我以后继续按您赠我的两句话做，活一天，做一天……

盛会是山东苍山人，他对我说：“陪着刘成德老人给雷锋扫墓，我被他的真情感动得掉泪了。刘成德老人与雷锋老班长曾有过深刻的交流，刘成德老人在弘扬雷锋精神的道路上一直在走，对我们来说是学习雷锋的典型，也是我们雷锋传人最崇敬的人，我们一定像学雷锋那样学习刘成德老人。刘成德老人是雷锋那个年代那种大公无私的延续，虽然雷锋老班长已经离开了我们，但他们那代人的那种思想和境界一直传承到现在，我们年轻人，像80后、90后正是需要学习那代人大公无私的精神和那颗感恩的心。”

刘才一路陪着父亲，深觉这是一次感动之行，一次灵魂净化之旅。刘才更理解了父亲。作为长子，感到肩上的担子很重——要像父亲那样，学习雷锋好榜样！

雷锋久学不衰！全球美好的海水总在交汇着，雷锋的涛声响彻世界。

“轴心时代”的人类导师们，虽没有当今的沟通之捷，交汇之便，天各一方，独立而成，却有很多遥相呼应的不谋而合。柏拉图有《理想国》，东方贤哲有“大同”世界，殊途同归，共探圆道。孔子的仁爱，墨子的兼爱，亚里士多德说“好人因爱而服从”。他们共同的人文关怀就是：爱！

人类只要有美好在交汇，就不会灭亡。什么最重要？美好最重要！这

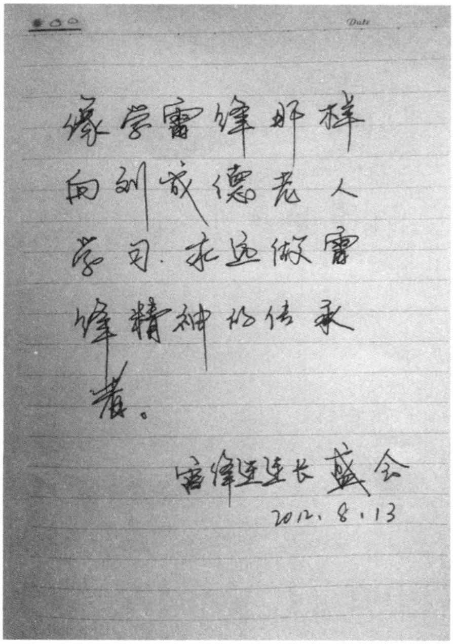

作者采访时任雷锋连连长盛会，并请其题字

世界要乏善，就如春天缺了花朵！善良、美好难道不比可以毁灭人类、毁灭世界很多次的原子弹重要吗?

世界大同，世界能大同吗？全球真善美大同了，世界也就大同了！德一厚，地就香了，春花乐得大开大放；心一热，天就暖了，太阳照得大仁大义。善是基础，善心一动，就脸上现美；恶念一闪，都满脸戾气。世界充满了善，能不真吗？能不美吗？能不大同吗？丑恶毁灭人类，美好拯救世界！

沃尔·索引卡说："人类需要交流，没有交流 ，当今的人类即不成其为人类。我这里所说的交流，是指人类需要跨越（民族）以彼此交流。"《新华文摘》的《为自由而写作》一文强调："今天的世界看似无绳，实则有线；看似远在天边，实则近在咫尺……我们今天人类能够比我们的祖先更宽广、更深切地理解彼此，进而人性阔步迈向更伟大的未来。"

一个人带着傲慢与偏见，与人相处，往往收获的是误解与矛盾，误解与矛盾日益加深则成仇恨。一种文明，妄自尊大，视其他为不足与语，常常换来的是分歧与摩擦。融合，是同生共发之道。

白求恩同志在交汇。他"是加拿大共产党员，五十多岁了，为了帮助中国的抗日战争，受加拿大共产党和美国共产党的派遣，不远万里，来到中国。去年春上到延安，后来到五台山工作，不幸以身殉职。一个外国人，毫无利己的动机，把中国人民的解放事业当作他自己的事业，这是什么精神？这是国际主义的精神，这是共产主义的精神，每一个中国共产党员都要学习这种精神"。他的精神现在也不过时："白求恩同志毫不利己，专门利人的精神，表现在他对工作的极端的负责任，对同志对人民的极端的热忱。"这种精神能过时吗？不是我们现在最需要的吗?

雷锋精神，实际上是与白求恩精神交汇的，是其在新时代的再现。雷锋在 1960 年 2 月 15 日的日记中写道："过去有人讽刺我说：'你积极有什么用，那么点的小个子，给你 150 斤重的担子，你就担不起来。'我听了这话，还埋怨自己为啥长这么点小个子呢！……'一个人能力有大小，但只要有这点精神，就是一个高尚的人，一个纯粹的人，一个有道德的人，一个脱离了低级趣味的人，一个有益于人民的人。'这话给我很大鼓舞。

个子小我也要尽我自己最大的力量，做到毫不利己，专门利人，向伟大的国际主义战士白求恩学习。”

“洋雷锋”——英国人威廉·林赛在交汇。媒体称他是“探索长城最成功的外国友人”。威廉·林赛10多年来定期到长城捡拾垃圾，并在京郊建起长城环保组织。他说：“我不能眼睁睁地看着世界上最长的城墙变成最长的垃圾箱。”

威廉·林赛推广“山野之约”，希望游人把垃圾从长城上带回去。他曾预料过30%的人会响应约定把垃圾带回去，但现在还达不到。他说：“我一直想通过媒体，让公众了解长城保护的重要性。有时，我的声音会比一般中国人受关注度大一些，这是好事。但从长城保护的角度去看，政府、老百姓的力量才是最关键的。”

威廉·林赛成为感动中国的人物，被赞誉为“洋雷锋”。威廉·林赛精神，实际上是与雷锋精神交汇的。

在抚顺，记者采访雷锋纪念馆馆长陈苗时，她说：“美国西点军校的老师和学员，到其他地方参观时穿的是休闲装。到我们纪念馆了，都特意提前换上了军装，体现了庄重，并用汉语表达出对雷锋的敬仰。”

吴玉婷是在长沙任教的美国女教师，她参观雷锋纪念馆后，曾留言“雷锋属于世界”。

澳大利亚外宾苏珊·兰厄姆，1999年7月19日留言：“世界和平需要像雷锋一样无私的人。”

2004年4月，德国人彼特在参观了抚顺雷锋纪念馆后留言：“感谢你们对一个中国好人如此怀念！”“中国好人”雷锋，多么切实的表述！

2004年9月，欧盟代表团全体人员参观纪念馆后写道：“这里所体现的毫不利己，关心他人，关心最贫困和最穷苦人的精神，对全人类都有指导意义。让我们一起共同建立一个更为公正更为安定的世界。”

美国人玛丽罗基尔，2005年9月22日留言：“他的一生是短暂的，但他的贡献是无限的。我很高兴有机会学习到雷锋的一生，我将永远记住这次参观，并尝试宣扬雷锋思想。”

美国《时代》周刊说："雷锋品牌是中国人民也是全人类共同的精神财富。"

半个世纪过去了，世界的诸多目光一直被雷锋吸引。雷锋纪念馆的讲解员王娇对记者说："外国游客来抚顺，必到的一站就是雷锋纪念馆。"抚顺雷锋纪念馆已接待60多个国家和地区的外宾2000多万人次。

洋人不只赞叹雷锋，还实实在在学雷锋。

2005年2月27日，在长春市重庆路恒客隆超市门前，"老外学雷锋"车队在行动，30多名外国人，免费邀请近百名购物后的市民，坐上了他们驾驶的私家车回家。很多活跃在中国各地学雷锋的外国人表示：以雷锋为偶像！

很多企业在痛苦地探索企业文化，犹如干渴的人焦急地向远处找甘泉，却不知桌旁就有杯香茗。一外资企业集体学雷锋，形成独特企业文化。日本独资的大连原田工业有限公司学雷锋，已经超过20年，传为美谈。原田公司以建立"雷锋卡"制度的形式，奖励那些在工作中尽职尽责、助人为乐、思想道德品质优秀的员工。新华社曾报道说，该公司青年女工魏莉从农村到外企工作后，勤奋努力，成为操作技术最好的女工能手。几年时间里她连续获得5枚"雷锋卡"，按规定，她被派往日本进修深造；公司司机周永新因救助车祸伤者而得到一枚"雷锋卡"，还有员工因主动在走廊渗水的花盆下放一个小盘也得到了"雷锋卡"。该公司的日方总经理表示，雷锋精神是世界上宝贵的财富，把雷锋精神引入原田公司，无疑会改变员工的精神面貌，增强企业的凝聚力和创造力。

雷锋无处不在，"雷锋"很忙！走进儿童医院，慰问脑瘫患儿；帮助筹资给大连孤儿院、天津孤儿院等，特别是锦州孤儿院，去得更多。在那里，"雷锋"感动着别人，也被别人感动着。孩子们平时会给他写信。他常到孤儿院，有的孩子会讲自己的痛苦，有的会高兴地喊着"雷锋"叔叔，讲自己的梦想是什么。

"雷锋"很忙！要学的东西很多，同事建议他——"雷锋"，把《雷锋日记》翻译成英文吧，他答应了，不学行吗？这对他而言确实很难："我不是翻译啊！""雷锋"有钉子的"钻劲"，说干就干了起来。

“洋雷锋”雷夫 · 罗杰斯。盖旭辉摄影

管斌给印度小朋友讲雷锋的故事。赖永峰摄影

他将《雷锋日记》翻译成英文，自费印刷。他把翻译好的《雷锋日记》送给亲朋好友时，很谦虚，不会说“必须学习”，而是跟他们讲：“嘿嘿，瞧瞧这个。”而反馈呢？总是：“哇，这句话说得太漂亮了！”“啊，一些话就跟林肯的警句一样出彩！”“雷锋”很受鼓舞。

这不是梦，是真实的故事。来自美国西雅图的雷夫·艾里克·罗杰斯，现任辽宁锦州市商业银行国际部经理助理。2005年8月，他首次踏上中国土地，因“雷夫”被误读为“雷锋”，从此常被叫成“雷锋”，从此就和这位中国英雄结缘，从此雷夫以“雷锋精神”激励自己。从经历过被误认为叫“雷锋”的那个夜晚后，雷夫开始尽可能地收集与雷锋有关的各种资料。

雷夫说：“生命中有很多意外和惊喜。对我而言，最完美的莫过于我来到中国，因为我与雷锋名字的联系，我给自己树立了一个榜样并追随他的足迹。我的所有经历，好像东西方世界的一个完美结合。”雷夫小时候，常看到父母奉献自己的力量去帮助他人，他学习雷锋有亲切感。

雷夫曾荣获辽宁省“雷锋奖章”。他感慨：在中国，雷锋精神其实存在于很多人身上！

雷夫与雷锋，是偶然的巧合吗？不是偶然，从来就没有偶然，只有必然，偶然只是看上去偶然。

雷夫误读为雷锋吗？不，雷夫不就是雷锋嘛！雷夫与雷锋不同姓，而成为“雷人”，正是共同的精神在闪耀！

2012年，经济日报访印代表团访问了印度中国经济文化促进协会、印度报业托拉斯、《金融快报》，笔者作为成员之一参加了活动。在亚格拉参观世界建筑之奇迹泰姬陵，天热，走得累，我到建筑主体的背阴处乘凉。我把《雷锋身边的人》带在身边，顺手从包中取出翻看——这本书是新世纪雷锋丛书之一，春风文艺出版社出版。一旁，一群穿着校服的小学生也在歇息。他们看到书中的照片，感到好奇，凑过来看。他们是BEL-AIR公立学校的学生。

我问：“你们知道中国的雷锋吗？”

他们回答：“NO，NO！”——不知道。

小男孩雷伊波让我讲雷锋的故事。我在讲着，对面的亚穆纳河在流着，小朋友们围拢来在听着。

亚穆纳河流经1380公里，汇入恒河；雷锋的故事，不远万里传来，汇入这些印度小朋友的心河，纯洁、友善的浪花在泛着。

天真可爱的雷伊波，举起两个小拳头，稚嫩的声音说着：“我要学雷锋！”

泰姬陵主体建筑很大，我从其背面，走到了正面，小朋友们一直跟着，很感兴趣地听着雷锋的故事。小姑娘普佳走在我身旁，竖起大拇指：“Leifeng——Very good！ Very good——Leifeng！”小朋友很快都学会了“雷锋”的发音。

小朋友从未听说过雷锋，一听眼睛就放光，心中就共鸣。属于世界的雷锋，体现的是人类的永恒的善，善是世界的通行证。

万物在天地相映中生成，文明在世界交流中发展。正是有了交流，儒、释、道成为中国传统文化的三维；正是有了交流，马克思主义照耀了中国；正是有了交流，雷锋精神走向了世界。

雷锋精神弥纶全球，还用担心人类末日吗？天地有好生之德，人类都这么道德高尚了，好意思毁灭吗？喜欢还来不及呢！

泰山不是堆的，看看雷锋吧：“……如果你是一滴水，你是否滋润了一寸土地？如果你是一线阳光，你是否照亮了一分黑暗？如果你是一颗粮食，你是否哺育了有用的生命？如果你是一颗最小的螺丝钉，你是否永远地坚守着你生活的岗位？如果你要告诉我们什么思想，你是否在日夜宣扬那最美丽的理想？你既然活着，你又是否为未来的人类的生活付出你的劳动，使世界一天天变得更美丽？我想问你，为未来带来了什么？在生活的仓库里，我们不应该只是个无穷无尽的支付者。”雷锋1958年6月7日的日记是这样写的，而他一生就在为“使世界一天天变得更美丽”，点点滴滴地积累着，扎扎实实地努力着。

已是夜里11点多，累了，出去走走。满脑稿子，没有他念，自然“长夜无忧恼”，只是真的累了，“文武之道，一张一弛”，确乎得散散步了，何况这么好的月夜。走在灵岩的山路上，轻轻地迈着脚步，怕惊扰了早已睡了的这这那那，怕干扰了还未睡的这这那那。王干哥鸟照样全力地叫着，除此，夜已“诸根寂静”了。路越走越远，山越来越高，星越来越近。满天的星星啊，比在城里看到的，又亮又多。望着星空，想起了大哲学家康德的话：“最崇高的和最令人敬畏的东西，是我们头顶的星空和内心的道德法则。”

柏拉图在《泰阿泰德篇》里讲到，泰勒斯夜里正观察星空，不小心掉进了沟渠里，一位年轻的色雷斯女佣将他拉了上来，并笑他连脚底下的事情都没有看见，怎能搞清楚天上的事情。

人类社会，要向着美好发展，总需要仰望星空的，总需要脚踏实地干好脚底下事情的，总需要方方面面各就各位，各尽其能，各守其德，就如满天的星星，各循其轨，各闪其亮，圆成天道。

弗洛伊德忙着解梦；C·荣格忙着“现代灵魂的自我拯救”；叔本华忙着感慨：“人生实如钟摆，在痛苦与倦怠之间徘徊”；尼采忙着高呼：“上帝死了”；海德格尔忙着走他的“林中路”；维特根斯坦忙着主张哲学的本质就是语言……

刘成德一辈子忙着学雷锋。就是回到村里的20多年，本可以退而休了，他却“只要活着，就学雷锋”。刘成德在薛庄村，一步一步积累着功德；犹如康德在那小镇，一步一步丈量着思想。

第八章

如传薪火　光亮后辈

在西方，法律和宗教是重要的。弗洛伊德说：“宗教是人心灵的拐棍。”爱因斯坦说：“科学没有宗教如同瘸子，宗教没有科学如同盲人。”所有的宗教，特色各异，但共同之处就是——爱。基督教讲博爱，伊斯兰教讲至慈，佛教讲慈悲，道教讲慈爱……爱，是全人类的求大同。

西方人认为，中国没有宗教、没有哲学，但有道德，有优良深厚的道德文化传统。这话说得偏颇，但也表明道德在中国文化中的重要。

如果我们再把道德“无可奈何花落去”，那会怎样？亚里士多德说：“如果人没有美德，人就成了动物中最邪恶、最残暴、色欲与食欲也最大的动物。”所以，多少美好成往事，最是道德不能丢！

习近平总书记强调，历史是最好的教科书。学习党史、国史，是坚持和发展中国特色社会主义、把党和国家各项事业继续推向前进的必修课。

我们党典型引路，一直坚持。与时俱进，星光灿烂——白求恩、张思德、雷锋、王杰、焦裕禄、王进喜、孔繁森、郭明义、庄仕华……

历史是不能忘记的。龚自珍说过，欲灭亡一个国家，首先就是消灭它的历史。

在历史的长河中，成德奔流不息。《易经》曰：“君子以成德为行，日可见之行也。”领悟老子，明了——道之不存，德将焉附，修道以成德，故老子之道为成德之道。感受孔子，知晓——德之不积，何以成圣，积德以成圣，故孔子之说为成德之学。释家有：“广修万行称理成德，普周法界而证菩提。”可以说，成德之道是儒释道三家共求之道。

成德之道，是贯通古今的要道。虽然修德是终生之事，但年轻时的熏染是基础，特别是小时候的养成教育非常重要，所谓“蒙以养正”。

这道理，雷锋是明白的，当年他是那么积极地做校外辅导员。

这道理，刘成德是明白的，为教育不辞辛劳。

春天，每朵花都想尽力开放，共同把春天装扮得更美，在“百般红紫斗芳菲”中，也就有了自己的芬芳。如果只想个体争奇、只想自己斗艳，别的都不开才好呢，那还是春天吗？“我懂得一朵花打扮不出春天来，只有百花齐放，才能春色满园的道理。”雷锋在日记中写得多生动，“一花独秀不是春，百花齐放春满园。”

空中的燕子，似乎很明白雷锋的意蕴，翩翩助兴。

燕子，张弛的倩影，与百花的芳影，轻摇着，叠印着，意象出无限的诗韵；

燕子，饱满的热情，与万有的真情，持续着，根本着，蕴含着无穷的文心。

一对燕来不是春，亿万燕舞春满园。

天天听着燕子的呢喃，刘成德明白燕子，更明白雷锋。他年过七旬，很有紧迫感，要让更多的人了解雷锋，学习雷锋，他任重道远，不仅自己天天学雷锋，还要好好弘扬雷锋精神，学雷锋者越多越好！

吃饭多了，撑；说话多了，累；钱贪多了，惊；机构多了，肿；雷锋多了，行，很行，多多益善！普天之下尽雷锋，何愁世界不大同！

刘成德现在有很多的头衔：他被济南市长清区聘为“关心下一代工作委员会委员”、“五老报告团”成员，同时还被两家驻军单位和4所中小学校聘为义务宣讲员和校外辅导员；一家企业女子民兵连的编外指导员，工商银行长清支行的义务指导员……刘成德宣扬雷锋精神，“有教无类”，但有重点，重点在学校，小学、中学、大学，都常见到他的身影！在刘成德看来，孩子们是希望，雷锋精神要靠他们来传承。7年来，刘成德的足迹遍布济南、长清13所中小学、大专院校及部队。他被共青团山东省委、山东省教育厅授予“省级优秀校外辅导员”称号。

刘成德给学生讲着无量的雷锋：雷锋双眼透出光明，鼻梁挺起正大，起心就是道德，出口就是文章——雷锋，示现一张中国精神的脸谱。这样的雷锋，哪能讲得尽啊！

《礼记·学记》曰："建国君民，教学为先。"《礼记》是我国也是世界上最早的一部教育专著。

十八大报告指出，"坚持教育优先发展"，这与"建国君民，教学为先"一对比，就会发现：中华古代圣人的阐述和党的十八大报告中的表达，不谋而合，一脉相承！

不以规矩，不成方圆。世界是要讲规矩的。无以规矩，富甲天下，也令人鄙视。天上星星无数，轻易不出"交通事故"，何也？各循轨道，不敢越轨，此乃天道；地上草木无数，荣枯有序，兴衰井然，无有乱象，何也？此乃地道；世上人无数，社会进步，乾坤演进，如今还未天下大乱，何也？此乃人道。天演七星阵，人推八卦掌，各有规矩！

如果道不存，德尽亡，规不在，矩没有，能不大乱！有魔鬼不可怕，有凶器不可怕，有罪恶不可怕，无规矩，可怕，特别可怕。而"素不为善，不识道德"，就如"不知有汉，何论魏晋"，不知有道，何论规矩！既自不能见，又无有语者，一任心无远虑，十分各欲快意，岂不一团乱麻！

游戏尚且有规则才可游戏，人生如果无规则怎么人生！无规，无矩，无礼，无行，无畏，什么都能干得出来！

从小一路考来，学的知识恐怕不少了，"知识就是力量"这句名言，鼓舞了不少人。但知识是把"双刃剑"！知识就是力量，道德就是力量。仅有知识的力量，而没有道德力量的保障，会裂变出武侠小说中学了"葵花宝典"的"东方不败"，不阴不阳，害人害己。如果世界上没有德行做根本，一切法都为败坏之相！

据澳大利亚媒体报道，从2004年到2006年期间，澳大利亚19名天才数学家组成了一个名为"庞特俱乐部"的"高智商"赌博集团，利用他们对数学的专业知识，在世界各国的赌场和博彩业疯狂赌博。在短短3年时间里，堪称"十赌九赢"的他们竟总计赢取了超过24亿澳元（约156亿人民币），他们全都摇身变成了超级富翁！意大利哲学家、天文学家伽利略说“数学是上帝用来书写宇宙的文字”，可见数学多么非凡。造福人类，有那么多难题需要数学破解，他们不去解，却用他们的天赋去赌博，以谋私利。没有了道德缰绳的约束，知识会助纣为虐，在邪恶上走得更远！

《周易》曰：“刚柔交借，天文也；文明以止，人文也。观乎天文，以察时变。观乎人文，以化成天下。”天文可以仰观，地理可以俯察，观察自然本有之道。人文呢？需要化成，可以成化。教育就是为了化——教化。以文教化，以文化成。文明——以文化之光，驱走暗昧，带来光明，就是文明。

写到这里，忽听群燕呢喃。何故临窗外，翩跹燕羽振。莫非灵犀应，知我寸草心！一心写稿，我自寂然不动，不料感而遂通！燕子通情达理，得益于重视传承。父母巢中勤喃呢，贵在传道且传德！

至圣孔子是个大教育家，看他如何教子？孔子“尝独立，鲤趋而过庭。曰：‘学诗乎？’对曰：‘未也。’‘不学诗，无以言。’鲤退而学诗。他日，又独立，鲤趋而过庭。曰：‘学礼乎？’对曰：‘未也。’‘不学礼，无以立。’鲤退而学礼。”他对儿子孔鲤强调：不学习《诗经》无法同人交谈，不学习礼难于立身做人。孔子是注意全面教育的。

“把立德树人作为教育的根本任务，培养德智体美全面发展的社会主义建设者和接班人”，德是放在首位的。古今何其相似！人的大根大本是德行！

老子曰：“上士闻道，勤而行之；中士闻道，若存若亡；下士闻道，大笑之，不笑不足以为道。”上根或者上上根的人是少的，绝大多数人的根性都差不多，教化从来都是需要的，美德从来都是需要相传的，文化从来都是需要传承的。

如何在现代教育中搞好国学教育，越来越引起有识之士的关注。济南市大明湖路小学重视《国学》课教学，颇见成效。据统计，学生 6 年下来将增加 1 万余字的背诵量。笔者到学校进行采访，还未走进校门，就听到了孩子们朗朗的读书声。

从 2002 年起，大明湖路小学把《国学》课列入正式课程，每周一节课，并利用早自习、课前 5 分钟的时间组织学生集体诵读。从一年级到六年级，不同年级用不同教材。教材是从“四书五经”到《孙子兵法》《左传》《庄子》《战国策》《世说新语》《聊斋志异》等百余部古代经典中精选出的。

在学习国学的过程中，学生了解了悠久历史孕育的传统美德，如公正无私、疾恶如仇、诚实笃信、不尚空谈、戒奢节俭等修身之道；敬业乐群、公而忘私的奉献精神；奋不顾身、舍生取义、见义勇为的英雄气概等。学生在学习中、诵读中不断揣摩，逐步理解，内化为自己的认识，外化为自己的行动。

如何让孩子喜欢上《国学》呢？学校形成了完整的教材体系，各学期均有独立教材。国学课的教学形式以诵读为主，理解为辅。充分发挥小学生的记忆优势，在学生最佳记忆年龄，让学生背诵古典名篇，引领他们把无意识记忆转变为有意识文化储备。在课堂教学中探索出情境化、故事化、生活化的教学方法，拉近了古今文化的距离，使遥不可及的古文化走进学生生活。琅琅的书声，铿锵有力的诵读，涵养着学生的气质。

笔者听了一节课，内容中有“不宝金玉，而忠信以为宝”。这节课的思想核心是“诚信”，教师用学生所熟悉的故事《狼来了》导入课文。将声、像、文融于一体，历史、现实相结合，好听、好看、好玩，充满童趣与理趣。一堂《国学》课就这样上完了，而诗文已入学生心中。

为营造良好的读本学习氛围，学校在教学楼内、门厅内从国学中选出108条，设了文化长廊：诚信长廊、仁德长廊、礼仪长廊。各班悬挂国学展板、国学内容的对联，文庙围墙设为国学名片墙……利用这些宣传阵地，拓展了国学课的空间，让学生在俯仰之间，在不经意地注视中学习国学。

学校经常组织学生及家长在一起研讨，学生最热衷讨论的话题就是：国学伴我成长。学生谈到许多国学指导自己言行的实例：如“逝者如斯夫，不舍昼夜”，学生谈到，自己真正明白了时间飞逝而去，并懂得了珍惜时间。如“百行以德为首”，学生谈到，作为学生学习知识固然重要，学习做人更重要。家长们更是兴奋，孩子的变化让他们为之振奋，他们谈到：“国学是一双慧眼，有了这双眼睛，孩子们将会更好地明辨是非，提高修养。国学课程也走进了我们的家庭，成为我们家庭日常生活的一部分，熏陶着家庭中每一人的心灵。”

大明湖路小学的《国学》教学，在全国引起教育界、学术界专家的瞩目，被列入全国未成年人教育“德育100例”之中。

《经济日报》在笔者所写的《大明湖畔国学声声》加了编者按：“专家认为，未成年人品性的养成，得之于多种文化浸润。国学乃是民族精神的积淀，厚重而博大，是未成年人成长不可或缺的根基与土壤。山东济南大明湖路小学的做法告诉我们，德育贵在根植于浓厚的民族优秀文化氛围中，让孩子的认知在不知不觉中得以升华。”

美好的示范、传承，需要有人积极去做。刘成德就是积极分子，他经常到长清大学城讲雷锋的故事。这里有10多所大学，10多万大学生。刘成德到学校忙“示范”。示谁的范？再现雷锋，示出雷锋之范。雷锋“轨范具足”，“学为人师，行为世范”，值得师法。

刘成德从电视上看到一女孩在哭……济南，长清大学城里，山东轻工学院的女大学生何丽娟哭泣着，那背颤抖着，仿佛连一旁的山也抽搐着。老人刘成德的大金鹿自行车也抖动着。

路，不好走啊！

轰鸣着，震动着，一辆重卡呼啸过去；

风驰着，电掣着，一辆轿车骄傲过去；

狼烟着，疯狂着，一辆摩托粗野过去；

喘吁着，悲苦着，一辆马车沉重过去；

……

属牛的刘成德，小名小牛的刘成德，弓着老牛似的背，使劲蹬着自行车。

默默转动的车轮，默默地感想着——他转着俺校外辅导去，转着俺看望老师傅去，转着俺救人之危去，转着俺绿化荒坡去……

这老人啊，有情无情的，能圆的，都想同圆了。这车子，10多年了，还好样的，车圈上、车梁上、车把上，亮光光的，没点锈。雨淋了，泥污了，他都赶紧擦出来。辐条一根根的，根根闪亮。人啊，失去了，才知道珍贵；他啊，存在着，就懂得珍惜。

俺跟他久了，脑子也越转越灵了。道泥泞了，逆来顺受；路平坦了，顺来顺受。没什么了不起的，车轮每天都是圆的，路总在轮下。

命运啊，关键看跟了谁，跟了太阳，光明，跟了云雾，迷茫。俺跟了刘成德，转动在地上都觉高尚滚滚。

刘老对我们要求很严格，一再强调："做车铃铛要高调，响亮；做车轮要低调，踏实。"俺从来都是低调的，车子跑得再快都低调，一高调就不稳当，一高调就癫狂，癫狂还了得！车轮，永远都得像安泰巨人那样，脚踏地上，充满力量！

俺主人好啊，他老人家总激励俺，不让泄气，一泄了气，马上鼓足。他常说：车轮，最重要的是，气可鼓而不可泄！

车轮也有看不明白的地方，是天的引力大了，还是地的吸力小了，世界上不少人，浮漂呢，像是要飞起来。人要飞起来了，离跌倒还远吗？……

老人背上满是汗了，他总想骑快点，使老大劲蹬着。

70多岁的人了，还这么卖力，真叫人心疼！"慎终如始，则无败事"，这个老人做事，就是坚持，就是始终如一。

到了，轻工学院附近，简陋的民房内，一中年妇女，浮肿，虚弱。母亲得了肝腹水，无他人照顾，何丽娟带母上学。又打工，又得给母亲做饭、熬药，本该纤纤的手，粗糙糙的。

孝感天地，孝感刘成德。他把家中仅有的300元，送给了何丽娟。何丽娟母亲的手，肿着，举一举都吃力。刘成德给她拍拍胳膊，给她搓搓手。

母亲无语，双行浊泪流；

女儿无语，两行热泪流；

刘老无语，满脸汗水流。

……

何丽娟逐渐得到各方面帮助——

济南如泉，给予温润；

长清如歌，给予抚慰；

学校如家，给予温馨。

她的学费，学校免了。她学习空余，打扫着学校的路，打扫着广场……她的脸上有了笑……

刘成德知道这孩子会好，一个如此孝的孩子，能不好吗？眼前是何丽娟病重的母亲，脑海里闪出当年病重的父亲刘德广……为老父，为德广，哪敢蹉跎！“蹉跎失机，则不得矣”！

成德无闲日，老来人倍忙。

雷锋处处奉，德广时时光。

成德，成就德被大众的事业。

他闲不住，又去济南了，给育贤学校讲雷锋。孩子们被感动得流泪，孩子们被鼓舞得脸上放光。学校递给了他 1000 元，这比那时他一个月的退休金还高。他该得的，拿了是合情合理合法的。刘成德把钱递还给校长。校长真诚地说：“这钱，该给的，财务都按规定做好账了。”

钱——又递了回来。刘成德笑了笑，又递了过去——钱。

“刘老，您别客气。”校长很恳切，“您讲雷锋的价值，是用钱能衡量的吗？不能！雷锋无价，您老讲雷锋无价。您收下吧，只是点心意。”

钱——又递了回来。

“没问题，收下吧。”一旁的财务主任也说。

刘成德又笑了笑，又递了回去——钱。

刘成德深情地说：“1959 年的时候，雷锋在鞍钢开推土机，车间主任要他带 3 个学员。他教了 4 个月。学员毕业后，工厂给他 36 元师傅钱。劳动得的，传授技能得的，厂里给的，该拿啊！可雷锋没要。他在那年 11 月 20 日的日记中写道：‘我学的技术是党培育的，今天告诉别人是应该的。’我讲雷锋，更是应该的！”

校长动情地说：“刘老，您都 70 多的人了，不收下，我心不安。”

校长深深地鞠了一躬，钱——又递了回来。刘成德实在找不到理由推了，接过了——钱。

“虽然现在发展很快了，富裕的多了，可是还有上学困难的。”刘成德诚恳地说，“校长，钱我接过来了，钱就是俺的了，俺的钱，俺说了算。

校长，俺把这钱捐给学校，您帮助困难学生吧。”

校长眼里湿润了，双手接回了钱，再次深深地、深深地给刘成德鞠了一躬……

校长再一次端详刘成德，这是一张平和的脸，却洋溢着力量。人的一切，都烙在脸上。最好的记忆，时间会令其有所忘记，最硬的石头，光阴会叫其有所风化，脸——却是一张永远的念记，一切的一切巨细无遗——这是全息吗？基于黑洞的量子性质，推出基本原理：“一个系统原则上可以由它的边界上的一些自由度完全描述。”殷勤而又认真仔细的数学家忙着证明：时空有多少维，就有多少量子元；有多少量子元，就有多少量子位。这样的全息原理，这样的全息影像，科技骄傲着自己的进步。其实，人的脸，早就全息了，在父母未生之前，就隐形全息，已生则显性全息。或儒雅，或恶俗，或智慧，或愚昧，或正直，或阴险，或慈悲，或凶狠，或质朴，或狡猾……这全息影像的脸， 无不体现。

刘成德，爹娘给他张忠厚的脸，他时时修正，处处涵养，用笔已毫无燥气、霸气，那整体轮廓，那唇线，那鼻影，那眉宇，浑然出可亲、可敬、可信的形象。

刘成德一直在忙着。幼儿园、小学、中学、大学……要从小抓起，一路抓来，扎好根，立好本。能够有规可循，有矩可蹈，有礼可效，有道可法。

刘成德像热情的树似的，不懈地向外伸着爱的绿叶。他被评为济南市道德模范，奖金 10000 元，这是他一次性到手的比较多的钱。5000 元，买了电风扇，送给了敬老院；5000 元，捐给了学校，资助困难学生。

刘成德助学的故事，感动了不少人，他们也行动起来，为孩子们献爱心。

邓华是一位退伍军人，怀揣 3000 元钱，从浙江老家来济南做茶叶生意。在江北第一茶叶市场——济南茶叶市场，他也许是不起眼的，但他知足，且愿意回馈社会。他给长清的两个困难小学生资助，要供他们读完大学。他说：“我在济南立住脚，开了两个茶叶店，得益于方方面面的帮助。我刚刚走出了贫困，虽然还不是大富，但应该力所能及帮助别人。我选择了助学，想让困难的孩子，感受到生活中随处有温暖的手。”

对助学，他上大学的儿子邓晨骁很支持："爸，您多帮两个困难学生吧，学费少给我就行——我多打工挣点钱。"

邓华助学的事，在生意圈的朋友中传开，这些外地人，都感受了济南的温馨，都有回报之心，他们也愿像邓华一样助学。于是，归德镇雷锋小学的 5 个困难学生，得到了资助。这 5 个孩子，从小学读到大学，就有了经济上的保证。

善，有随众效应。邓华的朋友，愿助学的越来越多，他们在归德，他们在万德，已资助了 12 位困难学生。他们准备帮助 20 多个学生。

邓华说："善心，不能简单地论奉献多少，而贵在真诚地去奉献。"家庭困难的孩子，有的信心不足。邓华写去了鼓励的信："孩子：困难一定是暂时的，经历艰难是一种财富，也是一份人生经历的沉淀，给你一点小小的帮助，希望能伴随你身体的成长和心智的成长，我们会长期关注你的进步！"

这个孩子是万德镇西房村的，没有母亲了，父亲长年卧病在床，收到信后，他一边读着一边落泪，仿佛感到天冷的时候妈妈给披上了一件衣服。

笔者特别关心留守儿童问题，写稿期间，插空就近搞些调研。这个问题不只这里有，而是不少地方有。

留守儿童不同程度存在着亲情失缺、学业失教、安全失保的"三失"，这在农村是一个不小的问题。

万德镇 75 个村，全镇有留守学生达 2299 名，占在校生的 39.67%。镇上高度重视这一问题，成立了以党委书记、镇长任组长，各相关部门为成员的关爱留守儿童领导小组，建立完善了相应的考评、督查和激励机制。

这里山村多，条件受限制，怎么克服困难呢？

面对缺乏资金、地点、人才难题，万德镇充分利用各村农村文化大院和农家书屋，发挥"五老"人员（退休教师、老村干部、老党员、老退伍军人、老模范）余热，构建 75 个村级留守儿童之家。有课外学习活动场所、有一部亲情电话、有专人负责、有管理制度、有成长档案、有活动记录，各村的儿童之家都达到了"六有"标准。全镇 19 处中小学校按照标准，建立了留守儿童之家。

万德镇通过有效整合各种资源，探索建立了镇、村、学校、社会四级的关爱模式，全方位关爱留守儿童。

“爸爸，我在‘家’刚学会了新舞蹈《火火的姑娘》，等您回来跳给您看……”义岭关村8岁的李腾飞再一次给在外打工的父亲李广拨通电话。这头女儿话语甜甜，那头父亲热泪涟涟。

笔者想了解镇上对留守儿童实际掌握的情况，就随机问一位镇教办的工作人员：“知道肖安雪吗？”

“知道，这孩子8岁了，是北马套村的，父亲年初劳务输出到苏丹，母亲早出晚归，打零工补贴家用。”

“您怎么这么熟悉？”

“我们镇教办、团委、妇联和村对全镇留守儿童及其家庭基本情况进行了调查登记，为每一名留守儿童建立了翔实档案。做到对留守儿童及其家长、监护人情况明确，形成了分工合作、各尽其职、运转有序的工作机制。”

我见到肖安雪时，是暑期里，她正与小朋友打乒乓球。这个村有26名留守儿童，他们在一起免费参加读书班，还有绘画、唱歌、跳绳等文体活动。

肖安雪像个快乐小天使，老师喊她给我说说情况，她蹦蹦跳跳地就到了我跟前:“这里每天点名，老师发现有不到的孩子，就给家长打电话联系。”

万德镇关爱留守儿童的经验值得总结。

万德重视教育，归德同样重视。归德镇在中小学教育中，非常注重对道德的引领，非常重视弘扬雷锋精神。他们把坐落在归德的长清七中已更名为雷锋中学，归德中心小学已更名为雷锋小学。举行挂牌仪式时，邀请雷锋生前所在团长清籍战友们参加，邀请刘成德参加，让他们为挂牌揭幕，并为来参加仪式的学生一一佩戴雷锋像章。

在归德，学雷锋已在中小学中全面推开，每天上午的上课预备铃响过之后，各班响起嘹亮的歌声——《学习雷锋好榜样》。我有一次到刘成德家采访，正遇上雷锋小学的艾新蓉、张冰洁和李官小学的杨俊男、庄高云4位同学，来帮助老人浇花、扫院子，欢声笑语从小院飞出。

刘成德一家和谐安康，其乐融融。常德宝摄影

归德的教育部门做过统计，在学生写人物的作文中，被写得次数最多的就是雷锋、刘成德。刘成德本村的学生，周围村的学生，离得近，要写雷锋、写刘成德的时候，就专门跑到刘成德家里，观察观察现场，听爷爷细细地讲了，让爷爷在本子上给题个字，再回去写。

归德注意在孩子中树立榜样，以起引领作用。与刘成德一个村的房雪娇，从小就看着刘成德做好事，一上学就听刘成德讲雷锋的故事，她崇拜这位爷爷，要以爷爷为榜样，学习雷锋。她在学校，学习好，对同学好；回到家后，对老人好。奶奶病倒在床上，她就天天晚上陪老人睡觉，为老人端屎端尿，为老人洗手洗脸。这个在家在学校都好的孩子，被评为长清区十佳少年。

房雪娇的妈妈石绍霞说："记者，俺这村老的少的学刘成德，是个文明村，好人好事多着呢，俺孩子的事不突出，您别写！"

是要学好啊，我们民族的美德是代代相传的。看看我们现在的艰苦奋斗精神，再看看墨子的辛劳，不是感到息息相通嘛！

"世之显学，儒墨也。"墨子"好学而博"，是墨家的创始人。他老人家得到了儒道两家传人的高度称赞。孟子曰："墨子兼爱，摩顶放踵利天下，为之。"庄子曰："墨子真天下之好也，将求之不得也，虽枯槁不舍也，才士也夫！"墨子的兼爱、贵俭、以天下为己任、以绳墨自矫体现的严于律己、摩顶放踵显示的吃苦耐劳等，我们了解了这种精神，再看雷锋，是不是与墨家也有相通之处。

孔子的弟子颜回、曾参、子路等，墨子的弟子禽滑厘、耕柱子、高石子等，他们传承着老师的学说。雷锋的弟子孙桂琴、何文鲁、展示荣、陶颖、陈雅娟等，出色地传承了雷锋精神。

雷锋生前曾在抚顺市的本溪路小学和建设街小学担任校外辅导员。那时的校外辅导员，不是挂个名，是切切实实地做辅导工作。

雷锋从 1960 年 10 月 10 日为建设街小学担任校外辅导员，从 1961 年 3 月 17 日为本溪路小学担任校外辅导员，直到 1962 年 8 月 15 日牺牲。雷锋帮学生建立图书室，制作了"节约箱"、"针线包"、"储蓄箱" 3 件珍宝，给孩子们讲黄继光、董存瑞等战斗英雄的故事，辅导文化课，还与孩子们一块在运动场上开展体育活动，一块到车站、电影院等公共场所去做好事。雷锋曾手把手教一些孩子写字，曾辅导一些孩子做数学题，曾到一些孩子家家访。学生孙桂琴家他就去家访过两次。雷锋与孩子们有感情，出差时间长了，就给学生写信，鼓励孩子们。

他对孩子们是从全面发展的角度进行教育引导的。有一次，雷锋出车回来，到了学校，正赶上下午最后一节课，见教室里有个孩子拿着小镜子，反射着光，墙上、地上，乱闪，搅乱了课堂秩序。下课后，雷锋找到这个孩子，一边陪他放学回家，一边给他讲要遵守纪律。他给孩子讲为了不暴露目标，英雄邱少云被火烧着都不动的故事。从此，这个孩子成为遵守纪律的好学生。

有个女学生，上课时偷偷地画老师。下课后男同学把画抢过来，贴到黑板上。雷锋知道这事后，找到这位女同学。他说，你喜欢画画，就好好画，长大了当画家。可是，你上课画老师是不文明的。我历来最爱的是党，最尊重的是我的老师。党给了我生命，老师给了我知识。

本溪路小学的赵小平和几个同学，放学后在望花公园捉迷藏，为了强化隐蔽效果，孩子们爬到树上折树枝，以便编出草帽。这恰让雷锋看到，他过去把孩子们从树上抱下来，摸了摸他们的头说，这些小树正是长的时候，让你们破坏成这个样子，多叫人心疼。公园是大家来活动的公共场所，要爱护这里的一草一木，人要从小就懂得爱护公共财物。雷锋给孩子们上了一堂公德教育课。

王文阁是建设街小学的学生。三年自然灾害较重的 1960 年，在老家山东滕州市（那时叫滕县），他家困难得过不下去了，闯关东来到抚顺。他在学校里，一看就是个穷孩子，穿的是用大人的破旧衣服拼凑起来的，买不起书包，母亲用布缝制了一个，拿不起学费，街道居委会帮忙解决。他在学校受同学讥笑，自己也有点自惭形秽，别的孩子背着书包，昂首挺胸走路，他不好意思背自己的土制书包，抱在怀里，低着头走路。

1961 年的一天，雷锋到建设街小学讲了自己苦难的家史。王文阁听了后，很震撼，还有比自己的童年更苦的，他想找雷锋叔叔说说心里话。

胆怯的王文阁鼓了好多次勇气，才去找了雷锋叔叔。他搓着自己的小手来了，不知说什么好，害羞的小脸，通红通红的。雷锋鼓励他把话说出来。

王文阁说：“叔叔，我这个穷孩子，跟您小时候是一样的吧？”

雷锋说：“不一样，根本不一样。我生在万恶的旧社会，你长在新中国。国家遇上自然灾害了，困难都是暂时的，日子很快就会好起来……你好好学习，我过几天去看你。”

有一天放学后，王文阁刚一出校门，就看到来找他的雷锋叔叔。雷锋送给他两个算术本、两个方格本和铅笔等，鼓励他要德智体全面发展，成为好学生。王文阁是争气的孩子，各门功课进步很大，到了新的学期，他当上班级的劳动委员。

后来，雷锋还送给王文阁一套《十万个为什么》。他双手接过书，止不住地流下泪水。在书的扉页上，雷锋题写了赠言：“愿你插上幻想的翅膀，去探索大自然的奥秘，长大成为一名科学家。”

王文阁感慨：“这一生，对我影响最深刻的就是雷锋叔叔！”

后来，王文阁的科学发明，获得过金奖和银奖，有多项技术拥有国家专利权。他发明的一种“补偿增力的驱动装置”获科技成果转让博览会金奖……作为雷锋的学生，从穷孩子到发明家，王文阁走出了人生的精彩。

雷锋做校外辅导员，成千上万的师生听过他的报告，有多少人一生像雷锋一样做人做事啊！

雷锋的学生孙桂琴入伍当了电话兵，成为学雷锋的标兵。《解放军画报》、《辽宁画报》等许多报刊刊登过她学雷锋的事迹。后来，部队推荐她进入中国医科大学，毕业后分配到沈阳军区陆军总医院工作。在军医岗位上，她先后荣立过二等功、三等功，多次被军区树为学习雷锋的标兵，被省市政府树为精神文明标兵，获得沈阳军区颁发的学习雷锋金质奖章。孙桂琴得了雷锋真传，她知道作为门生最重要的是把老师的精神传下去，因此，她成了不少中小学校的校外辅导员，大力弘扬雷锋精神。

雷锋的学生展世荣，中学毕业后，分配到抚顺市公共汽车公司，当了一名乘务员，她热情、耐心地搞好服务，成为先进工作者。后来她当了客运集团“退管办”主任，负责1400多名离退休老职工的工作，她仍然用实际行动体现着雷锋精神。她领导的“退管办”被抚顺市委授予“老干部工作先进集体”，本人被评为“精神文明建设标兵”，还被辽宁省委评为“先进老干部工作者”。

雷锋的一个个学生，血液里流动着雷锋的道德力量。

我们再看看，雷锋对陈雅娟的影响多么深远！

她曾与雷锋一起看《解放军画报》。摄影家张峻定格了这一瞬间。照片中，雷锋戴军帽，上士军衔镶嵌于领章，笑得自然、轻松，左手拿着画报，右手搭在大眼睛的小姑娘的右肩头上；小雅娟两个蝴蝶结扎在头上，笑得天真、纯净。当年的漂亮小女孩，如今64岁了，笑起来还那么恬静。

陈雅娟提到雷锋，总是亲切地称“雷锋叔叔”，那么自然，仿佛让人忘记了她的年龄，还是一个小姑娘在讲着20多岁的校外辅导员雷锋的故事，好像雷锋没有走，就站在一边。几次讲到动情处，几番热泪盈眶。

1967年，初中毕业后的陈雅娟要走雷锋的路，约上王宗慧、崔亚文，3个女孩要去当兵。她们坐车来到沈阳，到沈阳军区政治部，找到搞专职摄影的张峻。陈雅娟说：“张叔叔，1961年的时候，您拍我们与雷锋叔叔在一起的照片。雷锋叔叔说，你们长大了要当兵，就找张叔叔。”

面对着如此真诚的孩子，他答应了。可那年代当兵热，女兵指标有限，难度很大。他让孩子先回去，等有消息再通知。

陈雅娟坚定地说：“叔叔，不走了，我们住您家，等办完再走。”

3个女孩“赖”着不走，本来家里5口人，房子不宽绰，粮食不富裕，这一下子，人口突然增加，只好采取应急措施，睡觉搭地铺，吃饭喝玉米面糊糊。8口人，喝玉米面粥，听取“呼噜”一片。3个孩子在这住了五六天，看到张叔叔到处找人，今年确实办不成了，陈雅娟就说：“张叔叔，我们先回去，明年再来。”

1968年，在张峻的帮助下，3个孩子有了机会。经过体检、政审，她们3个只有陈雅娟合格。

陈雅娟当过话务员，当过炊事员，当过饲养员。打柴挑水、种菜喂猪……

她不嫌累，能吃苦。

1969 年 2 月，中苏在珍宝岛发生冲突。当通信兵的陈雅娟坚决要求上前线，一次次写申请，怕领导不批准，就强烈表示：“当年东南沿海形势紧张，雷锋叔叔咬破手指，写血书要求参加战斗。我现在要上战场，领导要不批准，我就写血书。”

陈雅娟参加了珍宝岛战役。天气寒冷，她和女兵们常常夜间去执行任务，气温达到零下三十七八度，有时候整个腿都陷到雪里，头上、身上，都是雪，都是霜冻。

子弹在飞，炮弹在炸，冒着生命危险，陈雅娟展示着军人的英勇顽强。珍宝岛自卫反击战胜利结束，陈雅娟立功，入党，提干。雷锋是她人生的引路人，雷锋影响她一生。

她转业后回到故乡抚顺，安排在市烟草专卖局当办公室主任。由于工作出色，组织上又让她兼烟草市场治安派出所所长。

有朋友劝她，别去管市场，太难，不是女同志干的事。这工作容易受到威胁，遭到报复。陈雅娟说：“雷锋当年总是争取最艰苦的工作，从没给组织讲过条件。我要是不服从组织分配，还是雷锋的学生吗？”

当时，烟草市场混乱，不法分子嚣张。她带领大家，会同有关部门，严厉打击不法烟贩，整顿市场秩序。

那鼓捣假烟的，手脚不便了，就仇恨陈雅娟。有一天，烟贩子中的一个头面人物，亲自出马，要摆平陈雅娟：“一个小女子，我吓唬吓唬，就够她哆嗦的！”

他走进陈雅娟办公室，很横地说：“给我们留条活路，给你自己留条后路！”

他没想到，陈雅娟拍案而起：“你想给我增加工作困难是吧？我当兵几十年，就没怕过什么困难。参加珍宝岛战役，冰天雪地我没怕过，枪林弹雨我没怕过，我能怕你！给我弄这一套，你找错人了！”大义凛然的陈雅娟镇走了不善来者。

硬的不行来软的。烟贩子有大钱的不少，多少人、多少次来到陈雅娟

雷锋与陈雅娟。张峻摄影

雷锋辅导过的学生陈雅娟。盖旭辉摄影

的办公室或者家里，拿出成捆的钱，她坚决不收。有的烟贩子说："雷锋是个傻子，带出来的学生也是傻子！"

陈雅娟的亲朋好友，有些也找来，希望她给点方便，挣点钱。她动情地说："我成长起来，是因为一直走着雷锋的路。我要徇私枉法，捞个人好处，我还是雷锋的学生吗？做人就做好人，做官就做好官，我一辈子都会这样。"

陈雅娟用突出的工作成绩和一身正气赢得组织的信任和同志们的称赞，很快就被提拔为抚顺市烟草专卖局副局长。

雷锋在学生幼小的心灵播下道德的种子，他们便旺盛出了一生的美好！

刘成德在大学城与大学生谈到自己"成德"的体会时说："人得肯学，学好了本领，才能建功立业；得会交朋友，什么人交什么友，交友很重要，我跟战友雷锋成为好朋友，他影响了我一生；得有定力，认准的路，只管往前走，别人说我傻，还有别的更难听的不理解的话，我都当成耳旁风，笑着对待人家，不计较，不生气。"

这朴素的话语，让人想起了孔子的成德之道。《论语》开篇就是："子曰：'学而时习之，不亦说乎？有朋自远方来，不亦乐乎？人不知而不愠，不亦君子乎？'"朱熹称此为"入道之门，积德之基"。孔子开宗明义，表明如何成德——一者修学，二者交友，三者忍辱。释家在成德上强调修"忍辱波罗蜜"。

杰出的思想家、教育家蔡元培先生在《中国伦理学史》中写道："凡人之所以为人者，在德与才。而成德达才，必有其道。经验，一也；读书，二也；从师受业，三也。"

成德之道，道深矣，大矣，广矣，不同的人论述会各有侧重。但进学之说却是一致。从古至今，有教，有学，有传，有承，此为不二法门。濂溪源不尽，横渠水长流，伊川川归海，象山山擎天。无不有源，无不有基，都不是空穴来风。

我在写着稿子，房间里有盆鹅掌柴，也叫手树，也叫伞树，俗名小叶发财树，主干直上直下，1 米多高，一层层地、“千手观音”似的向四面八方伸着手，椭圆形的绿色叶片，竟然每叶绝大多数为 9 片，它是要“九九归一”地伸出一只只友爱的援手呢？还是要“九九归一”地树起大善大德的呵护伞呢？还是它也在“九九归一”地学习刘成德伸出温暖的手，助人为乐呢？还是满树披挂“九九归一，天下归德”，要做个“形象大使”呢？

刘成德很辛苦，一个老人，一点点地做着，就如蜘蛛结网似的一丝一毫地织着，经纬着真善美的网。不问个人的一张网能覆多少里，只问罩天下需要多大网！

愿雷锋、刘成德，愿雷锋们、刘成德们，汇编成光明网，汇编成大光明网，汇编成正大光明网，汇编成范围天下、周覆世界的正大光明网，让正大的光明，照亮全中国，照亮全世界！

这天，房间里，不知几时，不知从何处来了一只蜘蛛，不知如何就在根本没有联系的手树和窗子之间，连起上下两根基线？

蜘蛛，比大米粒还小，暗褐色的，仿佛土坡上滚来的一个小颗粒。它在树与窗的中间地段，在上下两根基线的中间，确定一个中心，弄出一个丝垫子——小米粒似的白点。像庄周的蝴蝶圆出梦的曲线，一粒微尘似的蜘蛛，以“曲成万物而不遗”的情怀，周到地“范围天地之化而不过”，划定出一个大圈，利乐出“国土”的边界。蜘蛛走得再远也心向中心，由外而内，拖曳着情丝，追梦而行。它的背对着我的时候，顺时针方向旋转；它的腹对着我的时候，逆时针方向轮回。当它圆满一次，返到原点的时候，就吞下那小白点，干净得只有它的存在。

蜘蛛织网的时候，细细的发丝似的比它身子还长的足灵活地屈伸着，仿佛高妙着触角，在与天地对话着。这是只喜蛛，小小的喜蛛！

喜子的丝囊，简直就是一个宝囊！吐丝不尽，抒情不已。那么微小，那么奇妙！

伏羲是上古文明最大的领袖，是我们最不该冷落而被久久冷落的人文始祖。伏羲，观蜘蛛结网而得成渔网。蜘蛛，当年您在黄河上游的龙兴之地启迪伏羲，8000 年后您在黄河下游启迪龙的传人。

穿越8000年时空隧道，黄河涛声依旧，日月光明依旧，蜘蛛结网依旧，经纬和谐依旧，本色不改依旧，吾辈应该法天法地法道依旧，任凭我们掌握了多么先进的科学技术，敬畏自然之心都应该依旧，而不能置身于大自然这张奥妙无穷、经纬分明而又相互联系的和谐大网之外！

蜘蛛，您如此的诲人不倦，唯恐愚钝不解奥旨，一遍遍传道授业解惑！

蜘蛛，您传的是和谐之道，您授的是爱岗敬业，您解的是失衡之惑。

子曰："三人行，必有我师焉。"其实，何止"三人行，必有我师焉"，万物同行，必有我师。其实，一切皆吾师！

不料，一阵风吹来，精美绝伦的蛛网，化为乌有，仅剩手树与窗之间的一根银线，小小的蜘蛛，匆匆忙忙，顺此线，向窗子方向撤离。随即不知去向。本就比大米粒还小，流到茫茫的宇宙中，岂能再见？

老子曰："大道无情，运行日月。"到门外走走，吸吸，接接"地气"吧。抬望眼，泰山巍巍，灵岩幽幽。在这里看不见长江、黄河，想必都是"青山遮不住，毕竟东流去"。

长江继续滚滚，黄河继续滔滔，我得继续写稿。写刘成德的忙，刘成德还在忙，忙弘扬雷锋精神，忙以身作则，忙教育引导学生们……

蜘蛛事件过了一夜，没见喜子踪影，想来已经无望。它的网在这挂了3天多，它在这等候了3天多，没见谁来上网。网破了，还回来重温失败吗？不会的，蜘蛛那么聪明，哪能做这种傻事！

写稿到第二天下午的5点多，偶尔一抬头，忽见一个闪着银光的网，又挂在那里。"小小诸葛亮，独坐中军帐"，它什么时候又来的？什么时候又织的？失地什么时候收复的？神奇啊！

我从此开门，进出，都特别小心，唯恐动静大了惊跑了蜘蛛，唯恐风大了吹坏了蛛网。

写稿到第二天上午10点多，心想，看看蜘蛛网到什么了？哎呀，网又没了，喜子不知何处去，只有一根银丝，在风中摇着曳着，蜘蛛杳无音信，也不会再有音信，都两次破败了！

继续写稿，一心写稿。

忽然，到了第六天的晚饭后，那小小的，比大米粒还小的蜘蛛，屡败屡战的蜘蛛，又坐中军帐了！

这简直不可思议，简直目瞪口呆！

小小的蜘蛛啊，您哪是来结网啊，您分明是在进行示范教育，来现身说法！您深刻地告诉我们：乐观向上，愈挫愈勇，抱诚守真，敬业奉献，这是中华民族最宝贵的精神！

从第一次相逢，直到第七天的晚上，“摆成八卦阵”的蜘蛛，才终于能够“专抓飞来将”。那是一只苍蝇，蜘蛛紧抱不放，简直是咬紧不放块头比它大得多的苍蝇。

3 次结网，3 次重整山河，成绩多么来之不易！蜘蛛，多么坚韧不拔！

蜘蛛，历经磨难，但那根贯通手树与窗子的银线一直没断，所以它才能在此 3 次东山再起。

一个民族，一个国家的发展，也是不会一帆风顺，常常表现为“前途是光明的，道路是曲折的”。往往是前进性和曲折性、上升性和回复性的交融，是否定之否定的统一，旋转着事物的发展。只要民族魂不丢，国家的文化不丢，这个国家和民族就会一直有根“生命线”牵着，就不会灭亡，就会发展，就会充满生机和活力！

历史需要记性。我们不能忘记河畔的燕卵，有它才有契，才有了商人之祖，知道了父亲；我们不能忘记雷泽的脚印，有它才有伏羲，才有了龙的传人的始祖，知道了父亲。以前只知道母亲，从此知道了父母。这样探寻，实际上是追溯整个中华民族文化的源头。

人类到了认祖归宗的时候了！我们这个伟大的民族，在大踏步走向世界的时候，要想到雷泽的大脚印，那是我们的初步，如此，不论现在还是未来，不论步子迈得多么大，都不会变异，都会一直走着中华式的太极步！

我们这个民族之所以能够傲然于世界之林，就是因为有宝贵的民族精神。而这宝贵的民族精神，在雷锋身上生了根，他才开花，才开成长盛不衰的花！

“人不能两次踏入同一条河流”，人一生很可能踏入同一条道路。刘成德从20多岁，反复踏着雷锋之路，踏之愈久，其志愈坚，其心愈定，其步愈实。人的脚，是人的根、人的本，像树根树本，扎深务实好的生命之根本、精神之根本、文化之根本，就得了大根大本的东西。刘成德的根本，是一直踏着雷锋的足迹，坚实地走着。

一个、两个、十个刘成德解决不了大问题，我们需要千千万万个刘成德，我们需要“忽如一夜春风来，千树万树梨花开”！

刘成德和刘成德们相信，大家共同来引领，那些美好的东西，就会“似曾相识燕归来”！

当然，这不会一蹴而就，不会一劳永逸，可能步履就是不那么艰难，也不会很轻松。但一直坚勇地向前走着，一直有着坚定的信念，就会成功。“信为道源功德母，长养一切诸善根。”

在茫茫的宇宙中，人是渺小的，也如小小的蜘蛛。蜘蛛一直真诚地演绎自己的本色，终于经纬出自己的一片天地来。人乃万物之灵长，只要我们都努力倾吐真善美的情丝，每个人都可以经纬出自己的一片崇高的精神天地来！

刘成德，如果是喜子，他愿把喜丝多为教育经纬；如果是燕子，他愿把精神多为学校翩跹。

他长期为学生当“交警”，就感动、影响了很多人！

2006年6月中旬，一个小学生放学后，骑着自行车回家，在薛庄村村中心街十字路口，被一辆摩托车撞伤。刘成德听说后，去看环境，找原因：一栋新起房屋，挡住十字街口过往人车的视线，车辆来了躲闪不及，很容易碰撞。周围几个村的学生，都经过这里，叫人很不放心。于是，刘成德干脆当起了村里的“义务交警”。每天小学生放学时，刘成德都站在十字路口，指挥过往车辆，引导小学生过街口。他还准备打气筒，为过往的人提供方便。6年来，刘成德风雨无阻在这指挥交通，这路口再也没有发生一起交通事故。

刘成德有什么了不起，值得大书特书？他这一辈子，就是别的任何事没做，仅义务地为学生当“交警”，中午、下午放学，每天2次，6年呢？

这怎生了得！他还在继续下去。不服气吗？问一声自己：能做到吗？

一个70多岁的老人，多么难能，多么可贵，多么难能而可贵！

我说老人这一辈子非常闪光，而对老人来说，就像吃饭睡觉一样自然，他说得很实在：“俺觉着没么，别人觉着挺么！”他是一心一意尽人道，就像那蜘蛛经天纬地“我自然”！

刘成德，为了孩子——

风中，如树，在那挺拔，

雨中，如山，在那巍然，

雪中，如梅，在那绽放！

太阳如火的时候，老人在那里，脸被烤着，汗水一个劲流着，他各个方向转着身，挥着满是汗的手，指挥着——以脚底为圆心，以手臂为半径，以心血与汗水为“丝”，竟像蜘蛛环绕吐丝一样，把地上圆转出一个湿淋淋的圈！

刘成德在这里，一挥手，不就是播下一粒学雷锋的种子！“每粒种子都是一个愿望”，一句提醒播下了，一个微笑播下了，一个点头播下了。有了好的播种，还用问收获嘛！

我找过一些经常从这路口过的学生交谈，都说老人是“活雷锋”。他们骑自行车上学，记不清多少次用老人的打气筒充气，老人在心中，打气筒在心中，永远的打气筒在心中，一想到老人，力气就鼓足了，信心就充满了。学生未来的路很长，自行骑着人生的车，不论走多远，心装老人，就终生随身带着“成德”牌打气筒，随时可以鼓气，一辈子都会活得热情饱满，不会泄气的！

如果说刘成德站在十字街口，对孩子的通行安全有重要意义，不如说他矗立在学生心中更有意义，心中从小就有如此闪亮的人生路标，路就走得安全，就走得通畅，就走得方向明确！

有一天，我陪着刘成德为学生“执勤”。11点40多，孩子们纷纷从路口通过，有坐在家长蹬的三轮车上的，有自己骑着自行车的，不论大点的，小点的，不论男孩，还是女孩，无不打个招呼，“爷爷！”“爷爷好！”

刘成德为了保证孩子们上学安全，在村子的十字路口当起了“义务交警”。常德宝摄

的充满童稚气的甜美的声音，此起彼伏。一辆校车过来了，孩子们推开玻璃喊“爷爷好！”

我曾经问过刘成德：“您这样对孩子好，学生来送过花吧？”

老人笑了，笑得那么甜美、那么天真：“还送什么花，学生不都是花！”

从早上3点多静心地写到这里，已是5点。忽然被吓了一跳——外边窗台上，一只喜鹊欢欣鼓舞地叫着。喜鹊一大早您就喜什么，那么迫不及待，那么激动不已，您也觉着有雷锋、有刘成德，有雷锋们、有刘成德们，是中华之幸、中华之喜，才如此地喜不自禁！只是您来得太早，又没提前打个招呼，俺正专心写稿，真是：喜鹊一早临窗啼，即惊心神又惊喜！俺忙站起来，友好地向它一招手：愿咱为中华文明，共同鸣叫！

这是个小插曲，再继续往下写稿。我当时陪刘成德“执勤”，天挺冷的，穿得少，冻得有点抖。同来的王新勇、郭廷瑜，脸都冻得红红的。

一个跑步回家的小男孩，满是汗的头上冒着热气。他跑到刘成德的跟前，把一双热乎乎的小手，伸到老人冻得冰凉的大手上：“爷爷，我给您暖暖手。”

红红的、嫩嫩的小手，与冻得青一块、紫一块的大手拉在一起。

小手，暖乎乎的小手搓悠着大手；嫩手，软乎乎的嫩手摩挲着老手。小手无声，大手无声，此处无声胜有声！

小手，双手捧起大手，低头哈了哈，热腾腾的暖气、瑞气缭绕着一双饱经风霜的老手。哈着，哈出春一样的氤氲，哈出火一样的炽热，哈出香一样的真气。

刘成德那双给多少人送去温暖和力量的手，是福慧手，是功德手，是光明手，是金刚手，是无量手。

他自己却说：“是‘二传手’。我得过雷锋真传，我自己践行了，我还要传下去……”

有了这“二传手”，就不缺“三传手”、“四传手”、“五传手”……子子孙孙无穷尽也。有传承，才有永续，中华民族的生生不息、源远流长，不正是传真接善、承前启后嘛！

这个曾经温暖过无数人的手，这个开化于在在的手，这个救济以生生的手，如今正被一个小朋友的手温暖着。

此刻，陪同采访的郭廷瑜已是热泪盈眶。此刻，我们感受的就像雷锋说过的那样：“春天般的温暖。”温暖就是力量，温暖就是希望！

满脸稚气的小学生伸出纯洁的手，那一刻，他本身就是雷锋！

我笑着问：“小朋友，您叫什么名字？”

“国瑞锋。”

“几岁了？”

“10 岁。”

“哪个学校的？”

“国庄小学。”

“上几年级？”

“四年级。”

“你知道爷爷在这干什么吧？”

“爷爷在这指方向！”孩子这句脱口而出、没有任何矫情的话，令我欣喜。

我又问：“你长大了想干什么？”

“像爷爷那样学雷锋！”

老人与孩子，手拉手，心手相牵，薪火相传。

我再一次深情地仰望刘成德老人，他灯塔似的放光，放射着璀璨的道德之光。他说过：“我应该做这些事，就应该这样做！”

伸出你的手，给人温暖；伸出我的手，给人帮助；伸出他的手，给人光明。手越伸越多，合成一棵棵给予的手树。千手给你，千手给他，人人都给，越给予越多，手树就茂密着有求必应、不求也应的枝叶。帮人的手臂，越伸越长；给予的手树，越长越旺！像不尽的阳光，给人温暖，给人力量。

山东济南有“阳光大姐”，在闪耀着太阳之光。

阳光大姐，即济南阳光大姐服务有限公司，初创时 10 多个人，经过 12 年的努力，已免费培训 13.8 万人，安置就业 80 多万人次。

我以前知道，有了阳光的照耀，万物可以生长，但我不知道阳光可以生长；了解到阳光大姐的发展后，我知道了阳光也可以生长。我以前知道，阳光大姐是搞家政服务的，但不知道它搞教育；深入采访后，我知道它是面向社会的大学校，在乎技术，更在乎德育。

在济南，家庭生活离不开阳光大姐。阳光大姐，闪亮了济南，为这座历史文化名城赢得闪光的美誉——阳光之都！

时也，位也，万事万物之兴衰，莫不关乎时位。国企曾有红火的年代，进入新世纪，济南加快国企改制步伐，大批女工特别是大龄女工下岗。改制的企业，有的成功，有的失败，而在改制中下岗的职工，无不经历了人生的一个大坎。那滋味，只有个人体会了，才知道什么叫刻骨铭心。

这时，济南市妇联伸出温暖的手，用女人温柔的肩膀，扛起点燃希望的责任。她们创办家政服务公司，取名阳光大姐——“让党的阳光照亮妇女就业之路，把党的温暖洒向千家万户”。

虽然起了一个光芒四射的名字，但在创办初期，经营场所简陋，办公面积只有 10 多平方米。秋风萧瑟，公司在 2001 年 10 月成立时，小得像飘零的落叶，一地寒碜。

爱的根一旦扎下，就顽强得出乎意料！爱的树一旦顺势，就蓬勃得不亦乐乎！“安置一个人，温暖两个家”——带着爱上路，带着阳光上门，阳光大姐，生发起来，而且，一发而不可收。

“爱心是家政服务的灵魂。阳光大姐一直在引领员工把用户当亲人，用心做事，用心服务。”全国人大代表、阳光大姐服务有限公司总经理卓长立说，“我们公司既是爱的滋生地，又是爱的传播站。”

阳光大姐的员工原来主要是城市下岗女工，继而吸纳大批农村进城务工妇女，后来一部分女大学生积极加盟。公司既授之以渔——做事，又传之以道——做人。阳光大姐被国家工商总局认定为中国家庭服务行业首个“中国驰名商标”。公司为 60 万户家庭提供服务，为家政服务员创造收入 6.2 亿元。2012 年被国务院授予“全国就业先进企业”。阳光大姐在济南家政服务市场中的占有率达 80%，仅济南市已拥有相对固定的家政服务队伍 2.6

万人，全国连锁机构 100 多家，已近 4 万人。

我来到济南总部的公司服务大厅，工作人员都在忙碌着，预订家政服务的电话不绝于耳，很多星级月嫂已被提前预订到下一年。阳光大姐为用户送去阳光，自己也灿烂起来，“三八”红旗手、“五一”劳动奖章、杰出技术能手、全国优秀农民工等多项荣誉称号，闪闪发光。

阳光大姐的家政服务员上岗率达到98%，服务满意率98%。这样的佳绩，固然得益于严格的技能训练，更重要的是持续的道德教育。北宋哲学家张载说：“为学大益，在自能变化气质。”垂头丧气的下岗女工、土里土气的农村女孩、找不到工作一脸茫然的女大学生……进了家政服务公司，经“阳光”一照耀，“变化气质”，女子们精神起来，文明起来，一个个的很阳光！

我问卓长立最高兴的事是什么？她说：“最高兴的是看到员工的变化。有些女孩，刚来时傻乎乎的，过上一段变得聪明、漂亮、懂礼貌、会工作，这真叫人高兴。有句话叫‘人类灵魂的工程师’，在这里，要让人神奇般地发生变化，我们提出了‘人类灵魂的魔术师’。刚才进来给咱倒水的女孩多儒雅、多美丽。刚从农村来时，她走进已经开讲的课堂，粗门大嗓地喊着她同村的人说：‘你看你，没喊俺一声，俺都来晚了……’大家都转脸看她。这孩子现在多好了！人是可以变化的！”

卓长立介绍，有一些刚参加培训的“大姐”，最初听课的时候跷“二郎腿儿”，喝不完的水随手泼到地上，甚至随地吐痰……“在农村生活时可能这些细节并不在意，但这些小习惯却不能带到工作中来。我们平时将收集到的这些小习惯在课堂上讲，告诉大家不能这样做。否则，用户就会觉着进门的‘大姐’没道德修养。”

阳光大姐做足细节，搞养成教育，不厌其烦，确保家政服务员进入客户家庭时能完全熟悉城市家庭的生活习惯。为此，公司对农民工的免费培训课时由 15 天延长至 20 天，以保证农民工融入城市的第一个课堂的实效。

这里有道德讲堂，有道德书籍，有身边活生生的案例，这里是没有围墙的大学校，这里是有道德的大舞台。她们在这里吸取了道德的正能量，再到各家各户释放道德力量，传送道德的接力棒，她们跑出一路精彩。我采访了很多用户，他们表示，阳光大姐不仅把家里打扫得干净了，她们的道德净化力，也使家人心里觉着干净了。

员工走进阳光大姐之前，大都属于弱势群体的成员，而这里使她们首先精神强大起来，道德高尚起来，思想开明起来。她们靠什么安身立命？成德安身，成人立命！

育人育德，在阳光大姐，德至高无上。卓长立说："人，就是个心。来我这里的女子，本来就好，我们不过吹吹德风，让良知的浪花闪得更好。"

良知何其重要！我想起了王阳明的"致良知"，这位心学集大成者强调："心即理也"。他在龙场悟道，明白了"圣人之道，吾性自足"。他与孔子、孟子、朱熹，并称孔孟朱王。

王阳明是明代最著名的思想家、教育家、军事家，被誉为中国历史上罕见的全能大儒，非但精通儒、释、道，而且集文武智谋于一身，智敏做事，出奇用兵，一生事功赫赫。他的"心学"可谓用心良苦。在心浮气躁的今天，借鉴点阳明之道，求心、求新、求信，多下些求是的真功夫，不无裨益。

关注阳光大姐者，很多人对新员工进来之后"变化气质"之快、之大，表示惊讶。阳光大姐直指本心，大用心劲，在"灵魂深处闹革命"。我问卓长立具体的"速效秘笈"，她爽快地说："学习雷锋好榜样！"阳光大姐的会议室、走廊的墙上，到处都有雷锋闪光的名言，有雷锋闪光的头像。卓长立说："雷锋在有的地方是'三月来四月走'，在阳光大姐，雷锋永远阳光明媚！"阳光大姐每月每年都有主题活动，组织大家献爱心。

增长慈悲心，增益欢喜心。理解了她们的善良，就明白了她们的阳光。法国浪漫主义作家雨果说："善良是精神世界的太阳。"

归德不远，刘成德挺近。为了让大家更深切地了解雷锋，更具体地知道怎样学雷锋，阳光大姐组织起来，到归德镇参观雷锋战友刘成德事迹展览馆，到刘成德家听老人讲学雷锋的体会，帮刘成德家把桌子、椅子、窗子擦得干干净净。她们回到公司讨论时，大家很觉震撼，刘成德一个老人，义务照顾瘫在床上的孟庆泉7年，义务给学生当"交警"7年，总是热情周到，始终如一。我们搞家政服务是有偿的，有什么理由不真诚服务，有什么理由不尽心尽力?

我见到胡长彦时，她深切地说:“刘成德在我们阳光大姐是学习的偶像。他能50多年义务做好事，我们家政是一项工作，有什么困难不能克服?”她干家政8年了，每月有2000多元的工资收入。我夸她气质好，她说:“原来没这样。公司不断地抓德育，加上在为不同用户服务过程中学到了很多知识，见了世面，长了见识，老同学见面，都说我比原来有气质了。”真是“德以润身”啊!

道德一旦内化，嘉言懿行成为自然而然的时候，人就分外有感染力。胡长彦刚开始干家政服务员时，女儿刚刚上学，填父母职业时，她不愿意填妈妈在阳光大姐工作，觉得有些丢人。为了让女儿理解自己，有时到用户家做定期保洁，她就带着女儿一起去，让孩子感受一下自己的工作。看着妈妈拿着用户给的钥匙开门，然后一丝不苟地工作，女儿问:“用户不在，你不歇会儿吗?”胡长彦告诉女儿:“用户在与不在，妈妈都得这样干，妈妈得对得起用户的信任。”逐渐地，孩子理解了她，现在再填妈妈的职业时，女儿会毫不犹豫地写下“阳光大姐”。

阳光大姐走过了12年，道德的脚步一直没有停歇。

在这里，“责任+爱心”，深入人心;

在这里，“服务无止境，满意为标准”，是永远的追求;

在这里，“标准无限，爱心无限，服务无限”，是共同的努力;

在这里，“阳光照到的地方，就有大姐的服务;大姐服务的地方，必有阳光的温馨”，是共同的心声;

在这里，“智德双修，知行合一”，是共同的理念。

我在阳光大姐采访了很多人，她们一谈就落泪。体会过艰辛的人，更懂得珍惜和感恩。这里仿佛是一个感动的大海，大海最容易泛起的是浪花，她们的泪水是动情的浪花。

马济萍坐在我对面，没讲几句就掉了泪。她曾在企业担任出纳，1996年下岗了。没着没落，这马济萍，名副其实了——一没了工作，马上像在济南到处飘荡的浮萍，真的找不到根了。她摆过地摊，卖过服装……干了好多样工作，总不顺心。2004 年，大姑姐说在阳光大姐做月嫂不错，她就想去干。可家里人都反对，丈夫说："你脾气不好，去人家里干活，万一遇到难处的用户，吵起来咋办？""我现在干的活，心烦咋办？"丈夫没话说，她就坚持，"去干干试试嘛！"

可是，真迈进门来了，她也觉不好意思。参加培训，总是最后一个进教室，坐在后面，生怕人家嘲笑她，说卖衣服的老板干起了月嫂。不过，她有不服输的性格，要么不干，要干就狠下力气干。她的勤快，她的细致，得到了用户的称赞。她现为阳光大姐家政服务专业指导师、首席金牌月嫂。2011 年与阳光大姐其他两名服务员组队，在全国家政服务行业技能大赛中荣获团体冠军。

马济萍掉着泪给我讲了一个叫她难忘的故事——

一天下午，宝宝的奶奶亲自炒了一桌菜，要她今天晚点走。马济萍问今天有什么事吗？奶奶说："等会儿你就知道了。"马济萍心想，是有什么重要客人来吧，炒了这么多菜！

一会儿，宝宝的爷爷回来了，手里拎了一个大蛋糕。这时奶奶才说："今天我们全家给你过生日。"马济萍顿时惊呆了！原来宝宝的奶奶是在签合同时从身份证上知道了她的生日，特地记了下来，想给她一个惊喜。点上蜡烛，一家人共同唱着"祝您生日快乐……"

马济萍的泪水止不住地掉着，她从下岗后，到处打拼，总觉低人一等，谁曾真正地尊重过她，谁曾为她如此隆重地过生日？尊重给了她力量，尊重给了她幸福，尊重是浓浓的蜂蜜，甜蜜在嘴里，滋润在心里。给予别人尊重，自己不受损失，别人却如获至宝。人有时候吝惜尊重，舍不得给人，就像富有财富而寡于助人一样，这也是一种刻薄。

阳光大姐经常给大家强调：家家皆可学之户，户户皆可爱之家。要求员工在工作中向人学习，在服务中建立感情，在交往中取得信任。对此，高连霞深有体会。她 1965 年出生，济南市大涧沟村村民。2004 年 2 月，在她姐姐高连云的带动下，她来到阳光大姐，成为一名家政服务员。

高连霞对我说："刚开始我的压力很大，觉得干家政是伺候人，见不得人。”因此，她瞒了村里人很长时间。

有一个户主，是在财政部门工作的领导，对她很尊重，主动开导她说：“人都是平等的，你到我家是为我服务，我的工作是为政府服务，政府是为百姓服务，我们都是服务，只是对象不同，分工不同，没有什么丢人的。”

用给人以启发的话语开导人，像给钱给物一样，是施以帮助，甚至是更有价值的帮助。高连霞高兴了，腰杆挺起了，她觉着这话比什么都宝贵，因为她开窍了，她觉悟了，她明白了公司培训时常讲的话——用户是咱的恩人，人人是咱的老师。

高连霞在村里高调宣布，她在干家政工作，并大力宣传这项工作的意义。一传十，十传百，好多乡亲都愿意跟她一块出来干。以前看不起她、嘲笑她的村民也加入到家政服务的队伍中。

现在，高连霞的丈夫、姐姐、姐夫都在阳光大姐干家政，两口子每月收入3000余元，盖起了360多平方米的大房子，过上了让村里人羡慕的生活，不仅能供儿子上大学，每个月还有一些积蓄。

高连霞从农村走向城市，带动了全村的就业，成为全村人学习的榜样。她们已彻底抛弃了“干家政是伺候人、低人一等”的陈旧观念。如今，大涧沟村有1300多人在阳光大姐做家政服务员，成为有名的家政专业村。每天清晨和黄昏，省城17路公交车上坐满了大涧沟村的“阳光大姐”，因此，17路公交车也被人称为“阳光大姐接送车”。这种局面的形成得益于高连霞——“家政村”的带头人，她在村里格外受人尊重。

阳光大姐修炼的内容很丰富，其中有一项是忍功。面对的人家是千家万户，面对的人员是千差万别，一人要称百人心、千人心、万人心，是需要忍功的，学会有时候的逆来顺受、顺来顺受，也是一项人生必需的修炼。她们都明白了“忍能生百福，和可致千祥”，她们都记住了“一勤天下无难事，百忍堂中有太和”。

对此，田付军给我讲了她的故事——

我曾经服务过一个用户，我们相处得非常融洽，产妇对我很满意。就在离合同结束还有3天的时候，我发现来看孙子的奶奶用手在洗床单，想到她家刚刚买了一台洗衣机，就随口说了句：“阿姨，您怎么不用洗衣机洗？”不知道老人是怎么想的，回了我一句：“我傻吗？我不用洗衣机？”又生气地说了很多让人难以接受的话。当时，我委屈的眼泪快要掉出来了，真想一甩手走人。转念一想，我是来工作的，而且就剩3天了，忍忍就过去了。要是我一赌气走了，对公司的影响也不好。我忍住气，对老太太说：“阿姨，对不起，我不该那样说。”老太太理都不理，依旧嘟囔一些不好听的话。我假装听不见，继续干自己的活。第二天，我实在不想去了，但还是给自己打了打气，硬着头皮进了家，老太太的儿子一直说着客气话，我心里才不那么难受了，最终顺利完成了这份合同。回想起来，如果我当时不克制自己，就会是另一种结果了。

田付军是一个善于总结的人，她说忍辱是非常不容易的，不是忍上一次两次就有了功夫，要经常磨练。她说——记得我服务的一个用户，小孩的姥姥很难相处，经常给我出难题，有时候还指桑骂槐数落人。我始终以礼相待，凭着一颗宽容的心赢得了她的认可。进入一个家庭，我们不可能要求用户适应我们，一定要去适应所有家庭成员的习惯，争取在最短的时间让用户接受我们。

大学生就业，特别是女大学生就业，压力越来越大，已成为不小的问题。阳光大姐向女大学生敞开了大门，2009年2月推出“千名女大学生育婴师免费培训计划”，对年龄在35岁以下的应、往届女大学生进行免费培训。此举大受欢迎，不仅本科生报名踊跃，一些研究生也积极参加。

人们的生活条件好了，要让孩子赢在起跑线上，越来越重视早期教育，这些大学生育婴师就成为新宠。如今，女大学生育婴服务呈现出像月嫂服务项目一样的火爆场面，需提前几个月预订才行。

我见到大学生育婴师张平时，她正逗着水中的三四个月大的宝宝，那夸张的表情，那稚气的脸庞，那甜美的微笑，那轻柔的动作，叫我立时想到老子的“专气致柔，能如婴儿乎”。这么生动纯洁的画面，仿佛不是在照顾别人孩子，那和谐、那天真烂漫，就像一个大孩子和一个小孩子无邪地玩着。

1989年出生的张平，在大学学的是物流管理专业。她想，随着世界经济的高速发展和全球化趋势的日益突出，现代物流理论和技术已在发达国家得到了空前的应用和发展，学好这个专业，在迅速发展的中国大有用武之地。可过了实习期，她找了几个单位，都没欢迎她去“用武”。是阳光大姐在她最需要阳光的时候，给了她阳光。

我问她：“你这学物流的，现在搞育婴，有什么感受？”这个漂亮女孩高兴地说：“物流是物质资料从供给者到需求者的物理运动，我现在当育婴师是跟孩子做感情运动。看着孩子天天变化，像看着花朵天天绽放，很愉悦！”愉悦不觉时光快，眨眼已是三载春秋。张平从初级育婴师升为高级育婴师，工资从最初的1000多元涨到3000多元。张平说：“今年开始，我已经不再入户带孩子了，主要负责水泳室的工作。”她眉角眼梢都透着幸福和自信。

我在阳光大姐收获了一个又一个感动，这里强大的道德教育力量，令人振奋。“你用责任和爱心，把阳光带给家庭万万千，你让生活安康美甜，你让幸福充满空间……”听着悦耳的《阳光大姐之歌》，我深深地感到，阳光大姐就是一棵不断长大、不断长高的太阳树，而且是大无边、高无上的太阳树，一个个员工，就是一只只太阳鸟，扇动着技能和道德的双翅，啭鸣着“服务，服务”，从太阳树飞向济南，飞向山东，飞向全国，飞到之处，就是阳光灿烂，就是生活明媚！

刘成德一个老人，一直在关心着孩子，一直在关心着教育，令人感动。这叫我想到了教育问题。

教育，引领人向上向善何其重要！这是源啊！正本清源，本如果出了问题，源如果出了问题，那就很成问题！

我在全国采访，那么多“最美教师”，有着催人泪下的故事，有着默默奉献的精神，这些神圣的老师，燃烧了自己，点亮了学生的心灵。

中国自古就有尊师重教的优良传统。“师徒如父子”、“一日为师，终身为父”等语句，都体现了师生关系的特殊。“教师是太阳底下最崇高的职业”、“为人师表”、“教师是人类灵魂的工程师”，这些话把教师的神圣表达到极致。全国现有教师1442万，绝大多数教师在辛辛苦苦地教书育人。

可是，师德沦丧的事也时有曝光。自2013年5月8日海南万宁发生“小学校长带女生开房”事件到5月27日，20天内至少有8起校园内猥亵性侵幼女案被曝光。影响极为恶劣。

中学里，绝大部分老师忠于职守。“范跑跑”一跑出来，舆论哗然。“5·12”汶川特大地震，都江堰一中学教师范美忠不顾学生，自己先逃生。就像战士临阵逃脱，“范跑跑”的不对是显然的。而随后的舆论，却有不少不仅对他不谴责，而是表示理解，这才是悲哀的。据悉，相关部门将出台教师师德考核评价规定，为师德划出“红线”，越线教师将受到严惩。

我到高校采访，在感动之余，却也有了感伤。对问题我们国家是不回避的，官方文件明确指出：“少数青年教师政治信仰迷茫、理想信念模糊、职业情感与职业道德淡化、服务意识不强，个别教师言行失范、不能为人师表；一些地方和高校对青年教师思想政治工作重视不够、工作方法不多、工作针对性和实效性不强。”针对问题，中共中央组织部、中共中央宣传部、中共教育部党组联合下发文件——《关于加强和改进高校青年教师思想政治工作的若干意见》(教党[2013]12号)。对此，一名牌大学的教授说：“如此联合下文，少见，少见，足见高度重视。看样要真抓了，也必须真抓了！”

如果每一位教师都高尚起来，教育出的学生又都高尚，那不就“当惊世界殊”，甚至纷至沓来，争相探秘——“问渠那得清如许”？我们就会笑答：“为有源头活水来！”

“学为人师，行为世范”。教师，要用知识与道德的花蜜，酿出文明之蜜，滋润学生的心灵。

说到蜜，我想到了养蜂人。万德，山好水好花好，蜂农来得多，到了流蜜期，得有三四十家，90%是从南方来的。出去散步，常遇到，就成了熟人。

走到义灵路，不远就是桥，桥下水欢流着，发出“哗哗”的响声。桥东路边的养蜂人是从浙江来的老童，白净脸，润泽，和善，说话常带着笑。灵岩村里来玩的小孩，唱着儿歌：“小蜜蜂，整天忙，采花蜜，酿蜜糖。”

老童说：“蜜蜂中有蜂王、雄蜂和工蜂。工蜂是最忙的，一个个像小傻子，白天采花蜜，晚上酿蜜，黑白不闲着，那么弱小，一生飞的里程，能绕地球 12 圈。”

在林场的对过，黄茅岗水库下边，一片竹林中间，有块长条空地，万德镇小万德村的李思亮在这养蜂。他是 1962 年的人，属虎，养了 80 多箱蜂。他一年三季在这养蜂。从他父亲的时候，他家就养蜂了。“父亲得了病，快不行了，养了蜂，常喝蜂蜜，身体好了，就一直养了起来。”子承父业的李思亮说，“您到处走走看看，养蜂的身体都好。蜂蜜、花粉、蜂王浆，都是宝啊，是天然保健品。”

我问李思亮一年能挣多少钱？他说：“我们两口子都干的话，正常年景，能挣 3 万来块，遇上天旱的年头，花开得少，还得赔呢！”

有一次，刚下过雨，我散步到了李思亮那里，蜂箱的出口处蜜蜂挤成团。这是怎么回事？李思亮说：“别小看蜜蜂，知天知地呢！它们很少被雨淋在外边，要下雨了就都往回飞，一时进不了箱，就堵在了门口。”

蜜蜂的翅膀每秒可扇动 200 至 400 次，它们的工作十分辛苦。我问李思亮：“蜜蜂得采多少朵花，才能采 1 蜜囊花蜜？”

“太不容易了！得采 1100 到 1446 朵花呢！在流蜜期间，平均 1 天 1 只蜜蜂就忙来忙去采集 10 次。”小小的蜜蜂，吃苦耐劳，叫人感动。李思亮说，“蜜蜂总是竭尽全力，每次载蜜量平均达到它体重的一半，它满了载往回飞的时候，速度也就是 20 至 24 公里，平时往外飞的时候，时速都能到 40 公里。”

一只蜜蜂一生只能为人类提供0.6克蜂蜜，也许一只蜜蜂是微不足道的，但多了就规模出效益。李思亮养了五六百万只蜂，就成就了他家的甜蜜事业。

坐在李思亮简陋的帐篷旁，看着翠竹轻摇，听着蜜蜂的“嗡嗡”声、蝉的“知了——知了”声，闻着花香、蜜香，就有了想法。蜜蜂不辞辛劳，博采众花，为人类酿蜜；人类广集诸善，多酿道德之蜜，以此滋养人，特别滋养少年儿童和青年，生活不就充满甜美，世界不就充满甜美！没有醍醐灌顶，能有这种道德蜂蜜灌顶，也是人类福祉。

第九章

如深树根　积植德本

早上醒来，看了看，蜘蛛，9天了，还在相伴，网残破的地方，已经修补。它宁静坐在蛛网中心，像是甜甜地睡着了。看着蜘蛛，想起了《容斋随笔》：“佛经云：‘蠢动含灵，皆有佛性。’《庄子》云：‘惟虫能虫，惟虫能天。’盖虽昆虫之微，天机所运，其善巧方便，有非人智虑技解所可及者。蚕之作茧，蜘蛛之结网，蜂之累房，燕之营巢，蚁之筑垤，螟蛉之祝子之类是已。”

由蜘蛛的执着和顽强，想到有的人之脆弱了。人的资本，主要包括经济资本、人力资本、社会资本、生态资本和心理资本。心理资本有时重视不够，其实是很重要的，有的考试不好割腕，有的一挨批评跳楼……心理抗击打能力太差。中国平均每年约有28万人死于自杀，200万人自杀未遂。自杀为我国人群第五大死因，是15—34岁青年人群的首位死因。2009年，世界卫生组织（WHO）的《全球性医学研究报告》指出，世界各地每年约有100万人死于自杀，其中约有三分之一发生在中国。另外，《经济日报》一篇文章中说：“我国每13秒钟就有一个人死于心血管病。”这恐怕除了生理原因外，也有心理因素吧。人注意锻炼身体，却容易忽略磨炼心理。身体的强壮需要，心理的强大一样需要。

在心理的磨砺中，是要重视坚持不懈的。三分钟的热度，或者半途而废，甚至功亏一篑，如此“靡不有初，鲜克有终”，最能坏事。所以，不坚持不足以成事，不顽强不足以成人。

从前，英格兰的国王想吞并苏格兰，率领大军与罗伯特·布鲁斯的队伍作战。激烈交锋了6次，苏格兰的部队都失败了。罗伯特·布鲁斯出逃到一个深山老林，他的军队溃散了。

一天，罗伯特·布鲁斯在洞穴里躺着，洞外雨声阵阵，仿佛是为他流的泪水。他用无望的眼神，看着外面的阴沉，心灰意冷好像雨水织成的网，罩着他灵魂的黯淡。

罗伯特·布鲁斯正在百无聊赖的时候，忽然发现洞里有只蜘蛛要结网。它从洞壁的一边向另一边搭网丝，搭了6次，都没够上。蜘蛛不气馁，不放弃，再来，7次，哦，7次，蛛丝连到另一边的洞壁上。

罗伯特·布鲁斯大受启发，大受鼓舞。他重招旧部，点燃他们的信心。第七次战斗展开，英格兰国王的部队失败，英格兰承认苏格兰为独立的国家，国王的桂冠戴到罗伯特·布鲁斯的头上。

罗伯特·布鲁斯心中感激蜘蛛，如果不是它的一次次尝试搭丝，如果不是它体现出的执着，如果不是它展示的信念坚定，他就不会得到启迪和激励，就不会重新燃烧起希望，就痛饮不到战争胜利和国家独立的庆功酒。

谁能想到，一个小小的蜘蛛竟能救国！

网已经多得令人望“网”兴叹了，还需要别的网吗？蜘蛛无语，一直在网上。

能干什么呢？思之，思之，又重思之。思之而不通，再思到极致。管子说“精气之极也”，就通了。罗伯特·布鲁斯看到的蜘蛛在洞中7次搭丝方成功，我已经三思，那就听他老人家的“思之，思之”，以至七思吧！

天网早有了，地网早有了……该有的早有了。看着蛛网，看着蜘蛛，很仰慕它的“常清静”。“人能常清静，天地悉皆归”。然而，看看，古今看看，中外看看，清净难，“降伏其心”不易！“夫人神好清，而心扰之；人心好静，而欲牵之。常能遣其欲，而心自静；澄其心，而神自清。”看来，“一切唯心造”。心网虽然早就五花八门，但问题还在心上，就重新强调下心网吧。人类迫切需要个外邪不入，内扰不起，毫不利己，专门利人的心网。这样，天网、地网、心网“三网合一”，三无差别。如此，则天泰地宁人安。

心网怎么织？以道为经，以德为纬，以无心为圆心，以真吐丝，以善成线，以美严饰之。此网投入运行后，日常维护很重要，要以清净为义工，常来打扫；以无私无欲做保安，搞好守护；以礼义廉耻为要则，搞好管理，内和外谐，四海之内皆兄弟，十方之里尽手足，要皆大欢喜。得此网，则一心清凉，善哉，善哉！

要结这样的心网，最现实、最有效的办法就是学习雷锋。刘成德用50年的践行，做出了响亮的回答。他活得充实、幸福、快乐！

成德之道在哪里？“即心是道”！孟子曰：“君子所性，仁义礼智根于心，其生色也，睟然见于面，盎于背，施于四体，四体不言而喻。”所以，真正的道德，是自觉自律。人能自觉自律就不会造业。什么都可以造，就是不可造业。而人往往最容易造业，稍不留神就造业了。因此，古人一再强调谨慎，所谓“战战兢兢，如履薄冰”！

叔本华说：“每一天都是一个人生的缩影！”有一晚上，我给刘成德打了个电话，问他这天干的什么。他吃完早饭，去赶了个归德大集，买了点青菜，买了点自家过日子用的小东西；给瘫在床上的孟庆泉买了10斤鸡蛋，给孟家送去，留下100块钱，再问问还有别的困难吗；打扫了下文化广场；村里路边的花有的旱了，浇了点水；中午到路口义务当“交警”照应学生；下午孩子放学了，指挥交通……这是刘成德普通的一天，他过得有滋有味的一天，像泉水流淌一样自然的一天。他积集善根，善积集得多了，就“发酵”，一“发酵”，精神就得到升华，如此循环往复，这般善之又善，以至至善。

刘成德，每天都是好日子，过好每一天，心网就明光闪耀！

郭明义、杨善洲、徐虎、丛飞……都这么一天天地明亮着心网！

自己的心光明了，对人还有阴暗吗？这种明丽的个人心网多如天上的闪亮的星星了，整个社会还不“宝网遐施覆其上，妙香氛氲共旋绕”！写到这里，竟想起巴金的句子：“天空是深蓝色，上面布满了星星的网。这网紧紧地盖下来，盖在我们的头上。”所以，从个人做起，从心做起，非常重要！群星闪耀，才会有“星星的网”的闪亮！

由群星闪耀想到我在一个中秋节看到的群燕飞舞了。一只燕子的精彩，撩拨了春天的诗情；千万年燕子的精彩，图腾了中华的妙真。眼前的千万只燕子欢舞于天空，如万花芬芳于大地！

天有天道，地有地道，燕有燕道，“动合天心，静得地意”的燕子，成千上万，如此仰观俯察，高舞低飞，是共襄燕子的成德之道吗?

燕子，时而密集，遮天蔽日；时而疏松，轻飞曼舞。飞到高处，“翼”薄云天，近乎看之不清，一个个小小的点儿在移动；飞到低处，或贴地，或近墙，或临屋，或穿行于树木之间，疾徐自如，有时飞到远处，有时飞回我身旁，前后左右盘旋。燕子在空中飞行，或张或弛，或正或侧，或翱或翔，千姿百态，神妙难状。

燕子们表演完各种动作，变幻了各种组合，飞落到电线上，一根根电线，一排排燕子，很有阵势。电线上排不完，有些在屋檐下抓着墙壁一字排开。我印象中燕子是不喜欢往树上落的，而这里有些燕子灵巧地飞到树梢上。

中秋时节，千万只燕子如此聚集，是为了庆贺人们佳节的团圆？是召开燕子的半年总结大会？是集体亮相展示功德圆满？是集训准备南下？我不懂燕语，搞不清楚，但有一点是明确的，这些燕子的善举群行，给了我喜悦、信心和力量——一只燕子是微小的，成千上万只燕子，就壮观出天地间的遵道循德的大场面。

人要是万众一心、崇德向善，那是怎样的令人激奋！写稿至此，天亮了！世界已在早晨敞开了它的光明之心。得出去走走，卯时空气好，吐纳一番。

松柏树的香气，山花的香气，早晨的清扬之气，融合着，化成这里的清新。同样，方方面面的良善，才能汇成全社会的美好。全社会就是张大网，每个人就是上面的一丝一线，人人有关，网好则同受其益，网坏则共承其害，人人有份，人人有责，所以，德网同享，德网共建。

边想着这些，边走在美好的环境里。看着燕子的自在，蜘蛛的从容，知道它们是懂得“顺天”的，明白它们是善于“应人”的，而人有时候却不能“顺天应人”。人啊，真不易！人，欲知者何其多，欲循者何其多，欲为者何其多，欲禁者何其多，然能处事不违，为人不过，心安不忧，则已难能可贵，如何才能这样？《系词》云：“与天地相似，故不违。知周乎万物而道济天下，故不过……乐天知命，故不忧。”此亦宇宙道德也！

走到千岁檀下，坐到椅子上，看着远处的灵岩山峰，看着披上霞光的宋代建的辟支塔，看着空中各种鸟的飞翔，感受着如画的灵岩胜景。一只喜鹊飞到檀树上，响亮地叫着。这喜鹊是看着我一人在这里，飞来陪我共赏晨光吗？喜鹊是热情的鸟。传说，牛郎和织女被银河隔开，每年的农历七月七日他们才能相见。每到“七夕节”，乐于助人、乐于传递喜讯、乐于促成喜事的喜鹊，不辞辛劳，从各地前往集会，用身体簇拥着搭成一座鹊桥，让牛郎和织女喜相逢于鹊桥之上。

檀树的枝叶在风中悠然地摆着，好像喜鹊的尾巴自在地翘来翘去。青檀属榆科，我国特有单种属植物，系国家二级稀有保护树种。以前到枣庄市的青檀寺景区，看到过青檀。这眼前的千年青檀是两棵相伴而生，又名鸳鸯檀。两树的枝叶交叉着，仿佛耳鬓厮磨，相互呵护着，忠诚着，经了千年的风风雨雨，心不变，情不衰，透着生命自信、美满自信，那摇摆的树枝，好像在对人招手：“向我们学习啊！”这两棵树，已被列入世界自然遗产名录。

我对灵岩是熟悉的。记得有一年秋天来，柿叶已落，树上挂满柿子，金黄闪亮，每一棵树都像一首诗、一幅画——裸尽一切遮遮掩掩，只挂满树赤胆忠心。想到这些，脑子里又闪出刘成德的赤诚了，他老人家用足了减法，把该舍的都舍了，简朴出一道风景。这其实是一种圣贤情怀了！

我们这个民族，有至圣孔子，亚圣孟子，宗圣曾子，兵圣孙子，医圣张仲景，书圣王羲之，诗圣杜甫……哲学家冯友兰说：“圣人并不需要为当圣人而做什么特别的事情。他不可能施行神迹，也不需要去那样做。圣人所做的事无非就是寻常人所做的事，但是他对所做的事有高度的理解，这些事对他有一种不同的意义。换句话说，寻常人在蒙昧状态（佛家称之为“无明”）中做事，圣人则是在完全自觉（觉而又悟）的状态中做事。”那么，高尚的雷锋，大爱的雷锋，完全自觉地为人民服务的雷锋，就是道德圣人，可称德圣。

崇敬雷锋如仰望泰山。刘成德曾经梦到——泰山的天烛峰，一块块奇石都成为天然的雷锋头像，个十百千万，数不尽，恍惚间，整个顶天立地的天烛峰都化为金光闪闪的雷锋头像……

他笑着问我："是我想雷锋了吧，怎么做了这么奇异的梦？"

——雷锋不就是中国精神天烛，照亮了国人的精神世界！

——雷锋不就是中华道德泰山，挺立起民族的道德高标！

大爱无边，大道无极。灵岩，属于泰山山脉。多少年来，记不清多少次攀登泰山。站在泰山脚下，仰望泰山，其拔地通天之势，多么震撼啊！泰山是我们民族精神的象征，其伟，其雄，每一次亲近，都得到心灵的抚慰，都得到思想的滋养，都得到境界的提升，都得到精神的振奋，都得到力量的鼓舞。我明白了李白何以"天门一长啸，万里清风来"，杜甫何以"会当凌绝顶，一览众山小"。泰山奇矣，大矣！何也？"泰山不让土壤故能成其大；河海不择细流，故能就其深"。人是需要登高望远的。如此，则"旷然小宇宙"，悠哉大乾坤。

我们这养活世界五分之一人口的大国，我们这跻身世界第二大经济体的大国，我们这有着 8000 年文明的大国，日新月异的变迁，令国人振奋，令世界瞩目。但是，时代场景的巨大变化，深刻地影响着一个民族的道德取向和精神建构，也提出了更为复杂艰巨的道德建设任务。

我们的道德主流是好的，就像一棵大树，根是深的，本是壮的。但有些枝叶，甚至有的重要枝叶也出了问题，确实不容忽视！

如何认识和看待我们的道德状况？《辩证看　务实办——理论热点面对面 · 2012》一书中有这样的内容：

> 大量的事实昭示着社会道德的进步，大家有目共睹。
>
> 无论是人们民族自豪感、爱国主义热情、遵法守规意识、敬业进取精神的大大增强，还是公共秩序的明显改善、文明礼仪的广泛普及、志愿服务的蓬勃开展，都反映着社会文明程度伴随着改革开放的进程悄然提升，人民群众日益焕发出昂扬向上的精神风貌。
>
> 无论是以任长霞、沈浩、杨善洲为代表的优秀领导干部，还是以"当代雷锋"郭明义、"最美妈妈"吴菊萍、"最美司机"吴斌、"最

美教师”张丽莉为代表的“平民英雄”，这些时代楷模、先进典型层出不穷、灿若星云。他们以关爱他人、感人至深的善行义举，以无私无畏、勇于奉献的责任担当，向我们诠释着道德良知，彰显着人间大爱，展示着文明风尚。

特别是在关键时刻，国人的道德风貌更是表现得淋漓尽致。每遇大灾大难，都会出现“一方有难、八方支援”的动人场面，汶川地震后一句“我们都是汶川人！”让无数人热血奔涌；每逢重大活动，都会看到成千上万志愿者奔波忙碌的身影，从北京奥运会的“鸟巢一代”到上海世博会的“小白菜”……他们服务社会、无私奉献的精神成为一道亮丽的道德风景线。对此，西方媒体也不吝惜赞美的语言、艳羡的目光。

也不可否认，社会道德领域还存在许多败德现象。

一些官员腐败案件屡屡发生。王益、黄瑶、许宗衡、张春江、刘志军等腐败分子，以权谋私、贪污腐化，情节严重，性质恶劣。

一些无良企业被频频曝光。黑心棉、毒奶粉、毒胶囊……商业欺诈现象屡禁不止，假冒伪劣产品层出不穷，丧失起码的道德底线。

一些见危不扶、见死不救的事件时常见诸报端。老人跌倒路边无人相助，救人之前先提出高额费用，公交车上面对歹徒行凶乘客袖手旁观……令人倍感世态炎凉、人情淡漠。

可见，我们正经历道德的进步，也承受着道德的阵痛；我们身边处处演绎着浓情大爱的“最美”事迹，也不时出现令人寒心的失德行为。正如有人所说，中国的道德状况是一幅“感动与疼痛交织、忧虑与希望同在、主流进步与问题突出并存”的复杂图景。因而，要全面、客观地认识社会道德的“全貌”，对存在的问题不能视而不见、粉饰太平，也不能从一些失德败德现象简单推定出“道德滑坡”的结论。

我从《中国报道》上读到一篇文章，1910 年，一位名叫 E.A. 罗斯的美国社会学家来到中国，考察了 6 个月，得出一些预言，其中谈到：尽管中

国时时刻刻都在变化与进步，但他们忽视了一个很重要的因素，那就是科学技术背后的道德支撑……中国如果发展出一种自私的物质主义而不再重视社会公共道德的话，即使富裕了，也不是真正的富裕，而是一场灾难。

我们会验证这个预言吗？我们不会。我们发展了，追求科学发展。我们认识到，如何加强道德建设、培育良好风尚，如何矫正诚信缺失、匡正道德失范，如何实现人的全面发展，成为摆在全社会面前的严峻课题。

道德的大地，是需要稳定的，喜欢做地球大陆板块漂移运动，难免引发地震。地要定，德要稳。地厚了，作物长得好；人厚了，路子走得好；社会厚了，国家发展好！

管子说："仓廪实而知礼节，衣食足而知荣辱。"2012年，我国人均GDP达到6000多美元，真正进入了国际公认的"中等收入"发展阶段，我们算得上"仓廪实"、"衣食足"，到了该"知礼节"、"知荣辱"的时候了！穷凶极恶，不好，富了还那么恶俗、恶劣，甚至恶毒，就更为可恶可恨可怜！"仇富"，被仇者，实在应该反省——是否有可仇之处。其实，有的富者，当惯了"守财奴"，没明白一个重要的道理——循环本是天之道，"千金散尽还复来"。

大河奔流，泥沙也下。"孰能浊以静之徐清"？

打造政府的清明，唤醒公民的公德，提升大众的境界，等等，努力使人与人有爱，人与社会有爱，人与自然有爱。措施需要综合，力度需要加大。而在各种好的举措中，学雷锋无疑是非常重要的、非常切实的！

习近平当选总书记后，在记者见面会上的讲话中说："每个人的工作时间是有限的，但全心全意为人民服务是无限的。"这里化用了雷锋的名言，多么意味深长！ 十八大报告中强调："推动学雷锋活动、学习宣传道德模范常态化。"中共中央办公厅印发《关于深入开展学雷锋活动的意见》，对推动学雷锋活动常态化作出具体安排。中宣部推出学雷锋活动常态化的工作举措，一是加强组织领导，建立精神文明建设指导委员会统一领导、党委宣传部门牵头、有关部门各负其责、社会团体积极配合、各方面广泛参与的学雷锋活动领导体制和工作机制，形成齐抓共管、推进有力的工作格局。二是把学雷锋活动与开展爱国主义教育结合起来，与未成年人思想道德建设和大学生思想政治教育结合起来，与群众性精神文明创建活动结合起来，使学雷锋活动与思想道德建设的各方面工作相互促进、相得益彰。三是将学雷锋活动纳入创建文明城市、文明村镇、文明单位的测评体系，纳入创先争优活动之中，加大考核力度，使学雷锋活动成为一项经常性工作。四是把学雷锋活动融入人们日常生产生活、学习工作之中，使学雷锋活动更好地落到实处，让雷锋精神内化为人们的遵循和追求。

学雷锋再成时代强音、又迎新的春天。雷锋精神是民族文化的参天大树，沐时风浴时雨结出的长生果，此果结之不尽，摘之不竭，食之精神长生、心灵常净。

雷锋精神犹如硕大的、其光无量的宝珠，始终放射出夺目的光芒，把中华民族的精神世界推向一个又一个时代高点。我们需要这种精神。国家不能不发展经济，但国家的问题又绝不仅仅是经济可解决的，而且单纯的经济发达，不能使一个国家强大。高大精神，才能使一个国家真正高强，才能使一个民族真正伟大。

我们存在不轻松的问题，我们要正视问题、解决问题。但不用怕问题，历史从迈出第一步那天开始，就如影随形似的伴随着问题。孔子那时候就感慨“礼崩乐坏”了。我们党在行动，我们国家在行动， 道德在整治，文明在光大！

《左传》曰：“德，国家之基也。”子曰：“为政以德，譬如北辰，居其所而众星共之。”

何以治国？重在归德！

道德建设，其法多多，而学雷锋是非常有效的路径。只要我们真正从爱党爱国、助人为乐、敬业奉献、锐意创新、艰苦奋斗的雷锋精神中获得力量，我们就一定能构筑起当代中国的精神高地。这是能够构筑的高地，这是必须构筑的高地——没有道德的伟大复兴，就不会有、也根本不会有真正意义上的中华民族的伟大复兴！

到山东采访，感受着齐鲁大地上强劲的精神文明之风。自 2007 年山东开展“四德”工程建设以来，各地各级高度重视，措施得力，“四德”工程日益深入人心，成为山东省公民道德教育、推进社会主义核心价值体系建设的重要载体和工作品牌。

济南是山东省省会，是齐鲁文化交汇处，民风淳厚，精神文明常抓不懈。在2012年全国城市文明程度指数测评中，获得省会副省级提名城市第一名。《道德之星耀泉城》一书中记载，自2007年以来，济南有2人获全国道德模范荣誉，6人获全国道德模范评选提名奖，18人获全省道德模范荣誉，22人获全省道德模范提名奖。

在长清区，区委宣传部的贾贞伟、李娜陪同采访，我了解到，长清区将“四德”工程实施情况纳入全区科学发展目标考核，区委、区政府与各街镇、区直部门、街镇与村、社区层层签订“推进‘四德’工程建设责任书”，将考核量化到个人，把“四德”建设落实到每个角落。

写到厚德长清，我想起甘露泉来了。经过了如是亭，往上走，寻声觅泉，拾阶而上，走了不大会，右拐就到了甘露泉。山环之中，柏树茂密，崖壁上嵌有“甘露泉”石刻，为乾隆御笔。丁冬作响，石缝中泄出露珠般的小泉；哗啦作声，裂隙里涌出溅玉似的大泉。大泉“嘈嘈如急雨”，小泉“切切如私语”，“嘈嘈切切错杂弹，大珠小珠落玉盘”。这甘露泉真不愧为“灵岩第一泉”。我不禁捧起泉水，撩了满面——洗脸，后捧起泉水，喝了两口——洗心。清冽甘美的泉水，让人顿觉“喉中甘露涓涓润，口内醍醐滴滴凉”。泉池西侧的岩壁上，有嘉靖二十七年（1548年）山东巡抚彭黯所书“活水源头”巨字刻石。“人往高处走，水往低处流”，这活水满怀欢喜向山下流去。我想，有道德的甘露常涌，有文明的活水长流，得如此“常长”，道德文明自然会长清。

长清与雷锋有缘。1963年长清走了近500名兵，都上了雷锋生前所在团。他们当中，有50多人是归德人，其中董仕银后来成为雷锋连连长，他是薛庄村的，与刘成德是一个村。

这些退伍的老兵，成立了雷锋生前所在团长清籍战友联谊会，老家是归德的曹恒才任会长。他们联合起来，组织活动，到处弘扬雷锋精神。这些老人，来到归德，与刘成德一起座谈，交流学雷锋经验。

这批兵当中的杨东顺是马山镇人，曾任雷锋班第五任班长。转业在沈阳工作7年后，总政治部邀请历任雷锋班班长到北京参加学雷锋交流会，他跟单位请假，人们才知道他当过雷锋班班长。他一直默默地学雷锋，曾被评为沈阳市优秀共产党员。他很佩服刘成德，44年扎扎实实学雷锋，外界不知他是雷锋战友。他们坐在一块深谈，心是相同的。

杨东顺在全国各地应邀做过近200场学雷锋的报告。采访时，他说："班长一任，责任一生。责任就是传承雷锋精神。我要用做人做事的实际行动，践行雷锋精神。"

1963年与近500名兵同时走的，还有老家离长清不远的雷锋班的第四任班长曲建文，他是济南市平阴县玫瑰镇人。我采访了这位雷锋传人。

1968年，曲建文代表雷锋班赴北京参加国庆观礼，受到毛泽东、周恩来、朱德等老一辈无产阶级革命家的接见。1982年他转业到枣庄工作。

几十年来，在外在家，曲建文都践行着雷锋精神。1987年，他的儿子曲宗胜高中毕业，他在想让孩子上哪里去？孩子要成才、成事，首先得成人——他想让孩子参军，最好能到雷锋生前所在团。他召开了家庭会，家人意见一致。于是他给老部队写信，首长同意。儿子按征兵规定，办好了一切入伍手续，曲建文亲自送子参军到雷锋连。部队觉着他这种精神感人，让他给新兵做了一场报告。雷锋连的父子兵，传为佳话。

2007年，曲建文四弟的孩子曲宗明高中毕业了，正巧雷锋生前所在团到枣庄要接一个连的兵，他想让侄子参军。在他弟兄4个中，他排行老二，4个家庭，坐在一起，开家庭会，都同意让孩子参军。体检等一切手续完备，曲宗明走进了雷锋生前所在团。这个90后，干得出色，雷锋班从全团选拔人员，他脱颖而出，成为雷锋班的战士。现在已是雷锋班的副班长。我采访曲宗明，他出车刚回来。他说："从小就听我二大爷讲雷锋的故事，就看到他做学雷锋的事。他自费制作了40多块雷锋事迹展板，到全国展出。我就想，长大了也要学雷锋。真没想到，好梦成真，我成为雷锋班的一员。"

曲宗明给我讲了一个感人的故事——我们雷锋班每年的腊月二十三，

农历小年，都到抚顺孤儿院，带上学习用品、蛋糕等，给孩子过集体生日。有个孩子，上一年见过一面，一看我去，一下子就认出我来，跑到我跟前："解放军叔叔，抱抱我行吗？"我抱起这个不知亲生父母是谁、不知本来姓什么，孤儿院给取姓党的孤儿，手抚摸着他的头，说他长高了。孩子眼角挂着泪水……我也不禁掉下泪来。我给孩子只做了点微不足道的小事，孩子就这么感动。

长清与雷锋有大缘，刘成德在放大着这个缘。

齐鲁青未了，山东出好人。刘成德是山东省济南市长清区归德镇人。归德出了个刘成德，成德——功成在德，名副其实。他是归德的，他归依德，归依道，他是道德模范，他用一辈子念好了"道德经"！他是"四德"齐备，"八荣"俱足！他被评为"山东好人第一期每周之星"。

我坐在灵岩的白鹤泉边，看着清澈的泉水，看着水中倒影的山色，想着怎样写薛庄村这部分内容，心中闪出唐代诗人常建的诗句："山光悦鸟性，潭影空人心。"是啊，刘成德这"潭影"，能使人心里空明、干净，能洗人心中尘垢啊！薛庄村，名噪一时的"乱子村"，变成名扬一方的"红旗村"。刘成德当年一人当兵，光荣全家，现在一人模范，全村文明。真是德化一方啊！

刘成德在邻村有影响。

离薛庄村半里地的尹街村，有位叫赵同友的，在北海舰队当过 8 年兵，1939 年生人，属兔的。他常到刘成德家取经，决心要以刘成德为榜样，学雷锋，做好事。村里的街道他也常扫扫，村里的花木常管理。看着谁家盖屋忙不过来，就去义务地帮帮忙。他有两个儿子，一个闺女。儿子当木匠，他常叮嘱："给人干活凭良心，要实在！"

薛庄村，薛庄周围的村，好人好事，雨后春笋似的，层出不穷。

这叫刘成德备感高兴。他不孤独，"德不孤，必有邻"，春天那么多的花开着，他在丛中笑着。尼采说，有故乡者拥有幸福。刘成德不仅有故乡，而且德润故乡，他是多么幸福！

刘成德在归德有影响。

雷锋生前所在团长清籍战友联谊会部分战友在归德雷锋广场举行纪念活动。常德宝摄影

归德历史悠久。月庄遗址是新石器时代北辛文化发源地，距今7500—8000年；小屯遗址是商周时期的遗址；卢故城是春秋时期卢子国的城都，是世界卢姓的发祥地；西汉济北王陵墓群是国家级重点文物保护单位；双乳山汉墓的发掘，被评为1996年全国十大考古发现之一。

悠悠岁月铸就了一页页灿烂文明。科学发展的时代，使这里谱写文明新篇章。归德镇，2011年被评为全国文明镇。这里有“全国孝亲敬老先进个人”房鸿泽、“全国优秀乡医”唐友泉、“全国好人”董孟英，这是一个道德之星闪耀的地方。归德镇以道德建设为引领，实现了经济、社会、生态、精神文明等协调推进，成为一种“归德现象”。近年来，已有70家企业进驻济南经济开发区南园。归德素有“山东粮仓”、“蔬菜之乡”的美誉。

一棵大树长成，离不开土壤；一个人物成长，离不开环境。刘成德成为刘成德，有他的土壤和环境。他成长起来又影响着这一方。早在2006年，刘成德的事迹被媒体一报道出来，归德镇党委、政府就联合下文，号召全镇向他学习。刘成德在归德家喻户晓，刘成德精神在归德深入人心。

归德镇用丰富多彩的形式扩大着刘成德的影响。我走在宽阔的雷锋路上，见两旁高挂着一幅幅道旗，上面写着“传承雷锋精神，建设美好家园”、“学习刘成德，做山东好人”；开座谈会，竖宣传牌，出宣传刘成德事迹的集子……

刘成德在长清有影响。

长清区委、区政府下发了《关于向刘成德同志学习的决定》，号召全区学习，机关带头学习。走进长清区的办公大楼，感受到浓浓的学习刘成德气氛。“雷锋在我们心中，刘成德在我们身边”，他们表示，学习刘成德就是学雷锋。在一个党员、干部的学习刘成德专栏里，一篇学习心得中，有这样一段话：“我们通过学习刘成德，加深了对十八大精神的理解，十八大报告中强调‘抓好道德建设这个基础，教育引导党员、干部模范践行社会主义荣辱观，讲党性、重品行、作表率，做社会主义道德的示范者、诚信风尚的引领者、公平正义的维护者，以实际行动彰显共产党人的人格力量’，我们要深入领会，认真实践。”区委、区政府组织全区机关干部分期分批到刘成德事迹展览馆参观学习。

长清为刘成德拍专题片；把民间曲艺也充分利用起来，山东落子传人徐立平就到处演唱《活雷锋》，宣扬刘成德。

徐立平所到之处，场面一开，吸引一片。他把刘成德的事迹编成山东落子——《活雷锋》，在长清已到百多个村庄演出，很受欢迎。他深有体会地说："正能量更有感染力，关键是要表现好！"

山东落子是一种流传于山东的曲艺形式，它演变自古代的"莲花落"。据载，"落子"源自隋末唐初僧侣募化时唱的《落花》曲子。唐代叫"散花落"，到宋代时有些要饭的穷人也唱着"落子"乞讨。

常年坚持，多年下来，徐立平已把长清区的600多个村子转了好几遍。山东落子、渔鼓、木板大鼓等曲艺，他都表演得声情并茂，挥洒得随心所欲。山东落子已被评定为济南市非物质文化遗产。

我来到长清归德镇后平村，找到"长清曲艺说唱团"，说是曲艺团，主要还是他的家庭成员，徐立平是团长，二儿子徐传金、二儿媳、孙子、孙女是演员，再外聘几个舞蹈、气功类的演员。演一晚上，能挣300多元，除去外聘人员工资，还能落个百十块钱。这是典型的庄户剧团，白天上山下坡干农活，晚上走村串乡演节目。徐立平形象地称为"白天掰棒子，晚上唱落子"。

我随着转了几个晚上，大家对徐立平都很熟，相互爱开个玩笑。

"老徐，有日子没来了。"

"给乡里乡亲的要饭吃，哪能天天来！"

"瞎说，你是转悠不过来吧。"

徐立平穿上古铜色长袍，戴上圆顶圆边的帽子，衬着团圆脸，一个民间艺术家的形象就生动起来。

只见他右手大拇指洒脱地挑起1公斤多重的铜钹——俗名"咣咣镲"，用响铜所造，其形如圆盘，中央隆起圆顶，其他4指夹着1根细竹棍，以作敲钹之用，左手举起竹板。还未开口，"噼啪"脆响的竹板声，"咣咣"清亮的铜钹声，已把气氛渲染起来。

"我要上一两星星二两月，三两清风四两云，五两火苗六两气，七两黑烟八两琴音，火烧龙须三两六，搂粗的牛毛我要三根，雄鸡下蛋我要八个，雪花儿晒干我要二斤……”

这山东落子《杨八姐游春》激起了掌声、笑声。

下边有人互动：“这事忒难了……”

徐立平把话茬接过：“还有比这更难的！”

“这就够难了，还有什么难！”

“毛主席教导我们说：‘一个人做点好事并不难，难的是一辈子做好事，不做坏事。’”

徐立平道完白，转入演唱：“一辈子好事做起来难，山东好人不犯难。归德有个刘成德，行好如同家常饭。雷锋学他在当年，他学雷锋没有完。”

“这刘成德，每天都是怎么办，一辈子怎么成典范？”

他从山东落子《大实话》导入刘成德——

“正月里过罢了年，大年初一是头一天，过了初一过初二，过完了初二是初三。一天一天又一天，一年一年又一年，道德模范刘成德，积善累德不识闲。东家困难他去看，西家愁事他去管。瘫痪在床孟庆泉，他去帮助六七年。孩子放学过路口，车辆多来不安全。每到放学他路口站，指挥交通保平安……天上的星星数得清，刘成德的事迹讲不完！”

细腻处唱得溪绕水环，激越处唱得电闪雷鸣。到高潮处，那竹板、铜钹，敲打得疾风骤雨，动人心魄。唱到转腔换调之处，变化微妙，韵味无穷。

这民间曲艺的魅力，怎生了得！

徐立平到处演说《活雷锋》，热情宣传刘成德，其实他也是“活雷锋”！

刘成德在济南有影响。

济南市组织刘成德事迹报告会，在全市巡回报告，并刻成光盘广为传播。济南市委宣传部组织市属媒体大力宣传。很多机关单位和企业前往归德，参观刘成德事迹展览馆。刘成德荣获热心泉城公益事业“十大杰出人物”称号。

刘成德在山东有影响。

他被评为山东省道德模范。山东省委宣传部把刘成德列为重点宣传的

济南市文明市民标兵、山东落子传人徐立平在说唱刘成德事迹。马光仁摄影

典型，组织20多家省级媒体报道刘成德。

2013年3月2日下午，山东省委常委、宣传部长孙守刚在济南市委常委、宣传部长谭延伟陪同下，到归德镇看望刘成德，并参观刘成德事迹纪念馆。在参观后举行的座谈会上，孙守刚指出，刘成德同志五十年如一日，弘扬雷锋精神，不但是济南当代的活雷锋，更是全省干部群众学习的榜样，是山东省的活雷锋。济南市和长清区高度重视典型引领作用，发挥教育资源优势，通过扎实开展精神文明创建工作，促进学习雷锋常态化，涌现出一批道德模范和时代楷模。一个地方的发展需要靠精气神来凝聚力量，雷锋精神始终具有激发人民团结奋进的强大力量。要将学雷锋活动与践行社会主义核心价值观相结合，与扎实做好当前各项工作相结合，让雷锋精神在齐鲁大地发扬传承。

刘成德在全国有影响。

《经济日报》2013年3月2日，用4个整版，全部套彩，刊登了笔者写的浓缩到2万字的《成德之道》，在全国引起积极反响。《新华文摘》全文转载。

刘成德成为全国好人候选人；刘成德成为第四届全国道德模范候选人。

榜样的力量是无穷的，引领的作用是不尽的。由点带面，其效非凡，“星星之火，可以燎原”。一能够成为一切——

个别带动一般，局部影响全局——如此推动，则会：一人归德，全家归德；一家归德，全村归德；一村归德，全镇归德；一镇归德，全县归德；一县归德，全省归德；一省归德，天下归德！

如何学雷锋，刘成德做出了样子。那如何学刘成德呢？

一个老人这样学——

2012年8月19日下午，山东济南市长清区归德镇，从辽宁专程赶来的雷锋的战友乔安山，与前来迎候的、当年雷锋学习的榜样刘成德紧紧拥抱在一起，两位老人的眼中盈满泪花。

刘成德动情地对乔安山说：“我看到您就像见到雷锋！”

乔安山对刘成德说：“您当年是雷锋学习的榜样，现在是我学习的榜样，我今天向您学习来了。”

刘成德说：“我们都向雷锋学习。”

晴朗的天空，宽阔的雷锋路。两位老人共同走在雷锋路上，亲切交流着学习心得。50年，不论风云怎么变幻，他俩学雷锋之心都不曾变。

乔安山通过媒体了解了雷锋战友刘成德一直坚持学雷锋的动人事迹，不辞辛劳，远道赶来。这两位当年同属于沈阳军区、不在一个团、未曾谋面的老战友，千里有缘来相会，皆因雷锋一线牵。

8月15日，是雷锋牺牲50周年纪念日。8月19日下午4点多钟，归德雷锋广场上，雷锋塑像洒满阳光，乔安山、刘成德在塑像前，深深地三鞠躬。

在雷锋广场上，两位老人认真地阅读着花岗石上雕刻的雷锋日记，那种对雷锋的深情，溢于言表。乔安山把自己一直戴着的雷锋像章取下给刘成德戴上，刘成德把戴了多年的雷锋像章给乔安山戴上。乔安山还把带来的雷锋像章，给刘成德的16岁的孙女刘珂戴上，希望雷锋精神代代传。

乔安山看到归德镇如此重视学雷锋、学刘成德，他不禁感慨：“学习雷锋，哪里学哪里受益，谁学谁受益。”

刘成德在与乔安山交谈中表示：“学雷锋，做好人，活到老，学到老。”

刘成德5岁的孙子刘方舟，跑到乔安山的跟前，充满稚气地说：“乔爷爷，我长大也学雷锋！”

大家都高兴地笑起来……

乔安山说：“学习雷锋，贵在有坚定的信念，有了坚定的信念就能坚持。刘成德老人就给我们做出了样子！”

刘成德、乔安山，一见如故，相见恨晚。从认识了以后，他俩时常通个电话，交流全国学雷锋的信息，交谈着心得。2013年的农历大年初一，我在刘成德家采访，乔安山的电话打来，他们相互拜年。乔安山说：“祝愿老哥身体健康。咱有个好身体，才能为弘扬雷锋精神做更多贡献！”

一个英雄这样学——

在济南军区学雷锋座谈会上，刘成德、徐洪刚这两位新老英雄相识了。

乔安山、刘成德都曾是雷锋战友，他们都在学习雷锋、传承雷锋精神。常德宝摄影

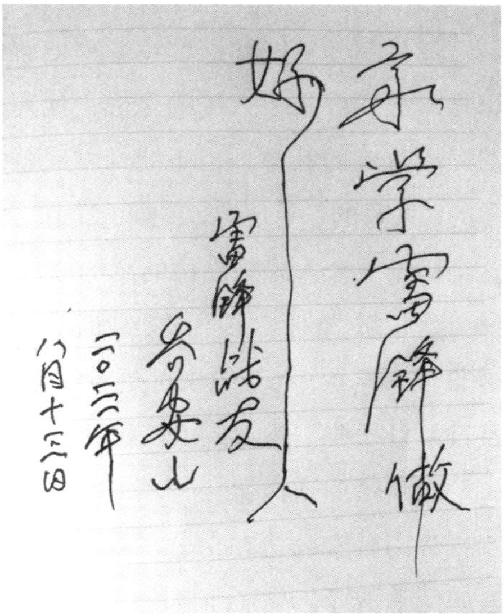

乔安山为刘成德题词

都有过舍己救人的英雄壮举，都在日常中坚持学雷锋，他们有着更多的思想共鸣。徐洪刚拿出自己写的《我在铁军》，送给老英雄，并在扉页上题写——“赠给刘成德老前辈：学习雷锋，传承美德！”

1993年8月17日，徐洪刚在探亲归队途中，与抢劫乘客财物的4名歹徒英勇搏斗，胸部、腹部、臂部被歹徒连捅14刀，仍然从车上跳下，追赶歹徒，直至昏倒。他见义勇为的英雄壮举，在全国、全军引起强烈反响，江泽民同志亲切接见了他，并题词“向徐洪刚同志学习”。总政治部、共青团中央联合发出通知，号召全军指战员和全国广大青少年向徐洪刚同志学习。1993年12月，徐洪刚被济南军区授予“见义勇为的英雄战士”荣誉称号。

面对老人倒了不敢扶、面对伤者见死不救、面对歹徒作恶袖手旁观……面对许多难以面对，我们太需要徐洪刚，太需要徐洪刚们了！

徐洪刚是看着《雷锋》这部影片长大的，从小就有一种朴素的认识：做人就要做雷锋这样的人，当兵就要当雷锋这样的兵。1993年的壮举，使他“一举成名天下知”，被共青团中央授予“见义勇为的青年英雄”荣誉称号。他在思索：“我昨天还是一个普通的战士，突然把我与一直崇拜的伟大共产主义战士雷锋的名字连在一起，该怎样认识对待这个问题？”

他再看《雷锋》这部电影。他感谢《雷锋》，感恩雷锋。冷静的理性思考，重新校正了人生的坐标。他写下了这样的话：“一个人可以在一瞬间完成英雄的壮举，但不能经常成就惊天动地的事业，人更多的是面对日常的、大量的、平凡的、琐细的工作。像雷锋那样，做好生命中的每一件事，这是衡量一个人思想品德的高标准，也是人一生都在追求的精神境界。”

他很敬重刘成德：“刘老既有瞬间的英雄壮举，又一生坚持学雷锋，这非常不容易。老英雄永远是我学习的好榜样！他老人家，点点滴滴行善，日日月月积德，积沙成山，积善成德，这太值得学习了！”

一个企业这样学——

济南公交公司在全公司推动学雷锋活动，聘请刘成德为顾问，经常请教如何学雷锋。

刘成德与徐洪刚（左一）交流学雷锋经验。马光仁摄影

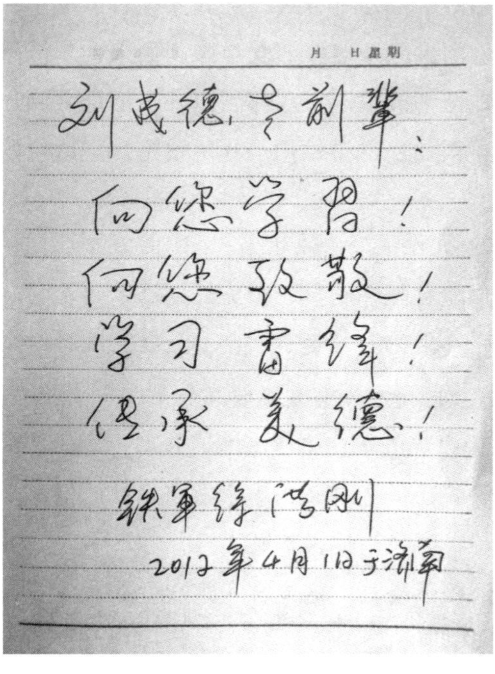

月　日星期

刘成德老前辈：

向您学习！

向您致敬！

学习雷锋！

传承美德！

铁军徐洪刚

2012年4月1日于济南

徐洪刚赠言刘成德

2013年2月16日上午，在春节假期结束后的第一个工作日，济南市公共交通总公司学雷锋优秀驾驶员代表和济南公交恒通出租公司雷锋车队队员来到归德镇，参观刘成德事迹展览馆。在刘成德老人的家中，驾驶员们聆听他讲雷锋的故事，讲一辈子学雷锋，深受感动。他们表示："我们要以您为榜样，用自己的实际行动认真践行雷锋精神。"

济南市公共交通总公司恒通出租公司推出雷锋车，首先做的事是在每一辆车上，挂上雷锋头像。从最初的13辆到今天的20辆，雷锋车队始终坚守着那个闪光的头像。

队员们每天出车前的第一件事，就是将雷锋同志的金色头像擦拭一新。用他们自己的话说，每天都要向雷锋同志汇报一下工作情况，寻找自己与雷锋同志的差距，借以督促、勉励自己。雷锋车队的队员就是这样，从小事入手，从一点一滴做起。

"每一辆车上的雷锋头像就是我们对乘客的服务承诺。"一位队员的话道出了雷锋车队全体成员的共同心声。

我采访郭泗镇，他说，去年腊月，他开车看到一位妇女领着一个小女孩在路边不停地哭泣，马上停车询问。原来这位妇女是微山县人，来济南看病时碰到了"医托"，身上的钱全都被骗走了。郭泗镇开车把母女俩送到了长途车站，买好回微山县的车票，还送给她们100块钱路费，这位妇女感动得热泪盈眶。

"最让我难忘的是，小女孩指着我车上的雷锋头像，不停地说着'雷锋，雷锋'！"讲到这里，郭泗镇的眼圈有些红润，"我为自己是雷锋车队的一员而自豪，为雷锋精神的伟大而自豪。"

张成琨对记者说，有一次，送客到了地方，客人说要同一个客户谈业务，拿出3000元现金和一把车钥匙，说自己的车在张庄汽配城修理，请他帮忙前去结清修理费，并把修好的车开回来。素不相识的客人对自己如此信任，这让张成琨心里多少有点打鼓。"当时我问他，咱又不熟，你不怕我把钱拿跑了？"张成琨至今回忆起来还很感动，"这位客人跟我说：'我看到你车上的雷锋头像了，我相信你。'"

张成琨还说，2007 年的一天，他开着雷锋车行驶到经十路山大路路口，红灯，前面一辆军车，车上二三十个战士，一位战士回头看见了车前的雷锋头像，一声“起立”，二三十个战士齐刷刷地站了起来，面向雷锋车打了一个敬礼。“我不是矫情，可那一刻我真的流泪了。”张成琨说。

雷锋车队成立以来累计为乘客做好人好事 3000 余次，得到媒体表扬 2200 余次。2005 年获“山东省青年文明号”。

济南公交作为一个企业，在学习刘成德的过程中，更加深了对雷锋精神的理解——今天，我们前进在经济发展的“高速公路”上，行动在社会变革的“大街小巷”里，比任何时候都更需要雷锋精神导航，如此才不迷茫。

一个洋人这样学——

2012 年 9 月 25 日，阿图慕名而来，拜访刘成德。他是波兰籍质量专家，46 岁，2009 年来到中国，在一家大型企业任副总工程师。

在刘成德事迹展览馆，阿图深深被刘成德 50 年如一日学雷锋、为群众做好事所感动，他不时伸出大拇指夸赞：“雷锋，Good！刘成德，Good！”在参观完后，阿图在留言簿上留言：“雷锋精神在中国很重要！”当场阿图向工作人员要一枚雷锋像章，高高兴兴地佩戴在胸前。

紧接着阿图来到薛庄村，走进农家小屋，他紧紧握着刘成德老人的手说：“您是中国学雷锋楷模，您是中国人的骄傲！”

阿图先生仔仔细细地看了刘成德住的、吃的和用的，当阿图了解到刘成德生活上并不富裕，却不断救济别人的情况后，左手指着自己胸前的雷锋像章，右手竖起大拇指，对刘成德说：“您很了不起，很值得尊敬！您学雷锋，做好事；我也要学雷锋，做好事！”

……

归德的刘成德，各方面都在关心他。

长清区工会、归德镇分别每月给刘成德补助 300 元。

济南市财政局领导来看望刘成德，问他有什么困难需要帮助的？

他没有说个人困难。

当年，收入少，孩子小，生活差，他两次胃出血。儿子刘才说：“父

波兰籍专家阿图先生，被刘成德的事迹所打动，特地到长清看望他。常德宝摄影

亲就跟树一样，要倒下了。没想到他能有现在的好身体！”

脸色变得土黄，身子变得摇晃。以前扛200斤麻袋都不弯腰，现在提一小桶水都冒虚汗。好心人劝他：“想开点，该吃的就吃点……”

他却笑了，还是那么乐观：“放心，我走不了——任务没有完成，那里不让报到！”

刘成德坚忍，伤痛的是疲惫的胃，吐出的是鲜红的血，鲜红的荣誉证书依旧在箱子里沉睡着。

——他没向单位说过个人困难。

家中缺煤，没烧的，咋办？他见过有人在长清化肥厂外的排水坑里挖煤泥，星期天，他与儿子刘才，拉着地排车，带上锨，勺，盆，桶等多种工具，去挖煤泥，以解燃“煤”之急。

刘成德用长勺子挖上煤泥，刘才用盆子接着，端到平点的空土地上，倒出稀拉吧唧的煤泥——渗水。煤泥本来就黑，干着，干着，天黑了，夜里煤泥显得更黑。

坑里的水，本就不清，一搅更浑了，天上的星星照不见，却可照见刘成德的生活窘迫。

有黑云的晚上，黑夜就像煤泥黑。刘成德想着，煤泥在炉中一点，生活就亮了；希望在心中一点，黑夜就亮了。

爷俩把地上渗过水的煤泥，用铁锨划拉划拉，再一锨锨地铲到地排车上。夜茫茫，路漫漫，车沉沉，一步，一步，一步，拉着车，一滴，一滴，一滴，流着汗……十五六里路，得走两个多钟头。

又累，又饿，又困，刘才觉着腿越来越沉，脚越来越重，真是一步不想迈了，他明白了什么叫步履艰难。这一地排车煤泥与土的混合物，得有千斤以上，沉着呢，刘成德为了鼓舞儿子，这位转业军人边拉着车，边唱起《中国人民解放军军歌》——

向前向前向前！
我们的队伍向太阳，

脚踏着祖国的大地，
背负着民族的希望，
……

在那样的夜晚，我们的英雄——拉着煤泥的刘成德，用雄壮的歌声，尽显“从无畏惧”的英雄气概。懂事的刘才，流下眼泪，感到了心灵的震撼。他把拉车的绳子往胳膊上缠了缠，尽力拉着，以让父亲轻松点。

记不清多少次挖煤泥，记不清流了多少汗水。有一次，拉着车的刘才口干舌燥：“爸，忒渴了！”“再坚持会，快到家了。”刘成德说，“家里还有点晒干的煤泥，咱生上炉子，我给你烙葱花油饼。”家里困难，很长时间没吃过油饼了。刘才想着喷香的油饼，满嘴都是口水，竟然不渴了——他这是念“饼”止渴啊！

刘成德坚韧，日子苦到这样，他从没向组织说过自己是雷锋的战友，是雷锋当年学习的榜样，从没向组织说过他是立过大功的英雄。

……

现在，他很知足，常常说日子好。他仍然对别人慨而慷，待自己节而俭。每年夏天，在家里常见的画面，还是——那短裤，那光脊梁，那肩上的毛巾。装个热水器，早已是寻常之事，他还是土法，屋顶上放个铁水桶，装好水管，压上水去，让太阳晒。“上满1次水，能冲8次澡。”刘成德挺得意，“俺家也用上太阳能！”

村里提前知道财政局的领导要来，给刘成德打招呼：“您给领导要点钱，给咱村里安上40盏太阳能灯。”刘成德当时就回绝了：“这不行！咱不能伸这个手，哪能给领导添这个麻烦！”后来村里也是觉着提要求要钱不大好，于是第二天便给刘成德说：“那事说了不好看，别提了！”

财政局领导挺关心刘成德，问他有什么困难需要帮助吗？他一时沉默。

是不好意思说吗？

他开口了，满脸真诚：“能塑个雷锋像吗，我想雷锋了，就能看看。”

塑雷锋像，这是个好建议！

刘成德的建议，引出了在归德镇建雷锋广场和刘成德事迹展览馆的构想。济南市委宣传部、济南市财政局、长清区、归德镇全力推进这一善举。

2012年的春天，在燕子声声里，雷锋广场、刘成德事迹展览馆兴建的脚步声，强劲着，响亮着。

把原来一座楼改造成展览馆，把楼前的场地建成广场。2012年5月开工建设，7月1日建成投入使用。2012年11月，又进行了提升改造工程，总投资320万元，总面积6600平方米，由雷锋广场、展览馆两部分构成。其中，雷锋广场5100平方米，是山东省内首个以雷锋为主题的文化广场。场内建有雷锋塑像、毛泽东同志题词“向雷锋同志学习”背景墙、石刻书卷、彩色喷泉、庭院灯、林荫走廊等景观。刘成德事迹展览馆1000平方米，馆内展览有“永远的雷锋”、“战友的追寻”、“精神的传承”3个主要展区，近200张图片和50余件珍贵实物。展览馆内大量珍贵的图片、文字和实物资料，展示了雷锋以及刘成德的感人事迹，并展现了刘成德家乡——长清区的精神文明建设情况和涌现出的“百姓雷锋”风采。开馆以来，已接待参观者12万余人次。

雷锋广场，到了晚上很是热闹。有跳舞的，有唱歌的，群众自发的娱乐活动，聚起了这里的人气。从镇驻地周围的村里赶来不少人。有位年轻的母亲，抱着小孩，站在雷锋像前，甜甜地教着孩子发音：“雷锋，雷锋……”

我走到雷锋广场一侧的长廊，与一位坐那休息的老人聊起来。他听我说话是外地口音，没问我是做什么的，就主动给我讲起了刘成德的故事，而且讲得不错。他原来在雷锋中学教书，退休了，喜欢到这里走走，坐坐，说说，既活动了身体，也尽了点义务。

归德镇没有忘记塑雷锋像是刘成德的提议，把一尊白色的石膏雷锋像，送到他家里。这就是我们到刘成德家，看到的他摆在桌上的雷锋像。

雷锋，“天行健”，“地势坤”，迈开“自强不息”和“厚德载物”的双脚，遵天德，循地德，合人德，走出成功之路。刘成德，承雷锋之德，得“成德之道”，他一辈子学雷锋，从自觉地学，到自由地学，到自在地学，学雷锋已得“大自在”。雷锋们，刘成德们，使“成德之道”亮丽为金光大道！

山东省首个雷锋广场和刘成德事迹展览馆。常德宝摄影

学习雷锋精神，加强道德建设，重在党政切实推动，贵在公民真正行动。有各级领导的领而常导之，有广大群众的“学而时习之”，雷锋精神的旗帜就会越来越鲜艳，“成德之道”能够而且必定能够越走越宽广，越走越光明，“天下归德”就不是梦，道德文明就会春色满园、亮丽无限!

学雷锋精神，走“成德之道”；九九归一，天下归德!

我采访了《解放军报》副总编陶克少将，他说：“刘成德是雷锋的战友，他们是同时代的人，刘成德在雷锋身上汲取了很多营养，雷锋也从他身上学到了怎么做人。我想，雷锋从来不是哪一个人，是我们时代的代表，是许许多多善良人的缩影，在很多中国人身上都能看到雷锋的身影，雷锋精神也不是一个人的精神，也是凝聚了千千万万中国人的，雷锋精神是共同的。”

陶克少将的话，叫我想起诗人贺敬之的诗句：

我写下这两个字：
“雷锋”——
我是在写啊
我们阶级的
整个新一代的
姓名。

雷锋，是我们新中国，过去时代精神的姓名，现在时代精神的姓名，未来时代精神的姓名。

我在灵岩走着，喜鹊从这棵树到那棵树，自由自在地飞着，翅膀黑白对比得那么分明。走到黄茅岗水库，绕到水库的对过，是一片柏树。这个小巧的水库，仿佛镶嵌在青山之中的一块晶莹剔透的翡翠。朝阳洒到山峰上，洒到树梢上。一只只燕子在水面上，扇动着翅膀，当在水面轻掠一下，点水的瞬间，翅膀斜向上翘着不动。有的燕子还像打水漂似的，能轻灵地点几次水。面对如此胜景，非常想唱支歌。可我天生五音不全，基本不会唱歌。在这美妙的地方唱歌，不是大煞风景！可又很有唱歌的心情，怎么办呢？

得想点增加底气的办法。有靠头能增底气，不去靠山，可以靠树吧。于是，就近在水边依上了一棵大树，放开嗓子喊了起来——

> 学习雷锋好榜样
> 艰苦朴素永不忘
> 愿作革命的螺丝钉
> 集体主义思想放光芒
> 集体主义思想放光芒

经过大山这扩音器的修饰，经过大山这扬声器的张扬，在山中回荡的歌声响亮起来！

仿佛燕子也很受歌声的鼓舞，飞得更意气风发！

燕子啊，燕子，值得托付的燕子——

学习雷锋好榜样，

请把我的歌带到湖南望城，

带到雷锋出生的地方；

学习雷锋好榜样，

请把我的歌带到辽宁抚顺，

带到雷锋安息的地方；

学习雷锋好榜样，

请把我的歌，

带到泰山长城，

带到黄河长江；

学习雷锋好榜样，

请把我的歌，

带给伏羲，

带给炎黄，

带给孔孟，

带给老庄；

学习雷锋好榜样，

请把我的歌，

带给月亮，

带给太阳。

依树放歌，歌声嘹亮，是树给了支持，给了力量！

由眼前的树，我想到中华文化之树了。包容性是我们文化的突出特色。何谓包容？包世界文化为我所用，容天下文明壮我中华。中华文化之树，需要面向世界，必须面向世界，吸取世界营养，长我中华之树，此之谓“生”东“汲”西，而不是连根拔掉，移植来洋树。犹如大海，海有容乃大，百川归海后，并不是让海百味杂陈，并不是让海百色纷呈，海还是海滋味，海还是海模样，本味不变，本色不改。又如走路，学步是有必要的，但要走出自己的风采，如果一味邯郸学步，就只能成为笑谈，甚至悲哀。

树啊，心中有数，心中有树，要有心中的树啊！

伏羲有树。《淮南子》记载：“东方之极，自碣石山……东至日出之次，榑木之地，青土树木之野，太皞、句芒之所司者万二千里。”榑，榑桑，也作扶桑，《现代汉语词典》解释：“古代神话中海外的大树，据说太阳从这里出来。”高诱注解《淮南子》上这段话时说，伏羲氏“东方木德之帝也，句芒，木神”。伏羲在五帝中为东方天帝，此即其神职。

太阳有树。扶桑是传说中的太阳树，太阳神羲和女神为她的儿子金乌（三足乌，太阳之灵）驾车，每天从东边扶桑树升起，再从西边扶桑树落下。每天还在汤谷中给自己的孩子们——金乌沐浴，9个太阳藏在扶桑树下，只载其中1个太阳升到扶桑树上，让大太阳照亮扶桑花和宇宙，给世界带来光明和温暖。

太阳树，庇荫着温馨，宣发着光明；

太阳树，骈集着祥瑞，勃发着生机；

太阳树，给您——“太阳每天都是新的”感觉；

太阳树在你的心中，你就在太阳树的家里！

“听说太阳也是一种植物 / 如果把它的光线搓成种子 / 播种在感情犁开的心田里 / 便会长成一片辉煌的太阳林……”这是诗人田放《太阳树》中的诗句。1978 年毕业于南开大学的田放身世坎坷，丈夫长期患病，唐山大地震砸断五根肋骨，命运几乎把她逼向了绝境。毁灭的烈火，既可使屈者毁灭，也可使不屈者百炼成钢。阳光在田放的心中开花了，满脸的芬芳，给他人以馨香。她深入到大中专院校和企事业单位做《人生与成才》演讲报告 100 多场，激励和感染了一批又一批的年轻人，成长为国家栋梁之材。

月亮有树。我国传说中月亮里的桂树和玉兔，引发出无限诗情。古希腊有个传说，爱与美的女神阿佛洛狄忒种下了一棵月亮树，祈祷自己能获得真爱。爱是什么？经典里说“爱是恒久忍耐，爱是恩慈，爱是永无止息”；美国作家玛丽 · 格丽娜说“爱是一棵月亮树”。

太阳为什么有树？月亮为什么有树？传说中，为什么把太阳生发成太阳树？传说中，为什么把月亮别致成月亮树？树的根本在于根和本。日的根扎下，阳刚就挺拔了；月的根扎下，阴柔就摇曳了。太阳鸟欢唱在太阳树枝头的时候，阳光的每一片绿叶都镶上金边，灿烂着生活的里里外外。仰望月亮，忘记了她的圆缺，只记着那棵永远的月亮树，岁月的斧头无论砍出多少伤口，月光的枝叶，总婆娑出温柔，年轮的信念，总圆成着永久！

释迦有树。他有菩提树，他在菩提树下悟了道时说：“奇哉，奇哉，一切众生皆具如来智慧德相，但以妄想分别而不能证得！”

老子有树。他说：“合抱之木，生于毫末。”

管子有树。他说：“ 一年之计，莫如树谷；十年之计，莫如树木；终身之计，莫如树人。一树一获者，木也；一树百获者，人也。”

孔子有树。孔庙有先师手植桧。孔子有论树名言：“岁寒，然后知松柏之后凋也。”

雷锋有树，日记中多次写到树。他说：“我要像松树那样，不怕风吹雨打，严寒冰雪，四季常青。”看雷锋此言与孔子论松柏之语，多么神通。

王阳明有树。他说：“种树者必培其根，种德者必养其心。”

鲁迅有树。先生原名周树人。

牛顿有树。他坐在乡间的一棵苹果树下，忽然一个苹果掉落到地上。这给予他灵感，启发了他，总结出万有引力定律。

尼采有树。曾经看见树就激动地抱。

泰戈尔有树。他说：“根是地下的枝，枝是空中的根。”

爱默生有树。他说：“品格如同树木，名声如同树荫。我们常常考虑的是树荫，但却不知树木才是根本。”

刘成德有树。200 多棵杨树，长到三拃粗了。施肥，浇水，修剪，他都很尽心。孩子们与他一块浇树，他深有体会地说：“人啊，就跟这树一样，树根扎好了，长得就旺。咱做人，把那德往心里使大劲扎根，根深了这树就长不孬！”

是啊，刘成德扎下德根了！人啊，关键是根性！犹如孙悟空每一根毫毛都可变化万千，但不离“这个”；德根一扎下，植众德本，就像“如意珠王作树根”，每一念，每一行，绽放的都是真善美的花朵！

每个人心中都该有棵树，树什么？树德，积植德行！

我们这个民族根深，国家就有很多很多棵大树。浮来山的银杏树，3500 多年了，是“天下第一银杏树”，是“银杏之祖”。早在春秋时期，鲁隐公与莒子曾在树下会盟。它观看了多少历史的大剧！这棵树，虽历经沧桑，至今毫无老态龙钟的衰相，仍枝繁叶茂，生机盎然，实为举世无双的一大奇观。

世上，浮漂不少啊！风啊，浮漂；雪啊，浮漂；云啊，浮漂。连山都能浮漂，还有什么不可以浮漂?

浮来山，传说就是从海上浮漂来的。一直那么浮漂着，像没有根的浮萍，荡荡悠悠地浮漂在水上。

咱是山啊，又不是浮萍，老浮漂怎么行？浮漂是个问题。

时光快啊，一过就是多少亿年，一直在解决的浮漂问题，一直在浮漂。

浮漂是个老问题，可也不能总浮漂啊！这事，连燕子同志都着急了，老建议，老没人听，它干脆亲自解决了——它忙着衔泥之余，忙里偷闲，衔了颗银杏种子，悄悄放到浮来山上。它一直秉持着多做善事别往外说的原则，因此给浮来山做的这大善之事，它也没说。所以，这事至今少有人知。

银杏，生根了，发芽了。

银杏，健康着，成长着。

道为根，德为本，道德为根本，银杏啊，不离根本。根扎啊，特别能扎，扎得其深无底，其广无边。其根还在扎，还在变，怎么有底，怎么有边呢！只知道这根，越扎越长，越变越粗。根变，枝干变，树之性在变，树之命在变，无穷地变，不尽地变。"变则通，通则久"，扎下了生生不已的根，还能不生生不已地旺！所以，银杏明白："深根固蒂，长生久视之道也。"

这参天而立、气势磅礴的银杏树，高26.3米，周粗15.7米，冠似华盖，繁荫数亩。其壮远看形如山丘，龙盘虎踞。华严为"经中之王"，浮来山银杏树为"银杏之王"。

海拔298.9米的浮来山成为最大的受益者，早就满山都是根了，漂浮的老问题迎"根"而解。如今只有浮来之名，其实早已很稳，像山一样的稳，不，不是像山，是，就是山稳！有3500多年的银杏树根住了，山还能浮吗？定海神针定住了海，银杏树就是浮来山的定山神树！

银杏树，3500多年根于斯，静于斯，干什么？"弥纶天地之道"。

银杏树是健康的、可持续的，世界如何？为全球号下脉，人类心浮气躁！

人，浮了，躁了，浮躁了——急了，躁了，急躁了——暴了，躁了，暴躁了！

"烦苛轻浮是一病"！现在人为什么浮啊，躁啊，没根啊！

银杏树很悲悯，为了人类的健康，为了世界的和平，它献出了几千年来屡试不爽的祖传秘方："深扎根，广积荫，善结果！"圣人以其无私而成其私，浮来山银杏以其利群生而长其生。

古今，中外，感受着人与树，领会着树与人。光顾了说这些树，俺的树呢？俺依靠着唱歌的树呢？

这是棵柏树，傍山而立，临水而长。“知者乐水，仁者乐山”，它是既乐山，又乐水，山水之利尽得；风来动之自若，风去静之泰然；“知者乐，仁者寿”，“动而不括故乐，静而有常故寿”，它是既乐又寿，已经快乐地存活了几百年了。

这柏树粗壮的主干，直上直下；树顶的5个分支，像手似的作托天状，最顶的两枝似V形，又仿佛翘着的龙须。枝叶茂密，枝里叶间洋溢着勃勃生机。裸露的树根，其色与一旁黑褐色的巨石相近，那坚硬仿佛坚如磐石了。柏树在这高枝窥天文，深根探地理，职责神圣，树相庄严。

又一看，了不得了——树上有牌子，上书“泰山古树名木K0991”；这一看，不得了了——“991”，巧极了，天下竟然就有这样的极巧之事，“991”，不就寓意“九九归一”！本文一再写“九九归一，天下归德”，“天下归德”，则“天下归心”，“天下归心”，则“天下太平”，“天下太平”，则“天下大同”！一言以尽之，“天下归德”，则“天下大同”！

我站在黄茅岗水库边上，看着清净而又深不见底的水，仿佛感到这水就是道了，是道水；看着明朗而又大不见边的山，仿佛感到这山就是德了，是德山。这树，根德山，本道水，山水不尽，道德长存，树便旺之又旺。

由此想到，我们生长了8000多年的中华道德树，生生不已，庇荫天下，惠泽万民，挺立于世界之林，昂首于文明之巅，茂盛的枝叶，展示着永远的中国绿！

这泰山的古树名木是编了号的，是有数的，那满山的各种各样的树木，又怎么能数得清呢?

泰山之博大，泰山之奥秘，泰山一样样的神奇，让人永远数不清，永远道不尽！

我在灵岩这泰山的幽处感天人一理，悟成德之道，自然接了泰山的“地气”，受了泰山的启迪。

提升道德的境界，能一步登天的少，绝大多数需要一步一个脚印地攀登。

道德提升，如登泰山，经红门，到中天门，登十八盘，上南天门，而入天街，而达巅峰，一步一个境界，一步一个证悟。只要道走得对，只要信念坚定、精神饱满，只要奋勇攀登、脚踏实地，风光就在前头。

我们实现中国梦也如登泰山，砥砺前行，踏实迈进，阶阶攀升，待到梦想成真之时，那种登高临风，那种极顶远眺，是何等心旷，何等神怡，何等振奋，何等豪迈，何等骄傲，何等自豪！不禁欢呼——

强哉，中华！

美哉，中国！

奇哉，神州！

安哉，天下！

道行天下 德泽中华

——编辑余话

在当前，一些基本道德常识还要被讨论甚至遭受非议，一些流传千年的美德受到嘲讽甚至颠覆，我们谈论真善美的时候还需轻声甚至遮掩……人无德不立，国无德不兴。道德领域出现的一些问题引起了志士仁人的关注。《成德之道》就是一本关注道德建设，弘扬正能量的图书。作者高声为道德礼赞的激情，理性为道德辩护的自信，所记录的一个个道德楷模，令人感动，震撼。

这是一部把雷锋精神放在数千年中华文化之中进行观照的作品。

参天之树，必有其根；怀山之水，必有其源。中华文化博大精深，传统美德源远流长，雷锋精神是生发在中华传统文化与道德沃土之上，在时代浇灌下，绽放的精神之花，结下的道德之果。本书把雷锋精神及雷锋、刘成德们放在蜘蛛、燕子、花草等天地人和谐的自然之道中，放在三皇五帝、诸子百家、儒释道等的历史文化网络中，挖掘其深厚的传统道德、文化根源。思维之庄伟，视野之雄阔，心性之博大，令人信服。雷锋、刘成德们不仅是时代的楷模，他们的精神已经融入传统之中，并成为传统的一部分。

这是一部高声为实现中国梦提供道德支撑和正能量的作品。

实现中华民族复兴的中国梦是当前社会的最强音，内涵丰富，这其中必然有着崇高的道德色彩，必然要求道德的复兴。在中国梦中注入道德的基因，中国梦就有了灵魂，就鲜活起来了。

近几十年来，我国经济社会快速发展，但现实中“道德的滑坡”，精神上“道德的困扰”，引人忧思。德是非常好的平衡器和缓冲器。所以作者说：发展快不怕，怕缺德，缺德了就失去平衡。失衡了，失衡久了，失衡严重了，社会发展就会出问题。

作者认为，道德复兴首先需要官德复兴，官德对民德、民风具有关键的引领作用；人类要对自然讲道德，要从道德的角度治理环境污染，大力倡导生态友德，弘扬“五德”。别开生面，振聋发聩。

榜样的力量是无穷的。本书以文学的鲜活的手法描述了雷锋、刘成德、焦裕禄等一个个道德楷模，重现一个群星璀璨的时代——道不孤单，德不孤行。网络上有一段很流行的话：“无论中国怎样，请记得：你所站立的地方，就是你的中国；你怎么样，中国便怎么样；你是什么，中国便是什么……”我们每一个人都是“梦之队”的一员，中华民族伟大复兴需要我们贡献自己的一份力量。

这是一部包罗万象、视野开阔、思想灵动的劝善警世图书。

雷锋及雷锋们闪耀在中华民族的道德星空上，滋润着中华民族，佑庇着中华民族。物质不灭，道德永恒，他们将与天地同在，与日月同辉。中华文明永续数千年而不辍，因为有深厚的道德传统。中华道德，合于天地万物之道，合于日月星辰之化，合于山川江河之变，它是基于人性的，合于人性的，发展人性的。

“胸中藏宇宙，笔下起风雷”。当一个作家能置身宇宙之中，以博大之情怀，以宏阔之视野，以强烈之使命，放手挥毫，笔意纵横，文章之色彩、气韵、意向自然不同寻常，气象自然沛然流溢。

这是一部温暖人心、指引光明、澡雪精神的心灵修炼图书。

当前社会日趋多元化，人心容易受到各种不良思想的侵蚀。道德就像一把扫帚，能扫去人心头蒙蔽的尘霾，回归到人性的真善美。道德就像一盏灯，指引着光明，只要亮一些，我们身边的困扰就会少一些。

人的心说小很小，说大很大，装着鲜花则芬芳，装着圣贤则神圣，装着家国则博大。道德可以是崇高的、壮烈的、磨砺的，道德也可以是举手之劳，可以是拈花一笑，可以是一个温暖的眼神……只要心存道德，人人皆可圣贤，人人皆可舜尧。

刘成德曾有怒海狂涛中舍身救战友的壮举，雷锋曾赠言称他为“永远学习的好榜样”。多年以后，他转业、退休，一切似乎归于沉寂。然而，令人想不到的是，这“沉寂”之中释放着巨大的能量：他数十年来如一日，不以善小而不为，在平凡中坚守，积善成德，成了“雷锋”！而他从不认为自己是在行善，做好事，从来只觉得这是为人的本分，本性。

美好的心灵不会从天上掉下来。心灵升华之法甚多，而教育必不可少，尤其是对孩子的教育。党的十八届三中全会强调：“坚持立德树人，加强社会主义核心价值体系教育，完善中华优秀传统文化教育”。这是教育之道，也是心灵修炼之道。

这是一部天马行空、打破教条、文体创新的激情四射之书。

作者管斌是一个激情四射的人，谈起雷锋、刘成德们，他滔滔不绝，虔诚至极。初读《成德之道》，为他澎湃的激情、自信的笔锋、汪洋的创造而惊讶——诗的情感、诗的精神气质、诗的语言，这是一部宏大的道德诗篇。继而又迷惑，这是散文、诗、报告文学，还是政论、时评？是，又不是，《成德之道》是独特的“这个”。

江河湖海、花草鸟虫、古往今来，象征、比喻、排比、拟人，小说、诗歌、散文、寓言，时而激越、时而深沉，时而理性、时而谈笑风生……一切之物，一切之手段，一切为我所用，一切为德所用。文体创新为本书的内容和作者的情感找到了一个契合的表现形式，多声部、多色调的创作方法使得本书内容更充实，思索更宽广，表现更立体。

（京）新登字 083 号

图书在版编目（CIP）数据

成德之道／管斌著．—2 版．—北京：中国青年出版社，2014.4
ISBN 978-7-5153-2381-7
Ⅰ．①成… Ⅱ．①管… Ⅲ．①报告文学－中国－当代 Ⅳ．① I25
中国版本图书馆 CIP 数据核字（2014）第 077952 号

责任编辑：侯群雄
装帧设计：瞿中华

出版发行：中国青年出版社
社址：北京东四 12 条 21 号
邮政编码：100708
网址：www.cyp.com.cn
编辑部电话：（010）57350401
门市部电话：（010）57350370
印刷：北京中科印刷有限公司
经销：新华书店

开本：700×1000 1/16
印张：24 插页：8
字数：300 千字
印数：124001-129000册
版次：2014 年 5 月北京第 2 版
印次：2021 年 3 月北京第 20 次印刷
定价：48.00 元